rororo

Lena Wolf ist das Pseudonym einer erfolgreichen Autorin aus Norddeutschland. Zuletzt landete sie mit «Ein Sommer auf Sylt» einen *Spiegel*-Bestseller. Ihre Urlaube verbringt sie am liebsten mit der Familie. Im Gegensatz zu ihrer Protagonistin träumt sie allerdings noch von einem Zuhause auf Sylt.

Über «Ein Sommer auf Sylt»:

«Mit leichter Feder und guter Story … Eine echte Empfehlung für den Strandkorb!» *Ruhr Nachrichten*

«Eine beschwingte Liebeserklärung an die Insel Sylt!» *Sylter Rundschau*

Mehr über die Autorin unter: www.lenaswolf.de

Lena Wolf

Ein Zuhause auf Sylt

ROMAN

Rowohlt Taschenbuch Verlag

Originalausgabe
Veröffentlicht im Rowohlt Taschenbuch Verlag,
Hamburg, April 2022

Covergestaltung ZERO Werbeagentur, München
Coverabbildung Shutterstock
Satz aus der DTL Dorian ST
bei Pinkuin Satz und Datentechnik, Berlin
Druck und Bindung GGP Media GmbH, Pößneck, Germany
ISBN 978-3-499-00619-7

Die Rowohlt Verlage haben sich zu einer nachhaltigen Buchproduktion verpflichtet. Gemeinsam mit unseren Partnern und Lieferanten setzen wir uns für eine klimaneutrale Buchproduktion ein, die den Erwerb von Klimazertifikaten zur Kompensation des CO_2-Ausstoßes einschließt.
www.klimaneutralerverlag.de

FSC
www.fsc.org
MIX
Papier aus verantwortungsvollen Quellen
FSC® C014496

1. Kapitel

«Du fährst ein klitzekleines bisschen zu schnell, Papa.» Es ist die Untertreibung des Jahrhunderts. Die Tachonadel des alten Mitsubishis zittert wie ein nervöses Insekt hinter der Plastikverkleidung, und zwar knapp oberhalb der Zahl 80. Erlaubt sind auf dieser Landstraße aber nur 50, was bedeutet: Mein Vater hat die vorgeschriebene Höchstgeschwindigkeit auch mit viel Wohlwollen längst überschritten.

Ich verschlinge meine schwitzigen Hände ineinander und verschränke sie vor der Brust. Mein Blick schweift kurz nach rechts, zum Fenster hinaus, wo sich wattebauschartige Schönwetterwolken über endlos weiten Wiesen auftun. Es ist ein so sattes, frisches Grün, dass ich unweigerlich tief einatme. Den Stress wegatme. Denn leider ist mein Vater, was sein Auto und alle damit verbundenen Angelegenheiten anbelangt, inklusive seines Fahrstils, etwas dünnhäutig. Man muss genau abwägen, ob das, was man sagen möchte, auch *wirklich wichtig* ist. Falls ja, bestäubt man die Worte am besten dick mit Zucker, ehe man sie ihm, locker-fluffig und in einem Nebensatz verschachtelt, zuspielt. In allen anderen Fällen hilft nur, die Zähne zusammenzubeißen.

«Papa …», setze ich ein weiteres Mal an, denn 30 km/h Geschwindigkeitsübertritt empfinde ich als *wirklich wichtigen* Grund, eine Diskussion anzuzetteln. Kurz erwäge ich, ihn auch noch auf das Airbag-Symbol hinzuweisen, das seit Beginn unserer gemeinsamen Fahrt, also etwa seit 700 Kilometern, wie ein paarungswilliges Glühwürmchen flimmert. Doch ich habe eine Ahnung, was ich zur Antwort bekomme, nämlich denselben Vortrag, der sich bereits heute Morgen über mich ergossen hat, als ich den betagten Carisma wegen der kontrollbedürftigen Stoßdämpfer kritisiert habe.

«Schätzchen», dozierte Papa mit erhobener Stimme, «das sind zu vernachlässigende Verschleißerscheinungen. Dieser Fahrzeugtyp wurde von führenden Experten für seine herausragende Verarbeitung gelobt, die sich bis ins letzte Detail bemerkbar macht. Sogar für das Gepäcknetz gab es vom ADAC ein extra Sternchen. Weißt du», ein kurzer Blick streifte mich, «mir tun ja auch die Knie weh, weil ich früher Marathonläufer war. Darum gehöre ich aber noch lange nicht auf die Ersatzbank.»

Tja, so ist mein Vater nun mal, loyal und mitfühlend. Heute hat er für mein Empfinden allerdings ein wenig zu dick aufgetragen. Papa soll Marathon gelaufen sein? Wann das denn? In unserer Familie war eigentlich eher Mama die Aktive, wohingegen Papas Bewegungsdrang sich darauf beschränkte, mit einer Banane und vielen gut gemeinten Ratschlägen am Rande eines Sportereignisses zu stehen, um andere anzufeuern. Im Übrigen hat das morsche Gepäcknetz nicht mal einen Sommerurlaub überstanden. Aber das ist in diesem Moment nicht *wirklich wichtig*, also beiße ich mir auf die Lippen und verkneife mir jeden weiteren Kommentar. Trotzdem möchte ich gern mal wissen, warum er es plötzlich dermaßen eilig hat.

Zugegeben, wir waren die letzte halbe Stunde zum Stillstand verdonnert, während wir mit dem Autozug über den Hindenburgdamm ratterten und nichts tun konnten, außer die Landschaft zu betrachten. Doch die war phänomenal. Zartblauer

Himmel, so weit das Auge reicht, und das idyllische Bild der Vogelschwärme, die friedlich im Watt herumstolzierten, hat mich berührt. Auch mein Vater wirkte in sich gekehrt. Bis zu dem Augenblick, als wir Westerland erreichten. Kaum dass der Zug hielt und er mit quietschenden Reifen losgedüst ist, als sei der Fahrkartenkontrolleur hinter uns her, schien nicht nur beim Airbag, sondern auch bei ihm eine Sicherung durchgebrannt zu sein.

Ich räuspere mich und beuge mich ein wenig vor, um meinem Vater ernst in die Augen sehen zu können. Wie immer trägt Papa eine Schiebermütze, die er sich exakt so tief ins Gesicht gezogen hat, dass er den Verkehr gerade noch zu erkennen vermag. Ich kann mich gar nicht erinnern, wann ich ihn das letzte Mal ohne Mütze gesehen habe, er besitzt sie in allen Farben und Mustern. Im Winter wählt er wärmenden Tweed in klassischem Karomuster und erinnert mich dann an einen abgeklärten Grundbesitzer, der sonntags im Oldtimer seine Liegenschaften abklappert. Jetzt, im Sommer, bevorzugt Papa leichte unifarbene Modelle aus Leinen, auch um sein schütter werdendes Haar und die Kopfhaut vor der Sonne zu schützen.

«Papa, bitte drossele das Tempo», bringe ich endlich hervor. Sanft, aber eindringlich und ganz dick mit Zucker bestreut. Doch ich werde schlichtweg ignoriert. Mein Vater hebt das Kinn – und schaltet einen Gang höher. Ich kralle mich an meiner Jeans fest.

«Entspann dich, Schätzchen», sagt er ungerührt und tätschelt beschwichtigend meine schwitzige Hand. «Ich habe die Währungsunion überstanden, musste den Mauerbau erdulden und später mitansehen, wie die Besatzung der Apollo 11 auf dem Mond gelandet ist. Um mich brauchst du dich nicht zu sorgen.»

Und was ist mit mir?, jaule ich innerlich. Ich sitze doch auch in diesem Auto! Mal abgesehen davon, dass mir der Zusammenhang von Mondlandung und dieser Kamikazefahrt nicht einleuchten will, hinkt sein Vergleich an mindestens einer weiteren Stelle: «Papa, bei der Währungsreform warst du noch ein Baby», erinnere ich ihn.

«Weiß ich doch, Ella. Und trotzdem habe ich sie überstanden.» Er schaut kurz zur Seite und schenkt mir ein verschmitztes Lächeln, was die Sache aber nicht besser macht. Mein Vater ist 74 Jahre alt und befindet sich seiner Meinung nach im besten Alter. Auch weil er seit 15 Jahren keine Arztpraxis von innen gesehen hat, worauf er derart stolz ist, dass er es bei keiner Unterhaltung unerwähnt lässt. Dass er während dieser Fahrt noch nicht darauf zu sprechen gekommen ist, grenzt an ein Wunder.

Ebenso wie ich es kurios finde, dass er nicht ein einziges Mal von Ina angefangen hat. Zum Glück. Über sie möchte ich nun wirklich nicht sprechen. Ina ist meine große Schwester, besser gesagt *war* sie es, bevor sie vollkommen durchgedreht ist und unsere Familie zerstört hat. So sehe ich die Sache jedenfalls.

Ich presse mich nach hinten gegen die Lehne, um dem Druck entgegenzuwirken, der sich in meiner Magengegend zusammenbraut. Wie so ziemlich jedes Mal, wenn ich an Ina denke. Und daran, wie Papa sich über die Jahre damit abfinden konnte. Mit Inas Verschwinden, aber auch mit Mamas Tod. Er hat im Laufe der Zeit diese Das-Leben-ist-kurz-wir-müssen-das-Beste-draus-machen-Sicht auf die Dinge entwickelt, die, wie ich finde, vieles verklärt und die ich in Bezug auf Ina absolut nicht nachvollziehen kann. Dass er bei mir jedes Mal alte Wunden aufreißt, wenn er von ihr zu sprechen anfängt, will ihm partout nicht in den Kopf. Ebenso wie er nicht akzeptieren kann, dass ich sie nicht wiedersehen möchte.

«Weißt du noch damals?», kommt es prompt, und nur mit viel Mühe widerstehe ich dem Drang, mir wie ein störrisches Kind die Ohren zuzuhalten. Aber zum Glück will Papa auf etwas anderes hinaus. «Als du klein warst und ich dir gar nicht schnell genug fahren konnte? Ständig hast du mich angespornt, die Vögel am Himmel einzuholen.»

Bei der Erinnerung an diese unbekümmerte, lange zurückliegende Zeit mindert sich meine Anspannung für einen kurzen Moment, und ich werde fast ein wenig wehmütig. *Damals, als wir noch zu viert waren.* Eine glückliche Familie.

Schnell schiebe ich die Bilder von mir weg. «Das liegt Ewigkeiten zurück, Papa. Inzwischen bin ich 32, habe selbst einen Führerschein und kenne die Unfallstatistiken.» Ich mache eine strategische Pause, um meinem Vater Zeit zu geben, aus der Vergangenheit zurück ins Hier und Jetzt zu gelangen. Mein Tonfall wird eindringlich. «Und ich kann Verkehrsschilder lesen.» Einen Augenblick belasse ich es bei dieser Andeutung, in der Hoffnung, mein Vater würde nun den Fuß vom Gaspedal lösen. Doch ich täusche mich.

«Das kann ich ebenfalls», kontert er. «Aber der Kerl vor uns offenbar nicht. Warum bummelt der mit sechzig vor uns her, wenn man hier 80 fahren darf?»

Schlagartig ist auch der letzte Funken sentimentaler Rührseligkeit aus meinen Gedanken verschwunden. Meine Augen werden riesengroß. «Aber auf dem Schild eben stand 50!»

Endlich tritt mein Vater auf die Bremse. Und zwar dermaßen gewaltsam, dass unser Gepäck im Kofferraum nur so hin und her poltert. Ich werde gegen den Gurt gepresst, eine Woge Stresshormone brandet über mich hinweg, und mir bricht der Schweiß aus.

«Gefällt es dir so besser?», grummelt mein Vater, nachdem wir einen Moment angespannt geschwiegen haben. Soeben sind wir an das Ende eines kleinen Staus herangefahren und werden im Schritttempo einspurig an einer Baustelle vorbeigeleitet. Stop-and-go.

«Absolut!», sage ich und kann mir ein Grinsen nicht verkneifen. Dazu stoße ich einen theatralischen Seufzer aus, als Zeichen, dass mir die Ironie in seinem Tonfall nicht entgangen ist. «So gefällt es mir *viel* besser.»

Eine Weile hängen wir jeder unseren Gedanken nach, und ich schließe kurz ermattet die Augen. Hoffentlich geht das nicht in diesem Stil weiter, überlege ich. Papa wirkt dermaßen fahrig und unkonzentriert, dass ich mir langsam Sorgen mache. Zum Glück liegen zwei gemeinsame Wochen Urlaub vor uns, genug Zeit, ihm auf den Zahn zu fühlen. Möchte wirklich mal wissen, was mit ihm los ist.

Zwei Wochen – so viel Zeit haben Papa und ich uns nie zuvor genommen, wenn wir zusammen Ferien genossen haben. Seit beinahe acht Jahren gönnen wir uns dieses wunderbare Ritual – *quality time*, Vater und Tochter. Wir sind ein eingespieltes Team und folgen unserem eigenen Konzept: Abwechselnd sucht einer von uns das Reiseziel aus, der andere lässt sich überraschen. Und zwar ohne zu murren, was zugegebenermaßen manchmal nicht ganz leicht ist. Im letzten Sommer bin ich beispielsweise an meine Grenzen gestoßen. Papa war an der Reihe, und wie immer drängte es ihn zu einem eigenwilligen Ziel: den schottischen Inseln. Und so kam es, dass ich eine Woche auf Fair Isle verbrachte, alle Schafe mit Vor- und Nachnamen kennenlernte und mir Vorträge über Wolle und Färbetechniken anhören musste. Es war Mitte Juli, und während die Menschen zu Hause in Deutschland vor Hitze Gärten und Felder wässern mussten, strickte Papa mit wachsender Begeisterung Schals und Pullover in den schottischen Nationalfarben. Wir hatten 11 Grad, und ich fror wie ein Schneider, trotzdem würde ich sagen, die Reise war … nun ja … durchaus eine Bereicherung. Eine unvergessliche und intensive gemeinsame Zeit.

In diesem Jahr wäre eigentlich ich mit der Planung an der

Reihe gewesen, und in der Tat hatte ich im Dezember bereits begonnen, meine Fühler auszustrecken. Mir schwebte ein beschaulicher Badeurlaub auf Kreta vor: Strand, Wellness und abends gemütlich Kartenspielen, während wir uns bei einem kühlen geharzten Weißwein die nötige Bettschwere antrinken. Ich hatte sogar schon ein süßes verschlafenes Nest gefunden, ein wenig ab vom Trubel, denn ich hegte einen speziellen Plan. Unter südlicher Sonne wollte ich Papa endlich mit Bastian, meinem Freund, bekannt machen. Die beiden hatten sich bislang nur ein paar Mal flüchtig getroffen, auf Kreta sollten sie sich genauer kennenlernen.

Doch ehe ich buchen konnte, geschahen zwei Dinge.

Erstens: Papa grätschte in die Planung. Wegen einer supertollen Überraschung, die seiner Meinung nach kein Jahr Aufschub duldete, wollte er mit unserer Tradition brechen und das zweite Jahr in Folge die Reise organisieren.

Zweitens (und das ließ mir Punkt 1 wie einen glücklichen Wink des Schicksals erscheinen): Bastian und ich haben uns getrennt. Es kam aus heiterem Himmel, genau genommen kam *sie* aus heiterem Himmel: Sarah. Unsere neue Arbeitskollegin. Hübsch, klug und überaus fleißig. Vor allem als es darum ging, Bastian in ihr Bett zu zerren.

Ich muss schlucken und öffne die Augen. Nachdenklich schaue ich aus dem Fenster. Über uns lächelt die Sonne, der Himmel ist noch immer strahlend blau. Eine Möwe umkreist unseren Wagen. Sie linst mal links, mal rechts durch die Scheiben und scheint darauf zu lauern, dass wir ihr etwas zu essen anbieten. Erst als irgendwo eine Hupe ertönt, flattert sie kreischend davon.

Etwa zum hundertsten Mal überlege ich, ob es ein Fehler war, *Nein* zu sagen. Der Moment, als Bastian mir seinen Fehltritt gestanden und mit Tränen in den Augen geschworen hat, dass ihm ein derartiger Fauxpas niemals wieder unterlaufen würde, war entsetzlich. Es fühlte sich an wie ein Schlag in die Magengrube. Zumal sich im Zuge dieser Beichte herausstellte, dass es nicht bei einer heißen Liebesnacht geblieben war. Einen Ausrutscher hätte ich ja vielleicht noch akzeptiert, aber der Gedanke, über Wochen hintergangen worden zu sein, zog mir regelrecht den Boden unter meinen Füßen weg. Alles, was mir wichtig gewesen war, seine Liebe und Loyalität, aber auch der Zusammenhalt seiner Familie, war von einer Sekunde auf die andere zerstört. Dass er mir dann aus Reue im selben Augenblick einen Heiratsantrag machte, schmälerte meinen Kummer kaum. Weil es mir falsch vorkam. Denn mal ehrlich, welche Frau möchte unter solchen Umständen um ihre Hand gebeten werden? Ich bin *wirklich* ein aufgeschlossener und kreativer Mensch und würde vermutlich sogar einen Antrag beim Kühemelken oder Kärchern charmant finden. Aber als Wiedergutmachung für ein derart illoyales Verhalten? Ich schüttele kaum merklich den Kopf. Darauf konnte und wollte ich keinen gemeinsamen Lebensplan aufbauen.

Und ich will es noch immer nicht. Trotzdem geistert Bastian täglich durch meine Gedanken, und mein Herz fühlt sich jedes Mal ganz schwer an, wenn ich mal wieder ins Grübeln gerate. Darüber, was mit unserer Liebe geschehen ist und warum.

Inzwischen liegt dieses Ereignis mehr als ein halbes Jahr zurück, und ich … tja … bin keinen Schritt weiter. Es fällt mir schwer, einen konsequenten Schlussstrich zu ziehen, denn es hängt so vieles daran. Bastian und ich, seine zwei Brüder sowie deren Frauen, wir alle arbeiten in derselben Firma: der Brauerei Cornelsen. *Cornbräu.* Ein Familienunternehmen, das in dritter Generation von Bastians Vater geführt wird und in der Nähe von Reutlingen angesiedelt ist. Außerdem wohnen wir alle gemeinsam im großen Anwesen der Familie. Jedes Paar verfügt zwar über ein riesiges, eigenes Zimmer mit angeschlossenem Bad, doch die restlichen Räumlichkeiten teilen wir uns.

Ganz sicher wäre es nachvollziehbar gewesen, wenn ich Bastian gleich nach seinem Geständnis den Rücken zugekehrt hätte, doch ich konnte es nicht. Seine gesamte Verwandtschaft liegt mir am Herzen, vielleicht weil in meiner so viel schiefgelaufen ist.

Hinzu kommt, dass ich bei *Cornbräu* einen verantwortungsvollen Job bekleide. Ich bin das Sprachrohr zum Kunden, plane und organisiere Events, Brauereibesichtigungen und alles drum herum. Seit Kurzem bin ich sogar maßgeblich mit der Planung eines Bistros auf dem Firmengelände betraut – ich *kann* die Cornelsens nicht im Stich lassen.

Diese Reise ist meine erste Auszeit, und ich verspreche mir von den kommenden Wochen vor allem eins: Zeit mit Papa. Zeit zum Reden. Ich will ihm in Ruhe von der Trennung erzählen und meine Gedanken und Sorgen mit ihm teilen. Klar hat Papa haufenweise Eigenarten, und manchmal wünsche ich ihn samt seiner Apollo 11 auf den Mond, aber diese Augenblicke sind selten und nichts im Vergleich zu den vielen Stunden, in denen er mein bester Ratgeber war. Schon vor Mamas Tod, vor 15 Jahren, war er mein Fels in der Brandung, und ich werde ganz sicher nie aufhören, ihn um Rat zu fragen.

Ich spüre, wie ich von einer Woge sentimentaler Gefühle ergriffen werde, und mustere meinen Vater liebevoll von der Seite. Er trägt ein beigefarbenes Poloshirt aus Baumwolle, der oberste Knopf des Kragens steht offen. Erst jetzt fällt mir der gestrickte, dünne Schal darunter auf, mit dem er offenbar die schlaffer werdende Haut an seinem Hals kaschieren möchte. Ich weiß gar nicht, was mich mehr irritiert, dass Handarbeiten ein ernst zu nehmendes Hobby meines Vaters geworden sein könnten oder die Tatsache, dass man ihm sein Alter langsam ansieht. Der Anflug eines schlechten Gewissens pikt mich. Eine viel zu lange Zeitspanne ist vergangen, die wir mit Telefonieren überbrückt haben, doch auch Videotelefonie ersetzt keine Treffen unter vier Augen. Zumal mein Vater nicht gerade meisterhaft mit der modernen Technik umgeht. Entweder ist bei ihm besetzt, weil er vergisst, nach dem Telefonieren aufzulegen, oder aber er hält den Apparat falsch herum. Seit Monaten habe ich ihn unscharf oder pixelig zu Gesicht bekommen, und manchmal sehe ich auch nur sein Ohr, weil er versehentlich das Handy an die Wange presst.

Ich stoße einen tiefen Seufzer aus. Es tut unendlich gut, Papa wiederzusehen. Schon als ich gestern gegen Mittag in meiner ehemaligen Heimat Frankfurt ankam, wo Papa noch immer lebt, und er mit seiner Schiebermütze auf dem Kopf und einer Tafel dunkler Schokolade in der Hand auf dem Bahnsteig wartete, wurde ich von meinen Gefühlen übermannt.

Mein Vater räuspert sich. «Ella, ich muss dir etwas sagen.» Er linst scheu unter der Schiebermütze hervor. Der Stau will und will sich nicht auflösen, sodass Papas Blick längere Zeit auf mir ruht.

Ich fürchte, dass er nun doch von Ina anfangen will, darum überspiele ich die Situation mit einem Witz. «Falls du mir beichten möchtest, dass wir unseren Urlaub in diesem Jahr auf Sylt verbringen werden, obwohl ich doch ein Fan südlicher Sonne bin, kann ich dich beruhigen: Ich habe es bereits herausgefunden.» Entwaffnend grinse ich meinen Vater an.

«Nein, das ist es nicht.» Sein Gesichtsausdruck bleibt ernst, während seine Hände den Strickschal umklammern, als wolle er sich selbst damit strangulieren. «Es ist ...» Er beugt sich vor und beginnt im Handschuhfach nach etwas zu kramen. Ein Stück hat sich die Schlange vor uns bewegt, etwa drei Meter. Hinter uns wird gehupt. Papa unterbricht die Suche, schließt auf und nestelt gleich darauf wieder nervös in dem Fach.

«Was fehlt?», erkundige ich mich. «Soll ich dir suchen helfen?»

Hektisch winkt mein Vater ab und stöbert weiter. «Nein, danke dir. Es ist … also … ich hab's gleich.»

Natürlich will er keine Hilfe, war ja klar. Ich schaue ostentativ wieder aus dem Fenster und verkneife mir sogar einen Kommentar, als Papa für mehr Bewegungsfreiheit geräuschvoll seinen Anschnallgurt löst. Der Wagen vor uns hat erneut ein paar Meter wettgemacht, doch dieses Mal bleibt Papa auf die Suche fokussiert. Ächzend reckt er sich in seinem Sitz nach vorn, um mit den Händen bis in den hintersten Winkel des vollgestopften Fachs vorzudringen. Während ich mich noch frage, was zum Geier er dort drinnen alles deponiert hat, drückt er sich plötzlich mit dem Fuß ab, bäumt sich regelrecht auf und stößt ein siegessicheres «Ha!» aus. Exakt im selben Augenblick vollführt der Wagen einen Riesensatz – und kracht ins Heck des Vordermanns.

Ich werde mit Wucht in meinen Gurt gepresst, Glas splittert. Papa rutscht mit dem Oberkörper auf meinen Schoß und danach in den Fußraum. Seine Schiebermütze segelt an meinem Ohr vorbei. Dann herrscht für einen kurzen geisterhaften Moment Totenstille.

2. Kapitel

«Karsenhof. Wir müssen zum Karsenhof.» Mein Vater klingt erstaunlich gefasst, als er sich aus der Tiefe des Wagens emporkämpft. «Hier steht's!» Triumphierend hält er einen Zettel wie eine gewonnene Trophäe in die Luft. Doch die Hand beginnt zu zittern, und auf seiner Stirn funkeln unzählige Schweißperlen.

«Du … liebe Zeit», stottere ich und muss mich selbst erst einmal sammeln. «Geht es dir gut? Tut dir was weh?» Ich helfe ihm auf den Fahrersitz und suche sein Gesicht nach Blessuren ab, kann aber nichts entdecken.

«Alles bestens. Und bei dir, mein Schatz?»

«Ich bin okay.» Während mein Vater sich nun endlich im Sitz zurücklehnt, um einen Moment durchzuatmen, wird im Wagen vor uns die Tür aufgerissen, und ein schlaksiger Kerl in Jeans, hautengem Stretchhemd und mit verspiegelter Pilotenbrille springt heraus. Wie ein aufgescheuchtes Huhn hüpft er um sein Auto herum, um den Schaden aus jeder Himmelsrichtung zu begutachten, wobei er mit hochrotem Gesicht in regelmäßigen Abständen die Hände über dem Kopf zusammenschlägt.

«Verdammt und zugenäht», poltert mein Vater, der das Treiben ebenfalls verfolgt. «Hätte der Armleuchter nicht einen Tick weiter nach vorn fahren können?»

Ich weiß nicht recht, was ich darauf sagen soll. Papa ist entweder altersstarrsinniger, als ich dachte, oder aber er steht erheblich unter Schock. Den Fahrer vor uns trifft nun wirklich keine Schuld. Mit einem mehr als mulmigen Gefühl im Magen recke ich meinen Hals, um die Lage besser beurteilen zu können. Ich weiß, ich sollte aussteigen, um das Gespräch zu suchen und mich zu entschuldigen, doch die Szene vor meinen Augen wird immer skurriler. In dieser Sekunde zaubert der Kerl aus jeder Seite seiner Jeanstaschen ein Handy hervor und beginnt, synchron mit beiden zu telefonieren. Ich weiß nicht, ob ich lachen oder weinen soll, und mir wird schrecklich heiß.

Papa donnert mit der flachen Hand auf das Lenkrad. «Na, der bekommt jetzt aber was zu hören!» Er angelt auf der Rückbank nach seiner Schiebermütze, stülpt sie sich mit Schwung über und macht sich daran, die Fahrertür zu öffnen. Ich umklammere seinen Arm.

«Warte!», rufe ich energisch und vergesse in der Aufregung, meine Worte mit Zuckerguss zu versehen. «Ich regele das. Du. Bleibst. Hier. Drinnen.»

Papa trägt eindeutig die Verantwortung an diesem Zusammenstoß, aber ich fürchte, dass ihm gerade ein bisschen der Sinn für die Realität abhandengekommen ist. Nicht dass die beiden Männer sich ernsthaft in die Wolle bekommen und am Ende noch prügeln. «Draußen ist es viel zu heiß», erkläre ich ein wenig versöhnlicher. Es war ins Blaue geschossen, denn natürlich hat der Mitsubishi keinen Bordcomputer. Und wenn, würde er vermutlich nicht funktionieren.

«Ich strotze vor Gesundheit! In diesem Jahr war ich noch kein einziges Mal beim …»

Ungeduldig nicke ich. «Und das soll auch so bleiben!», falle ich ihm ins Wort. Ehe er etwas erwidern kann, schnappe ich mir meine Handtasche und springe aus dem Wagen.

Es macht mir nichts aus, mich mit dem Typen auseinanderzusetzen. Ich kann Fehler eingestehen und halte mich für diplomatisch. Probleme zu lösen ist quasi mein tägliches Brot in der Brauerei. «Such du unterdessen schon mal deine Papiere zusammen», raune ich meinem Vater schnell noch zu, ehe ich mit Schwung die Wagentür von außen zuknalle. Dann wende ich mich an unseren Vordermann. Der Typ hat seine Telefonate inzwischen beendet und die Handys wieder in den Hosentaschen verstaut. Mit verschränkten Armen baut er sich vor mir auf.

«Es tut mir wahnsinnig leid», sage ich und lächele versöhnlich über seine erzürnte Miene hinweg. Nebenbei begutachte ich unauffällig den Schaden. Verdammt! Ich verstehe ja nicht viel von Autos, aber seins sieht leider ziemlich neu und gepflegt aus. Und zerdeppert. Es ist ein Mercedes, in dessen tiefschwarzem Lack sich die Sonne gleichermaßen spiegelt wie in der Pilotenbrille des Besitzers. Mir wird angst und bange. Hoffentlich ist Papa versichert, kommt es mir in den Sinn. Denn wenn ich es mir recht überlege, war Mama immer diejenige, die den Papierkram erledigt hat. Papa ist eher … nun ja, unorganisiert. *Der mit der Banane und den guten Ratschlägen.*

Gerade schiebt der Kerl sich die Sonnenbrille auf die Stirnmitte, wo sie wie festgeklebt haften bleibt. Aus eisblauen Augen fixiert er mich. «Das wird teuer!», motzt er. «Mein Mercedes ist keine zwei Wochen alt. Und dank dem alten Mann da hinterm Steuer hat er nun die Hälfte seines Werts eingebüßt.»

Die diplomatische Problemlöserin in mir will irgendwie nicht recht zutage treten, was unter anderem daran liegen könnte, dass ich fasziniert auf die Brille meines Gegenübers starre. Wie schafft er es nur, dass sie dort festbappt? Ich widerstehe dem Drang, danach zu greifen und mal kurz dran zu wackeln, und fasse mir ein Herz. «Selbstverständlich sind wir versichert und kommen für den Schaden auf», schaffe ich es mit belegter Stimme hervorzubringen. Wird schon so sein. «Mein Vater sucht in diesem Moment die Unterlagen heraus.» Ich strecke dem Kerl meine Hand entgegen und zaubere erneut ein Lächeln in mein Gesicht. «Ich bin übrigens Ella. Ella Lorenz. Und ich möchte mich für die Unannehmlichkeiten entschuldigen.»

Er mustert mich mit erkennbarem Misstrauen. Als sei ich ein Scherzkeks, der seine Finger mit Rübensaft oder sonst einer klebrigen Substanz beschmiert hat, entscheidet er sich, meine Hand zu ignorieren. Stattdessen nickt er knapp, fischt wortlos eines der beiden Handys hervor und beginnt, Fotos der angedätschten Heckschürze zu knipsen.

Peinlich berührt beobachte ich ihn dabei. Von Nahem betrachtet, sieht das Hinterteil des Mercedes sogar noch gruseliger aus, wohingegen Papas alter Wagen kaum Blessuren aufweist. *Herausragende Verarbeitung*, kommt es mir in den Sinn, *von führenden Experten bewertet.* Wobei man fairerweise sagen sollte: Papas Auto weist kaum *neue* Blessuren auf. Die meisten Schrammen und Dellen waren mir bereits vor unserer Abfahrt aufgefallen.

Vielleicht sollte ich zur Sicherheit auch ein paar Aufnahmen machen?, überlege ich. Doch was würde das beweisen? Dass mein Vater im Main-Taunus-Kreis schon mehrmals irgendwo gegengerumpelt ist, höchstwahrscheinlich ohne sich bei irgendwem zu melden, geschweige denn sich zu entschuldigen? Nein, das möchte ich lieber nicht dokumentieren. Außerdem fällt mir in dieser Sekunde ein, dass mein Handyakku leer ist. Papa und ich hatten gestern Abend, als wir in Hamburg einen Übernachtungsstopp einlegten, beide unsere Ladekabel im Auto vergessen, und da in seinem Wagen keine Option zum Aufladen besteht, kann ich nun ohnehin nichts ausrichten.

«Wie zum Henker ist es möglich, dass man innerhalb einer Baustelle, wo Schrittgeschwindigkeit vorgeschrieben ist, einen Unfall verursacht?» Der Mercedesfahrer unterbricht kurz das Knipsen, um mich anzumeckern. «Hat der alte Mann sich mal einem Eignungstest unterzogen? Oder einem Sehtest?» Mit spitzem Finger deutet er irgendwo in den unteren Bereich seines Fahrzeugs. «Ich hoffe nicht, dass sich der Rahmen verzogen hat. Dann wird's richtig blöd.» In stummer Verzweiflung schüttelt er den Kopf. «Mann, was für ein Mist!»

Ich fühle, wie eine weitere Hitzewelle in mir aufsteigt. Wir haben Anfang Juni und geschätzte dreißig Grad. Dazu der Stress – ich fächere mir mit der Hand Luft zu.

Was bitte schön meint er mit *richtig blöd*? Erstattet er Anzeige? Muss Papa womöglich seinen Führerschein abgeben? Oh mein Gott, das würde ihn umbringen!

«Was issn hier passiert?», ertönt plötzlich die schnodderige Stimme des Baustellenleiters, der sich uns schnaufend nähert. Seine orangefarbene Weste reflektiert das Sonnenlicht, sodass … Ich stocke. Trägt er etwa nichts drunter? Schützend halte ich mir die Hand über die Augen. In der Tat bedeckt die offen stehende Weste seinen blanken, sonnengebräunten Bauch nur wenig, und man kann nicht umhin, auf den dicken, ledernen Medizinball in seiner Körpermitte zu starren, den er stolz vor sich herschleppt. Dass er unseretwegen einen Extraweg durch die gleißende Sonne einlegen muss, scheint ihm wenig in den Kram zu passen.

Er betrachtet die zerbeulte Heckseite des Mercedes und stöhnt. «Also, Zeugen suchen, Adressen austauschen, weiterfahren. Und das gern 'n büschn dalli, ich kann die Ampel schließlich nicht 'n ganzen Tag auf Rot stellen!» Während er seinen kugeligen Bauch umklammert, als wolle er ihn am Runterfallen hindern, schlurft er wieder fort.

Mit einer Mischung aus Faszination und Unglauben starre ich ihm hinterher. Mein lieber Scholli … *bauchfrei*? Hut ab vor so viel Selbstbewusstsein.

Als ich meinen Blick von ihm löse, registriere ich den

stattlichen Stau, der sich dank Gaffern nun auch auf der Gegenspur gebildet hat. Vereinzelte Fahrer hinter uns beginnen, ihren Unmut kundzutun, indem sie in kürzer werdenden Abständen hupen. Ich spüre, wie sich in meiner Kehle ein Schluckauf zusammenbraut. Eine lästige Laune der Natur, die immer dann auftritt, wenn mich etwas innerlich extrem aufregt, ich aber äußerlich gelassen wirken möchte. Und das hier ist … *hicks* … eine Herausforderung.

Hektisch krame ich in meiner Handtasche und fördere eine Visitenkarte zutage. «Hier», ich halte sie dem Mercedesfahrer unter die Nase. «Meine … *hicks* … Daten. Für Ihre Versicherung.»

Mittels einer minimalen Stirnbewegung lässt er seine Brille auf die Nase plumpsen, studiert die Karte einen Moment und verzieht dann den Mund. «*Cornbräu?* Interessant. Das erklärt einiges. Sind Sie und der alte Mann womöglich betrunken?»

Wie bitte?? Wie redet er denn mit mir? Während ich nach einer gepfefferten Erwiderung suche, betrachte ich fasziniert die furchenartige Druckstelle auf seiner Stirn. Der Typ ist wahrlich ein Fall von übersteigertem Selbstbewusstsein, denke ich. Zum Glück habe ich Erfahrung mit schwierigen und manchmal sogar bärbeißigen Kunden, für die ich Unmögliches möglich machen muss.

«Ich kann Ihren Unmut wirklich … *hicks* … sehr gut nachvollziehen», erkläre ich, so souverän es mir angesichts des Schluckaufs gelingen will. «Nichtsdestotrotz sollten wir … *hicks* …»

«Ich bestehe auf einen Alkoholtest!»

Einatmen, ausatmen. Er hat alles Recht der Welt, sauer zu sein, sage ich mir. Sein Wagen ist neu, und Papa hat ihn geschreddert. Es gibt keine zwei Meinungen. «Verständlich», pflichte ich ihm bei, «absolut … *hicks* … verständlich und …»

«Außerdem bestehe ich auf einen Zeugen!», unterbricht

er mich erneut. «Hey, Sie da!» Mit seinen schlaksigen Armen fuchtelt er wild in der Luft herum und versucht, den Fahrer des nachfolgenden Wagens auf sich aufmerksam zu machen. In einem dreckverschmutzten Geländewagen sitzt ein Kerl, der telefoniert. Einen kurzen Moment spricht er noch, dann beendet er das Telefonat, sichtlich ungehalten, und steigt aus. Sind denn heute nur Männer unterwegs?, schießt es mir durch den Kopf, als er im Stechschritt auf uns zumarschiert. Ich hätte jetzt wirklich gern mal weibliche Unterstützung. Noch dazu scheinen es die Kerle allesamt eilig zu haben. Mit zusammengekniffenen Augen mustere ich den Neuankömmling. Kräftige Statur, kurze dunkle Locken und ein Bart. Nicht so ein Dreitage-Ding, aber auch kein Vollbart. Eher ein Ich-habe-Wichtigeres-zu-tun-als-mich-zu-rasieren-Bart. Er trägt ein verwaschenes graues T-Shirt, und seine Haut ist gebräunt, als sei er Sonne gewohnt. Ich schätze, er kommt irgendwo aus dem Süden, ganz sicher ist er kein Friesenjung. Auf den ersten Blick passt er so gut nach Sylt wie ein Mops auf den Mond.

«Wir benötigen Ihren Namen und Ihre Telefonnummer für eine Zeugenaussage», bellt der Mercedesfahrer ihn an. Trotz der dunklen Farbe seines höchstwahrscheinlich teuren Hemdes kann ich jetzt nasse Flecken unter seinen Achseln erkennen. «Und ich rufe schon mal die Polizei, damit Sie ins Röhrchen …»

«Is bei Ihnen noch alles poliert im Oberstübchen?» Der Baustellenleiter, der sich nicht weit entfernt postiert hatte, kommt nun schnaufend zurückgewackelt. Mit wurstigem Zeigefinger tippt er sich gegen die Stirn. «Polizei? Wegen soner kleenen Delle?» Ihm steht der Widerwillen ins Gesicht geschrieben. «Wenn hier gleich einer die Bullen ruft, dann bin ich das. Und zwar weil Sie hier schon seit zwanzig Minuten mit Ihren Karren die Straße blockieren. Los jetzt.» Er klatscht in seine fleischigen Pranken, dass der Bauch wackelt. «Weiterfahren!»

«Nein!» Der Mercedesfahrer bleibt stur. Er stemmt die Ärmchen in die Hüften. «Erst muss jemand bei der jungen Dame Blut abnehmen oder sie wenigstens in ein Röhrchen pusten lassen.»

Meine Augen werden kugelrund. «Wie ich schon sagte …» Weiter komme ich nicht, denn nun meldet sich der Neuankömmling zu Wort.

«Ich würde vorschlagen, dass sich jetzt mal alle wieder beruhigen», sagt er. «Sonst stehen wir morgen noch hier.» Mit ernster Miene greift er in seine Gesäßtasche, befördert ein Portemonnaie zutage und zieht daraus eine Visitenkarte hervor. «Ich bezeuge gern, was ich gesehen habe, aber nicht hier und nicht jetzt.» Ohne mich eines Blickes zu würdigen, drückt er die Karte dem Mercedesfahrer in die Hand, der prompt mit einem Hochglanzkärtchen kontert. Auch ich bekomme eins vor die Nase gehalten. Thies Bentheim, lese ich. Vom Immobilienbüro Marquart & Steen.

«Und jetzt fahren Sie um alles in der Welt endlich weiter!», setzt der Neuankömmling noch einmal an. Sein genervter Blick streift nun auch mich.

Also ehrlich. Ich lasse mich doch hier nicht von zwei Männern, die sich für den Nabel der Welt halten, vorführen. Regel im Umgang mit schwierigen Kunden: authentisch bleiben, nicht die eigene Seele verkaufen. «Ich möchte … *hicks* … noch einmal entschieden anmerken, dass ich, nur weil ich … *hicks* … in einer Brauerei arbeite, nicht chronisch betrunken bin.» Mir ist klar, dass ich in den Augen der Typen rüberkomme wie ein hackestrammer Hooligan, der sich an eine leere Flasche Apfelkorn klammert und schwört, nüchtern zu sein. Erhobenen Hauptes fahre ich fort: «Und mein Vater … *hicks* … trinkt überhaupt keinen … *hicks* … Alkohol. Sie stecken ja bis unter die … Angeberbrille voll mit Vorurteilen.» Okay, das war jetzt nicht in höchstem Maße diplomatisch. Ich sollte dringend mal wieder eine Schulung besuchen. Und einen Logopäden oder wer auch immer sich mit nervösen Sprechstörungen auskennt.

«Ellimaus!», ruft Papa, der sich zu allem Überfluss nun zu uns gesellt. Unbemerkt hat er sich genähert. «Ich konnte keinen Hinweis auf meine Versicherung finden. Liegt alles zu Hause.» Papa wendet sich an den Mercedesfahrer: «Möchten Sie ersatzweise vielleicht meinen Führerschein sehen? Ich fahre seit über fünfzig Jahren unfallfrei!»

Als stünde das dadrinnen, denke ich. Darüber hinaus bezweifele ich diese Aussage, die Stoßstange von Papas Wagen spricht eine andere Sprache.

«Das wird kaum nötig sein», grätscht der Neuankömmling ins Gespräch. «Ich denke, die Schuldfrage ist hinreichend belegt. Und ob Alkohol im Spiel war …» Seine bernsteinfarbenen Augen bohren sich in meine, als wolle er herausfinden, ob ich noch in der Lage sei, meinen Blick zu fokussieren. Mir wird immer heißer. «… kann man in diesem Fall vernachlässigen. Es deutet nichts darauf hin, und eine Fahne kann ich auch nicht riechen.» Mit seiner angenehm sonoren Stimme klingt er wie ein Arzt mit erfreulicher Diagnose.

Na, besten Dank, denke ich.

«Primchen!», tönt der Baustellentyp, «dann wäre ja endlich alles geklärt. Also: Abmarsch!» Erneut klatscht er in seine riesigen Männerpranken.

«Stopp!», höre ich nun ausgerechnet meinen Vater einwenden. Er wedelt mit dem weißen Zettel, der Ursache allen Übels oder vielmehr das, was davon übrig ist. In seiner Nervosität scheint er ihn in kleine Krümel zerlegt zu haben. «Bevor jetzt alle aufbrechen, hätte ich mal eine Frage. Kennt jemand den Karsenhof und kann uns den Weg erklären?» Er lächelt unschuldig.

Ich starre ihn an. Muss das jetzt sein? Wozu gibt es Google?

Der Baustellenleiter hat nun ebenfalls die Nase voll. Er tippt demonstrativ auf seine Armbanduhr. «Noch zwei Sekunden, dann rufe ich die Polizei», lese ich in seinen Augen. Es könnte aber genauso gut bedeuten: «Noch zwei Sekunden, dann sprenge ich mit meinem Medizinball den Weg frei.»

Schnell trete ich vor. «Papa, wir haben doch … *hicks* … ein Handy. Das kann uns navigieren.»

Mein Vater sieht mich mitleidig an. «Aber unsere Akkus sind doch alle, Ella.»

Ach ja, verdammt. Auch wenn es seltsam klingt, er hat recht.

Der Mercedesfahrer sieht aus, als würde er Papa am liebsten in die nächste Geriatrie einweisen oder ihm zumindest lebenslanges Fahrverbot erteilen. Ausgesprochen miesepetrig spottet er: «Karsenhof? Was soll das sein, 'ne Brauerei hier auf der Insel?» Er stapft zu seinem Auto. «Ich sehe lieber zu, dass ich meinen Wagen in Sicherheit bringe. Sie hören von mir!» Die Autotür fällt krachend ins Schloss.

Sprachlos sehe ich ihm hinterher. Auch der Dunkelhaarige will los. Auf halber Strecke zu seinem Wagen dreht er sich noch mal um: «Falls Sie den Karsenhof in Archsum meinen, können Sie hinter mir herfahren. Falls nicht», er zuckt mit den Schultern, «kann ich Ihnen leider auch nicht helfen.» Er klingt wenig bedauernd.

«Archsum?» Mein Vater kramt in seinem Gedächtnis. «Ja! Ich glaube, das war es. Sie kennen die Ecke?»

Der Mann nickt. «Gleich nach dieser Baustelle fahren Sie kurz an die Seite, warten, bis ich vorbeigefahren bin, und dann folgen Sie mir. Aber ich warne Sie: Ich hab's eilig und muss aufs Gas treten.» Er beißt sich auf die Unterlippe, trotzdem sehe ich, dass er grinst. «Eventuell ist es sicherer, wenn *Ellimaus* sich hinters Steuer klemmt.»

3. Kapitel

Während ich alle Mühe habe, unseren Pfadfinder nicht zu verlieren, denn er drückt in der Tat gewaltig auf die Tube, herrscht im Wagen angespannte Stille. Wir scheinen die Rollen getauscht zu haben: Papa reibt sich unentwegt mit den Handinnenflächen über die Hosenbeine, ich versuche, so gut es geht, mich auf das Fahren zu konzentrieren. Auf den Straßen rollt der Verkehr flüssig, vielmehr ist es die Landschaft, die mich mehr und mehr in ihren Bann zieht. Mal führt uns die Route entlang von Wiesen, Watt und begrünten Deichen, dann säumen geschmackvoll angelegte Privatgrundstücke unseren Weg. Immer wieder würde ich am liebsten anhalten, um einen ausgiebigen Blick über die steinigen Friesenwälle zu werfen, die so üppig bepflanzt sind, dass man meint, sie müssten unter der Last riesiger Kiefern oder Rosenbüsche zusammenbrechen. Und die Sonne scheint diese Idylle zusätzlich zu belächeln. Im Grunde könnte ich mich entspannen, die Aussicht und die Vorfreude auf den Urlaub genießen, doch ich bin nicht hundertprozentig bei der Sache. In meinem Innersten rumort es. Ich ärgere mich über mich selbst. Der Unfall wäre vermeidbar gewesen, wenn ich darauf bestanden hätte, die gesamte Distanz bis nach Sylt zu fahren. Warum habe ich meinen Vater hinters Steuer gelassen? Mir hätte auffallen müssen, dass ihn etwas beschäftigt und er nicht konzentriert beim Fahren ist. Andererseits mag ich mir die

Diskussion nicht ausmalen, die ich mit dieser Bevormundung heraufbeschworen hätte. Dickköpfig, wie er ist, hätte er womöglich alles abgebrochen. Ich schalte einen Gang höher, weil unser Vordermann auf offener Strecke noch einen Zahn zulegt. Scheint, als sei er öfter mit Schallgeschwindigkeit unterwegs, vorzugsweise im Dreck. Die Marke seines Autos kann man jedenfalls vor Schmutz nicht lesen. Wer bitte schön braucht auf dem platten Land einen Geländewagen? Hätte *er* in der Baustellenwarteschlange vor uns gestanden, wäre er nach Papas Crash vermutlich nicht mal ausgestiegen.

Meine Grübeleien werden von einem Räuspern unterbrochen. «Hör mal, Ella ... Unser Urlaub in diesem Jahr ... Also, ich habe da eine kleine ... Überraschung für dich.»

Ich werfe ihm einen knappen, verstörten Blick zu. Eine Überraschung? Im Sinne von: Wir sind auf dem Karsenhof zum Handarbeiten angemeldet und stricken einen Friesenpulli? Zuzutrauen wäre es ihm, denn Papa verbringt seit Mamas Tod viel freie Zeit in der Volkshochschule, wo er – für mein Dafürhalten – wahllos Kurse besucht. Und wenn ich wahllos sage, meine ich ein seeehr breit gestreutes Interessengebiet. Wie ein kompliziert verzweigter Amazonasarm hat sich seine Wissbegierde ausgestreckt, oder aber es ist lediglich ungezieltes Hobby-Hopping, ich weiß es nicht. Auf jeden Fall betreibt Papa neben dem Stricken neuerdings Bogenschießen, nimmt an Kalligraphiewettbewerben teil und hat sich für den Herbst in einem DJ-Kurs eingeschrieben. Bislang habe ich mich nicht getraut, ihn nach seinen musikalischen Vorlieben zu fragen, denn der alte Mitsubishi verfügt über ein Kassettenfach. Nicht auszudenken, wenn wir den Rest der Strecke Blasmusik hören müssen!

«Es ist nämlich so», holt mein Vater mich mit stockender Stimme in die Realität zurück, «dass Ina ...»

Ich stöhne innerlich und werfe ihm einen vernichtenden

Blick zu. Bitte nicht dieses Thema. «Papa, du weißt, ich muss mich konzentrieren», falle ich ihm ins Wort. «Also fang bitte nicht von Ina an. Nicht jetzt.» Mein Tonfall ist harsch, wie so ziemlich jedes Mal, wenn der Name meiner Schwester fällt. «Für heute hatten wir wahrlich genug Aufregung.»

«Aber ich ...»

Dieses Mal ist es meine Vollbremsung, die ihn zum Schweigen bringt. Der Pfadfinder ist auf einen Kiesweg abgebogen. Und zwar dermaßen abrupt, dass Papa und ich mal wieder mit den Anschnallgurten Bekanntschaft machen. Im Grunde hätten *die* einen Preis verdient und nicht das olle Gepäcknetz. Aber es scheint, als wäre unser Ziel erreicht. *Karsenhof* lese ich in geschwungenen Buchstaben auf einem schmalen Holzschild, das rechter Hand an einem Baum hängt. Etwa ein halbes Dutzend gestutzte Linden säumen den Kiesweg, der, von Unkraut durchbrochen, in einem Rondell mündet. Ein sichtlich ramponierter Strandkorb steht wie ein angespültes Fundstück achtlos herum und vermittelt nicht unbedingt einen einladenden Eindruck.

Freundlicherweise lotst uns unser Guide bis zum Ende des Wegs, dann bedeutet er mir mittels Handzeichen, wo wir parken können. Während ich das Lenkrad einschlage und annehme, er würde sich nun hupend vom Acker machen, lenkt er seinen Wagen rechts an uns vorbei bis zu einer Scheune, vor der er ohne ersichtlichen Grund zum Stehen kommt. Er reißt die Fahrertür auf, springt aus dem SUV und scheint im Heck des Wagens nach etwas zu suchen.

Ich wende meinen Blick ab und schaue mich um. Etwa zwanzig Meter entfernt steht ein altes Bauernhaus. Fast eher ein Hof, denn das Gebäude scheint mir auf den ersten Blick riesig zu sein. Und hübsch gepflegt, mit einem Fundament aus verwaschenem rotem Stein und einer Giebelwand, in der Fachwerkelemente eingefasst sind. Auf dem reetgedeckten Dach prangt ein Storchennest. Ungläubig blinzele ich. Ist das ein Hotel? Ich lasse meinen Blick schweifen, kann aber nicht den geringsten Hinweis darauf entdecken. Schade eigentlich, denn es sieht heimelig aus. Blühende Rhododendren umrahmen eine schmale Holztreppe, die zum Eingang des Hauses führt. Aber auch dort: kein Hotelschild. Weiter rechts, am Haus angrenzend, beginnt schon die Scheune. Um sie ist es allerdings weit weniger gut bestellt als um das Hauptgebäude. Nur eine Seite, die linke Stallhälfte, verfügt über ein gedecktes Ziegeldach, der restliche Teil ist allenfalls noch ein kahles Gerüst aus Balken, das sich wie ein dünnes Skelett vor dem stahlblauen Himmel abzeichnet.

Unser Lotse kreuzt mein Bild. Er hat sich eine orangefarbene Nylontasche, die aussieht wie ein moderner Schulranzen, quer um den Körper geschlungen und hetzt nun hinein in das marode Stallgebäude. Ein mittelgroßer Hund mit grauer Schnauze verfolgt ihn gemächlichen Schrittes. Verblüfft starre ich den beiden hinterher.

«Was zum Geier tut er hier?», frage ich, aber mein Vater zuckt nur mit den Schultern. Blass und in sich zusammengesunken kauert er auf seinem Sitz, und es wirkt, als sei er während der letzten Kilometer um Jahre gealtert.

«Du liebe Zeit, stimmt etwas nicht? Ist dir übel?» Es wäre nicht weiter verwunderlich, so schnell, wie wir gefahren sind. Dann wird mir plötzlich eiskalt. Düstere Gedanken breiten sich in meinem Bewusstsein aus, allen voran die Sorge, ob mein Vater nicht einfach nur unter Reiseübelkeit leidet, sondern womöglich ernsthaft erkrankt ist. Sofort startet in meinem Hirn ein Gedankenkarussell. Will er hier auf Sylt nach Heilung suchen? Weil er es mit den Bronchien oder der Lunge hat, soll die Nordseeluft seine Genesung vorantreiben? Oder aber ihm wurde geraten, eine Spezialklinik aufzusuchen, die es nur hier auf der Insel gibt? Betont er darum andauernd, wie hervorragend es ihm geht, damit ich mir keine Sorgen mache? Ich sehe ihm besorgt in die Augen. «Was wolltest du mir denn eigentlich sagen?»

«Ach», winkt Papa ab. Seine Stimme ist nur mehr ein Flüstern, während er regungslos dasitzt und mit deutlich sichtbarem Unbehagen durch die Frontscheibe ins Leere starrt. «Das hat sich erledigt.» Mir wird schlecht. *Es hat sich erledigt?* Erledigt? Was soll das nun wieder bedeuten? Doch ehe ich der Frage auf den Grund gehen kann, fokussiert sich plötzlich Papas Blick. Etwas hat seine Aufmerksamkeit erregt, also wende auch ich meinen Kopf und sehe, dass nun die Vordertür im Haupthaus offen steht. Ein kleines Mädchen, schätzungsweise sechs Jahre alt und bekleidet mit einem knielangen, beigefarbenen Trägerkleidchen, hockt am Fuße der Treppe. Mir scheint, als habe sie etwas verloren, und zwar einen Gummihandschuh, den sie nun hektisch aufhebt. Sie zwängt ihn sich unter den Arm, wo bereits ein Stapel Frotteehandtücher klemmt. Mit der anderen Hand greift sie neben sich nach einem Eimer, der randvoll mit Wasser gefüllt ist. Dann bewegt sie sich hochkonzentriert, um ja nichts zu verschütten, Richtung Scheune.

Als sie kurz anhält, um die Seiten zu wechseln, erblickt sie unser Auto. Sie blinzelt ein paar Mal angestrengt mit den Augen, dann scheint sie zu begreifen, dass hinter der Frontscheibe Menschen sitzen. Aufgeregt wedelt sie mit ihrer freien Hand, sodass die Handtücher ins Rutschen geraten. «Los, kommt schnell, sonst verpasst ihr es!»

Gleich darauf hat sie Sack und Pack wieder unter ihren Armen verstaut und tippelt, so schnell es der schwere Eimer zulässt, weiter.

Ich höre meinen Vater seinen Gurt lösen. «Na, dann wollen wir mal», sagt er, als sei er nicht eben einem Kollaps nahe gewesen. «Mal sehen, was da los ist.»

Ratlos sehe ich ihn an. «Du willst dort hinein? Aber … müssen wir uns nicht erst irgendwo anmelden, ehe wir das Grundstück betreten? Nicht dass uns der Hund beißt.» Dann erinnere ich mich an den Zettel aus dem Handschuhfach. «Oder werden wir …», ich durchbohre ihn mit meinem Blick, «… erwartet?»

Papas Miene bleibt regungslos. «Schauen wir mal», antwortet er kryptisch, klopft sich wie zur eigenen Ermunterung auf die Oberschenkel und steigt aus. Auf seinem Gesicht liegt plötzlich wilde Entschlossenheit. Und er scheint es eilig zu haben. «Mach schon, Ella! Du hast ja gehört, was die Kleine gesagt hat: Wir müssen uns beeilen, sonst verpassen wir etwas.» Er beugt sich noch einmal ins Auto und zwinkert mir zu. «Und ehe du fragst: Nein, ich habe keine Ahnung, worum es geht.» Mit diesen Worten dreht er sich um und stapft in Richtung Scheune.

Ungläubig starre ich ihm hinterher. Was ist nur in ihn gefahren? Unangemeldet irgendwo Privatgrundstücke zu betreten ist eigentlich nicht seine Art. Ich kann mich nicht recht entschließen, was zu tun ist, darum bleibe ich einfach weiter sitzen und beobachte die Szene. Das kleine Mädchen ist längst drinnen verschwunden. Kurz bevor Papa die Scheunentür erreicht, dreht er sich um und winkt mich ungeduldig zu sich heran. Sichtlich verunsichert öffne ich die Fahrertür. Ein weiterer Grund, warum ich kein gutes Gefühl bei der Sache habe, ist, dass unser Pfadfinder sich ebenfalls dort drinnen befindet. Ganz sicher ist er nicht erpicht darauf, uns so bald wiederzusehen.

Aber es hilft nichts, Papa scheint es ernst zu meinen. Mit einem hörbaren Seufzer steige ich aus und nähere mich im Schneckentempo der Scheune. Als ich auf Papas Höhe angekommen bin, grabscht er nach meinem Arm. Von drinnen dringen Stimmen an mein Ohr. Die eines kleinen Mädchens und der dunkle Tonfall unseres Zeugen. Die beiden unterhalten sich, worüber, kann ich leider nicht verstehen. Vielleicht hätte es mir einen

Hinweis darauf gegeben, ob wir hier erwünscht sind oder was um alles in der Welt uns überhaupt erwartet.

Papa zerrt an mir. Gemeinsam drücken wir die Tür auf und treten über die Schwelle. Dies ist der Teil der Scheune, der noch vom Dach bedeckt wird. Die Luft ist einen Tick kühler, und es ist um einiges dunkler als draußen. Als sich meine Augen an das schummrige Licht gewöhnt haben, erkenne ich, dass es sich um einen klassischen Stall handelt, nur ohne abgetrennte Boxen. Der Großteil des steinigen Bodens ist mit Stroh ausgelegt, ein paar Metallstangen zäunen kleine Areale voneinander ab. Ein Esel, der an einem Salzstein leckt und nebenbei versucht, die Fliegen von seinen riesigen Ohren zu verscheuchen, ist das erste Tier, das mir ins Auge sticht. Dann noch ein zweiter. Und ich sehe drei Ziegen. Sie sind nicht angebunden, stehen aber ordentlich in einer Reihe und beobachten höchst interessiert, was ein paar Meter neben ihnen im Stroh vor sich geht. Dort knien der Lotse und das kleine Mädchen auf dem Boden. Sie registrieren unsere Anwesenheit mit einer zustimmenden Kopfbewegung, schauen aber sogleich wieder nach vorn. Vor ihnen wandert eine weitere Ziege rastlos hin und her. Sie scharrt im Stroh, legt sich kurz hin, steht aber Sekunden später wieder auf. Plötzlich ruft das kleine Mädchen leise: «Sieh mal da! Es will raus!»

Unser Pfadfinder an ihrer Seite nickt stumm. Er trägt Handschuhe, die ihm bis zu den Ellenbogen reichen, neben ihm auf dem Boden steht der Wassereimer. Einen Moment brauche ich, um die Szene einordnen zu können. Dann fällt es mir wie Schuppen von den Augen: Dies ist eine Geburt! Und er ist der Tierarzt?

Ungläubig treten Papa und ich näher, um bessere Sicht zu haben. Tatsächlich ist jetzt am Hinterteil der Ziege etwas zu sehen, eine kleine Blase, eigentlich mehr ein Schleimballon. Erst nach längerem Hinschauen kann ich in der Blase einen Flecken

Fell erkennen – da sind Beine und ein winziger Kopf! Mir steht vor Überraschung der Mund offen, und ich schaue kurz zu Papa, um zu sehen, ob er das Spektakel ebenfalls bestaunt. In meinem ganzen Leben war ich noch niemals bei einer Geburt zugegen, weder bei einem menschlichen Baby noch bei einem Tier. Mir wird plötzlich ganz feierlich zumute. Mein Herz beginnt schneller zu schlagen, und ich krampfe meine Finger in Papas Arm, weil ich so aufgeregt bin.

Die Ziege hat sich wieder hingelegt, das kleine Mädchen robbt vorsichtig an sie heran. Ohne die werdende Mutter zu berühren, schaut sie sich alles in höchstem Maße interessiert an. «Das Erste liegt richtig herum», jubelt sie leise, hält sich dann aber schnell die Hand vor den Mund. Als der Kopf des Tieres ein Stückchen mehr herauslugt, reckt sie dem Tierarzt wortlos ihren kleinen erhobenen Daumen entgegen. Das Zicklein ist noch komplett von der Fruchtblase umgeben, als es, wie in einen schützenden Kokon gebettet, aus dem Mutterleib hinausgleitet. «Es ist da!», flüstert die Kleine, während der Doktor seelenruhig abwartet, wie die Ziege sich verhält. Erst als sie sich erhebt, reißt die Fruchtblase, und ihr Baby liegt schutzlos vor ihr im Stroh. Ich halte die Luft an. In meiner Unbedarftheit hatte ich angenommen, sie würde ihr Baby nun abschlecken, es säubern und sich mit ihm vertraut machen, doch sie ignoriert es und meckert nur leise vor sich hin.

Fasziniert starre ich auf das nasse Bündel, das vorsichtig zu strampeln beginnt. *Willkommen auf der Erde, du niedliches Fellknäuel*, denke ich. *Ich hoffe, du wirst ein glückliches Leben haben.*

Das kleine Mädchen beginnt jetzt sanft, das Neugeborene vom Schleim zu befreien. Vor allem im Gesicht, damit es leichter atmen kann. Kurz beugt sich nun doch die Mutter darüber. Sie beleckt das Baby, dreht sich aber recht schnell weg, um sich einen halben Meter nach links erneut ins Stroh fallen zu lassen.

«Es geht weiter», sagt der Doktor. «Behältst du das Kleine im Auge?»

Das Mädchen nickt. Was nun kommt, kann ich nicht so genau sehen, weil mir der Mann mit seinem Oberkörper die Sicht versperrt. Am liebsten würde ich mich weiter nach vorn drängeln, aber ich halte mich zurück. Ich fühle mich sowieso schon fehl am Platz hier, wie eine Gafferin, die nicht helfen, sondern nur rumstehen kann. Mein Gefühl sagt mir, dass die Ziege ein zweites Baby zur Welt bringen will. Doch diese Geburt scheint nicht so reibungslos vonstattenzugehen wie die erste.

«Ist es eine Steißlage?», fragt die Kleine angespannt. Sie hat das Neugeborene mithilfe eines der Handtücher gesäubert und es ein wenig in die Nähe der Mutter geschoben. Und siehe da, sie beginnt erneut, ihr Kind abzuschlecken. Es scheint sie zu beruhigen, denn momentan ist kein Gemecker mehr zu hören.

Reichlich verdattert und vermutlich mit offen stehendem Mund starre ich die Kleine an. Eine was? Steißlage? Ich habe den Begriff nie zuvor gehört, könnte mir aber zur Not einen Reim darauf machen. Aber ich bin 32. Mit sechs Jahren wäre mir ein derartiger Ausdruck ganz sicher nicht über die Lippen gekommen.

«Wir haben Glück, Mimi», höre ich die tiefe Stimme des Arztes. «Es ist nur 'ne normale Hinterendlage. Gleich kannst du deinen neuen Freund begrüßen.» In der Tat dauert es kaum mehr dreißig Sekunden, da hat er das Tier sanft an den Füßen herausgezogen. Augenblicklich entfernt Mimi, wie das kleine Mädchen offenbar heißt, wieder den Schleim. Dann wird auch dieses Baby zur Mutter geschoben.

«Das war's», erklärt der Doc. Er hat die Ziege kurz untersucht. «Kein weiteres Baby im Bauch.»

Mimi gibt ein bedauerndes Seufzen von sich. «Ach, schade.»

«Komm schon, Mimi. Du hast zwei neue Kinder, um die du

dich kümmern kannst. Außerdem laufen hier nun wirklich genügend Tiere zum Streicheln und zum Versorgen herum.» Er dreht sich um, und ich kann sein amüsiertes Gesicht sehen. Er deutet auf eines der Babys. «Aber du hast Glück, für deinen Ziegenkäse ist gesorgt. Dieses ist ein Mädchen.»

«Yippie», ruft die Kleine. Liebevoll streichelt sie abwechselnd beide Tierbabys und liebkost auch die Mutter. «Gut gemacht, Ziegelise.» Sie drückt dem Tier einen Kuss auf das nasse Fell.

Der Doktor scheint alle nötigen Handgriffe erledigt zu haben. Er wendet sich an die Kleine: «Willst du mal nachsehen, wo deine Mutter bleibt?»

Meine Hand wandert von Papas Arm, den ich bis eben fest umklammert habe, zu seiner Hand. Ich drücke sie, und wir lächeln uns an. Dann weise ich dezent in Richtung Tür, denn ich fühle mich nach wie vor wie ein Eindringling und finde, dass es der Anstand gebietet, sich jetzt stillschweigend zu verabschieden. Wenngleich ich die Flut Glückshormone, die mich gerade überschwemmt und meinen gesamten Körper innerlich prickeln lässt, gern noch ein Weilchen ausgekostet hätte. Ich spüre auf einmal Demut vor dem Wunder des Lebens und kann mich an dem Anblick der winzigen Tiere gar nicht sattsehen. Es ist zu niedlich, wie sie versuchen, sich auf ihren wackeligen Beinen aufzurichten und dabei voller Neugier mit ihren dunklen Augen ihre neue Welt erkunden.

Erneut schiele ich zu meinem Vater. Ihn offen anzusehen traue ich mich nicht, weil ich fürchte, dass meine überbordenden Gefühle beim Blick in seine warmen blauen Augen endgültig überschwappen und ich weinen muss. Also blinzele ich nur unauffällig zu ihm rüber. Genau wie ich hat er die Geburt mit Staunen betrachtet, ich erkenne es an seinen Gesichtszügen, die so weich und unverkrampft aussehen wie die ganze Fahrt über nicht. Als er jetzt lächelt, überkommt mich ein freudiger

Schauer. Papa ist in unserer Familie von jeher derjenige mit dem sonnigen Gemüt und den Nerven aus Stahl. Und mit einem rosaroten Blick auf die Dinge. Für ihn sieht immer alles einen Tick besser aus, als es ist. Selbst die schlimmsten Ereignisse dreht und wendet er so lange, bis er ein winziges Körnchen Gutes daran findet. Ohne Papas optimistisches Wesen wäre unsere Familie sicher schon viel eher zerbrochen.

Dann, plötzlich, verkrampft sich die Miene meines Vaters. Er hat sich in Richtung Tür gewandt, wo etwas seine Aufmerksamkeit gefangen nimmt. Ich folge seinem Blick, kann aber zunächst nichts Eigentümliches entdecken. Bis ich im geöffneten Scheunentor die Umrisse einer fremden Person erkenne. Wie ein Scherenschnitt hebt sie sich vom hellen Himmel ab. Von der Statur her würde ich auf eine Frau tippen. Wieder meldet sich mein schlechtes Gewissen. «Los, Papa», ich drücke auffordernd seine Hand. «Lass uns gehen.» Doch er ignoriert mich komplett. Ohne irgendeine Reaktion steht er da und schaut weiter gebannt zum Eingang.

«Mama!», ertönt der freudige Ruf der Kleinen.

Ich blicke mich um und sehe, wie sie sich aufrappelt und bestens gelaunt in Richtung Scheunentor hopst. «Komm schnell her! Ziegelise hat ihre Babys bekommen. Es war eine Hinterlaufgeburt, aber Tom und ich hatten alles im Griff.»

Okay, denke ich, die Kleine ist definitiv älter als sechs. Auf dem Gebiet bin ich eindeutig zu unerfahren. Andererseits … Während ich weiter über Kinder im Allgemeinen nachdenke, aber irgendwie zu keinem Ergebnis gelange, bleibt die Frau plötzlich stehen und wartet, bis das Kind herangelaufen ist. «Na, das ist ja schön zu hören!», sagt sie. «Ihr seid ein gutes Team.» Ihr Tonfall ist bei Weitem nicht so emotionsgeladen wie der des kleinen Mädchens, eher rau, fast ein wenig kantig. Tief in meinem Innersten meldet sich etwas, ein dumpfes Gefühl.

Mehr eine Erinnerung an … tja, an was? Der Klang ihrer Stimme kommt mir bekannt vor, ich versuche, mich zu konzentrieren, doch etwas blockiert mich.

«So, das wäre geschafft», schnauft der Doktor und lenkt mich ab. «Ich düs' dann mal weiter», sagt er zu niemand Bestimmtem. Er steht auf, zieht seine Handschuhe aus und wirft die riesigen Teile über den Rand des Eimers. Mit Bedacht klopft er sich das Stroh von der Hose. «Hab noch ein paar Sachen auf dem Zettel.»

Im Gegensatz zu vorhin an der Unfallstelle, als er uns hektisch und reichlich ungehobelt zur Eile angetrieben hat, wirkt er in diesem Moment wie die Ruhe selbst. Jeder Handgriff sitzt, alle Utensilien finden binnen kürzester Zeit ihren Platz in seiner Tasche, und man gewinnt den Eindruck, er könne sie mit verbundenen Augen einräumen. Hätte ich ihn zum jetzigen Zeitpunkt, unter diesen Umständen kennengelernt, wäre mein Urteil über ihn möglicherweise etwas milder ausgefallen. Aber vorhin war er einfach nur … *nervig*. Und wie er mich Ellimaus genannt hat, klingt mir jetzt noch in den Ohren.

«Nun komm endlich!» Das kleine Mädchen versucht ungeduldig, die Mutter ins Stallinnere zu ziehen.

«Langsam, langsam», wehrt die sich, und kaum höre ich den Tonfall ein weiteres Mal, versuche ich erneut, die Stimme einzuordnen. Doch es ist, als wolle ich eine winzige Fliege aus einem Wasserglas fischen. Meine Erinnerung entgleitet mir immer wieder.

Aber dann, in derselben Sekunde, als die Frau komplett über die Schwelle tritt und mich das Gegenlicht nicht mehr blendet, kehrt auch meine Erinnerung zurück. Und sie trifft mich wie ein Faustschlag in die Magengrube. Ina.

4. Kapitel

Halt suchend kralle ich meine Finger in Papas Hand. Ich spüre die Wärme seiner Haut, doch sie erreicht mich nicht. Mir ist kalt, und mein Körper fühlt sich auf einmal an, als habe das Blut darin aufgehört zu zirkulieren. Stattdessen scheint es mir in die Füße gesackt und dort zu einem Eisklumpen gefroren zu sein.

Einen Moment lang bin ich wie gelähmt, dann kehrt nach und nach das Leben in meinen Körper zurück. Ich wirbele zu meinem Vater herum und bringe ihn durch die Wucht der Bewegung fast zu Fall. «Ist das … *hicks* … Ina?», stammele ich alarmiert.

Was für eine selten blöde Frage, schimpfe ich mich selbst. Klar ist es Ina, die keine zehn Meter entfernt von uns im Scheuneneingang steht. Meine Schwester. Mehr als zehn Jahre sind wir uns aus dem Weg gegangen, nicht mal auf Mamas Beerdigung war Ina *wirklich* anwesend. Die zwei Sekunden, die sie sich Zeit genommen hat, um drei Rosen in das Grab zu werfen, zähle ich mal nicht dazu. Auch nicht ihre pflichtschuldige Teilnahme an der anschließenden Trauerfeier. Wie bei einem Geist konnte man Inas Gegenwart zwar die ganze Zeit spüren, aber mehr nicht. Sie hat sich in eine Ecke verkrümelt und mit niemandem gesprochen, nicht einmal mit mir. Und nun steht sie plötzlich da, das ist … das kann nicht sein. Weil es nicht sein darf! Mein Verstand weigert sich, den Umstand zu akzeptieren, doch sooft ich auch blinzele, das Ergebnis bleibt dasselbe.

Ich suche Papas Blick, doch er ignoriert mich. Seine Aufmerksamkeit gilt voll und ganz der Frau im Eingang, die offenbar stehen geblieben ist, denn es sind keine Schritte mehr zu hören. Nervös trete ich von einem Bein auf das andere. Papa rührt sich nach wie vor nicht vom Fleck.

Ganz langsam drehe auch ich mich zu meiner Schwester um und beginne, Details wahrzunehmen. Ina sieht, soweit ich es auf die Entfernung erkennen kann, annähernd so aus wie früher. Unter Hunderten hätte ich sie erkannt. Zum Beispiel an ihrer charakteristischen, leicht schiefen Nase, die davon rührt, dass wir vor vielen Jahren gemeinsam mein Zimmer umräumen wollten und uns dabei der Kleiderschrank fast umgekippt ist. Die Tür schwang auf und traf Ina mitten im Gesicht. Damals waren wir Kinder, ich keine sechs Jahre alt, und beste Freundinnen. Unser erster Impuls war es, die Aktion vor Mama geheim zu halten, denn uns war klar, dass sie nicht begeistert gewesen wäre. Doch die Nase hat geblutet wie verrückt, der Badvorleger, zwei blütenweiße Geschirrhandtücher und ein Badelaken waren im Nullkommanichts eingesudelt, und unter Inas Auge prangte ein schillerndes Veilchen.

«Ella …» Papas Stimme holt mich aus meinen Gedanken. Er hat sich zu mir gedreht. «Lass es mich bitte erklären …»

Ich fahre herum. *Erklären?* Was will er mir denn jetzt noch erklären? Ich brauche keine Ausführung, denn auf einmal finden sich alle Puzzleteile zu einem klaren Bild zusammen: Papas sehnlicher Wunsch, die Reise zu planen, dazu seine Nervosität und die Rumdruckserei – er hat dieses Zusammentreffen von langer Hand geplant und unterwegs höchstwahrscheinlich Angst vor seiner eigenen Courage bekommen.

Mich packt die Wut. Wie oft habe ich Papa zu verstehen gegeben, dass ich Ina in diesem Leben nicht wiedersehen möchte, und trotzdem bringt er mich hierher? Das ist … Verdammt! Ich fühle mich hintergangen und verraten, bin wütend und zutiefst verletzt. Warum setzt er sich über meinen Wunsch hinweg? Glaubt er wirklich, meine Schwester und ich würden uns, nach allem, was passiert ist, glücklich um den Hals fallen und die Vergangenheit beiseiteschieben wie ein lästiges Küchenutensil, das man längst im Keller verstauen wollte? Als habe Ina mit ihrer tyrannischen, cholerischen Art Mama nicht regelrecht aus dem Haus getrieben. Unsere Familie und alles Glück ist zerbrochen, weil sie so egoistisch war. Das kann ich ihr nicht verzeihen, niemals.

Zornig schüttele ich Papas Hand ab und wehre mich, als er erneut versucht, sie zu ergreifen. Noch während ich meine Arme schützend vor der Brust verschränke und überlege, was ich als Nächstes tun soll, spüre ich plötzlich, wie sich eine unheimliche Ruhe über mein Gemüt legt. Als habe jemand einen Schalter umgelegt, sind in meinem Hirn die kreuz und quer umherwirbelnden Gedanken zum Stillstand gekommen, und ich sehe auf einmal glasklar vor mir, wie ich der Situation am besten begegne. Ina soll nicht merken, wie heftig mich ihre Gegenwart aufwühlt. Ich will das hier mit Würde zu einem Ende bringen, und zwar endgültig. Vielleicht, so wäge ich ab, muss es zu dieser Konfrontation kommen, damit Papa sich seine romantische Vorstellung von einer Versöhnung seiner Mädchen ein für alle Mal aus dem Kopf schlägt.

Über die Jahre war mir insgeheim klar, dass mein Vater Kontakt zu Ina hält. Sie ist seine Tochter, und ich kann es ihm nicht verbieten. Aber ich wollte davon nichts hören, was, wie sich nun herausstellt, ein Fehler war. Sonst wäre mir eventuell eher aufgegangen, *wie* verklärt Papas Sicht auf die Dinge ist. Seine rosarote Brille scheint mir neuerdings arg getrübt zu sein. Anders kann ich es mir nicht erklären, dass er nicht sieht, was Ina unserer Familie angetan hat.

Und dann, plötzlich, kommt mir der Gedanke, dass Ina womöglich wusste, dass wir heute vorbeikommen. Ist das vorstellbar? Ist Ina eingeweiht und unser Zusammentreffen hier ein Komplott, und ich bin die Dumme? Die unversöhnliche Ella, die man besser überrumpelt, damit sie nicht im Vorwege schon durchdreht? Bei dieser Überlegung rauscht mir regelrecht das Blut in den Ohren.

«Hallo, Papa», höre ich dumpf Inas gleichförmige Stimme an mein Ohr dringen. «Hallo, Ella.»

Sie hat sich leise genähert, das Kind an der Hand. Etwa drei Meter von uns entfernt ist sie stehen geblieben.

Bei dem Klang von Inas Stimme beginnen meine Handinnenflächen zu schwitzen, und mir schlägt das Herz bis zum Hals. Wenn ich wenigstens vorbereitet gewesen wäre, grübele ich. Jetzt, so spontan, weiß ich überhaupt nicht, was ich sagen oder wie ich reagieren soll. Ich kann Ina nicht ansehen, trete einen Schritt zurück und vergrabe meine Hände in den Jeanstaschen. In der Ferne registriere ich den fragenden Blick des Tierarztes. Sichtlich erstaunt über die Entwicklung dieses Nachmittags schaut er mich an, und mein Magen krampft sich noch ein Stück mehr zusammen. Irgendwie schaffe ich es schließlich doch, Ina anzusehen. So, wie meine Schwester dasteht, mit durchgestrecktem Rücken, den Kopf zur Seite geneigt und mit innerlich unbeteiligtem Gesichtsausdruck, prasseln ohne Vorwarnung Erinnerungen auf mich ein. Sie sieht aus wie Mama. Als habe jemand die Zeit zurückgedreht, und unsere Mutter stünde leibhaftig vor mir. Zwar war Mamas Blick stets wach und klar, voller Wärme und Güte, aber ansonsten ist Inas Ähnlichkeit mit unserer Mutter beinahe unheimlich. Meine Schwester verfügt haargenau über dasselbe, kantige Gesicht, dazu hat sie fast identische dunkle Haare. Auch wenn Mama ihre immer kurz trug und Inas Frisur länger und femininer fällt, sind sich die beiden wie aus dem Gesicht geschnitten. Ich spüre einen Stich in meinem Herzen und möchte wegrennen, um mich den Bildern zu entziehen, die nun wie eine Diashow in Endlosschleife vor meinem geistigen Auge abgespult werden. Ich sehe Ina und mich als Kinder, damals, als sie noch nicht diese … Anfälle hatte. Und ich habe Mama vor Augen, die uns Schwestern an sich drückt, eine links, die andere rechts. Doch dann wird das Bild überschattet. Ina und Mama schreien sich an. Zornig, wie zuletzt ständig. Es fliegen Gegenstände, Geschirr geht zu Boden. Und ich höre Mamas Versuche, Ina zu beschwichtigen. Beide weinen. Ich halte mir die Ohren zu.

«Hallo, mein Kind.» Papas Worte dringen wie aus weiter Ferne in mein Bewusstsein. Ich kann das Zittern in seiner Stimme wahrnehmen. Er tritt nun vor, um Ina an sich zu drücken. Sie lässt es geschehen, erwidert mit steifen Bewegungen die Umarmung und klopft Papa im Anschluss ein paar Mal unbeholfen auf den Rücken, als wolle sie ihm das Poloshirt abstauben. Ein weiteres Erinnerungsfitzelchen ploppt auf: Ina, die körperliche Nähe zum Schluss immer weniger aushalten konnte. Die mich aus ihrem Zimmer aussperrte, um mit sich und ihren Büchern allein zu sein.

Meine Schwester schiebt Papa sanft von sich. «Ihr hättet vorher anrufen sollen», sagt sie an mich gerichtet. Als sei ich schuld, dass wir hier unangemeldet hereingeplatzt sind. Ich bin dermaßen perplex, dass mir keine passende Erwiderung einfällt.

Einerseits fühle ich den Druck, Papa zuliebe eine halbwegs freundliche Begrüßungsfloskel von mir zu geben, andererseits möchte ich Ina bei den Schultern packen, schütteln und rufen: «Glaubst du allen Ernstes, ich sei freiwillig hier?»

«Hallo … *hicks* … Ina», bringe ich schließlich hervor und balle meine Hände in den Hosentaschen zu Fäusten. «Es war ganz sicher nicht ... *hicks* ... meine Idee, hierherzukommen.» Verdammte Kiste, fluche ich im Stillen. Der dämliche Schluckauf verrät, wie mir innerlich zumute ist. Ina kennt mich leider zu gut. Trotzig hebe ich mein Kinn.

Aber auch ich kann die Körpersprache und den Gesichtsausdruck meiner Schwester lesen und bin mir plötzlich ganz sicher, dass sie nicht mit unserem Auftauchen gerechnet hat. Ihr Tonfall klang erstaunt, fast ein wenig ungehalten und war hundertpro original. Schauspielern ist nicht Inas Ding, sie hat es ja schon damals nicht geschafft, Mama weiszumachen, der Schrank habe sich von allein aus seiner Wandverankerung gelöst. So wie wir es abgesprochen hatten. Stattdessen quasselte meine Schwester irgendwas von Erdanziehungskraft und physikalischem Zeugs, sodass Mama den Braten natürlich gleich gerochen hat.

Einen Moment herrscht Schweigen, und mir wird bewusst, dass alle mich ansehen. Als läge es bei mir, wie die Situation sich nun weiterentwickelt, scheinen sie regelrecht die Luft anzuhalten. Irgendwer beginnt, seinen Blick zu Boden zu senken, und einen Augenblick später stehen wir alle da, als würden wir etwas zu unseren Füßen suchen. Kein Pieps ist zu hören, nicht mal die Ziegen haben etwas zu meckern.

Ich fechte einen inneren Kampf aus. Würdevolles Verhalten hin oder her, am liebsten möchte ich nun doch auf dem Absatz kehrtmachen, ins Auto steigen und kommentarlos wegdüsen. Runter von diesem Hof und dieser verflixten Insel. Doch ich bin mir sicher, dass Papa nicht mitziehen würde, und da wir nun mal mit seinem Auto unterwegs sind, scheidet Flucht somit aus.

Die Stille breitet sich weiter aus, sie ist wie ein Puffer, ein Rettungsring. Solange wir nicht reden, gibts auch keinen Zusammenstoß. Papa malt mit der Kante seiner Schuhe Linien in den staubigen Betonboden.

«Ist das hier ein Flashmob?» Der Tierarzt stapft heran und gesellt sich zu uns. Mit seiner Tasche, die er wie vorhin quer um den Körper geschlungen hat, erweckt es den Anschein, als sei er auf dem Sprung. Ein wenig irritiert angesichts der ausbleibenden Reaktion auf seinen Witz wendet er sich an Ina: «Scheint so, als wäre ich, was diesen Hof betrifft, bald arbeitslos.» Es folgt ein vielsagendes Zwinkern mit den Augen. «Die Ziegelise hätte ihre Kinder sicher auch ohne mich, nur mit Mimis Hilfe zur Welt gebracht.»

Ich beobachte, wie er dem kleinen Mädchen über den Scheitel streicht. Mimi hat sich vertrauensvoll an sein Bein geschmiegt, und es ist nicht zu übersehen, wie sehr sie die Aufmerksamkeit genießt, die ihr zuteilwird. Und das Lob. Wie ein Blitz kommt mir ein Gedanke, der so abwegig ist, dass ich ihn schnell wieder aus meinem Hirn verbanne. Doch Sekunden später kehrt er zurück und lässt sich nicht mehr abschütteln. *Ist Mimi seine Tochter? Seine und … Inas?* Kurz bleibt mir bei der Vorstellung die Luft weg. Dann gerate ich ins Grübeln. Ina wird von der Kleinen «Mama» gerufen, wohingegen sie den Doc beim Vornamen nennt. Macht man das vielleicht heute so? Überhaupt wird mir plötzlich ganz anders, weil mir erst in diesem Augenblick so *richtig* bewusst wird, was es bedeutet, dass meine Schwester ein Kind hat: Ich bin Mimis Tante.

Ohne dass ich es verhindern kann, läuft mir ein kribbeliger Schauer über den Rücken. Und dann noch einer. Ich bin Tante! *Tante Ella.* Das … ist … irgendwie verrückt! Ungläubig nehme ich die beiden genauer unter die Lupe. Alle zwei – Mimi und der Doktor – haben dunkle Haare, mehr oder weniger stark gelockt. Das könnte ein Zufall sein, naheliegender scheint mir jedoch mein erster Gedanke: Er ist ihr Vater. Bei Inas Männerverschleiß ist es im Grunde nicht weiter verwunderlich, dass sie ein Kind hat. Bereits mit 15 brachte sie zum ersten Mal einen Freund nach Hause, und zwar einen, der sehr viel älter war als sie. Dann kamen und gingen die Typen, und mit 16 zog sie fort von zu Hause, zu einem von ihnen, ich glaube, er hieß Hauke. Von da an wird sie kaum in Askese gelebt haben. Und trotzdem … bei aller Fantasie fehlt mir die Vorstellungskraft, dass diese drei als eine glückliche Familie gemeinsam auf diesem Hof leben. Und ich will es mir auch gar nicht ausmalen müssen.

«Mimi hätte ohne Probleme für mich einspringen können», setzt der Kerl sein Loblied fort. «Gut zu wissen, falls noch mal jemand Gas- und Bremspedal verwechselt, dann werde ich nicht so nervös, weil ich stundenlang im Stau stehe.» Sein bedeutungsschwerer Blick wandert zu mir. Er grinst. Augenblicklich schießt mir das Blut ins Gesicht, und ich erröte. Spinnt er? Als hätte ich hinter dem Steuer gesessen! Außerdem ist *stundenlang* eindeutig männliche Zeitrechnung.

«Nein!» Die Kleine rettet mich. Verlegen knüllt sie den Saum ihres Kleides zwischen den Händen, wobei sie wie verrückt mit dem Kopf schüttelt. «Wir wussten ja, dass das zweite Baby sich verkeilt hat», erklärt sie, und ich muss schon wieder über ihre Wortwahl stutzen. Hätte sie nicht diese naive hohe Stimme und würde nach jedem zweiten Satz aufgeregt nach Luft schnappen, käme ich überhaupt nicht auf die Idee, dass sie noch ein Kind ist. «Das hätte ich nicht allein hinbekommen. Vielleicht wäre die Ziegelise dann gestorben, und wir hätten sie beerdigen und ihr Baby mit der Flasche großziehen müssen», rattert sie runter. «Und dann wäre das Zicklein schrecklich einsam gewesen und …» Sie muss einmal fest schlucken.

«Ist ja alles gut gegangen», unterbricht Ina die Litanei ihrer Tochter.

Mimi verstummt augenblicklich, kämpft aber mit den Tränen.

Keine Ahnung, ob mein Vater es gesehen hat und die Kleine

ablenken möchte oder ob er nur im Stillen beschlossen hat, dass dies der geeignete Moment für einen pathetischen Auftritt ist, auf jeden Fall breitet er die Arme aus und ruft: «Ist es nicht herrlich, sich bei so einer freudigen Gelegenheit einmal wiederzusehen?» Mit einem Strahlen, so breit wie das Scheunentor, fügt er hinzu: «Ich freue mich ja so!»

Keiner reagiert. Alle starren meinen Vater an, selbst der Tierarzt hat endlich seinen Blick von mir gelöst und sich Papa zugewandt. Allerdings wird er die Dramatik hinter Papas Worten kaum begreifen. Sogar wenn er Inas Ehemann ist, bleibt es fragwürdig, ob sie ihn in die Details unserer Familiengeschichte eingeweiht hat.

«Hallo!» Die Kleine baut sich vor Papa und mir auf. «Ich bin Mimi, und wer sind Sie?»

Ich bin überrascht über das «Sie», weil ich dachte, dass Kinder in ihrem Alter grundsätzlich alles und jeden duzen. Aber vermutlich hat meine eigenbrötlerische Schwester etwas gegen eine kindliche Ausdrucksweise, und wir können froh sein, dass Mimi uns nicht auf Mandarin begrüßt. Papa hingegen scheint sich über gar nichts zu wundern. Erleichtert, dass überhaupt jemand auf seine Worte anspringt, geht er mit knacksenden Knien vor Mimi in die Hocke. Er streckt ihr die Hand entgegen. «Hallo, Mimi, ich bin Rolf. Und das hier», er tastet nach meinem Unterschenkel und tätschelt ihn unbeholfen, «das ist Ella, meine Tochter.»

Die Kleine lutscht kurz nachdenklich an ihrem Zeigefinger. Dann erhellt sich ihre Miene und sie schüttelt Papas Hand. «Hast du die Geburt gesehen?», fragt sie ihn. Offenbar ist sie mit der Nennung seines Vornamens zu einer persönlicheren Ansprache übergegangen. «Die ist so gut gelaufen, obwohl bei einer Zwillingsgeburt oft ein Tier falsch rum im Bauch der Mama liegt. Wie bei der Ziegelise. Bei ihr war es eine Hinterlaufgeburt, das ist …», sie holt japsend Luft, «nicht so kompliziert wie eine Steißgeburt. Aber Tom und ich hätten die auch hingekriegt.» Stolz hebt sie das Kinn. Über ihre Nasenspitze hinweg blinzelt sie Papa Beifall heischend an. Dem steht vor Staunen der Mund offen. Auch ich bin einigermaßen perplex. Daran, dass die Kleine Inas Tochter ist, besteht jedenfalls kein Zweifel mehr. Auch der Doktor scheint seine Gene zur Genüge weitergegeben zu haben oder ihr zumindest den medizinischen Fachjargon aufgezwungen zu haben. Das ist ja fürchterlich! Die Kleine tut mir leid. Aber da ist noch etwas, das an mir nagt. Eine winzige Prise Eifersucht versetzt mir einen Stich, und je mehr mir bewusst wird, dass diese drei Menschen *tatsächlich* zusammengehören, umso mieser geht es mir. Ich zerre meine Hände aus den Taschen und verschränke erneut die Arme vor der Brust. Mit den Fingern umklammere ich mich selbst, so fest es geht. Währenddessen kann ich es nicht verhindern, dass mein Blick heimlich zu Ina wandert. Fast zärtlich betrachtet sie ihr Kind, also *für ihre Verhältnisse* zärtlich: Ein Glimmer hat sich in ihre Augen geschlichen, und sie lächelt.

Als Kind habe ich meine Schwester darum beneidet. Um Mamas breiten Mund und die mysteriösen grünbraunen Augen, deren Farbe exakt der meiner Lieblingsmurmel entsprach. Ich mit meinen dunkelblauen Augen, die Papas Linie entsprungen sind, fühlte mich lange Zeit blass und unscheinbar. Zumal meine Haut im Gegensatz zu Inas nicht so schnell bräunt und auch nicht denselben warmen Olivton annimmt. Mein Teint braucht ewig, bis er schlussendlich am Ende eines Sommers den Farbton eines zu dünn geratenen Cappuccinos hervorbringt, und ich erinnere meinen kindlichen Neid. Um mich zu trösten, hat meine Schwester mir damals unverständliche Abhandlungen aus ihren Schulbüchern über pH-Werte und Pigmentverfärbungen vorgelesen, die ich nicht wirklich verstanden habe und die auch nicht sonderlich zu meiner Aufmunterung beitrugen.

Auch jetzt ist Ina braun gebrannt. Sie trägt ein enges Top zu schlabbrigen Jeans-Bermudas, ihre dünnen, beinahe knöchrigen Beine stecken in schmutzigen, halbhohen Gummistiefeln.

«Na, du bist ja eine ganz Schlaue!», freut sich Papa mit der Kleinen und zaubert mit seinen Worten ein Lächeln auf Mimis Gesicht. Er sitzt weiterhin in der Hocke, was ich für eine Couch-Potato wie ihn ziemlich erstaunlich finde.

Die Kleine winkt lässig ab. «Ist doch keine große Sache!» Sie wendet sich ihrer Mutter zu. «Mama, wollen wir Rolf und Ella fragen, ob sie mit uns Kaffee trinken? Neni hat einen Birnenkuchen gebacken!»

Ohne Inas Antwort abzuwarten, beginnt sie, im Kreis um meinen Vater herumzuhüpfen. Sofort meldet sich mein Schluckauf zur Stelle. Hat sie eben Kaffee trinken gesagt? Unmöglich. Ich kann mich nicht mit Ina an einen Tisch setzen, als wäre nichts geschehen. Das ist … es geht nicht.

«Nein», kommt Ina mir zuvor. «Die beiden haben …», sie holt tief Luft, «sie haben nur kurz mal bei uns haltgemacht und müssen jetzt weiter.» Sie wirft erst mir und anschließend unserem Vater einen Blick zu, der wohl sagen soll: «Haut ab!» Und sie spricht mir damit aus der Seele. Nichts lieber als das. Trotzdem versetzt mir ihre Absage einen Stich, was sich irgendwie schizophren anfühlt.

Mimi wirkt ehrlich enttäuscht. Sie hat die Hüpferei gestoppt und zieht einen Schmollmund. «Ach, menno», seufzt sie theatralisch. «Das ist ja doof.» Sie überlegt kurz. «Aber Tom soll mit uns Birnenkuchen essen.»

Der Doktor steht mucksmäuschenstill inmitten unserer Runde und verfolgt offenbar recht interessiert das Gespräch. «Hört sich ziemlich … verlockend an», gibt er zögernd zur Antwort. «Aber nicht heute. Ich hab noch einen Haufen Arbeit vor mir, und wenn ich fertig bin, ist die Kaffeezeit vorbei und vermutlich kein Kuchen mehr übrig.» Er schneidet eine Grimasse.

Wieder kommt es zu einer kurzen Pause, alle starren schweigend Löcher in die Luft. Bis ich mich dazu durchringe, Nägel mit Köpfen zu machen. «Tja-a», sage ich gedehnt und bin ein wenig in Sorge, weil ich nicht recht weiß, wie mein Vater reagieren wird. «Dann lass uns … *hicks* … gehen, Papa.» Ich beuge mich vor, um ihm beim Aufstehen zu helfen. Alles, was mir sonst noch auf der Zunge liegt, nämlich dass Ina und ich kein Interesse an einem gemeinsamen Kaffeekränzchen haben und dass Papas Plan nicht funktioniert, schlucke ich herunter. Er wird es ganz sicher gespürt haben.

Ich nestele an seinem Ellenbogen herum, doch mein Vater bewegt sich keinen Millimeter, im Gegenteil, er scheint sich extra schwer zu machen. Als sich unsere Blicke begegnen, liegt in seinen Augen eine Traurigkeit, die mir unter die Haut geht. Papas Lider sind auf einmal dunkel gerändert, und seine Gesichtsfarbe ist zu einem fahlen Grau geworden. Aus einem Impuls heraus lasse ich ihn los, bleibe aber neben ihm und sehe ihn bekümmert an.

«Soll ich helfen?» Der Doktor hat uns offenbar beobachtet.

«Danke, nicht nötig», sagt mein Vater. Und mit Schwung, als habe ihn ein stacheliges Insekt in den Hintern gepikt, schießt er urplötzlich in die Höhe. Einen Moment verharrt er kerzengerade, dann beginnt er jedoch zu taumeln und stürzt, nachdem er sich einmal um die eigene Achse gedreht hat, mit einem dumpfen Aufprall zu Boden.

5. Kapitel

Starr vor Entsetzen sehe ich zu Papa, der keinerlei Regung zeigt. Auch die anderen stehen wie versteinert da. Keiner gibt einen Mucks von sich.

«Oh nein, oh nein!» Aus Mimis Kehle dringt ein verängstigter Jammerlaut. Sie hat sich als Erste von uns gefangen, lässt sich neben Papa auf den Boden fallen und krabbelt vor bis zu seinem Hals. Mit ihren kleinen Kinderhänden tastet sie nach seinem Puls. «Er lebt», verkündet sie, «aber vielleicht ist er ohnmächtig?»

Endlich schaffe auch ich es, mich zu rühren. Kurz huscht mein Blick zu Ina, die kreidebleich im Gesicht ist, so wie ich vermutlich ebenfalls. Wie auf ein unsichtbares Zeichen hechten wir beide vor und knien links und rechts neben unserem Vater nieder.

«Papa!» Mit sorgenvoll gerunzelter Stirn beugt Ina sich über ihn, während sie gleichzeitig sanft an seiner Schulter rüttelt. «Kannst du mich hören?»

Ich greife nach seiner Hand. Sie ist eiskalt. «Wach auf», flüstere ich beinahe tonlos, «bitte, wach auf!»

Aus dem Augenwinkel kann ich sehen, wie der Doc sich nähert. «Macht mal ein bisschen Platz», sagt er mit ruhiger Brummbärstimme. «Ich kann mich nicht nützlich machen, wenn alle im Weg rumsitzen.»

Sofort springen wir auf und treten beiseite. Ina zieht Mimi zu sich heran, stellt sich hinter sie und legt ihr beschützend die Hände auf die schmalen Schultern.

Gebannt schauen wir zu, wie der Doktor zu unseren Füßen zunächst Papas Augen und anschließend seinen Puls kontrolliert. Dann kramt er jenes Handtuch hervor, mit dem Mimi eben die Ziegen abgerieben hat, formt daraus ein Knäuel und schiebt es Papa unter den Kopf. Ich will etwas einwenden, sagen, dass der Stofffetzen schmutzig ist, doch ich schweige und beiße mir auf die Lippen. Es spielt keine Rolle.

«Reich mir mal das Ding da rüber», sagt er zu Ina und deutet auf einen herumstehenden Melkschemel. Sofort löst meine Schwester sich von Mimi und schiebt das Stühlchen mit dem Fuß vor sich her. Der Doktor greift sich Papas Beine, lagert sie auf der Sitzfläche und beugt sich danach vor, um seinen Patienten anzusprechen. «Können Sie mich hören?» Sein Tonfall ist leise, aber eindringlich. «Haben Sie Schmerzen?»

Einen bangen Moment halte ich die Luft an, mein Vater rührt sich nach wie vor nicht. Alles in mir verkrampft sich, ich spüre Schuldgefühle, ihn zum Aufstehen animiert zu haben. Gleichzeitig quillt mein Herz über vor Sorge. Ihn auf dem Boden liegen zu sehen und nichts tun zu können, ist ein so lähmendes Gefühl, dass ich mit den Tränen kämpfen muss. Doch dann, als mir schon ganz übel vor Verzweiflung ist, schlägt er die Augen auf. Augenblicklich fällt mir ein Felsbrocken vom Herzen.

«Papa!», rufen Ina und ich wie aus einem Mund.

Erschreckt über diesen Zufall schauen wir uns kurz an. Ihr Blick geht mir durch und durch, denn für den Bruchteil einer Sekunde sehe ich jene Ina, die viele Jahre lang meine Seelenverwandte war, der ich blind vertraut habe und mit der ich durch dick und dünn gegangen bin. Doch so schnell, wie der Moment gekommen ist, zieht er vorbei. Wir lösen den Blick voneinander und widmen uns unserem Vater. «Ein Glück, dass du wach bist», überspiele ich die Szene, «kannst du dich bewegen?»

Papa wirkt benommen, er starrt regungslos zur Decke, als müsse er erst einmal analysieren, wo genau er sich befindet.

«Tut dir etwas weh?», hakt meine Schwester noch einmal nach. «Sollen wir einen Krankenwagen rufen?»

Die Augen meines Vaters beginnen zu flackern. Sein Blick wandert von Ina zu mir und wieder zurück. Er blinzelt. «Was ist passiert?», fragt er verwirrt, und mir wird schon wieder ganz anders zumute. Hat er eine Amnesie?

«Du und Ella, ihr seid zu Besuch auf dem Karsenhof», erklärt meine Schwester pragmatisch. «Ihr wolltet gerade aufbrechen, da bist du umgekippt.»

«Genau», pflichte ich ihr bei, «wir waren im Begriff, uns zu verabschieden.» Ich streiche ihm liebevoll über den Arm. «Sobald du in der Verfassung bist aufzustehen, bringe ich dich in unser Hotel. Dort kannst du dich ausruhen.»

Fast unmerklich schüttelt mein Vater den Kopf. Bei dem Versuch, sich aufzurichten, fällt krachend der Schemel um.

«Moment, ich helfe Ihnen.» Der Tierarzt greift Papa unter die Arme. «Sachte, sonst bleibt Ihnen wieder der Kreislauf auf der Strecke.»

Die Spur eines Lächelns huscht über Papas Gesicht. Er ist inzwischen zum Sitzen gekommen und scheint sich langsam zu orientieren. Als der Tierarzt sich erheben will, packt Papa ihn am Arm. «Wären Sie so gut, mir einen Gefallen zu tun?», haucht er. «Sie sind doch Arzt, ich würde Sie bitten, sich etwas anzusehen.»

Augenblicklich beginnen meine Gedanken zu rotieren. Also doch. Mein Vater ist krank, ich habe es geahnt. Hätte er sich bloß regelmäßig beim Arzt durchchecken lassen, anstatt Jahr für Jahr mit stolzgeschwellter Brust einen Bogen um jede Praxis zu laufen. «Papa, der Mann ist Tierarzt», erinnere ich ihn. «Besser, ich fahre dich in ein Krankenhaus.»

Ich spreche extra bedächtig und betont laut, damit er mich auf jeden Fall versteht. Es kommt nicht gut an. Mit einer unwirschen Bewegung fegt er meine Worte fort.

«Ich gehe in keine Anstalt!», protestiert er mit erstaunlich fester Stimme, «Tier- oder Menschenarzt – das ist mir egal.»

Hilfe suchend schaue ich zum Doktor. «Erklären Sie es ihm», bitte ich und bete inständig, dass er seine Fähigkeiten realistisch einschätzt und sich nicht für einen dieser Halbgötter in Weiß hält, die *alles* können. Für meinen Vater wiederhole ich darum schnell noch mal: «Ich würde vorschlagen, dass du versuchst, aufzustehen, dann bringe ich dich in eine Klinik.»

Doch jetzt wird Papa bockig. Aus blanken blauen Augen funkelt er mich an. «Und ich würde vorschlagen, dass du den Wunsch deines Vaters respektierst und den Kerl hier ranlässt.» Mit einem jovialen Kopfnicken deutet er zum Tierarzt. «Ich will, dass er mich untersucht, und zwar ohne dass ihr dabei zusieht.» Er fasst sich an die Schläfe, um mit respekteinflößender Geste seine Schirmmütze zu richten, doch er merkt zu spät, dass sie ihm beim Sturz heruntergefallen ist und in zwei Meter Entfernung auf dem Boden liegt. Übersprungsartig fährt er sich durch das schüttere Haar.

Die Geste berührt mich, und ich beschließe schweren Herzens, ihm seinen Dickkopf zu lassen. Vorerst.

Papa wendet sich mit geradezu flehender Stimme an den Arzt. «Bitte. Schicken Sie die Mädchen fort, ich möchte allein mit Ihnen sprechen.»

Derart starrköpfig habe ich meinen Vater noch nie erlebt. Was ist nur mit ihm los? Unsicher schiele ich zu Ina, doch nüchtern, wie sie ist, hat sie Mimi bereits ein paar Schritte vor sich her in Richtung Ausgang geschoben. «Lass Papa doch seinen Willen!», wirft sie mir über die Schulter zu. «Wenn es sein Wunsch ist, dann soll Tom ihn sich mal ansehen. Er wird ihn schon nicht umbringen.»

Herrje, sie hat ja recht. Natürlich hat sie das. Aber muss sie darum so flapsig daherreden? Ich atme tief ein und wieder aus, werfe einen letzten Blick in die *Männerrunde* und schleiche dann mit hängendem Kopf hinter den beiden her, hinaus aus dem Stall.

Vor der Tür warten Ina und Mimi. Als ich sie eingeholt habe, platzt die Kleine heraus: «Keine Sorge. Tom ist ein guter Arzt, er macht alle wieder gesund.»

Ich bin ihr dankbar für die freundlichen Worte, darum schenke ich ihr ein Lächeln.

«Ihr habt den Mann dadrinnen beide Papa genannt.» Mimi kaut auf ihrem Daumennagel. «Wenn er Mamas Papa ist und auch dein Papa», ihr Blick bohrt sich in meinen, «dann seid ihr Schwestern. Und Rolf ist mein Opa.» Angestachelt von dieser Erkenntnis, beginnt sie, im Kreis um Ina und mich herumzuhüpfen. Irgendwann kommt sie vor mir zum Stehen. «Also bist du meine Tante! Und ich bin deine Nichte. Deine Kinder sind meine Cousinen, und dein Mann ist mein Onkel, auch wenn ich mit ihm nicht blutsverwandt bin.» Sie strahlt. Ein Kohlweißling kommt angeflattert und lässt sich auf ihrer Schulter nieder. Er genießt dort die Sonnenstrahlen und bewegt seine Flügel wie in einem langsamen Tanz.

Verblüfft, wie erstklassig sich die Kleine mit Familienstammbäumen auskennt, stottere ich: «Ich … habe keine Kinder. Und … ähm … auch keinen Mann.» Nicht mehr jedenfalls. Schnell schiebe ich das Bild von Bastian, das kurz vor meinem inneren Auge aufgetaucht war, wieder von mir. Weit weg.

Mimi ist im Begriff, den Schmetterling mit vorsichtigen

Bewegungen auf ihren Finger zu locken, doch der zarte Falter zeigt kein Interesse an ihr, hebt ab und verschwindet in Richtung Blumenwiese. Sofort wendet sie sich wieder an mich. «Das ist aber schade, dass du keinen Mann hast», findet sie. «Ich habe nämlich keine Geschwister und hätte darum soo gern eine Cousine. Oder einen Cousin.» Sie breitet die Arme aus, um zu verdeutlichen, wie groß ihr Wunsch ist. Dann schaut sie mir prüfend ins Gesicht. «Aber du siehst gut aus. Du könntest einen Onkel finden, hier auf Sylt.» Kichernd beginnt sie, wieder um uns herumzuspringen. «Und wenn du dich beeilst, bin ich noch nicht zu alt, um mit meinen Cousinen zu spielen.»

Das bezweifele ich in höchstem Maße. Nicht nur weil mir nicht der Sinn danach steht, in nächster Zeit nach einem neuen Freund Ausschau zu halten, sondern auch weil Mimi ihrem Alter ja jetzt schon weit voraus zu sein scheint. Meine Kinder würden garantiert nicht mit ihr mithalten können.

Mimi bremst ab. «Mama?», fragt sie Ina, «glaubst du, Opa hat eine Gehirnverschüttung? Warum ist er überhaupt gestürzt, leidet er unter zu niedrigem Blutdruck?» Sie wirbelt zu mir herum. «Wie alt ist Opa? Bekommt er schon die Rente? Hat er eine Frau?»

Entsetzt starre ich sie an. Das Thema *Opas Frau* sollte in dieser Runde besser nicht zur Sprache kommen. Sonst kann ich für nichts garantieren.

«Deine Oma ist vor langer Zeit gestorben», erklärt Ina knapp. Den Versprecher ihrer Tochter lässt sie unkommentiert. Stattdessen streicht sie Mimi versonnen über das Haar. Sorgfältig darauf bedacht, dabei nicht zu mir zu sehen.

«War sie krank? Hatte Sie Demenz?»

Ina schüttelt den Kopf. «Nein, sie starb bei einem Unfall.»

Die Kleine runzelt die Stirn. «Ein Unfall mit dem Auto? War sie nicht angeschnallt? Man muss sich immer anschnallen, sonst hat man nicht so gute Chancen zu überleben. Jedes Jahr sterben … äh …» Sie kramt in ihrem Gedächtnis, wird dabei aber von Ina unterbrochen.

«Wir kennen die Problematik, Mimi. Außerdem habe ich dir schon hundertmal gesagt, dass du nicht in Toms ADAC-Magazin blättern sollst. Das ist nichts für Kinder.»

«Ach menno.» Mimi rollt mit den Augen.

Irritiert linse ich zu Ina. Sie scheint die Fragerei und das Wissen ihrer Tochter normal zu finden, wirkt aber nicht stolz, sondern eher ein wenig besorgt. Ich warte einen Moment, ob sie noch mehr zu dem Thema beitragen wird, doch die Aufmerksamkeit meiner Schwester gilt jetzt ihrem linken Gummistiefel, in den sich wohl ein Steinchen geschummelt hat. Auf einem Bein balancierend, schlupft sie aus dem Schuh und stülpt ihn kopfüber, sodass der Übeltäter vor uns auf den gepflasterten Boden kullert.

Während ich auf Inas dünne Beine starre und daran erinnert werde, wie wir als Kinder auf Stelzen gelaufen sind und uns beim Gummitwist verausgabt haben, höre ich sie erklären: «Mimi, deine Oma hatte einen Sportunfall. Sie war mit einem Gleitschirm unterwegs, wollte landen, doch dann …» Ina unterbricht kurz, und ich halte die Luft an. Dass Mama mit ihrem Segel von einer Windbö erfasst wurde, mit Wucht gegen einen Felsen geprallt ist und erst Tage später geborgen werden konnte, wird sie hoffentlich nicht bis ins Detail vor ihrer Tochter ausbreiten. Es macht mir heute noch in manch schlafloser Nacht zu schaffen. Ein Kind könnte es sicherlich nicht verarbeiten.

«… dann ist sie doch lieber in den Himmel geflogen?», fragt Mimi interessiert.

Zu meinem grenzenlosen Erstaunen bejaht meine Schwester die Frage. Die Ina, die ich kenne, hätte jetzt eine ebenso nüchterne wie präzise Erklärung parat gehabt. Doch sie wirft mir nur einen warnenden Blick zu und sagt mit Nachdruck: «Richtig, Mimi. Sie ist damit in den Himmel geflogen.»

Ich spüre, wie sich mein Herz schmerzhaft zusammenzieht, wie immer, wenn ich an diese schlimme Zeit erinnert werde, und ich frage mich, wie Ina damit zurechtkommt. Sie muss innerlich überquellen vor Schuldgefühlen.

Mimi hingegen scheint sich mit dieser Antwort zufriedenzugeben. Etwas anderes kommt ihr in den Sinn. «Ich schau mal nach Opa und nach Tom», erklärt sie und trollt sich sogleich in Richtung Stall. «Vielleicht brauchen die meine Hilfe.»

Und plötzlich bin ich allein mit Ina. Sie schaut zu Boden, kickt mit dem Fuß ein paar Steine zur Seite, und es ist offensichtlich, dass sie sich unwohl fühlt. Mir geht es genauso, ich weiß nicht, was ich sagen soll und ob ich überhaupt mit ihr reden wollte, wenn mir etwas einfiele.

Als habe jemand kurz bei einem Film den Ton weggeschaltet und dann wieder auf laut gestellt, registriere ich plötzlich die Geräusche der Natur, die uns umgibt. Über uns sind Möwen zu vernehmen, von weiter hinten kräht ein Hahn, und sogar einen der Esel im Stall glaube ich, rufen zu hören.

Wenn ich es nicht besser wüsste, käme ich im Leben nicht auf die Idee, dass ich auf einer Insel gelandet bin. In welcher Richtung sich wohl das Meer befindet? Auf dem Weg hierher stand ich dermaßen unter Hochspannung, dass ich keine Sekunde dazu gekommen bin, nach dem Wasser Ausschau zu halten. Lediglich einen Zipfel vom Watt habe ich in der Ferne ausgemacht. Eine Weile versuche ich es mit Logik, checke den Stand der Sonne und krame in meiner Erinnerung alles hervor, was ich über Sylt weiß. Es ist nicht viel, darum gleiten meine Gedanken weiter. Was Ina wohl hierher verschlagen hat? Ich kann mich nicht entsinnen, ob sie schon als Kind eine ausgeprägte Vorliebe für die Nordsee hatte. Ob diese Sympathie mit Tom in ihr Leben trat? Möchte mal wissen, warum die beiden sich ausgerechnet Sylt als Heimat ausgesucht haben. Eine Insel, von der man doch weiß, dass sie zu den teuersten Orten in Deutschland gehört? Wie können sie es sich leisten, hier zu wohnen? Noch dazu auf diesem Hof?

Meine Schwester war zum Schluss so was von … *speziell*, dass ich sie mir partout nicht beim Arbeiten vorstellen kann. Was ich mir allerdings ebenso wenig ausmalen kann, ist, wie sie und dieser Tom … Schnell schiebe ich den Gedanken von mir. Überhaupt bin ich meiner Schwester schon viel zu nahe gekommen. Was sie macht, will ich gar nicht wissen. Ich möchte nur hören, dass Papas neuer Hausarzt Entwarnung gibt. Danach werde ich mir meinen Vater schnappen und schleunigst mit ihm das Weite suchen. Fort von hier, weg von Ina. Und am besten auch fort von dieser Insel.

Es quietscht, und die Stalltür geht auf. Mimi erscheint auf der Schwelle. Hektisch winkt sie uns zu sich heran. «Kommt schnell her!» Schon ist sie wieder im Stall verschwunden.

Meine Schwester und ich brauchen keine zweite Einladung. Im Gleichschritt stolpern wir los, schnurstracks ins Stallgebäude. Drinnen finden wir unseren Vater auf dem Melkschemel sitzen, den Blick fest auf den Doktor geheftet. Dieser räuspert sich sogleich.

Oh, oh, das hier sieht gar nicht gut aus, schießt es mir durch den Kopf, und ich spüre einen Knoten in meinem Magen. Blitzschnell schließe ich einen Pakt mit mir selbst. Was auch immer der Doc mir gleich eröffnet, ich werde es nicht stillschweigend hinnehmen. Ich werde kämpfen und mit Papa von Spezialist zu Spezialist ziehen, bis ihm geholfen wird, koste es, was es wolle …

«Ihr Vater hat eine Gehirnerschütterung.» Während er spricht, lässt der Tierarzt meinen Vater keine Sekunde aus den

Augen. «Er hat ein … Hämatom am rückwärtigen Schädel, klagt über Übelkeit und Schwindel sowie über starke Kopfschmerzen.» Er schaut kurz zu Boden und wischt sich mit dem Handrücken über die Stirn. «Es ist somit nichts Lebensbedrohliches, aber durchaus ernst zu nehmen. Eine Woche strikte Bettruhe halte ich für unausweichlich.» Seine Aufmerksamkeit richtet sich wieder auf Papa, als wolle er sich vergewissern, nichts Falsches gesagt zu haben. Dann blickt er mich an. «Das gilt ab sofort. Darum vorerst keine Weiterfahrt mit dem Wagen.»

Meine Augen werden kugelrund. Wie bitte? Wie soll das gehen? Wir müssen doch irgendwo übernachten! «Bis zu unserem Hotel ist es vermutlich nicht weit», werfe ich ein. «Das sollten wir schaffen. Die Insel ist höchstwahrscheinlich nicht riesig.»

Als habe er auf etwas Saures gebissen, verzieht der Doktor sein Gesicht. «Nein», sagt er, weicht aber meinem Blick aus. «Kein Transport. Der Patient benötigt absolute Ruhe und gehört ohne Umwege ins Bett.»

Mir wird ganz heiß. «Aber wenn mein Vater ins Bett soll, muss er transportiert werden. Ich sagte doch: Wir wohnen in einem Hotel und müssen dorthin fahren.»

«Und ich sagte: kein Transport.»

Wir starren uns an wie zwei Kampfhähne.

Während ich in meinen Gedanken beginne, alle verbleibenden Möglichkeiten durchzuspielen, dringt aus Papas Kehle plötzlich ein Stöhnen, das mir durch Mark und Bein geht. Entsetzt schaue ich zu ihm. Also … ich begreife das einfach nicht. Papa sieht gar nicht mal so übel aus. In sein Gesicht ist die Farbe zurückgekehrt, leichte Sommerbräune mit rosigen Wangen. Niemals hätte ich gedacht, dass es so ernst um ihn steht.

«Opa kann mein Zimmer haben!», posaunt Mimi heraus. Sie kniet sich vor meinen Vater hin und streichelt seinen Arm. «Ich schlafe dann bei Mama. Oder bei Neni. Oder hier bei der Ziegelise.» Flehentlich schaut sie zu Ina. «Bitte sag Ja, Mama. Opa muss wieder gesund werden.»

Ina hatte ich fast vergessen. Der Doktor hat sie kein einziges Mal angesehen während seiner Rede. Offenbar ist die Hierarchie hier im Haus zu seinen Gunsten geklärt. Auch jetzt antwortet er für meine Schwester.

«Das ist eine tolle Idee», lobt er Mimi. «Du übernachtest bei Ziegelise, dein Opa nimmt dein Zimmer, und Sie …» Sein Blick wandert zu mir und bohrt sich in meinen. «Sie schlafen auf der Couch.»

Moment mal … Nein!

Mag ja sein, dass meine Schwester sich von diesem Kerl Befehle erteilen lässt, aber ich beabsichtige nicht, mich ihm ohne Weiteres unterzuordnen. «Mein Vater und ich haben ein Hotel gebucht», leiere ich nun schon zum dritten Mal. Auch wenn ich im Grunde ja keine Ahnung habe, was Papa tatsächlich geplant hat. «Und nur weil *er* nicht mit dem Auto fahren darf, bedeutet das ja nicht, dass ich ebenfalls hierbleiben muss.» Ich schenke dem Doc einen vernichtenden Blick, den er glatt an sich abprallen lässt. Stattdessen beugt er sich vor und hilft meinem Vater hoch. Papa stützt sich auf den angebotenen Arm, als wären seine Beine aus Wackelpudding. Augenblicklich bereue ich meine Worte. Verdammt, was mache ich denn jetzt nur? Wie ein Häufchen Elend lässt mein Vater sich führen.

«Ella», haucht er mit dünner Stimme, «ich brauche dich. Hier.» Sein flehender Augenaufschlag bewirkt, dass sich mir vor Sorge die Eingeweide zusammenziehen. Doch bevor ich etwas sagen kann, drängt Mimi an mir vorbei und zieht ihre Mutter hinter sich her Richtung Ausgang. «Wir müssen frische Bettwäsche raussuchen, Mama. Eine Wolldecke und Kissen. Und Neni muss Hühnersuppe kochen.»

Ina nickt mechanisch. Keine Ahnung, was in ihr vorgeht, aber in meinem Inneren brodelt die Magensäure. Ich will nicht auf diesem Hof übernachten, mit Ina unter einem Dach!

6. Kapitel

«Hier, deine Bettwäsche.» Inas Miene ist regungslos, als sie mir Laken, Bezüge und eine dünne Decke in den Arm drückt. «Du kannst die Couch im Arbeitszimmer benutzen. Kissen findest du dort.» Sie wendet sich an Tom. «Und du bist dir ganz sicher, dass mein Vater nicht mal eine kurze Strecke transportiert werden kann? Ella fährt garantiert vorsichtig.» Ein mahnender Blick streift mich, und ich nicke zur Bekräftigung. Alles ist besser, als die Nacht als Inas Gast verbringen zu müssen.

Wir stehen im ersten Stock des stattlichen, alten Gebäudes, die Stimmung ist gedrückt. Außer Mimi, die spürbar entzückt ist über die neuen Umstände und gar nicht aufhören kann zu grinsen, scheint sich niemand so recht mit dem Gedanken anfreunden zu können, für ein paar Nächte zusammenzurücken. Selbst mein Vater steht auf wackeligen Beinen neben dem Doktor und stößt von Zeit zu Zeit leise Seufzer aus.

Einen winzigen Moment zögert der Tierarzt. Er hat seine Tasche unterwegs im Wagen verstaut, und so nervös, wie er auf mich wirkt, muss er in der Tat einiges auf dem Zettel haben. Doch seine Antwort an Ina bleibt dieselbe. «Nein», sagt er rigoros, wobei er meinen Vater fest im Visier hat. «Kein Transport für mindestens eine Woche.»

Ich sehe, wie die beiden Blicke austauschen. Es liegt etwas Komplizenhaftes in dieser Geste, weshalb ich noch einmal kurz über meine Theorie, Papa könnte ernsthaft erkrankt sein, nachdenke. Die Idee scheint mir aber inzwischen absurd zu sein, warum sollte er dieses Geheimnis ausgerechnet mit einem Wildfremden teilen? Wortlos ergebe ich mich in mein Schicksal. Ohne zu Ina zu schauen, weiß ich, wir denken dasselbe: *eine Woche? Sieben gottverdammte Tage gemeinsam unter einem Dach?* Mein Nacken beginnt zu prickeln, weil sich dort vermutlich gerade alle Härchen einzeln aufstellen.

«Ich würde mich gern mal setzen», ächzt Papa. «Ihr wisst ja ... mein Kreislauf ...»

Urplötzlich kommt Bewegung in unser Grüppchen. «Ich helfe euch noch kurz, dann muss ich wirklich loslegen.» Der Doktor greift Papa unter den Arm und führt ihn zielstrebig den Flur entlang. Mimi und Ina folgen, ich bilde das Schlusslicht und schaue mich ohne besonderen Elan etwas um. Der Korridor und was ich, davon abgesehen, vom Gebäude in Augenschein genommen habe, wurde recht ansprechend renoviert. Bereits das Erdgeschoss wirkte einladend, der Boden durchgehend gefliest, mit beige melierten Kacheln, die alt und derb aussehen, aber möglicherweise neu sind. Seit ich damit beauftragt wurde, einen leer stehenden Gebäudeteil auf dem Brauereigelände zum Bistro umzufunktionieren, kenne ich mich mit Inneneinrichtung ein klein wenig aus. Hier oben, in der ersten Etage, hat man die alten Holzdielen weitestgehend in ihrem Zustand belassen und nur dort ausgebessert, wo es höchstwahrscheinlich nottat. Die Wände wurden oberflächlich verputzt und cremeweiß getüncht, wobei entlang der Treppe der rötliche Klinkerstein in seiner Ursprungsform erhalten wurde. Unwillkürlich zähle ich die Türen, an denen ich vorbeilaufe. Fünf. Vermutlich ein Bad, Inas und Toms Schlafzimmer, dann das für mich gedachte Arbeitszimmer, Mimis Reich und vielleicht eins für diese Neni? Keine Ahnung. Offenbar gibt es aber kein Gästezimmer, sonst müsste die Kleine ja nicht Platz für unseren Papa machen.

Gedankenverloren folge ich den anderen ins Kinderzimmer, wo Ina mit Mimis Hilfe bereits begonnen hat, das Bett abzuziehen. Die beiden scheinen ein eingespieltes Team zu sein. Papa lehnt windschief an einem Fenstersims und beobachtet sie verträumt bei der Arbeit.

«Tja», sagt der Doktor, «dann werde ich wohl nicht mehr gebraucht.» Er wendet sich an Papa. «Ich wünsche gute Genesung. Und nicht vergessen: strikte Bettruhe.» Während er meinem Vater kumpelhaft auf die Schulter klopft, zwinkert er ihm gleichzeitig aufmunternd zu.

Ina bekommt zum Abschied zwar keinen Kuss, aber immerhin ein freundliches Lächeln, wohingegen ich lediglich einen schiefen Blick ernte. Schnell schaue ich weg. Also wirklich! Falls ihn Papas und meine Anwesenheit stört, kann ich es auch nicht ändern. *Ich* war es sicher nicht, die meinen Vater zu sieben Tagen Nichtstun verdonnert hat.

Als er weg ist, wende ich mich Ina zu. «Kann ich helfen?» Meine Frage kommt spät, meine Schwester ist bereits im Begriff, die Knöpfe des mit bunten Stiefmütterchen verzierten Bezugs zu schließen. Mir ist aber im Grunde klar, dass Ina mein Angebot ablehnen wird, und so überrascht mich ihr promptes «Nein» nicht nennenswert. Mit geneigtem Kopf tritt sie einen Schritt zurück und betrachtet ihre Arbeit.

Etwas bedröppelt schiebe ich die Hände in die Hosentaschen und lasse meinen Blick mehr oder weniger interessiert durch den Raum schweifen. Das Zimmer ist hell und erstaunlich aufgeräumt, dafür, dass hier ein Kind wohnt. Ich war in Mimis Alter nicht sonderlich ordentlich und musste ständig ermahnt werden, alles an seinen Platz zu legen. Insbesondere meine Stofftiere verteilte ich oft kreuz und quer im Zimmer, sie benötigten schließlich Auslauf! Meine Unordnung stand in krassem Gegensatz zu Inas Strukturiertheit. Oberflächlich betrachtet, schien sie ebenfalls nicht großartig ordnungsliebend zu sein, trotzdem hätte man sie zu jeder Zeit mit verbundenen Augen in ihr Zimmer schicken können, es wäre ein Leichtes für meine Schwester gewesen, sich zurechtzufinden.

Auf dem höhenverstellbaren Schreibtisch türmt sich ein bunter Stapel Gesellschaftsspiele, die allem Anschein nach häufig benutzt werden. Ein paar davon – *Mensch ärgere dich nicht* und *Scrabble* – erinnere ich aus meiner eigenen Kindheit. Ich schaue weiter, zu einem antiken Schrank, höchstwahrscheinlich Mimis Kleiderschrank. Im Regal nebendran finden sich Puppen, einige wenige Bücher und haufenweise Kartons – sorgfältig beschriftet –, mit deren Hilfe Mimi offenbar Ordnung hält. Ihr Bett, ein normal großes Einzelbett, ist schlicht und weiß, nebendran steht ein passend getünchtes Nachtschränkchen, das aussieht, als entspränge es der Generation des Kleiderschranks. An der Wand über dem Kopfende baumelt an einem einsamen Nagel ein rosafarbener Kopfhörer mit Katzenohren, daneben kleben ein Poster von Billie Eilish und eine Weltkarte. Durch das angrenzende Fenster sieht man auf den Hof, auf dem Papas Wagen parkt.

«Ich hole gleich mal unser Gepäck», sage ich zu meinem Vater, der noch immer am Fensterbrett lehnt und im Stehen zu dösen scheint. Nun plötzlich schnellen seine buschigen Augenbrauen in die Höhe. «Gute Idee, Ella! Und vergiss bei der Gelegenheit bitte mein Handy nicht. Und das Ladegerät.» Ein gieriges Schimmern liegt in seinen Augen.

«Natürlich … geht klar.» Im Stillen schlage ich allerdings die Hände über dem Kopf zusammen. Sieht so aus, als würde sich die Social-Media-Abhängigkeit quer durch alle Altersgruppen ziehen. Wobei ich ehrlich gesagt nicht glaube, dass mein Vater das Telefon für etwas anderes benutzt als zum Telefonieren.

«Deinen Koffer kannst du gleich unten stehen lassen», erklärt mir Ina, während sie die Decke ein letztes Mal penibel glatt streicht. «Dein Zimmer befindet sich im Erdgeschoss.»

Oh, okay. Hier oben gibt es fünf Zimmer, und ich schlafe eine Etage tiefer? Werde ich wie eine Aussätzige möglichst fern von allen einquartiert? Man muss mir meine Irritation angesehen haben, denn Mimi kommt plötzlich zu mir gelaufen, umschlingt eines meiner Beine und schaut zu mir hoch. «Sei nicht traurig, Tante Ella. Hier oben ist kein Platz mehr. Außer Opa wohnen hier nämlich noch Mama und Neni. Aber du musst dich nicht fürchten, unten schläft der Hund und passt auf dich auf. Außerdem noch die Katzen und natürlich Tom.» Sie schenkt mir ein tröstliches Lächeln, das ich ein wenig beschämt zurückgebe. Mimi verfügt über feine Antennen und hat mich durchschaut. Doch dann stutze ich. Ina und ihr Mann übernachten in getrennten Etagen? Schnarcht er? Oder sie? «Gar kein Problem», sage ich schnell. Auf keinen Fall möchte ich, dass Papa sich Vorwürfe macht. Er sieht auch so schon reichlich bedröppelt aus.

«Neni wirst du bestimmt gleich kennenlernen», plappert Mimi weiter, «sie heißt eigentlich Helene, ist Toms Oma und 82,5 Jahre alt. Und sie lebt auf diesem Hof, seit sie geboren wurde.»

«Neni wohnt nicht nur hier, ihr gehört das Haus», wirft Ina ein.

«Weiß ich doch, Mama!»

Ina bittet ihre Tochter, ein Glas Wasser für Papa zu holen, und hilft unserem Vater, sich aufs Bett zu setzen. Ich springe ihr bei. Es fühlt sich eigenartig an, auf so engem Raum beisammen zu sein. Papa, Ina, ich und … meine Nichte. Wir sind offiziell eine Familie, und doch könnten wir uns fremder nicht sein.

In meiner Kehle bildet sich ein trauriger Kloß, sodass ich rasch zum nächsten Thema übergehe. «Ist es … Neni überhaupt recht, wenn Gäste hier übernachten?» Wenn ihr das Haus gehört, sollten Papa und ich uns wohl besser mal vorstellen, ehe wir unsere Koffer auspacken. Ich möchte wirklich niemandem zur Last fallen.

«Passt schon», sagt Ina.

«Neni erlaubt alles!», triumphiert Mimi, die in Windeseile zurück ist und gerade ein volles Glas auf dem Nachtschränkchen abstellt. «Sie hat als Kind im Bunker gespielt und Wassersuppe von Kartoffelschalen gegessen. Neni behauptet, dass sie darum so schnell nichts umhaut.»

«Na, dann», sage ich abwesend, während mir der Gedanke kommt, dass sie dann ja wunderbar zu Papa passt. Noch jemand, der vermutlich seit 15 Jahren keine Arztpraxis von innen gesehen hat. Die beiden werden sich sicher bestens verstehen.

«Besser, du legst dich hin und schließt ein wenig die Augen», rät Ina unserem Vater, der friedlich wie ein Lämmchen dankbar nickt. So wie er dasitzt – mit seinen kurzen Beinen, die den Fußboden nicht berühren, und der Schiebermütze, die ihm garantiert keine 5 cm Körpergröße mehr zaubert, auch wenn er überzeugt davon ist –, wird mir auf einmal das Herz ganz schwer. Hoffentlich ist er bald wieder der Alte.

Ina hat noch eine Falte im Kissen entdeckt. Sie streicht so lange darüber, bis alles für ihren Geschmack perfekt ist, ehe sie sich aus meinem Arm den anderen Stapel Bettwäsche schnappt. «Ich geh schon mal runter.» Sie winkt kurz, packt Mimi bei der Hand und macht sich auf den Weg ins Erdgeschoss.

«Es tut mir leid, Ellimaus», stammelt Papa kleinlaut, als wir allein sind. «Es ist … also, das war …»

«Jetzt werd erst mal gesund», wiegele ich ab und schlucke das Gefühl des Verraten-worden-Seins herunter. Ich brauche Zeit zum Nachdenken, ehe ich mich auf eine Diskussion über das Thema einlasse. «Absolute Bettruhe», erinnere ich ihn, «du hast es ja gehört. Wir reden miteinander, sobald du wieder auf dem Damm bist.»

Er wirkt resigniert. Wie ein Kind hat er den Kopf eingezogen und blinzelt schuldbewusst zu mir hoch. «Vielleicht unternimmst du in der Zwischenzeit etwas mit Ina?» Er schlägt das allen Ernstes vor, und ich kann die Hoffnung in seinen Augen flackern sehen, wie den ersten zaghaften Stern am Abendhimmel.

Vergiss es!, möchte ich rufen, aber das bringe ich angesichts seiner Verfassung nicht übers Herz. Stattdessen schüttele ich in einer vagen Geste den Kopf und wende mich zur Tür. Ehe er weiter auf dem Thema herumreiten kann, schicke ich ihm schnell noch eine Kusshand und mache mich auf, um endlich unsere Koffer zu holen.

Im Erdgeschoss sind Ina und Mimi gerade dabei, mein Zimmer herzurichten. Ich hatte angenommen, Ina würde das Bettzeug kommentarlos irgendwo hinlegen und dann verschwinden, darum bin ich ein wenig beschämt, als ich näher trete. Der Raum wirkt auf eine sehr spezielle Art *überwältigend*. Das Zimmer ist nicht sonderlich groß, aber es ist bis unter die Decke vollgestopft mit Büchern. Eine Leiter lehnt in einer Führung an einem der deckenhohen Regale. Trotz der Enge hat vor dem Fenster ein antiker Schreibtisch Platz gefunden, obendrauf ragen windschiefe Büchertürme in die Höhe, die an einigen Stellen gefährlich kippeln. Außerdem ein wildes Durcheinander von geöffneter Post, bunten Klebenotizen und einer angebrochenen Keksschachtel. Neben dem Tisch klemmen ein knautschiger Ledersessel samt Stehlampe und das Sofa, auf dem ich schlafen werde.

«Dies ist Nenis Arbeitszimmer», erklärt Ina, die meinem Blick gefolgt ist. Sie schüttelt ein Kissen aus und betrachtet ihr Werk mit derselben Akribie wie zuvor oben. «Ziemlich unordentlich, aber …» Sie lässt den Satz unvollendet, doch mir ist klar, wie er im Stillen weitergeht: … aber du bist ja auch nicht gerade die Akkurateste.

Ich will etwas erwidern, aber meine Schwester steht bereits in der Tür. Sie zögert kurz. «Falls du Hunger hast, findest du immer reichlich Vorräte in der Küche, Mimi und ich essen meist gegen sieben zu Abend, Neni auch, und Tom kommt, wenn er Feierabend hat. Und noch etwas …» Sie schiebt Mimi in den Flur und senkt ihre Stimme, «damit wir uns richtig verstehen, Ella: Sobald Papa wieder auf den Beinen ist, müsst ihr fort. Es ist nicht gut, dass ihr hier seid, wegen …» Sie stockt. «Es geht einfach nicht.» Ina gibt sich einen Ruck und eilt hinaus. Mit leisem Klicken fällt die Tür hinter ihr ins Schloss.

Plötzlich bin ich allein. Inas Worte hallen noch eine Weile in meinem Kopf wider, und obwohl ich mir ein ums andere Mal sage, dass es absolut in meinem Sinn ist, hier so schnell wie möglich zu verschwinden, treffen sie mich. Mitten ins Herz. Innerlich aufgewühlt beginne ich, durch den vollgestopften Raum zu tigern. Zum ersten Mal seit Langem erdrückt mich die Stille. Meine Gedanken wandern unweigerlich zu Bastian. Im Hause Cornelsen war Ruhe ein Fremdwort. Spätestens am Abend, wenn sich alle zu Hause versammelten, um vor dem Essen noch ein wenig im Salon zusammenzusitzen, herrschte Jubel, Trubel, Heiterkeit. Hier hingegen werde ich von der Übermacht der Bücher förmlich begraben. Ob die alle jemals gelesen wurden? Ohne nachzudenken, greife ich mir einen Bildband, der an oberster Stelle auf dem Fenstersims liegt und das Foto einer zur Schale geformten, runzligen Hand zeigt, in der dicht gedrängt knallbunte Tomaten liegen. Ich setze mich auf die Couch und beginne zu blättern. Das matt glänzende Buch ist modern gestaltet, stilvolle Fotos und Collagen wechseln sich ab mit Rezepten und informativem Detailwissen. Und mir wird klar, wie viele unterschiedliche Tomaten es offenbar gibt und welch Farb- und

Formenvielfalt sich mir präsentiert. Plötzlich verspüre ich den Wunsch, mich mit dem Buch in mein provisorisches Bett zu verkrümeln und alles um mich herum zu verleugnen. Wie schön wäre es, kurz mal die Seele baumeln zu lassen! Der Tag hat mich geschlaucht, ich fühle mich innerlich leer und vollkommen ausgelaugt. Dennoch drängt es mich, zunächst mal das Gepäck auszuladen. Danach kann ich mich immer noch hier verschanzen.

Auf demselben Weg, den wir vor einer halben Stunde ins Haus hineingegangen sind, finde ich nun wieder hinaus. Draußen atme ich einmal tief durch. Seeluft soll ja so gesund sein, und in der Tat glaube ich, Salz auf meinen Lippen zu schmecken. Oder ist das Einbildung? Die Sonne hat ihren höchsten Stand inzwischen überwunden, doch die Temperatur erscheint mir gleichbleibend heiß. Ich sehe auf die Uhr: kurz nach vier. Die Luft steht, kein noch so schwacher Luftzug ist zu spüren, und am Himmel klebt, wie verirrt, ein zartes, schneeweißes Wölkchen. Urplötzlich meldet sich mein Magen. Seit dem Frühstück heute Morgen in Hamburg haben mein Vater und ich nichts gegessen. Dazu die ansprechenden Tomatenfotos – ich fühle mich richtiggehend ausgehungert. Doch den Einfall, mal kurz in der Küche nach etwas Essbarem zu suchen, verwerfe ich trotz Inas knapper Äußerung, was das Essen und die Essgepflogenheiten angeht, schnell wieder. Ich mag mich hier auf dem Hof nicht ungefragt in der Küche zu schaffen machen. Und von meinem Vater könnte ich mir vorstellen, dass er inzwischen vor Erschöpfung eingeschlafen ist. Aus diesem Grund begnüge ich mich schweren Herzens mit einem Schluck Wasser. Die Flasche steckt im preisgekrönten Gepäcknetz von Papas Wagen, den er stets offen stehen lässt. Meist steckt zusätzlich der Zündschlüssel, eine Angewohnheit, die ich nicht schaffe, ihm abzugewöhnen. Erstaunlicherweise wurde das Auto aber noch nie geklaut. Ich schlendere zu seinem Oldtimer, öffne die hintere Tür und betrachte einen Moment versonnen das löchrige Geflecht. In meiner Erinnerung sehe ich Ina und mich auf der Rückbank sitzen. Es ist Sommer, wir beide tragen luftige Kleider, und während Mama und Papa vorn eine lebhafte Diskussion über die richtige Fahrtroute führen, langweilen wir uns. Bis einer von uns auf die Idee kommt, die Zehen durch die Maschen zu fädeln. Erst einen, dann noch einen und immer so weiter. Wessen Fuß am Ende das Maschengewebe sprengte, weiß ich nicht mehr, aber ich glaube, dass Papa das Loch bis heute nicht entdeckt hat.

Ich schnappe mir vom Vordersitz meine Handtasche und mache mich anschließend daran, die Koffer auszuladen. Die ganze Zeit lächele ich dabei stumm in mich hinein. Mit diesem Wagen verbinde ich so viele schöne Erinnerungen, sogar der Geruch des Innenraums – eine Duftmischung aus Sonnencreme, frischem Fahrtwind und einer Prise von Papas holzigem Aftershave – ist eng verknüpft mit meiner Kindheit. Zum Glück hat Papa das Auto noch nicht verschrottet.

So gut es der steinige Platz zulässt, rolle ich dann die beiden Ungetüme ins Haus und deponiere sie rechter Hand im Eingangsflur. Danach gerät mein Aktionismus allerdings auch schon ins Stocken. Ich mag meinen Vater nicht wecken, darum verschiebe ich die Übergabe seines Koffers auf später und will mich eigentlich wieder in die Bibliothek zurückziehen, doch nachdem meine Haut kurz im Sonnenschein geprickelt hat, reizt mich der dunkle Raum nicht mehr besonders. Stattdessen verspüre ich Lust, ein Weilchen spazieren zu gehen und das Hofgelände zu erkunden. Irgendwie muss ich den Tag ja herumbringen. Und morgen. Und übermorgen … Ich versuche, nicht weiter darüber nachzudenken.

Der Kiesplatz führt in einem Bogen am Haupthaus und dem Stall vorbei. Seitlich unter den zurechtgestutzten Lindenbäumen entdecke ich eine ausgewaschene Holzbank, in deren bizarrem Schatten der Hund sich ausgestreckt hat und schlummert. Es scheint ihn absolut nicht zu stören, dass eine Fremde auf dem Hof herumspaziert, und dass ich direkt vor seiner Nase über den knirschenden Weg stapfe, kommentiert er lediglich mit einem müden Zucken eines seiner Augenlider.

Ein Stück weiter werden die Steinchen zu einem groben Schotterweg, der sich an einer Reihe blühender Obstbäume entlangzieht. Ohne erklärtes Ziel stapfe ich den Weg entlang, weiter und weiter. Leider kann ich mich dabei kein bisschen entspannen, denn meine Gedanken kreisen unentwegt entweder um Papa oder um Ina. Mir ist ehrlich gesagt nicht wohl dabei, mich auf das Urteil eines Tierarztes zu verlassen. Andererseits kann im Bett liegen ja nicht schaden, und die Alternative, nämlich meinen Vater gewaltsam in ein Krankenhaus zu schleifen, schlage ich mir schnell wieder aus dem Kopf. Es ist verzwickt. Meinen Urlaub in diesem Sommer hatte ich mir jedenfalls komplett anders vorgestellt.

Ich beobachte einen Vogel, der wohl die ersten Flugversuche unternimmt. Die Vogelmama weicht nicht von seiner Seite, und als er vor Aufregung allzu laut zetert, schiebt sie ihm flink ein paar vorgekaute Würmer in den aufgerissenen Schnabel. Die fürsorgliche Geste bewirkt, dass mir ganz melancholisch zumute wird. Am liebsten würde ich jemanden anrufen, um die Erlebnisse des Tages zu teilen und mir den Kummer von der Seele zu reden, doch mein Handy steckt mit leerem Akku in meiner Handtasche und außerdem … Ein weiterer, trüber Gedanke schwebt plötzlich dunkel über mir: Es gibt im Grunde niemanden, den ich anrufen könnte. All jene Menschen, mit denen ich mich in der letzten Zeit umgeben habe und die mich tagtäglich begleiten, gehören zu Bastians Familie und seinem Freundeskreis. Bislang habe ich mich mit allen super verstanden, wir waren vielleicht nicht exakt vom selben Schlag, aber wir hatten

Spaß miteinander. Bis … tja … bis zur Bistroeinweihung. Meinen Entschluss, der Eröffnungsfeier fernzubleiben, um stattdessen mit Papa in den Urlaub zu fahren, hat man im Hause Cornelsen etwas *verschnupft* zur Kenntnis genommen. Ich schätze, sie fühlten sich im Stich gelassen, dabei war es überhaupt nicht meine Schuld, dass sich der Einweihungstermin wieder und wieder verzögert hat, bis er zu guter Letzt mit meiner Urlaubsplanung kollidierte. Im Grunde genommen hatte ich am Ende ohnehin nichts mehr mit dem Bistro zu tun. Denn was als mein Projekt startete, wurde im Laufe der Zeit mehr und mehr zu einem Prestigeobjekt von Bastians Vater. Er grätschte komplett in die Planung. Die von mir entworfene Gestaltung mit Recyclingmaterialien, in hellen Farben und mit viel Licht, funktionierte er zu einer Art Skihüttenflair um. Bestehend aus irgendeinem mehrfach gebeizten und höchstwahrscheinlich schlecht nachwachsenden amerikanischen Gehölz und mit winzigen Butzenscheiben.

Im Nachhinein denke ich, dass es die richtige Entscheidung war, den Urlaub wie geplant durchzuziehen. Zumal es ja mit Bastian nicht ewig so weitergehen kann. Das Zusammenleben mit ihm ist seit seinem Fehltritt angespannt und zum Schluss immer schwieriger geworden. Vor allem weil in seiner Familie alle wussten, dass Bastian mich betrogen hatte, unterm Strich aber erwarteten, dass wir das Problem in den Griff bekommen. Doch das ist einfacher gesagt als getan. Ich stoße einen tiefen Seufzer aus. Etwas zwischen Bastian und mir ist zerbrochen, und ich fürchte, es lässt sich nicht so leicht wieder kitten.

Plötzlich steigen Tränen in mir auf. Eilig blinzele ich dagegen an. Meine Lage ist ja nicht hoffnungslos, sage ich mir. Es ist nur gegenwärtig alles ein bisschen viel. Hier auf dem Hof festzusitzen, hat mich kurz aus dem Konzept gebracht, doch nun gebe ich mir einen Ruck und versuche, das Positive zu sehen.

Ich bin nicht einsam, denn ich habe Papa. In einer Woche ist er spätestens wieder auf dem Damm, und dann können wir zwei, die kleinste Familie der Welt, endlich unsere Reise fortsetzen.

In einem Strauch direkt vor meiner Nase summt und brummt es vor Bienen. Scheinbar ziellos schweben sie von Blüte zu Blüte und kommen sich dabei nicht ins Gehege.

Ich beobachte das Treiben einen kurzen Moment, und mir fällt plötzlich auf, wie fremd sich um mich herum alles anhört. Selbst die Stille klingt hier anders als in Reutlingen. Irgendwie … *leiser*. Dort, wo die Cornelsens leben, bimmelt im Grunde ständig irgendwo eine Glocke. Entweder auf der Weide bei den Kühen, oder die Kirchturmuhr schlägt. Sogar in der Brauerei wird morgens, wenn der Lieferverkehr einsetzt und das Tor geöffnet wird, eine Glocke geschlagen. Ab Mittag, wenn Besucher, Mitarbeiter oder Kuriere erscheinen, klingelt eine extra auf altmodisch gefertigte Ladentürglocke. Seltsam, dass ich mir das nie vorher bewusst gemacht habe.

Während ich so verträumt geradeaus auf das Gebüsch starre, fällt mir plötzlich auf, dass ich an einer Stelle durch das Geäst hindurchsehen kann. Neugierig, ob ich vielleicht einen Blick aufs Meer erhaschen kann, biege ich die Zweige auseinander. Doch was ich zu sehen bekomme, ist nicht das Wasser, sondern eine scheinbar endlose Hügellandschaft, die in den verrücktesten Farben schillert. Vor dem noch immer blauen Himmel zeichnet sich die Natur wie ein expressionistisches Gemälde ab. Struppiges Heidekraut in dunklem Lila umfließt in weichen Bögen geschwungene Placken goldenen Sands. Dazwischen ragt hier und da gelbblondes Dünengras empor. Außerdem wilde Tupfer aus frischem Grün – ich bin überwältigt. Meine Versuche, mehr von dieser zauberhaften Landschaft erkennen zu können, scheitern an dem ansonsten recht dichten Gebüsch. Irgendwann, beschließe ich, werde ich meinen Spaziergang auf der anderen Seite dieses Gestrüpps fortsetzen. Vielleicht würde sich ja dann auch die Möglichkeit bieten, einen Blick aufs Meer zu werfen.

Ich setze meinen Weg fort und passiere Hochbeete, winzige Gewächshäuser und riesige Tonkübel, in denen allerlei Kraut wuchert, das ich noch nie in meinem Leben gesehen habe. Ich streife weiter, und nach kurzer Zeit verjüngt sich der Weg zu einem getrampelten Pfad. Erst kommt ein Areal mit etwa einem Dutzend frei laufenden Hühnern, dann endet der Weg, und ich stehe vor einer eingezäunten Koppel, auf der zwei Tiere träge unter einem Busch dösen. Überrascht blinzele ich gegen die Sonne. Sind das … *Lamas*? Verdutzt schaue ich genauer hin. Lamas auf Sylt? Echt jetzt?

Ich lasse meinen Blick zwischen den beiden hin- und herwandern. Sie sehen niedlich aus, mit ihren extrem langen Ohren und dem zotteligen Fell. Das eine ist dunkel, das andere beige mit vereinzelten braunen Flecken. Wie gerne würde ich diesen Moment auf einem Foto festhalten!

Neugierig schaue ich mich weiter um. In der linken Ecke der Weide entdecke ich eine Art Iglu, offenbar das Zuhause der Tiere. Momentan scheint es jedoch von einem Menschen okkupiert zu werden, denn es dringen ein paar ziemlich derbe Flüche von dort an mein Ohr. Während ich interessiert den Hals recke, um zu sehen, wer dort seinem Herzen Luft macht, erscheint plötzlich ein Kopf mit verwuschelten dunklen Locken in dem halbrunden Eingang. Er gehört dem Tierarzt. Na, weit ist er ja nicht gekommen, denke ich – bis ich begreife, dass er mich hektisch zu sich heranwinkt.

7. Kapitel

«Können Sie mal kurz mit anpacken?» Er brüllt es quer über die Weide, gleich darauf verschwindet er wieder im Iglu.

Ich zögere. Nachdem sich der Kerl so freundlich um Papa gekümmert hat, schulde ich ihm definitiv einen Gefallen. Andererseits wirken die Lamas inzwischen nicht mehr unbedingt träge, sondern sie scheinen in höchstem Maße interessiert zu sein. Noch halten sie sich in sicherer Entfernung auf, etwa drei Meter weg von mir, doch wer weiß schon, wie weit die spucken können? Außerdem ist die Distanz schnell zurückgelegt, wenn man über vier lange, sehnige Beine verfügt.

Unentschlossen betrachte ich das Gatter – ein einfacher Hebelmechanismus, der leicht zu öffnen ist –, dann beäuge ich kritisch die Tiere. Dass diese Vierbeiner spucken, ist so ziemlich alles, was ich über sie weiß. Aber es reicht, um meiner Hilfsbereitschaft einen Dämpfer zu verpassen. Was soll das hier überhaupt sein, ein Streichelzoo?

Der Tierarzt reckt erneut seinen Kopf aus dem Zelt. «Hallo? Kommen Sie? Bei Ihrem Tempo habe ich ja schneller einen Klempner vom Festland gerufen.»

Du liebe Zeit, hat der Kerl es denn ständig eilig? Warum bittet er nicht seine Frau um Hilfe? Ina weiß garantiert, was zu tun ist.

Bedächtig öffne ich das Gatter. Es ertönt ein quietschendes Geräusch – und beide Lamas scharren mit ihren Hufen.

«Sind die Tiere Besuch gewohnt?», rufe ich argwöhnisch über die Koppel. «Oder flippen sie gleich aus?»

Der Doktor hat sich offenbar damit abgefunden, dass ich etwas auf mich warten lasse. Er lehnt im Eingang, hat die Arme vor der Brust verschränkt, und ich glaube, ein kurzes Grinsen auf seinem Gesicht gesehen zu haben. «Das hängt von Ihnen ab», erwidert er. «Kommen Sie, trauen Sie sich. Keine Angst zeigen und dann: einen Fuß vor den anderen.»

Na, der hat gut reden, denke ich, während ich es haargenau so mache, wie er es verlangt hat. Vorsichtig, wie bei einer Bombenentschärfung, schleiche ich ein paar Schritte in Richtung Iglu. Bis plötzlich eines der Tiere beginnt, nervös mit seinen Ohren zu wackeln und im nächsten Moment den Schwanz runterzuklappen, der bis eben noch steil nach oben gerichtet war. Ich erstarre. Einzig mein Blick fliegt Hilfe suchend zum Tierarzt.

Seine Stimme ist betont ruhig, als er sagt: «Nicht stehen bleiben, stur weitergehen.» Es ist der Tonfall eines Polizeipsychologen, der mit einem Wahnsinnigen verhandelt. Das klingt nicht gut.

«Los jetzt», drängt er. «Die Tiere nicht ansehen und keine hastigen Bewegungen.»

Auf Zehenspitzen tapse ich weiter, Schritt für Schritt, wie er es verlangt hat. Bis ich etwa in der Mitte der Koppel angelangt bin, ist alles okay. Die Tiere regen sich nicht mehr, sie stehen wie angewurzelt auf ihrem Fleck. Dann entscheidet eins, in meine Richtung zu marschieren.

«Oh, oh», sagt der Doktor.

Hatte sich mein Puls eben normalisiert, tanzt er jetzt Samba. Panisch starre ich den Doc an. «Was ist?»

«Der Braune …» Er deutet mit dem Kopf auf exakt jenes Tier, das auf mich zugesteuert kommt. «Er scheint doch ziemlich nervös zu sein.»

«Nervös?» Ich versuche, nicht allzu laut zu sprechen, dennoch klingt meine Stimme etwas schrill. «Und was genau bedeutet das in Lamasprache?»

Bin ich bei Trost, hier unter Wildtieren herumzuturnen? Angespuckt zu werden ist eins, aber ich möchte nicht totgetrampelt werden, weil die Tiere plötzlich ihre Abneigung gegen die Farbe meiner Hose oder meinen Geruch entdecken. So wie Stiere keine hektischen Bewegungen mögen.

Oh nein! Jetzt setzt sich auch das andere Lama in Gang. Ich schicke ein kurzes Stoßgebet zum Himmel, dann nehme ich, wider besseres Wissen, die Beine in die Hand und renne den Rest der Strecke so flink wie nie zuvor in meinem Leben. Hinein ins rettende Iglu. Im Eingang semmele ich fast den Doktor über den Haufen.

«Hoppla», ruft er. Nun ist es deutlich erkennbar, dass er grinst. «Sie können sich ja doch schnell fortbewegen.»

Einen Moment stehen wir regungslos voreinander. Ich bin einen Tick kleiner als er, darum starre ich geradeaus auf seinen Hemdkragen beziehungsweise auf seine Brust, da die oberen beiden Knöpfe des Hemds offen stehen. Mein Puls will sich nicht beruhigen.

«Alles okay?», fragt er und klingt nun tatsächlich ein bisschen besorgt. Er beugt sich vor, um mir ins Gesicht zu sehen, und ich bekomme noch ein wenig mehr von seiner Brust präsentiert.

«Danke … *hicks* … geht schon.» Ich fächere mir Luft zu. Es ist in diesem Bau recht warm, kein Wunder, dass die Tiere draußen herumlungern, wo wenigstens ab und zu ein Lüftchen geht. Und dann, plötzlich, komme ich mir albern vor. Bin ich gerade wirklich über die Wiese gerannt, als seien zwei liebestolle Nashornbullen hinter mir her?

«Es ist … Also, ich habe eigentlich … *hicks* … keine Angst vor Tieren», stottere ich und weiche gleichzeitig einen Schritt zurück. «Auch nicht vor … *hicks* … Lamas. Es ist nur so, dass … *hicks* … man sich immer vorsehen muss. Oder?» Ich lächele gequält.

«Absolut!»

Ich kann mir nicht helfen, aber so wie er es sagt, klingt es ein bisschen, als mache er sich lustig.

«Können wir dann loslegen?», erkundigt er sich. Sein Blick gleitet geschäftig hin und her, und mir schwant, dass er genug davon hat, seine Zeit mit den Fisimatenten meiner Familie zu vertrödeln. Ich gebe mir einen Ruck und nicke. «Klar.» Sogleich schaue ich mich tatkräftig um. Etwa sechs halbrunde Metallstangen, auf beiden Seiten fest im Boden verankert, bilden das Gerüst der Zeltkonstruktion. Darüber wurde eine Art Tuchstoff gespannt, sodass man in der Tat wie in einem Iglu steht. Nur eben ohne Eis.

Statt sich mit einer Erklärung aufzuhalten, tritt der Doktor einen Schritt zurück und deutet auf ein Loch in der Zeltwand. Der Tuchstoff, der mittels Ösen und eines Seils an den Metallstäben festgemacht wurde, hat sich an der kompletten Unterseite gelöst.

«Ich habe den Stoff bereits geflickt, aber um ihn möglichst stramm am Gestänge zu befestigen, müsste jemand auf der einen Seite gegenhalten. So lange, bis ich die Schnur durch die Ösen gefädelt und verknotet habe.»

Erst ist mir nicht klar, was er von mir will, dann verstehe ich, dass ich im Grunde nur den Stoff auf Spannung halten soll. Und tatsächlich, es dauert nicht lange, und das Loch ist repariert.

«Perfekt.» Er reibt sich die Hände. «Danke für die Hilfe. Noch dazu unter diesen … schwierigen Bedingungen.» Um seinen Mund herum zuckt es schon wieder verdächtig. Während ich mich langsam frage, was zum Henker er so lustig findet, bekomme ich plötzlich eine Hand entgegengestreckt. «Da

Sie ja eine Weile auf dem Hof wohnen werden, wäre es doch nett, wenn wir uns duzen, oder? Ich bin Tomâs, aber der Einfachheit halber nennen mich alle Tom.» Erwartungsvoll sieht er mich an.

«Also ... klar. Ich ... *hicks* ... bin Ella.»

Kurz verliere ich mich in seinen warmen, braunen Augen. Bis mir aufgeht, dass er darauf wartet, dass ich seine Hand nehme. Sein Händedruck ist sanft und gleichzeitig fest, die Berührung hat etwas seltsam Tröstliches. Oder vielleicht löst sie in mir auch einfach nur den Wunsch aus, in den Arm genommen zu werden. Nicht unbedingt von ihm, Gott bewahre. Nur so rein theoretisch. Ich wünsche mir eine väterliche Alles-wird-gut-Umarmung, und Tom hat eigentlich gar nichts Väterliches an sich, eher etwas ... na ja ... Also, darum vergesse ich den Gedanken besser ganz schnell wieder.

«Ist alles in Ordnung mit dir?», unterbricht er meine Überlegung und mustert mich.

«Äh ... ja, sicher!» Mal abgesehen davon, dass ich mich nach Hause wünsche oder vielmehr an einen geborgenen Ort, wo ich Kraft tanken und mit jemandem reden kann, der mir nahesteht. Leider gibt es seit geraumer Zeit aber keinen solchen Ort mehr für mich.

Sein Blick intensiviert sich. «Kaum zu glauben, dass du Inas Schwester bist.»

Was soll das denn nun wieder bedeuten? Sicher, meine Schwester hat bestimmt keine Angst vor Lamas und hätte sich beim Helfen auch vermutlich geschickter angestellt, aber ...

«Was meinst du damit?» Argwöhnisch starre ich ihn an, wobei ich genau genommen das Muster seines Hemdes fixiere und währenddessen überlege, ob es nicht wahnsinnig klischeehaft ist, auf dem Land Jeans und Karohemd über einem verwaschenen grauen T-Shirt zu tragen.

Er macht eine wegwerfende Geste. «Nur ein Eindruck. Näher kenne ich dich ja nicht.»

Und das soll auch so bleiben, denke ich. Er ist Inas Mann, um mit meiner Schwester klarzukommen, muss man reichlich verschroben sein. Keine Ahnung, was bei ihm schiefgelaufen ist, aber ich hege nicht im Entferntesten den Wunsch, es herauszufinden. Stattdessen sage ich – als wäre es das Natürlichste von der Welt, nun den Rückweg über die Lama-Weide anzutreten: «Tja, wenn ich also nicht mehr gebraucht werde, dann … ähm … gehe ich mal.»

Er ist inzwischen in die Knie gegangen, um das restliche Tau zu einem ordentlichen Knäuel zusammenzuwickeln. Kurz schaut er von der Arbeit auf. «Na klar», sagt er leichthin, «bis später dann beim Abendessen.»

Ich zögere, dann nicke ich tapfer. «Ja, bis nachher dann. Um sieben, nicht wahr?»

Tom erhebt sich und verschränkt die Arme vor der karierten Brust. «Die Uhrzeit ist nicht in Stein gemeißelt, aber es hat sich so eingependelt, dass Ina oder Neni dann gemeinsam mit Mimi am Tisch sitzen.» Aufmerksam mustert er mich. «Kochst du auch so gern? Meine Großmutter und Ina liefern sich manchmal regelrechte Schlachten bei der Essenszubereitung.»

Ich? Kochen? Genauso gut hätte er mich fragen können, ob ich mit Leidenschaft lustige Figuren aus Kohlköpfen schnitze oder einen Dreisatz berechne.

«Na ja», wiegele ich ab. «Geht so.» Ist ja nicht so, dass ich *gar nicht* kochen kann. Bei mir läuft nur immer etwas schief. Dass meine Schwester gerne am Herd steht, wusste ich nicht. Aber wenn sie es neuerdings tut, dann ist es klar, dass sie es perfekt macht.

Er lächelt verständnisvoll. «Ist nicht jedermanns Sache, ich weiß. Ich tu es zwar gern, doch mir fehlt die Zeit. Und wenn es mal passt, ist mir längst jemand zuvorgekommen.» Mit einem Zwinkern drängt er sich an mir vorbei. «So, ich muss los, noch ein paar Zäune reparieren, ehe ich heute Abend Notdienst schiebe.»

Verdutzt sehe ich ihm hinterher und kann gerade noch aufschließen, um in seinem Schutz das Areal zu durchqueren. Wie es scheint, haben sich die Tiere durch unseren langen Aufenthalt im Zelt an Besuch gewöhnt, jedenfalls ist ihre Neugierde derart gestillt, dass wir keines Blickes gewürdigt werden.

Moment mal. Auf einmal kommt mir ein Gedanke, der so unglaublich ist, dass ich schon wieder meinen Schluckauf aufsteigen fühle. Hinter Toms Rücken wage ich mit betont hektischen Bewegungen ein paar Schritte seitwärts, um auszutesten, wie gefährlich diese Lamas wirklich sind. Und siehe da: Keines der Tiere wackelt auch nur mit den Ohren, geschweige denn hegt es irgendein Interesse an mir. Mir schwant etwas, und zwar, dass zu keinem Zeitpunkt eine Gefahr bestand und ich reingelegt wurde. Ist das zu fassen? Diese Tiere sind einfach nur neugierig, dabei aber absolut harmlos. Wütend balle ich meine Hände zu Fäusten. Tom hat bereits ordentlich Vorsprung, darum lasse ich ihn ziehen. Auch als er mir zum Abschied kurz zuwinkt, halte ich meinen Mund. Doch für heute Abend nehme ich mir vor, ihm gehörig die Meinung zu sagen, wenn er mir unter die Augen tritt!

Zurück auf dem Trampelpfad entscheide ich, dass es mir mit dem Rundgang für heute reicht. Lieber möchte ich kurz nach Papa sehen und dann eine erholsame Dusche nehmen. Ich fühle mich schmutzig und erschöpft, und meine Beine sind von einer dicken gräulichen Staubschicht bedeckt, von der ich befürchte, dass sie sich nie wieder abwaschen lässt. Überhaupt habe ich das Gefühl, der Tag würde mir wie eine verschwitzte zweite Haut am Leib kleben.

Im Eingangsflur des Erdgeschosses bleibe ich unschlüssig vor dem Gepäck stehen. Ich höre Stimmengewirr aus einer Richtung, in der ich die Küche vermute. Mimi scheint dort zu sein, außerdem erkenne ich eine dunkle, vorsichtige Frauenstimme sowie Inas Stakkato. Wenn sie sich aufregt oder schnell spricht, schleudert sie manchmal die Worte heraus wie eine alte Schreibmaschine. Man möchte fast in Deckung gehen.

Eine Erinnerung blitzt auf. Es ist Weihnachten. Mama, Ina und ich backen gemeinsam Plätzchen. In der Küche ist der Ofen vorgeheizt und verströmt wohlige Wärme. Unsere Mutter rollt den Teig aus, und wir Schwestern stürzen uns mit unseren kleinen, bunten Ausstechförmchen ungestüm darauf. Ich möchte mit Mond, Sternen und einem Kometenschweif den Abendhimmel backen, aber Ina hat sich alle roten Backformen gegriffen und in einer Reihe vor sich aufgebaut: ein Herz, den Weihnachtsmann, zwei kleine Pilzformen – und den Mond. Sie will ihn partout nicht hergeben, es ist für sie undenkbar, ihre Kekse mit verschiedenfarbigen Förmchen auszustechen. Und teilen will sie schon mal gar nicht. Ich erinnere noch sehr genau, dass Mama sich alle Mühe gegeben hat, Frieden zu stiften, doch mit Ina war nicht zu reden. Der Nachmittag endete damit, dass meine Schwester sich wütend mit den roten Backformen auf der Toilette einschloss und erst dann wieder herauskam, als Mama und ich längst den gesamten Teig zu Keksen verarbeitet hatten.

Ich verspüre ein dumpfes, trauriges Ziehen in der Brust. Mir ist in diesem Moment kein bisschen danach, mich zu den dreien zu gesellen und Small Talk zu treiben, auch wenn ich mich der Hausherrin gern vorstellen würde. Nicht einmal der Duft von gedünsteten Zwiebeln, Rosmarin und warmer Birne, der sich jetzt in meine Nase schleicht, vermag es, mich umzustimmen.

Tief in Gedanken schnappe ich mir Papas Koffer und hieve ihn die Treppe empor. Vor der Tür sammele ich mich kurz, ehe ich leise klopfe. Als ich keine Antwort erhalte, drücke ich so lautlos wie möglich die Klinke herunter und linse durch einen schmalen Spalt. Papa liegt auf dem Rücken, die Augen geschlossen. Im Zimmer sind die Vorhänge zugezogen, doch der Stoff ist dünn, sodass gedämpftes Tageslicht hindurchdringt. Das Glas Wasser auf dem Nachtschränkchen ist zur Hälfte leer getrunken, daneben befindet sich das Smartphone meines Vaters. Ein Kabel führt zur nächsten Steckdose.

Überrascht hebe ich eine Augenbraue. Wie ist das Gerät denn dorthin gelangt? Ich selbst hatte diesen Wunsch von Papa leider vollkommen vergessen, doch wie es aussieht, ist mir ohnehin jemand zuvorgekommen. Noch während ich überlege, wer es gewesen sein könnte, erhellt sich plötzlich das Display, es macht leise «Pling», und eine Nachricht geht ein.

8. Kapitel

Ich stutze. Mir war nicht klar, dass mein Vater per SMS oder WhatsApp kommuniziert. *Mir* schreibt Papa nämlich nie Nachrichten. Meine bisherigen Versuche, ihm die Handhabe zu erklären, waren jedes Mal kläglich gescheitert. Viel zu ungeduldig hämmerte er auf der Tastatur herum und schien sich kein bisschen für diese Art der Kommunikation begeistern zu können. «Lass gut sein, Ellimaus», höre ich ihn noch sagen, als ich meinen letzten Anlauf gewagt habe. «Mit der Technik habe ich es nicht so. Am Ende verstelle ich etwas, und dann kann ich das Gerät nicht mehr benutzen, bis es mir jemand repariert.»

Er gehört nun mal einer Generation an, die ein persönliches Gespräch einer Textnachricht vorzieht, was ja durchaus charmant und absolut nachvollziehbar ist.

Und nun das! Hat er vielleicht einen Volkshochschulkurs belegt und will mich überraschen?

Mal abgesehen davon, dass ich es befremdlich finde, dass Papa hinter meinem Rücken digital kommuniziert, frage ich mich in erster Linie: *mit wem?* Von Papas Freunden kann einer kaum die Hand vor Augen erkennen, der andere würde mit seinen Gichtfingern niemals die richtigen Tasten erwischen, und der dritte im Bunde, der nicht mal mit seinem Festnetzapparat klarkommt und darum zu jeder Gelegenheit Postkarten verschickt, scheidet in meinen Augen ebenfalls aus.

Wer also schreibt meinem Vater?

Die Neugier packt mich dermaßen, dass ich ins Zimmer schleiche, um mir das Handy zu schnappen und nachzusehen. Als erwachsene Tochter eines bettlägerigen Rentners habe ich ja quasi die Pflicht, nach dem Rechten zu sehen.

Oder?

Ich zögere. Zum einen weil ich meinem Vater inzwischen sogar eine Passwortverschlüsselung zutraue und zum anderen weil mir tief in meinem Inneren natürlich bewusst ist, dass auch die Privatsphäre eines Ü-70-Jährigen respektiert werden muss. Es ist ohnehin zu spät. Als ich den Koffer abstelle und näher trete, schlägt mein Vater die Augen auf. Zuerst linst er in Richtung Nachtschrank, wo sein Handy nun schon zum zweiten Mal blinkt und plingt. Dann, als er im Begriff ist, danach zu greifen, bemerkt er mich plötzlich. Seine Hand zuckt zurück, als habe er sich an einem heißen Backblech verbrannt. Leise stöhnend richtet er sich auf. «Bist du das, Ellimaus?»

Ich trete einen Schritt näher, damit er mich besser sehen kann. «Ja, ich bin's. Wie geht es dir?»

«Muss ja.»

Argwöhnisch schaue ich ihn an. «Wer hat dir denn dein Handy gebracht?» Die Frage kann ich mir nicht verkneifen. Er wird wohl kaum selbst runtergelaufen sein, um es sich zu holen.

Mein Vater verzieht das Gesicht, als habe er keine Ahnung, wovon ich rede. «Mein Handy?», sagt er dann und schaut sich mit großen Augen suchend um. Als sein Blick beim Nachtschrank landet, öffnet er den Mund und hebt die Schultern, bis zu den Ohrläppchen. «Keine Ahnung.»

Er schwindelt. Ich sehe es an seinen Augen und der Art, wie er jetzt an den Fingernägeln spielt. Mal abgesehen von der miserablen schauspielerischen Leistung, die er eben dargeboten hat.

«Tja ...», sage ich mit detektivischer Beharrlichkeit. «Das ist ja merkwürdig. Also *ich* war es nicht.»

Mein Vater rutscht auf seiner Matratze hin und her. «Dann wird es wohl jemand anders gewesen sein. Hier im Haus wohnen schließlich noch mehr Menschen außer uns beiden.»

Die Sache ist aussichtslos, das weiß ich aus Erfahrung. Wenn Papa etwas für sich behalten will, kann er tatsächlich auch mal schweigen. Also wechsele ich das Thema.

«Ich habe deinen Koffer mitgebracht.» Ich deute zur Tür. «Außerdem wollte ich mich erkundigen, ob du zum Abendessen aufstehen möchtest. Unten scheinen die Vorbereitungen in vollem Gang zu sein.»

Mein Vater schüttelt mit Bedacht den Kopf. «Nein, du hast ja gehört, was der Arzt gesagt hat. Ich soll das Bett hüten.»

«Okay. Dann bringe ich dir nachher eine Kleinigkeit hoch.»

In Papas Augen glaube ich, einen Anflug von Verlangen zu erkennen, Essen steht bei ihm zu jeder Tageszeit hoch im Kurs.

Doch zu meiner Überraschung erklärt er: «Nein danke ... Es ist ... Ich will nicht, dass mir erneut übel wird.»

Ich starre ihn an. Spätestens jetzt ist klar, dass mein Vater etwas vor mir verbirgt. Übelkeit war für ihn doch noch nie ein Thema, er hat den Magen einer Raubkatze. Riesengroß und ständig knurrend.

«Verstehe», sage ich, bin aber genau genommen weit davon entfernt, *irgendetwas* zu begreifen. Aber ich bin wild entschlossen, der Sache auf den Grund zu gehen.

Papa lässt sich zurück in die Kissen sinken. «Ich würde nun gern noch ein Weilchen schlafen.»

Mir wird das Herz schwer. Wenn er die Mahlzeiten verweigert, wird er nicht so bald wieder auf die Beine kommen. Trotzdem gebe ich seinem Wunsch nach. Was bleibt mir auch? Ich kann ihn ja schlecht schultern und nach unten in die Küche tragen. «Wie du möchtest.» Im Stillen beschließe ich, ihm nachher auf jeden Fall eine Kleinigkeit zusammenzustellen, falls er in der Nacht Hunger bekommt.

«Brauchst du sonst irgendetwas? Ein Buch oder die Zeitung vielleicht?»

Nein, auch das interessiert meinen Vater nicht. «Der Doktor hat gesagt, bei einer Gehirnerschütterung sollte man nach Möglichkeit nicht lesen.»

Jaja, der Halbgott in Weiß ...

«Na, dann.» Ich strecke den Arm nach seinem Handy aus. «Dann nehme ich das hier besser mit raus. Damit du nicht aus dem Schlaf gerissen wirst, sollte jemand anrufen.»

In den Augen meines Vaters lodert Panik. «Auf gar keinen Fall!», ruft er entsetzt. Dann rudert er zurück und fügt in weitaus gemäßigterem Tonfall hinzu: «Wer soll mich denn schon anrufen?» Arglos sieht er mich an.

Ich zucke mit den Schultern. Was fragt er mich das?, denke ich. Ich habe nicht den leisesten Schimmer.

«Lass es bitte dort liegen, Ellimaus. Falls irgendetwas sein sollte, könnte ich Hilfe rufen.»

Das sehe ich ein. Liebevoll beuge ich mich zu ihm und drücke ihm einen Kuss auf die Stirn. Seine Haut ist weich und verströmt den verblassenden Duft nach Aftershave und unserem Zuhause. «Schlaf gut, Paps», flüstere ich mit rauer Stimme. «Später schaue ich noch einmal nach dir.»

Während ich nachdenklich die Tür hinter mir zuziehe, frage ich mich, ob mich das Leben wohl ohne Vorwarnung über diese Schwelle geschubst hat, die alle Kinder unweigerlich irgendwann passieren, wenn sie von der umsorgten Tochter oder dem umsorgten Sohn plötzlich zum fürsorglichen Erwachsenen werden. Diesen Moment wähnte ich eigentlich noch in weiter Ferne, doch ich fürchte, er könnte nun gekommen sein.

Im Schneckentempo nehme ich eine Treppenstufe nach der anderen. Mich piesackt das schlechte Gewissen. Habe ich mich in der Vergangenheit ausreichend um Papa gekümmert? Hätte ich darauf bestehen müssen, dass er hin und wieder zum Arzt geht, allein um ein paar Blutwerte checken zu lassen? Ab welchem Zeitpunkt fällt es in meinen Verantwortungsbereich, dass er seine Fahrtüchtigkeit überprüfen lässt? Wie schaffe ich all das, ohne ihm dabei auf den Schlips zu treten? Nachdenklich schnappe ich mir im Eingangsbereich meinen Koffer und schlurfe damit zu dem Zimmer, das für die nächste Woche meins sein soll.

Spätes Sonnenlicht fällt durch das Fenster und malt einen ausgefransten, runden Fleck auf die Couch. Millionen feinster Staubkörnchen tanzen im Lichtkegel. Es dauert einen Moment, bis ich wahrnehme, dass jemand eine blütenweiße Häkeldecke ordentlich über das Bettzeug gedeckt hat. Obenauf liegt ein Zettel, ein Bild im DIN A4-Format, gemalt von Mimi. «Für Tante Ella» steht in krakeligen roten Buchstaben dort. Darunter hat sie mit dünnen Buntstiftstrichen eine komplizierte Zeichnung angefertigt. Ich brauche etwas, bis ich die Perspektive verstehe. Es ist ein Bild des Karsenhofs, quasi ein Lageplan. Ich erkenne das Haupthaus und den Weg, den ich vorhin zu den Lamas gelaufen bin. Und ich sehe die Wiese mit den frei laufenden Hühnern, sie ist zusätzlich beschriftet. Ebenso der Weg mit den wilden Blumenbeeten und Gewächshäusern. Hier ist die Beschriftung leider schwer zu entziffern. Am Ende der Runde landet man laut Plan jedenfalls wieder am Haupthaus beziehungsweise im angrenzenden Stall, in dem heute Morgen die Zicklein geboren wurden. Jedes Detailbild ist mit einer Zahl versehen, die für mich jedoch keinen Sinn ergibt.

Ich wende das Blatt. «Damit du dich nicht verläufst», steht auf der Rückseite in derselben krakeligen Handschrift geschrieben, hier aber mit pastellgrünem Buntstift. Eine Erklärung zu den Ziffern finde ich nicht.

Ich muss schmunzeln. Die düstere Gedankenwolke über mir ist ein wenig heller geworden. Meine Sorge um Papa bleibt, doch mein Gedankenkarussell hat kurz angehalten. Statt mir das Hirn über meinen Vater zu zermartern, kreisen meine Überlegungen nun um Mimi. Und um Ina. Meine Schwester ist definitiv nicht sonderlich erfreut über unser Wiedersehen, allerdings – und das wundert mich ehrlich gesagt – kommt es mir so vor, als habe sie ihre negativen Gedanken und Gefühle für sich behalten oder sie wenigstens nicht an ihre Tochter kommuniziert. Die Kleine wirkt so überraschend unvoreingenommen und scheint mit offenen Augen und reinem Herzen durch die Welt zu spazieren, dass sie unmöglich von den Zwistigkeiten zwischen Ina und mir wissen kann.

Ich lege den Zettel zurück auf die Bettdecke und entscheide, mich erst einmal meinem Koffer zu widmen. Auf der Suche nach einem Schrank oder etwas, das ich ersatzweise dazu umfunktionieren könnte, bleibt mein Blick an dem Schreibtischstuhl mit seiner durchgebogenen Sitzfläche hängen. Er ist in demselben Grünton bezogen wie das Sofa und bietet zumindest mal Platz für ein paar gestapelte Shirts. Alles, was auf einen Bügel gehängt werden müsste, werfe ich kurzerhand über die Lehne. Als der Großteil meiner Sachen ihren neuen Platz gefunden hat, schnappe ich mir mein Waschzeug, frische Unterwäsche und ein Kleid und mache mich auf die Suche nach dem Badezimmer. Zuerst steuere ich fälschlicherweise einen Raum an, dessen Tür angelehnt steht und in den ich nach kurzem Klopfen meinen Kopf stecke. Wie Mimi es vorhin erzählt hatte, scheint dies Toms Zimmer zu sein. Es ist vergleichsweise groß und aufgeräumt. Ein paar funktionale, antike Möbel kann ich erspähen, darunter ein Bücherregal, einen offen stehenden Sekretär und unter dem Fenster einen ausladenden Ohrensessel. Zwei, drei medizinische Bücher liegen auf dem Schreibtisch, etwa ein Dutzend andere finden sich im Bücherregal, neben Krimis und ein paar Fotobänden. Das schmale Bett ist sorgfältig gemacht, eine Wasserflasche steht auf dem Nachtschrank. Schnell schiebe ich die Tür wieder zu. Bei meinem nächsten Versuch lande ich einen Volltreffer. Das blitzsaubere Bad liegt gleich schräg gegenüber und ist wahrlich eine Oase. Der Boden hier besteht aus denselben dunklen, betagten Holzdielen wie im Flur, ist aber auf Hochglanz lackiert. Die keramischen Einbauten sind weiß und höchstwahrscheinlich neueren Datums, wenngleich der Stil nicht modern, sondern «auf alt» getrimmt ist. In einem Holzregal, das aus einer alten Leiter gefertigt wurde, finde ich Handtücher. Ordentlich gestapelt, die Nähte exakt aufeinanderliegend. Zwei davon hat man offenbar für mich gedacht, ein weiterer Zettel mit kindlicher Handschrift weist mich darauf hin. Eine urig geschwungene Badewanne, die auch als Dusche nutzbar ist, verleiht dem Raum zusätzliches Flair. Genussvoll lasse ich mir das warme Wasser über meinen müden Körper rinnen und kann nicht umhin, dass meine Gedanken zu Bastian und seiner Familie driften. Vermutlich sind auch in Reutlingen in diesem Moment alle damit beschäftigt, sich für das Abendessen umzuziehen. Bei den Cornelsens legt man allergrößten Wert auf anständige Kleidung und pünktliches Erscheinen. Niemals hätte sich jemand erdreistet, direkt von der Arbeit ins Wohn- oder Esszimmer zu schneien, und es gilt dort als extrem unhöflich, zum Dinner in demselben Outfit aufzutauchen, wie man es bereits zum Frühstück getragen hat. Ich fand diese Sitte anfangs kompliziert und zeitraubend, doch hätte ich es unter keinen Umständen gewagt, mich dagegen aufzulehnen.

Als ich wenig später erfrischt, ordentlich geföhnt und in einem knielangen, kakifarbenen Safarikleid mit passenden

Loafern den Flur entlanggehe, ist es exakt 19 Uhr. Es hat Monate gedauert, bis ich meiner inneren Uhr diesen fixen Termin eingehämmert habe, der bei den Cornelsens ebenso wichtig war wie gediegene Garderobe. Inzwischen ist er mir in Fleisch und Blut übergegangen, und ich könnte im Nachrichtenteam des ZDF anheuern.

Wie vorhin schon duftet es verlockend nach Zwiebeln und Rosmarin, und mit jedem meiner Schritte intensiviert sich das Hungergefühl in meinem Magen. Beim Betreten der Küche wappne ich mich für die erste Begegnung mit Neni, fahre mir noch einmal schnell durch die Haare und streiche mein Kleid glatt. Unter der Dusche habe ich mir ein paar Worte zurechtgelegt, mit denen ich mich bei ihr bedanken will. Auch wenn ich nicht gerade erpicht bin, hier auf dem Hof zu übernachten, muss ich ihr gegenüber ja nicht unhöflich erscheinen. Doch zu meinem Erstaunen ist die Küche leer. Ein wenig baff schaue ich mich um. Wo sind denn alle? Ich kontrolliere die Uhrzeit. Hatte Ina mir nicht vorhin erzählt, um sieben gäbe es Abendessen?

Die Küche sieht aus, als bestünde sie – zumindest in Teilen – noch aus dem Baujahr des Hauses. Vergilbte blau-weiße Kacheln mit Blumen und zusammengesetzten Schiffsmotiven zieren linker Hand die Wand. Ich mag diese handgemalten Fliesen sehr und kann nicht umhin, mit meinen Fingern sanft über die glatte, unebene Lasur zu fahren. Mein Blick wandert von den Kacheln zu einem putzigen Erkerfenster, von dem aus man mit ein paar Verrenkungen das Rondell sehen kann, in dem die Autos parken. Ich wende mich um und lenke mein Augenmerk auf einen ausladenden rechteckigen Gasherd, der in der Mitte des Raums steht und toll in Schuss zu sein scheint. Obendrauf thront ein riesiger Topf, vermutlich das Abendessen. Von einem Gestell an der Decke baumeln zahlreiche Stilkochtöpfe in unterschiedlichen Größen und Materialien. Ein Stück weiter, im Grunde exakt gegenüber des Kücheneingangs, befindet sich eine taubenblau getünchte Tür, die zweigeteilt ist und von der ich weiß, dass man sie Klöntür nennt. Beide Teile stehen offen.

Instinktiv gehe ich ein paar Schritte drauf zu, wobei ich mit den Augen noch schnell die andere Seite der Küche abscanne. Ein antiker Buffetschrank reicht beinahe bis zur Decke, es ist ein regelrechtes Ungetüm, mit offenen Regalen, die ein groß gewachsener Mensch gerade so ohne Leiter erreichen kann. Vollgestopft mit Geschirr, Gewürzgläschen und Einmachgläsern, vermittelt er mir den Eindruck, in einer Hexenküche gelandet zu sein, zumal alle Vorratsgläser nach Größe sortiert und penibel beschriftet sind. Ich stutze, als ich die Handschrift lese. Schmale Buchstaben, die Ober- und Unterlängen exakt gleich groß. Inas Schrift. Ein riesiges Fragezeichen schwebt über meinem Kopf. Dass meine Schwester sich samt Kind auf Sylt niedergelassen haben will, konnte ich bis eben nicht zweifelsfrei glauben. Aber wenn sie Einmachgläser beschriftet, dann … tja, dann ist sie hier wohl zu Hause, oder? Ich kann nicht umhin, das wirklich seltsam zu finden.

«Moin, du musst Ella sein!» Eine Frau, deren Gesicht aus Millionen feinster Fältchen und Linien zu bestehen scheint, schaut um die Ecke. Dünnes schlohweißes Haar blitzt unter einem bunten Kopftuch hervor. Sie schenkt mir ein verschmitztes Lächeln. Dass sie mich duzt, fühlt sich ganz selbstverständlich an.

«Hur gair't di?»

Ich starre sie an. Spricht sie rückwärts? Oder ist das jetzt doch Mandarin? «Ähm …», stottere ich, und die alte Frau lacht.

«Bitte verzeih – ich bin auf Sylt aufgewachsen, darum rutscht mir immer mal wieder eine Kleinigkeit auf Sölring raus», sagt sie nun auf Hochdeutsch. Jetzt erscheint der gesamte Körper. «Sölring ist die Sprache dieser Insel, und was ich eben zu dir gesagt habe, heißt: Wie geht es dir?»

Erleichtert atme ich auf. «Danke, gut.»

Die alte Frau lächelt. «Wunderbar. Herzlich willkommen auf dem Karsenhof, ich bin Neni, die Großmutter von Tom.»

«Hallo», bringe ich endlich hervor.

Neni ist schmal und hat den Arm voll mit Blumen, offenbar frisch gepflückt. «Würdest du bitte die Melone aus dem Kühlschrank mitbringen, wenn du nach draußen kommst? Wir essen auf der Veranda.» Mit dem Kopf deutet sie in Richtung Klöntür und verschwindet gleich darauf wieder von der Bildfläche.

Verdattert bleibe ich zurück. Ihr Auftritt war dermaßen kurz, dass ich überhaupt nicht dazu gekommen bin, mich näher vorzustellen und ihr für das Übernachtungsangebot zu danken. Wie Mimi es erwähnt hatte, scheint sie *wirklich* entspannt im Umgang mit Gästen zu sein.

Der Kühlschrank steht links von der Eingangstür. Ich schnappe mir die Schale mit den Melonenstücken und stapfe hinaus auf die Veranda. Draußen halte ich für einen Moment staunend inne. Der Vorbau ist nicht einfach nur eine überdachte Terrasse, sondern ein vollwertiger Raum, der mir riesig vorkommt, vermutlich weil er zu drei Seiten ab Hüfthöhe durch zahlreiche quadratische Sprossenfenster hinaus ins Grüne blickt. Wände und Decke bestehen aus hell getünchtem Holz, der Boden ist in Grautönen gehalten und mit zauberhaft gemusterten Fliesen ausgelegt. Einzig die Schiebetür zum Garten sieht mir nach einer Metallkonstruktion aus. Sie wirkt schwer und modern. Wie schon vorn im Eingang gelangt man über eine kurze Treppe in den abschüssigen Garten, wo mir als Erstes ein Apfelbaum ins Auge sticht, der sich schützend über eine Hollywoodschaukel beugt.

Ich bin schockverliebt in diese bezaubernde Veranda und den verwunschenen Garten. Vor den Fenstern wachsen weitere

Obstbäume, dahinter vermute ich irgendwo das Hühnergehege und die Lama-Koppel.

Sprachlos vor Staunen platziere ich die Schale mit den Melonenstücken in der Mitte der Tafel, die zusammengesetzt ist aus vielen kleineren Holztischen unterschiedlichster Art. Ich lasse meinen Blick über den Tisch wandern. Direkt vor meiner Nase steht ein Brotkorb, der förmlich überquillt, außerdem eine bunte Vielfalt an Gläschen mit selbst gemachtem Gemüse oder Chutney, gestapelte Teller und Besteck. Auf einem runden Tablett reihen sich Gläser, ein Krug mit Wasser und eine gekühlte Flasche Weißwein aneinander. Neni ist nicht zu sehen, aber mir fällt auf, dass zwei Gedecke bereits benutzt sind. Vermutlich von Ina und Mimi. Auf den Tellern entdecke ich Krümel und Reste einer hellen Soße, Messer und Gabel liegen kreuz und quer darauf verteilt. Unwillkürlich muss ich an die Cornelsens denken. Unter keinen Umständen hätte sich jemand erdreistet, sein Besteck dermaßen unordentlich liegen zu lassen. Geschweige denn hätte überhaupt ein Familienmitglied mit dem Essen begonnen, ohne dass alle anwesend sind oder der Hausherr mit einem Neigen des Kopfes seine Genehmigung erteilt. Gleich am ersten Abend, sozusagen bei der Einführung in die Familie Cornelsen, waren wir auswärts essen, und ich habe es gewagt, aus dem dargebotenen Brotkorb ein Scheibchen zu stibitzen, mit Dip zu bestreichen und hungrig zu verspeisen. Es kam nicht gut an. Vor allem Bastians Mutter japste nach Luft und war, so habe ich es empfunden, kurz davor, mir mit ihren knöchrigen Fingern einen Klaps auf die Hand zu geben.

Ich setze mich auf einen Platz mit Blick in den Garten. Und mit Aussicht auf die Weinflasche, die in einem Cooler aus Stein inmitten des Tisches steht. Auf einmal kann ich mir nichts Schöneres vorstellen, als ein Glas davon zu trinken. Als ich gerade überlege, ob die Flasche wohl bereits geöffnet ist und ich mich selbst bedienen soll, erscheint Tom auf der Veranda.

«Hey!» Er setzt sich auf einen freien Platz und deponiert sein Handy neben dem Teller. «Sorry», entschuldigt er sich, «aber du weißt ja, ich habe Notdienst heute. Normalerweise versuchen wir, für Mimi Vorbilder zu sein, und verzichten beim Essen aufs Telefonieren.» Er blickt sich suchend um. «Wo sind denn alle? Und wie geht's deinem Vater? Hat er schon gegessen?»

Etwas überrascht sehe ich ihn an. «Äh, ihm wurde doch Bettruhe verordnet», sage ich ein klein wenig pikiert. Hat er seine eigene Anordnung schon vergessen? Also echt jetzt.

Tom schaut arglos zurück. Seine Augen glitzern im Licht der tief stehenden Sonne wie dunkler Bernstein. Und sie sind von einer Tiefe, dass ich schon wieder einen Tick zu lange hineinsehe.

«Gegen ein kurzes Abendessen ist aus medizinischer Sicht nichts einzuwenden», sagt er, während er meinen Blick erwidert. «Er muss ja nicht zum Tanzen bleiben.»

Ich habe keinen Schimmer, was ich darauf erwidern soll. Das war ein Witz, oder?

Tom greift sich zwei Gläser, schenkt Wasser ein und reicht mir eins herüber. «Kleiner Scherz», lacht er, «keine Sorge, du wirst schon nicht von einem stinkenden Landtierarzt zum Schunkeln aufgefordert.» Dann wird sein Blick ernst. «Aber mal ehrlich: Dein Vater sollte etwas essen und darf dafür gern aufstehen. Andernfalls verliert er zu schnell seine Kräfte.»

«Er … hat keinen Appetit», wiederhole ich Papas Worte.

«Hallo, alle! Hat jemand Durst?» Mimi biegt um die Ecke. Um den Hals trägt sie eine knallbunte Halskette aus riesigen Perlen, die offenbar neu ist. Mit ihren kleinen Händen umklammert sie einen monströsen Saftkrug. «Das hier ist Limonade. Die habe ich zusammen mit Neni gemacht. Genau wie die Kette.» Sie balanciert die schwere Karaffe bis zum Tisch, setzt sie ab und schiebt sie anschließend zu mir herüber. Dann präsentiert sie stolz ihren Schmuck. Da ich lieber bei Wein und Wasser bleiben möchte, lehne ich die Limonade dankend ab. Umso interessierter zeige ich mich an der Kette. «Die ist ja toll», lobe ich die Kleine, «und so schöne Farben!» In der Tat ist die Kette interessant gemacht, die Perlen sind in einer wiederkehrenden Reihenfolge aufgefädelt, sodass sich ein hübscher Rapport ergibt. «Hier hast du aber eine Farbe doppelt eingereiht», sage ich, ohne darüber nachzudenken. «Eigentlich hätte dort doch wieder Blau kommen müssen, oder?»

Mimi starrt erst mich und anschließend die Kette an. Und dann, aus heiterem Himmel, werden ihre Augen glasig, und dicke Tränen kullern ihr über das Gesicht. Entsetzt schlage ich mir die Hand vor den Mund, springe auf und laufe um den Tisch herum. Vor Mimi gehe ich in die Hocke. Ich will ihr beruhigend über den Rücken streichen und versichern, wie wunderschön ihr Werk doch ist, aber Mimi weicht einen Schritt zurück. «Oh nein, oh nein», rufe ich verzweifelt. «Süße, entschuldige, ich … habe es nicht so gemeint. Bitte verzeih mir!» Flehentlich schaue ich sie an.

Doch Mimi sagt keinen Ton, es ist, als wäre sie plötzlich versteinert. Einzig die Tränenproduktion läuft auf Hochtouren.

Die Kleine weinen zu sehen, geht mir an die Nieren, mein Magen krampft sich zusammen, und ich muss mich zusammenreißen, um nicht selbst in Tränen auszubrechen. Der Stress des Tages, der schon die ganze Zeit wie eine dunkle Wolke über mir schwebt, droht, sich über mir zu entladen. «Hör mal, meine Kleine, ich habe es wirklich nicht böse gemeint», flüstere ich mit erstickter Stimme. «Ich wollte nur …»

Weiter komme ich nicht, denn Mimi zerrt mit Schwung an der Perlenkette, sodass das Band reißt und die Perlen klackernd auf den Boden fallen, wo sie in alle Himmelsrichtungen fortspringen. Mimi heult auf, dreht sich danach wortlos um und rennt gen Küche. Und wie sollte es anders sein, erscheint exakt im selben Moment Ina im Türrahmen. Sie lässt es geschehen, dass ihre weinende Tochter sich an ihr vorbeidrängt, dann schaut sie zu uns hinüber und fragt mit düsterer Gewitterstimme: «Was ist hier los?»

9. Kapitel

Ertappt springe ich auf und stehe plötzlich wie ein Schulmädchen vor meiner Schwester. «Ich … war … möglicherweise etwas harsch mit meinen Worten», stottere ich kleinlaut. Ich fühle mich schuldig, obwohl ich im Grunde nichts dafür kann, dass Mimi so überreagiert hat. «Eigentlich wollte ich Mimi überhaupt nicht kritisieren, doch sie muss es in den falschen Hals bekommen haben.» Ich merke selbst, dass ich mich anhöre, als wolle ich mich herausreden. Aber wie hätte ich ahnen sollen, dass meine Worte die Kleine so verletzen? Oder ist dieses Verhalten normal, und ich mache mir zu viele Gedanken? Wie soll ich das wissen, ich verfüge doch über keinerlei Erfahrung im Umgang mit Kindern.

Ina sagt keinen Ton, sie steht im Eingang und kaut stumm auf ihrer Unterlippe herum. Mir ist klar, dass sie mich zum Mond wünscht oder in die Hölle, auf jeden Fall weit weg von sich und ihrer Familie. Dazu kann ich nur sagen: Ich würde ihr den Gefallen liebend gern erweisen. Aber es ist auch ihr Vater, der oben im Bett liegt und mit einer Gehirnerschütterung all unsere Pläne durchkreuzt.

«Ich geh mal nach eurem Vater sehen und hole ihn zum Essen herunter», verkündet Tom. Er fährt sich durch den Wuschelkopf, springt dann auf und stopft sofort sein Telefon in die Hosentasche. Es ist offensichtlich, dass er sich aus der Schusslinie bringen will. Die Stimmung ist explosiv, es fehlt nicht mehr viel, dann knallt es. Dennoch zögert er. Auf seiner Stirn hat sich eine steile Falte eingegraben, und während er angestrengt von Ina zu mir schaut, glaube ich für einen Moment, dass er mir nun an Inas Stelle die Standpauke halten wird. Doch dann wird seine Miene weich, und mit sanfter, fester Stimme beruhigt er mich. «Hab wegen Mimi keine Bedenken, Ella. Dich trifft keine Schuld. Frag mal deine Schwester, was mit der Kleinen los ist. Sie kann es dir am besten erklären.» Er tauscht einen langen Blick mit Ina aus, dann wendet er sich um und verschwindet schnellen Schrittes im Haus.

Ich weiß nicht, was das zu bedeuten hat. Warum sagt Ina nicht endlich etwas? Verunsichert bleibe ich an Ort und Stelle stehen und weiß schon gar nicht mehr, wo ich noch hinsehen soll. Die Stille zwischen uns ist bedrückend. Doch je länger das Schweigen andauert, umso mehr finde ich zu meinem Selbstbewusstsein zurück.

Trotzig verschränke ich die Arme vor der Brust und schaue meiner Schwester auffordernd in die Augen. Ihr Gesicht ist gerötet, auf ihrer Stirn glaube ich, Schweißperlen zu erkennen.

Leg los, fordere ich sie im Geiste heraus, dann haben wir es hinter uns, und Papa muss unseren Streit nicht mit anhören. Doch meine Schwester schweigt beharrlich, und darum versuche ich nun, die Situation noch einmal mit ruhigen Worten wiederzugeben: «Ich habe wirklich nicht gewollt, dass …»

«Ist schon okay», unterbricht mich Ina. Ihr Tonfall ist erstaunlich gelassen. Sie kickt eine Perle mit dem Fuß gegen die Seitenbande. «Hat sie ihre Kette zerrissen? Dieses Verhalten ist normal bei Mimi.»

Ich blinzele überrascht. So hätte ich die Kleine gar nicht eingeschätzt. Und meine Schwester erst recht nicht. Während ich darauf warte, dass Ina nun zu einer längeren Erklärung ausholen wird, bemerke ich einen fiebrigen Glanz in ihren Augen. Geht ihr das Thema derart nahe? Ich überlege, ob ich sie darauf ansprechen soll, doch ehe ich mir die richtigen Worte zurechtgelegt habe, sagt Ina unvermittelt: «Ich schaue mal nach Mimi.» Und ohne einen weiteren Kommentar abzugeben, stapft sie davon.

Perplex, aber auch ein wenig gekränkt sehe ich ihr hinterher. Sie will sich mir nicht offenbaren, das hätte ich im Grunde wissen müssen.

Und plötzlich sitze ich allein am Tisch und versuche, das Geschehene einzuordnen. Eine sanfte Brise weht durch die offene Verandatür, und spätestens jetzt ist klar, dass das Meer nicht weit ist. Ganz zart kann ich in meinem Atemzug den herb-salzigen Geruch des Schlicks wahrnehmen. Ich schließe die Augen und überlege, was Tom vorhin mit seiner Andeutung gemeint haben mag. Was sollte Ina mir seiner Meinung nach erklären? Außer dass Mimi ein bisschen neunmalklug ist, im ADAC-Magazin schmökert und weiß, was eine Steißgeburt ist, vermittelte sie einen völlig normalen Eindruck.

«Ach, hier ist ja doch jemand!» Neni erscheint in der Verandatür. Statt der Blumen balanciert sie nun eine randvolle Suppenschüssel in den Händen. Sie hat das Kopftuch abgelegt und sich eine dünne Häkelstola über die Schultern drapiert. «Es war so still, ich habe schon befürchtet, alle hätten sich verzogen.» Sie lächelt, während sie ächzend die Terrine auf dem Tisch abstellt. Sofort steigt mir ein süßer Rosmarin-Birnenduft in die Nase. Mein Magen knurrt lautstark.

«Vorsicht, hier liegen überall Perlen auf dem Boden», warne ich sie. «Könnte ich wohl einen Handfeger bekommen? Mimi hat ihre Kette zerrissen.»

Neni nimmt neben mir Platz, zieht den Topf näher zu uns heran und rückt auch das Schälchen Brot herbei. «Ach herrje!», sie schüttelt in stummer Verzweiflung den Kopf. «Unter der Küchenspüle findest du eine Kehrschaufel. Aber jetzt wird erst mal gegessen. Ich würde sagen, du brauchst langsam mal etwas Warmes im Bauch.» Sie schnappt sich die Suppenkelle und durchpflügt damit die Schüssel. «Im Sommer ist es besonders wichtig, wärmende Speisen zu sich zu nehmen, aber das weißt du sicher. Dies hier ist ein Kartoffeleintopf mit Bohnen und karamellisierten Birnen. Mimis Lieblingsessen. Du hättest sehen sollen, was sie sich für eine Riesenportion in den Magen geschlagen hat.» Neni blickt sich suchend um. «Wo steckt denn die Kleine?»

Während ich nach einer Antwort suche, die alles erklärt, ohne ein allzu schlechtes Licht auf mich zu werfen, befüllt Neni unsere Teller.

«Ich habe wohl etwas Falsches gesagt, also genau genommen habe ich sie kritisiert, was überhaupt nicht meine Absicht war.» Ich berichte Neni den exakten Hergang der Geschichte. Sie hört aufmerksam zu, angelt zwischendrin nur kurz nach der Wasserflasche und schenkt uns beiden ein. Danach deutet sie auf den Wein. «Auch davon? Deine Stimme klingt, als könntest du einen Schluck vertragen.»

Ich nicke ertappt. In der Tat höre ich mich langsam ein wenig überdreht an. «Sehr gern.»

Eine Weile machen wir uns schweigend über die Suppe her. Es ist verrückt, aber ohne dass Neni sich zu der Angelegenheit geäußert hätte, beruhigt mich ihre Gegenwart, und ich beginne, mich wieder ein klein wenig zu entspannen. Vielleicht ist es aber auch das leckere Essen, das sich in meinen Magen und auf meine Seele legt wie heilender Balsam. Nie zuvor hat mir ein Eintopf derart gut geschmeckt, und ich fühle nach und nach meine Kräfte zurückkehren.

«Ich freue mich, dich endlich kennenzulernen, Ella», sagt sie schließlich mit einem vielsagenden Lächeln auf den Lippen.

Verblüfft sehe ich sie an. *Endlich?* Wie ist das gemeint? Denn falls Ina von mir gesprochen haben sollte, wird sie unter Garantie nichts Gutes gesagt haben. Ich entscheide mich für eine unverfängliche Antwort: «Es ist schön hier auf dem Karsenhof.»

«Absolut», pflichtet Neni mir bei. «Und es war gut und richtig, dass du hergekommen bist.»

Ich will ihr gerade erklären, wie es dazu gekommen ist, denn offenbar hat sie niemand über die Umstände aufgeklärt, die Papa und mich hergeführt haben, da sprintet Tom plötzlich über die schmale Treppe aus dem Garten zu uns hoch. «Ist dein Vater inzwischen hier unten aufgetaucht?», fragt er und sieht sich suchend um. «Er ist jedenfalls nicht auf seinem Zimmer. Das Bett war leer.»

Ich starre ihn an. «Äh … nein, hier ist er nicht.»

Tom kratzt sich am Kinn. «Das ist wirklich eigenartig.»

«Allerdings!», sage ich beunruhigt. «Vielleicht musste er zur Toilette?»

«Nein», er wirkt ratlos. «Ich habe auf der gesamten oberen Etage nachgesehen. Keine Spur von ihm.»

In einem Anflug von blindem Aktionismus springe ich auf. Was, wenn Papa erneut schwindelig geworden ist und er irgendwo ohnmächtig am Boden liegt?

«Ich muss ihn finden», sage ich mit kratziger Stimme, weil mein Mund auf einmal ganz trocken ist. «Er kennt sich hier doch nicht aus.»

«Keine Sorge», versucht Neni mich zu besänftigen. «Wenn er oben nicht steckt und auch die alte Treppe gemeistert hat, scheint sein Zustand stabil zu sein. Er wird sich die Beine vertreten wollen und frische Luft schnappen.»

«Aber er könnte verletzt sein und Hilfe benötigen.»

«Ich glaube zwar, dass Neni recht hat, aber natürlich helfe ich dir, ihn zu finden.» Tom steht bereit. «Du gehst nach vorn zum Haupteingang, wo euer Wagen parkt, und ich durchstreife das hintere Gelände.» Er sieht mir in die Augen. «Beruhige dich, Ella. Es wird alles gut.»

Wir starten unsere Suche in unterschiedliche Richtungen. Ich laufe, wie er es vorgeschlagen hat, und biege im Garten nach rechts ab. Im Stechschritt passiere ich die blühenden Büsche. Eine Katze kreuzt meinen Weg, offenbar auf der Jagd nach einer Maus, doch gerade steht mir nicht der Sinn danach, sie dabei zu beobachten. Unbeirrt marschiere ich weiter, und nach ein paar Metern im Halbkreis befinde ich mich kurz vor dem Rondell, in dem unser Auto parkt. Und dann plötzlich sehe ich eine Gestalt neben einer Linde stehen und kneife angestrengt die Augen zusammen. Ja, das könnte Papa sein.

Meine Schritte knirschen, als ich den Kies betrete. Ich habe mich nicht getäuscht. Etwa in zehn Meter Entfernung steht mein Vater, schaut zum Himmel und … telefoniert! Erleichtert schnappe ich nach Luft. Gleichzeitig fühle ich, wie in mir Wut aufsteigt. Wie kann er mir einen solchen Schrecken einjagen? Und warum bin ich nicht auf die Idee gekommen, ihn anzurufen?

«Papa!», fauche ich, doch er ist ins Gespräch vertieft und scheint mich nicht zu hören. Sogar als ich beinahe schon hinter ihm stehe, bemerkt er mich nicht. Ich hingegen kann Wortfetzen seiner Unterhaltung aufschnappen.

«Das geht mir genauso», säuselt Papa in den Apparat, als spräche er mit einem niedlichen Hundewelpen. «Ich muss erst mal … ja … nein … Ich werde hier schwer bewacht … Nein, auf keinen Fall!»

Ehe ich mir einen Reim auf das Gehörte machen kann, fährt mein Vater herum und lässt vor Schreck das Telefon fallen. Sofort geht er in die Knie, reißt das Gerät an sich und drückt scheinbar wahllos auf die Tasten. Als er sich anschließend erheben will, wird ihm schwindelig, und er gerät ins Taumeln. Ich schaffe es gerade noch, ihn aufzufangen.

«Vorsichtig!», warne ich besorgt. Eigentlich war ich ja drauf und dran, ihn für sein leichtsinniges Verhalten auszuschimpfen, doch seine Hilflosigkeit bewirkt, dass mir die Worte im Halse stecken bleiben. «Du darfst keine hastigen Bewegungen machen, Papa. Am Ende fällst du und brichst dir die Knochen.» Ich suche seinen Blick.

Mein Vater indes hat nur Augen für sein Telefon. Nervös tippt er auf dem Display herum und atmet schließlich auf. «Zum Glück funktioniert noch alles.»

Ich schneide eine Grimasse, weil ich mich frage, ob *bei ihm* noch alles funktioniert. Er kann doch nicht mit einer Gehirnerschütterung und diesem Schwindel ohne Begleitung das Bett verlassen!

«Ehrlich, Papa», sage ich streng, «der Doktor fand zwar, dass du zum Essen aufstehen darfst, aber ganz sicher meinte er damit nicht, dass du allein durch die Weltgeschichte spazierst.» Zur Besänftigung streichele ich ihm über den Arm. «Du hast mir einen fürchterlichen Schreck eingejagt. Bitte mach so etwas nicht wieder, dein Zusammenbruch heute Mittag hat mir absolut gereicht.» Mein Blick schweift kurz suchend umher. «Was um alles in der Welt tust du überhaupt hier?»

Die Antwort kommt zögerlich. «Ich wollte ... nur mal sehen, wie die Straße heißt, an der dieser Hof liegt.»

Ich starre ihn an. Ist das sein Ernst? Das ist ja wohl die abwegigste Erklärung, die ich je gehört habe. Außerdem irgendwie fadenscheinig.

«Du hättest jemanden fragen können. Ina zum Beispiel. Oder deinen neuen Freund, den Tierarzt. Meinetwegen auch mich oder Google.»

Mein Vater rollt mit den Augen. «Aber es war niemand von

euch da. Auch Google nicht. Kein Netz.» Wie zum Beweis legt er seinen Kopf in den Nacken und schaut zum Himmel.

«Ach.» Ich gebe mir Mühe, nicht allzu sarkastisch zu klingen. «Und darum hast du erst mal in Ruhe telefoniert.» Langsam fühle ich mich ein wenig verschaukelt. Doch ich reiße mich zusammen. Ich bin nicht seine Gouvernante, ermahne ich mich. Er ist mir keinerlei Rechenschaft schuldig über sein Tun.

Eine Frage kann ich mir dann aber doch nicht verkneifen, nämlich: «Warum interessiert dich überhaupt die Umgebung?»

Für eine Sekunde wirkt mein Vater ratlos. Erneut wandert sein Blick gen Himmel, dann auf seine Fußspitzen, und schlussendlich funkelt er mich herausfordernd an. «Straßennamen-Bingo!»

«*Straßennamen-Bingo?*», wiederhole ich ungläubig und muss mir alle Mühe geben, ihm nicht einen Vogel zu zeigen. Was bitte stimmt mit ihm nicht? Was versucht er zu verbergen?

10. Kapitel

Ich bin dermaßen irritiert, dass ich Tom nicht herannahen höre.

«Siehst du», sagt er lächelnd, «hier geht niemand verloren.» Er neigt den Kopf und mustert meinen Vater. «Wie ich sehe, ist der Patient wohlauf?»

Sein Tonfall ist mit einer Prise Ironie versehen, was ich durchaus angemessen finde, wenn man bedenkt, dass mein Vater uns seit dem frühen Nachmittag auf Trab hält.

«Du musst dich schon an die Anweisungen deines Arztes halten, wenn du schnell wieder gesund werden willst», schlage ich in dieselbe Kerbe. «Und das möchtest du doch, oder?»

Mein Vater winkt mit großer Geste ab. «Ich bin ja nicht krank!», wiegelt er ab, besinnt sich dann jedoch und verkündet mit demselben Enthusiasmus: «Trotzdem werde ich mich wohl besser wieder hinlegen.» Er will schon den Rückzug antreten, da stellt sich ihm Tom in den Weg. «Wir wollten Sie eigentlich gerade einladen, eine Kleinigkeit mit uns zu essen.» Mit seiner Bärenpranke schnappt er sich Papas Unterarm und bugsiert ihn über den Kiesweg in Richtung Grünfläche. «Sie brauchen etwas im Magen.» Mein Vater fühlt sich sichtlich überrumpelt, hat aber gegen Tom keine Chance. «Betrachten Sie es als gut gemeinten Ratschlag, nicht als ärztliche Anweisung.»

Ich verkneife mir ein Grinsen. Nicht schlecht, denke ich. Der Kerl versteht es, mit Papa umzugehen.

Erstaunlich flott durchqueren wir den Garten, erklimmen die Treppe zur Veranda, wo Tom seinen Blick kurz über den Boden schweifen lässt und meinen Vater fester beim Arm nimmt. «Vorsicht, hier liegen noch immer Perlen herum. Mimi hat ihre Kette zerrissen.»

Er führt Papa zum Tisch, macht ihn mit seiner Großmutter bekannt und platziert ihn gleich neben ihr. Meinen benutzten Teller schiebt er beiseite. Von Ina und Mimi ist weit und breit nichts zu sehen.

«Schön, dass du dich entschlossen hast, mit uns zu essen», sagt Neni in lockerem Plauderton. Ihre Gäste zu duzen, egal welcher Altersgruppe sie angehören, scheint für sie vollkommen normal zu sein. Sie befüllt ein Schüsselchen mit Eintopf und überreicht es meinem Vater. «Ich nehme an, es geht dir besser? Du bist ja ständig auf Achse.»

Ich horche auf.

«Ich?», fragt Papa mit einem nervösen Vibrieren in der Stimme. «Auf Achse? Das wüsste ich aber.» Er widmet sich dermaßen intensiv seinem Essen, dass man meinen könnte, er wolle in der Schüssel abtauchen.

Ohne darauf einzugehen, schiebt Neni zwei von den Gemüsegläschen in meine Nähe. «Ich hoffe, du hast noch etwas Platz in deinem Magen, um von Inas Spezialitäten zu kosten.» Sie bedeutet mir, mich beim Brot zu bedienen. «Greif zu! Wir haben von allem ausreichend, du musst dich nicht zurückhalten.»

Ich nehme mir ein Scheibchen Brot, schiebe den kurz aufblitzenden Gedanken an Bastians Mutter von mir und betrachte stattdessen staunend die vielen unterschiedlichen Schätze. Holunderbeeren-Butter lese ich. Und Nektarinen-Senf. Außerdem Zwetschgen-Zwiebel-Chutney, Eier mit Kardamom, Fenchel mit Orange und Chili sowie Sauerkirsch-Chutney. Allein die Gläschen sehen allesamt wunderhübsch aus, sie sind akkurat beschriftet und teilweise noch mit karierten oder gehäkelten Deckchen versehen. Viel zu schade, um gegessen zu werden!

Zögernd öffne ich ein Glas mit eingelegten grünen Tomaten und schaufele mir ein Löffelchen davon auf den Teller. Zusätzlich noch einen Klacks Kürbis-Chutney. Dann dippe ich mein Brot hinein und beiße herzhaft ab. Keine Ahnung, was ich erwartet habe, aber die Geschmacksexplosion auf meinem Gaumen ist gewaltig.

«Wow!», staune ich. «Das ist ja … der Hammer!»

Ich sehe in grinsende Gesichter. Dass ich mit Leidenschaft und Genuss zugreife, ist hier definitiv erwünscht.

Während ich nach und nach von allen Gläserinhalten probiere, obwohl mein Magen schon längst die Segel streicht, wendet Neni sich noch einmal an meinen Vater: «Was ich vorhin meinte, ist, dass Mimi dich heute Nachmittag am Wagen …»

Mein Vater verschluckt sich. Lautstark hustet er in sein Taschentuch, derweil überlege ich, wie Nenis Satz wohl weitergehen sollte. Hat Mimi ihn am Wagen gesehen? Das kann ich mir eigentlich nicht vorstellen, er war viel zu schwach, als ich ihn am Nachmittag besucht habe. Allerdings würde es erklären, wie das Handy auf seinen Nachtschrank gelangt ist.

Ina und Mimi kommen über den Rasen geschlendert. Ich sehe, dass Mimi ein paar Pusteblumen aus dem Gras rupft und mit kindlicher Freude die kugelige Spitze in Inas Richtung pustet. Meine Schwester geht auf das Spiel ein, albert mit Mimi herum und tut so, als würde sie die Flucht vor den Pollen ergreifen. Sie sprintet auf uns zu, nimmt die Treppe im Sprung und will gerade den Tisch umrunden, als sie in der Kurve ausrutscht und mit einem spitzen Schrei zu Boden fällt. Der qualvolle Laut geht mir durch Mark und Bein.

Alle an der Tafel sind für einen kurzen Moment wie erstarrt. Bis Tom aufspringt und Ina hochhilft. Er drückt sie auf einen

Stuhl, wo sie mit hochrotem Kopf und schmerzverzerrtem Gesicht erst ihren Knöchel hält und sich danach kurz ans Herz fasst.

«Mimi!», ruft Tom in den Garten. «Komm bitte her und bring den Handfeger mit. Aber geh außen herum und sei vorsichtig, hier liegen überall Perlen!»

Die Kleine ist vor Schreck am Fuße der Treppe stehen geblieben und tut sofort, was man von ihr verlangt.

An uns gewandt, rät Tom: «Besser, ihr bleibt einen Moment sitzen, bis hier gekehrt wurde.» Dann widmet er sich Inas Fuß und untersucht ihn gründlich.

Mir wird heiß und kalt gleichzeitig, vor schlechtem Gewissen. Wegen meines Spruchs hat Mimi ihre Kette zerrissen, sodass ich indirekt die Schuld an Inas Sturz trage. Und wieso habe ich nicht darauf bestanden, die Perlen zusammenzufegen? Voller Reue ziehe ich die Schultern hoch und schiele hinüber zu Ina. Meine Schwester sitzt mit glasigem Blick auf ihrem Stuhl und ringt sichtbar um Fassung.

«Kindchen!» Papa will besorgt aufspringen und zu Ina eilen, doch Neni packt ihn gerade noch rechtzeitig am Arm.

«Vorsichtig! Warte lieber einen Moment, bis Mimi mit dem Besen durch ist.»

Mit einem riesigen Feger und einer Kehrschaufel unter dem Arm erscheint die Kleine jetzt in der Verandatür. Ihr steht die Bestürzung ins Gesicht geschrieben.

«Mama!», quiekt sie, aber sie wird in ihrer Sorge von Tom gebremst.

«Alles ist gut, Mimi. Deine Mutter hat sich nur ein wenig den Fuß verknackst, kein Grund zur Verzweiflung.»

Mimi schluckt und nickt. Dann stammelt sie: «Es waren … 32 Perlen an der Kette.»

«Das ist sehr hilfreich», tröstet er sie, «vielleicht ist es am sichersten, wenn du doch lieber auf allen vieren danach suchst.»

«Na klar!» Mimi lässt sich auf den Boden plumpsen und beginnt, mit Höchstgeschwindigkeit unter dem Tisch herumzukrabbeln, um die Perlen zusammenzutragen. Ich beuge mich vor, um zu helfen. Zwei der Kugeln kann ich mit den Füßen erreichen. Ich schiebe sie in ihre Richtung, und Mimi sammelt sie ein.

Währenddessen kümmert Tom sich weiter um Ina, die windschief auf ihrem Stuhl hockt und gequält lächelt. Er tastet auch noch ihr Bein ab und stutzt plötzlich.

«Seit wann hast du diese Entzündung?» Er deutet auf die Rückseite ihres Oberschenkels, schiebt die Bermudas noch ein Stück höher, sodass ich für eine Sekunde Sicht auf einen dunklen Fleck habe. «Ist dir heiß? Hast du Fieber?», hakt er nach.

Sie schüttelt den Kopf. Trotzdem legt er ihr seinen Handrücken auf die Stirn, fühlt ihren Puls und sieht ihr eindringlich in die Augen.

«Das ist nur ein Insektenstich», sagt Ina ausweichend.

«Das sehe ich», gibt Tom zurück. Doch sein Tonfall klingt mehr als beunruhigt. «Ich frage dich noch mal: Seit wann sieht der so aus?»

Ina zuckt mit den Schultern. «Gestern oder vorgestern.»

Tom fährt sich mit der Hand durch den Bart. Ich kann erkennen, wie es in ihm arbeitet.

«Es fehlt nur noch eine Perle», informiert uns Mimi vom Fußboden. Sie hat ihr Kleid zu einem Beutel geformt und die Kugeln darin gesammelt.

Ich blicke mich suchend um. «Dort! Sie liegt da vorne an der Wand zur Küche.»

Die Kleine krabbelt in die angegebene Richtung und sammelt die Kugel ein. «Fertig!»

Sie will sich zu uns an den Tisch setzen, um ihren Fund auf der Tischplatte auszubreiten, doch Tom kommt ihr zuvor. «Super, Mimi, das ging ja wie der Blitz. Bringst du die Perlen bitte in dein Zimmer und verstaust sie dort sicher?»

Mimi nickt eifrig. Mit größter Sorgfalt balanciert sie ihre Beute ins Haus.

Meine Aufmerksamkeit richtet sich an Ina. «Kann ich irgendwie helfen?», frage ich kleinlaut. Das schlechte Gewissen liegt mir wie ein Steinklumpen im Magen. Zu meiner Überraschung nickt Tom.

Er nimmt die Hände von Inas Bein. «Ja, das kannst du.» Zu mir gewandt, sagt er: «Ich würde dich bitten, deine Schwester nach Westerland in die Klinik zu fahren. Dort gibt es einen ärztlichen Notdienst. Jemand muss sich ihr Bein ansehen.»

Ina und ich schauen ihn gleichermaßen entsetzt an.

«Schwachsinn», blafft meine Schwester. «Mein Fuß tut nicht mehr weh und der Stich auch nicht.» Zum Beweis steht sie auf und geht ein paar Schritte. Vor Papa bleibt sie stehen, um eine wackelige Drehung zu vollführen.

«Kindchen, hör lieber auf das, was der Doktor sagt», rät unser Vater. Auf seiner Stirn haben sich tiefe Sorgenfalten gebildet. «Vorsicht ist besser als ...»

«Wegen so einer Lappalie gehe ich in kein Krankenhaus.»

Fast muss ich lachen. Ina ist definitiv Papas Tochter, die beiden leiden exakt unter derselben Arztphobie. Umso erstaunlicher finde ich es, dass Ina mit einem dieser Zunft Tisch und Bett teilt.

Tom packt meine Schwester am Arm, lupft ihr linkes Hosenbein und präsentiert noch einmal in aller Deutlichkeit den dunkellilafarbenen Insektenstich, der in der Tat gefährlich geschwollen ist. «Ich wollte es dir vor Mimi nicht sagen, aber der Stich hat sich entzündet. Und zwar bestimmt schon vor einer Weile.» Besorgt, aber auch unnachgiebig schaut er ihr ins Gesicht. «Die Wunde muss dringend professionell versorgt werden, andernfalls bekommst du eine Blutvergiftung, falls du die nicht längst hast. Ich könnte dir allenfalls einen Verband anlegen, aber das wird nicht reichen.»

Am Tisch herrscht betretenes Schweigen.

«Dummerweise habe ich heute Notdienst, sonst würde ich dich selbst nach Westerland fahren. Aber zum Glück hat Ella ja ihre Hilfe angeboten.» Sein Blick wandert zu mir. «Ist das okay für dich?»

Mechanisch nicke ich. Selbstverständlich stehe ich Ina zur Seite.

«Ich komme mit», meldet Papa sich zu Wort. «Zur Sicherheit.»

Mein Kopf fliegt zu ihm herum. «*Zur Sicherheit* …», ich wiederhole seine Worte laut und deutlich, «bleibst du besser im Bett!»

Mir ist natürlich bewusst, dass er sich sorgt und helfen möchte, aber muss er sich darum gleich wieder überschätzen?

«Verlass dich auf mich, ich komme klar», beruhige ich ihn sanft. Dass sich in meinem Inneren leise Zweifel melden, versuche ich zu überspielen. Ich meine, wir zwei, Ina und ich, auf engstem Raum in einem Wagen? Wenn das mal gut geht.

Die kommenden zwanzig Minuten verfliegen wie im Zeitraffer. Während meine Schwester Mimi ins Bett bringt, begleite ich mit Toms Hilfe unseren Vater auf sein Zimmer, damit er auf der Treppe nicht ins Straucheln gerät.

Nachdem wir Papa auf sein Bett gesetzt haben und ich ihm quasi schwören musste, ihn von unterwegs mit Neuigkeiten zu versorgen, nimmt Tom mich im Flur beiseite. Er beugt sich ein wenig vor, um mit gedämpfter Stimme in mein Ohr zu sprechen. «Ich bin sehr erleichtert, dass du einspringst.»

Sein Tonfall ist ernst, und er fasst mich an den Handgelenken. «Bitte sorg dafür, dass Ina keinen Rückzieher macht. Du kennst sie ja und weißt, dass sie etwas eigenwillig sein kann. Aber der Stich sieht nicht gut aus. Ich könnte mir sogar vorstellen, dass man sie im Krankenhaus behalten will, das musst du auf jeden Fall unterstützen.»

Als sich unsere Blicke treffen, werden meine Knie weich. Vermutlich wegen der Dramatik seiner Worte. Ich möchte ein Stück abrücken, aber meine Unterarme befinden sich noch immer in Toms schraubstockartiger Umklammerung.

«Natürlich ... hicks», stottere ich. «Das ... hicks ... habe ich verstanden.»

Ich weiß gar nicht, was mich mehr aus der Fassung bringt, meine neue Aufgabe als Inas Vormund oder diese Hitzewallungen, die, von meinen Armen ausgehend, durch meinen Körper strömen. «Dann mache ich mich am besten sofort auf den Weg.»

Tom lässt es geschehen, dass ich mich aus seinem Griff löse, doch sein Blick klebt nach wie vor an mir. «Ich bin sehr froh, dass du da bist, Ella.»

Ich ringe nach Luft. Seltsamerweise fällt mir just in diesem Moment wieder ein, dass er mich vorhin auf der Lama-Koppel so perfide an der Nase herumgeführt hat, doch dies ist wohl kaum der geeignete Zeitpunkt, ihn zur Rede zu stellen. Allerdings kann ich sein Kompliment nicht zurückgeben, denn ich bin keineswegs froh, hier zu sein. Wirklich gar kein kleines bisschen.

«Danke ...», murmele ich verlegen und klimpere nervös mit dem Autoschlüssel, «und nun ... werde ich mal sehen, wo Ina steckt.»

Zehn Minuten später haben Tom und ich Telefonnummern ausgetauscht, und ich habe versprochen, mich zu melden, falls es irgendwelche Probleme gibt. Jetzt sitze ich mit meiner Schwester in jenem Wagen, in dem wir zuletzt gemeinsam vor mehr als

25 Jahren gesessen haben, und hoffe, dass sie mir nicht ansieht, dass ich noch immer Toms Arme auf meiner Haut spüre.

Mit lautem Getöse starte ich den Motor. Ina kauert auf dem Beifahrersitz und schaut stur und mit aufeinandergepresstem Kiefer vorn aus dem Fenster. Es ist an ihrem Gesicht deutlich abzulesen, dass ihr diese Fahrt gegen den Strich geht. Ob nun meinetwegen oder weil sie nicht ins Krankenhaus will, keine Ahnung. Aber sie scheint Tom zu vertrauen, und wenn ich ganz ehrlich bin, sind ihre Wangen inzwischen dermaßen fiebrig, dass ich auf freier Strecke das Gaspedal bis zum Anschlag trete.

Auf meinem Handy habe ich die Adresse der Klinik eingegeben, und ich versuche, mich nicht von der Landschaft ablenken zu lassen. Von Zeit zu Zeit, wenn ich an einer Ampel halten muss, werfe ich einen prüfenden Blick auf Ina, die sich tapfer hält. Soeben haben wir laut Schild die Ausläufer von Keitum passiert. Ein Örtchen, das ich mir unbedingt noch ansehen möchte. Ich kenne es aus Zeitschriften und hoffe, Papa zu einem Rundgang überreden zu können, sobald er auf den Beinen ist.

Wenig später passieren wir Tinnum, durchfahren ein winziges Industriegebiet und düsen schlussendlich am Flughafen vorbei.

«Wenn wir da sind, komme ich ohne deine Hilfe klar», bricht meine Schwester irgendwann ihr Schweigen. «Fahr einfach wieder zurück zum Hof.»

Ich werfe ihr einen zweifelnden Blick zu. Will sie abhauen? So wie sie es in der Vergangenheit konstant gemacht hat, wenn es schwierig wurde? Oder hat sie womöglich eine ausgeprägte Krankenhausphobie?

Auf gar keinen Fall darf ich das zulassen. Ich habe Tom mein Wort gegeben, Ina beim Arzt abzuliefern, und das werde ich auch durchsetzen.

«Ich tue das nicht allein für dich», sage ich so freundlich wie möglich, obwohl ich spüre, wie mir bittere Erinnerungen aufsteigen. Es gab eine Zeit, in der Ina uns allesamt herumkommandiert hat, stets und ständig. Immer mussten wir nach ihrer Pfeife tanzen, es war kaum auszuhalten, mit welcher Vehemenz sie versucht hat, ihren Willen durchzusetzen.

«Ich tue das auch für Papa», fahre ich fort. «Er hat in den letzten Jahren genug durchgemacht und soll sich nicht schon wieder um dich sorgen.»

«Wovon redest du, Ella?», fragt Ina, als habe sie nicht den leisesten Schimmer, was sie unserer Familie angetan hat.

Mit aller Kraft umklammere ich das Lenkrad. Dies ist der denkbar ungünstigste Zeitpunkt, um mit Ina zu streiten, sage ich mir. Sie ist krank und geschwächt, und es wäre mehr als unfair, sie jetzt auch noch mit Vorwürfen zu bombardieren.

So weit die Theorie.

In der Praxis lauert tief in mir ein unendlich trauriges Ich, das es mir in diesem Moment unmöglich macht, zu schweigen. So viele Jahre habe ich meinen Groll heruntergeschluckt, und nun will dieses Gefühl mit Gewalt aus mir herausbrechen. Wenigstens bleibt mir zur Abwechslung mal der Schluckauf erspart.

«Wovon ich rede?», sage ich verkrampft. Am liebsten würde ich sie bei den Schultern packen und schütteln. «Von dir, deiner Selbstbezogenheit und dem Stress, den du immer verbreitest. Und von Mama. Deinetwegen hat sie sich damals in den Außendienst versetzen lassen. Und deinetwegen hat sie dann irgendwann mit diesem verrückten Hobby begonnen. Du bist schuld.»

11. Kapitel

Das Ortsschild von Westerland haben wir passiert, ein paar Mal werden wir kreuz und quer zum Abbiegen aufgefordert, dann erreichen wir den Parkplatz der Nordseeklinik. Als ich den Motor ausschalte, wende ich mich Ina zu. Noch immer hat sie nicht reagiert auf meine Vorwürfe.

Nachdem ich meinem Herzen Luft gemacht habe, fühlte ich mich zunächst erleichtert. Endlich bin ich das losgeworden, was mir schon so lange wie tonnenschwere Ziegel auf der Seele liegt. Doch jetzt spüre ich eine unerklärliche Leere. Die Worte sind raus, aber nichts hat sich verändert. Ich bin immer noch Ella, die früh ihre Mutter verloren hat und darüber unendlich traurig ist. Und ich bin immer noch Ella, deren größter Wunsch – eine glückliche, intakte Familie zu haben – sich nie mehr erfüllen wird. Zusammen mit dieser Erkenntnis überkommen mich Schuldgefühle. Meine Schwester benötigt ärztliche Hilfe, und ich habe nichts Besseres zu tun, als ausgerechnet in diesem Moment mit ihr abzurechnen. Vor Wut und Scham möchte ich am liebsten im Boden versinken.

Ina sitzt mit fiebrig-rotem Gesicht und glasigen Augen auf dem Beifahrersitz und schaut mich erstaunt an. «Nein», sagt sie mit einer Seelenruhe, über die ich nur den Kopf schütteln kann. «Ich bin nicht schuld an Mamas Tod.» Sie löst den Gurt. «Weißt du das denn nicht?»

In ihrem Blick liegt nichts Verletztes, aber auch keine Reue. Im Gegenteil. Als sei sie vollkommen mit sich im Reinen und habe vor langer Zeit mit dem Thema abgeschlossen, wendet sie sich ab und öffnet die Beifahrertür.

Ob ich es nicht weiß? Wovon redet sie?

Auf ihre Frage habe ich keine Antwort, aber ich glaube, Ina erwartet auch keine. Ich hingegen möchte sie am liebsten schnappen und festhalten, damit sie mit mir über unsere Mutter, über damals spricht. Ich will, dass sie sich dem Problem stellt und wenigstens den Ansatz einer Erklärung liefert, wenn nicht gar eine Entschuldigung. Doch meine Schwester ist bereits ausgestiegen. Auf wackeligen Beinen steht sie da, zu stolz oder zu verbissen, sich helfen zu lassen.

Auch ich schnalle mich los, steige aus und umrunde flink den Wagen, sodass ich an Inas Seite bin, als sie den ersten Schritt in Richtung Eingang wagt. Ihre Knie geben nach. Wortlos hake ich meine Schwester unter, greife mir ihre Handtasche und schlinge sie mir um den Körper. Alles läuft ganz selbstverständlich ab. Als seien wir beste Freundinnen und nicht seit Jahren zerstrittene Schwestern.

Arm in Arm meistern wir den Weg und treten schließlich gemeinsam in den Eingang. Ich drücke Ina auf einen Stuhl und schildere der Dame am Empfang die Situation. Ein paar Formalitäten sind zu klären, dann dauert es nicht lange, und ein Pfleger kümmert sich um Ina.

Eine geschlagene Stunde später, in der die Minuten sich wie Kaugummi ziehen, sitze ich immer noch im Wartezimmer und hadere mit mir. Ich habe Tom über den Stand der Dinge informiert und zum ersten Mal in meinem Leben eine SMS an meinen Vater geschickt, der sofort mit einem nach oben gereckten Daumen und diversen roten Herzchen antwortet.

Dann bin ich wieder allein mit meinen Gedanken über Mama.

Unsere Mutter hat viele Jahre als Vertreterin für Pharmazieprodukte den Main-Taunus-Kreis bereist. Nach Inas Geburt versuchte sie, dieser Arbeit, so gut es ging, weiter nachzugehen, doch als ich dazukam, beschränkte sie sich auf eine Teilzeitstelle. Meine Schwester und ich standen uns damals sehr nahe, wir hatten die Köpfe voller Flausen und viel Spaß miteinander. Die Probleme bahnten sich an, als Ina eingeschult wurde. Anfangs waren es nur Kleinigkeiten, die sich an ihrem Charakter veränderten, doch stetig kamen neue Eigenarten hinzu. Als das Gymnasium begann, standen sowohl meine Eltern als auch Inas Lehrer vor einem Riesenproblem. Ina war rechthaberisch und ungeduldig. Über alles wollte sie bestimmen, hatte stets das letzte Wort und bekam Schreikrämpfe, wenn etwas mal nicht nach ihrer Nase lief. In der Schule störte sie den Unterricht, schrieb schlechte Noten und wurde, als sie eine Klasse wiederholen musste, zur Außenseiterin. Mit mir wollte sie ebenfalls nichts mehr zu tun haben, immer öfter schloss sie sich in ihrem Zimmer ein und geriet vor allem mit unserer Mutter ständig aneinander. Ich weiß, dass meine Eltern mit Ina bei diversen Ärzten waren, doch keiner konnte helfen. Mama war schließlich dermaßen überfordert, dass sie und Papa entschieden, die Rollen zu tauschen. Mein Vater schaffte den Spagat, seinen Job als Ingenieur in eine Halbtagsstelle umzuwandeln, damit Mama wieder als Vertreterin auf Reisen gehen konnte. Sie bewarb sich auf einen Posten im Ausland und kam von da an nur noch sporadisch nach Hause.

Für mich ist es offensichtlich, dass sie sich wegen Ina von uns zurückgezogen hat. Wenn Ina sich nicht so danebenbenommen hätte, hätte Mama uns nicht verlassen.

Draußen beginnt es zu dämmern, ein dunkler Schleier legt sich wie ein zarter Vorhang vor das Fenster und taucht den Vorgarten der Klinik in nebulöses Grau. Ich fühle mich entsetzlich. Was ist nur in mich gefahren, dass ich meiner Schwester in dieser Situation mit meinen Schuldzuweisungen komme? Es war wie ein Zwang, ich musste die Worte loswerden, und im Grunde stehe ich ja auch dazu. Dennoch schäme ich mich unendlich für mein Timing und würde am liebsten wie ein kleines Mädchen losheulen, bis mir jemand über den Kopf streicht und sagt, dass alles wieder gut wird. Wenn ich jetzt allerdings auch noch in Selbstmitleid zerfließe, kann ich am Ende des Tages gar nicht mehr in den Spiegel schauen, darum reiße ich mich zusammen und denke noch einmal in Ruhe nach.

Ina hat recht. Natürlich trägt sie nicht die Schuld an Mamas Tod. Mama war erwachsen, als sie die Entscheidung getroffen hat, sich versetzen zu lassen. Und es war einzig und allein ihre Idee, Gleitschirm zu fliegen. Was mich aber vor allem auf die Palme bringt, ist Inas Gleichgültigkeit. Wenn sie das Gespräch mit mir suchen und etwas Verständnis für mich zeigen würde, könnte ich die Vergangenheit gemeinsam mit ihr aufarbeiten. Es gäbe mir vielleicht die Möglichkeit, ihr zu verzeihen. Aber sie lässt mich komplett allein damit.

«Frau Lorenz?»

Ich zucke zusammen. Eine Ärztin im weißen Kittel steht in der Tür und lächelt mich unverbindlich an. Ich springe auf und merke, wie mir der Kreislauf versagt. «Ja?», sage ich und muss mich kurz an der Stuhllehne festhalten. «Wie geht es meiner Schwester?»

Ich werde in einen separaten Raum gebeten, wo Frau Dr. Voigt mir alles veranschaulicht. Tatsächlich hat Ina sich eine Blutvergiftung zugezogen, wenn auch nur eine leichte.

«Über einen Tropf erhält sie Flüssigkeit und ein Antibiotikum», erklärt die Ärztin. «Es war goldrichtig, dass Sie hergekommen sind, mit einer Sepsis ist nicht zu spaßen.»

Tom hatte also recht gehabt, denke ich, während ich weitere Details höre.

«Ihre Schwester muss ein paar Tage zur Beobachtung hierbleiben. Sie schläft jetzt.» Die Ärztin empfiehlt mir daher, nach Hause zu fahren.

Nach kurzem Zögern entscheide ich, ihren Rat anzunehmen. Ina ist hier in guten Händen. Ich bedanke mich bei Dr. Voigt und überreiche im Hinausgehen der Dame von der Anmeldung Inas Tasche. Dann schleiche ich nachdenklich zum Wagen.

Draußen ist es zwar noch nicht stockfinster, aber der Tag hat sich endgültig verabschiedet, am Horizont leuchten ein paar Nachtwolken.

Eine Weile bleibe ich auf dem dunklen Parkplatz im Auto sitzen und starre in die Dunkelheit. Der Tag steckt mir in den Knochen, nicht zuletzt macht mir Inas Diagnose zu schaffen. Ich weiß, was eine Sepsis zur Folge haben kann, und bei dem Gedanken, dass meine Schwester vielleicht nur knapp mit dem Leben davongekommen ist, krampfen sich mir die Eingeweide zusammen.

«Ich will dich nicht auch noch verlieren», flüstere ich und erschrecke vor meiner eigenen Stimme, weil sie sich so kläglich anhört. Ich wiederhole den Satz noch ein-, zweimal, und als mir die Worte fest und klar über die Lippen kommen, beschließe ich, meiner Schwester gleich morgen einen Besuch abzustatten. Um ihr beizustehen. Und um mich zu entschuldigen.

Plötzlich klingelt mein Handy. Es ist Tom. Er berichtet von zwei Notfällen an diesem Abend, darum will er nur kurz über den Stand der Dinge informiert werden. Ich erzähle ihm von dem Gespräch mit der Ärztin, und Tom wirkt beruhigt.

Gerade als wir aufgelegt haben, sehe ich, dass mein Vater sich vor ein paar Minuten noch einmal gemeldet hat. Er ist also noch wach, und ich will ihn nicht bis zu meiner Ankunft auf die Folter spannen.

«Ellimaus!», krächzt er mit sorgenvoller Stimme, als ich anrufe. «Wie geht es Ina?» Er klingt dermaßen neben der Spur, dass ich mich beeile, Entwarnung zu geben.

«Die Ärztin war zuversichtlich, dass Ina wieder vollständig gesund wird und bald nach Hause kommt.» Ich kann geradezu sehen, wie mein Vater aufatmet.

«Jetzt wird alles gut», seufzt er am anderen Ende der Leitung. Einen Moment schweigen wir beide erleichtert. Bis es im Hörer piepst. Irritiert schaue ich auf mein Display, doch dort ist nichts zu erkennen.

«Ella, ich muss auflegen, da klopft jemand an», sagt Papa und hat mich auch schon weggedrückt.

Äh … Anklopfen? Wie bitte? Ich traue meinen Ohren kaum. Kann mein Vater inzwischen womöglich auch einem Zoom-Meeting beiwohnen? Und wer um alles in der Welt ruft ihn um diese Zeit an?

Ich habe keine Kraft mehr, mir Gedanken zu machen, sondern starte endlich den Motor und schicke ein Stoßgebet zum Himmel, dass der Oldtimer mich noch heim zum Karsenhof bringen möge.

Zurück in Archsum scheint das Haus bereits zu schlafen. Auf Zehenspitzen schleiche ich durch den Flur und will mich am liebsten sofort auf die Couch verziehen, doch hier wartet die nächste Überraschung auf mich. Das Licht über dem Schreibtisch brennt, dabei bin ich mir sicher, es bisher nicht benutzt zu haben. Außerdem ist die sorgfältig zur Seite gelegte Bettwäsche vollkommen zerwühlt. Ich muss zweimal hinsehen, bis ich Mimi entdecke, die sich – halb verdeckt von der Häkeldecke – zu einer winzigen Kugel zusammengerollt hat und schläft.

Ein Lächeln huscht über mein Gesicht. Vermutlich ist es der kleinen Maus bei der Ziegelise doch ein wenig zu einsam geworden. Oder zu hart. Ich bin etwas überfordert, denn in diesem Raum gibt es keine andere Schlafmöglichkeit. Nicht einmal auf dem Stuhl ist genug Platz, er biegt sich bereits unter der Last meiner Klamotten.

Leise ziehe ich mich aus, schlüpfe in mein Nachthemd und versuche, mich so sanft wie möglich zu Mimi auf die Couch zu quetschen. Trotzdem wacht die Kleine auf.

«Tante Ella», murmelt sie schlaftrunken, ist dann aber sehr schnell hellwach. «Wie geht es Mama?»

Du liebe Zeit, denke ich, was sage ich denn jetzt?

Ich krieche unter die Decke und lasse zu, dass Mimi sich an mich kuschelt. Mit ängstlichem Blick fordert sie: «Erzähl mir die Wahrheit. Keine Kindermärchen!»

Die Ernsthaftigkeit ihres Gesichtsausdrucks berührt mich. Gleichzeitig habe ich furchtbare Angst, etwas Falsches zu sagen. Wie viel Realität verträgt ein kleines Kind? Ich habe keine Ahnung.

«Deiner Mutter geht es schon sehr viel besser», sage ich, bemüht um einen zuversichtlichen Tonfall. «Sie musste im Krankenhaus bleiben, damit die Ärzte auf sie aufpassen können. Du weißt ja, dass sie diesen Insektenstich hatte. Sie hat ein wenig daran gekratzt, und dann ist wohl Schmutz in die Wunde gekommen. Es gab eine Entzündung.»

Mimi bekommt große Augen. «Du meinst eine Blutvergiftung?»

«Äh … ja. Ganz genau.» Meine Güte, dieses Kind macht mich fertig.

«Arme Mama», sagt sie betrübt. «Sie hasst Krankenhäuser.»

«Das hat sie von deinem Opa geerbt», rutscht es mir heraus. Mimi guckt mich interessiert an. «Der macht auch einen Bogen um jede Arztpraxis.»

Für einen kurzen Moment steht ein Lächeln in ihrem Gesicht. Dann wird sie wieder ernst. «Können wir Mama besuchen?»

«Na klar», sage ich aufmunternd. «Aber erst morgen.»

«Natürlich erst morgen. Heute muss sie sich ja gesund schlafen.»

Ich lächele nun ebenfalls. «Ganz genau, so ist es, kleine Maus. Und wir sollten jetzt auch die Augen schließen.» Ich strecke mich zur Schreibtischlampe, um das Licht zu löschen. «Wenn wir alle drei tief und fest schlafen, wird deine Mutter bestimmt umso schneller wieder gesund.»

Gerade noch sehe ich, wie Mimi mich mit schief gelegtem Kopf kritisch mustert. «Das ist nicht logisch», befindet sie.

Ich knipse das Licht aus, rutsche tiefer in die Kissen und fühle, wie mich die Müdigkeit übermannt. «Du hast recht», murmele ich. «Das ist nicht logisch.»

≈

Ich wache auf, weil etwas meine Nase kitzelt. Einen Moment brauche ich, um zu begreifen, wo ich mich befinde, dann sehe ich Mimi. Sie sitzt kerzengerade vor mir auf dem Boden, eine getigerte Katze liegt auf ihrem Schoß. Mit einer Feder, die sie vermutlich im Garten gefunden hat, spielt sie entweder mit der Katze oder piesackt meine Nase.

«Hatschi!», mache ich.

Mimi lacht. «Du bist eine schlechte Schauspielerin, Tante Ella.»

«Ich weiß.» Gähnend recke ich mich. «Wie spät ist es?»

«Frühstückszeit», erklärt die Kleine. «Es gibt viel zu tun. Wir müssen Saft pressen und danach die Tiere versorgen. Und ich muss in die Schule.»

Ich krame in meinem Hirn. Dann fällt mir ein, was an dieser Aussage nicht stimmt. «Aber heute ist Sonntag.»

«Ja, aber ich bin in einer Forschungsgruppe, die das Meer erkundet.»

«Oh, okay. Dann sollte ich jetzt wohl aufstehen.»

«Ja, und zwar schnell!» Sie springt auf. «Weil Mama ja nicht da ist und wir ihre Arbeit erledigen müssen. Sonst macht es Neni, und das darf sie nicht, weil es ihr der Arzt verboten hat.»

«Ach so?» Ich bin überrascht. Sie wirkte auf mich eigentlich extrem rüstig und vital.

Mit besorgter Miene erklärt Mimi: «Der Arzt sagt, dass sie nicht so schwer tragen soll. Und auch nicht mehr die Ställe ausmisten darf, das ist nicht gut für ihren Rücken. Außerdem hat sie manchmal Rheuma in den Fingern.»

«Oh weh, ja, dann sollten wir ihr schleunigst zuvorkommen. Ich muss mich aber noch anziehen und kurz nach Opa sehen. Also lauf du doch schon mal vor.»

Während sie in Richtung Küche abdüst, verschwinde ich kurz im Bad, ziehe anschließend Jeans und ein ärmelloses Top an und sehe nach meinem Vater. Als ich klopfe, sitzt er bereits wach und angezogen auf seinem Bett, als hätte er mich erwartet.

Noch einmal erzähle ich ihm haarklein den gestrigen Abend, von der Ankunft im Krankenhaus bis zur Diagnose der Ärztin. Meinen Gefühlsausbruch lasse ich geflissentlich unter den Tisch fallen. Stattdessen betone ich erneut, dass er sich keine Sorgen machen muss und dass Ina bald wieder nach Hause kommt.

Er hört sich alles in Ruhe an, nickt ein paar Mal beschlagen und sagt dann: «Dem Himmel sei Dank. Wusste ich doch, dass der Carisma euch gute Dienste leisten würde.» Ganz am Ende fügt er noch hinzu: «Ina steht das durch. Sie ist eine Lorenz.»

Als sei das gleichzusetzen mit einer Immunität gegen jedwede böse Krankheit.

Gemeinsam brechen wir auf zum Frühstück. Der Appetit scheint meinem Vater bei allem Kummer zumindest nicht vergangen zu sein. Mit festem Griff hakt er sich bei mir unter, und kurz darauf stehen wir in der Küche.

Neni ist gerade im Begriff, einen Korb mit Eiern auf die Arbeitsplatte zu hieven. «Heute waren unsere Hühner wieder extrem fleißig», erklärt sie und wendet sich an uns. «Wir könnten gekochte Eier machen oder ein Omelett.» Während sie die kleinen braunen Ovale in einen Karton aus Pappmaschee sortiert, erkundigt sie sich nach Ina.

Aufmerksam lauscht sie meinen Worten, tritt anschließend zu mir und drückt mir einen dicken Kuss der Erleichterung auf die Stirn.

«Halleluja!», seufzt sie. «Was bin ich froh!» Ihr Gesicht scheint vor Lachen nur noch aus Falten zu bestehen. «Jetzt kann ich es euch ja sagen: Ich habe vor Sorge kaum geschlafen.» Sie wirkt in der Tat heute besonders schmal und zerbrechlich, doch als sie mit dem Finger auf die Veranda deutet, in deren unzähligen Scheiben sich das Sonnenlicht golden bricht, kann ich neuen Mut in ihren Augen aufblitzen sehen. «Dort vorn ist bereits der Tisch für euch gedeckt, auch eine Karaffe mit grünem Saft steht schon parat.»

Wir müssen wohl etwas verwundert dreinschauen, denn Neni hält in ihrer Bewegung inne und erklärt: «Ina pflückt morgens immer Kräuter und erntet Gemüse, das sie zu Smoothies verarbeitet. Sie sagt, die grünen Säfte haben weniger Zucker als Obst und sind darum gesünder. Mimi liebt das Zeugs.» Schon wirbelt sie wieder herum und beginnt, Brot zu schneiden.

Als habe sie ihren Namen vernommen, kommt Mimi angelaufen und inspiziert die frisch gesammelten Eier. Dann umschlingt sie liebevoll die Oberschenkel der alten Dame. «Du warst ja bei den Tieren», sagt sie tadelnd. «Du sollst nicht so viel arbeiten, hat der Arzt gesagt. Und Tom findet das auch. Dafür sind wir doch da! Um dir zu helfen!»

«Papperlapapp!» Neni wäscht sich in der Spüle die Hände und trocknet sie an einem karierten Frotteetuch ab. «Ich muss mich bewegen, sonst roste ich ein.»

«Wie wahr, wie wahr», pflichtet mein Vater ihr bei, «wer rastet, der rostet. Das ist auch meine Devise.»

Ich verschlucke mich fast, so sehr muss ich mir das Lachen verkneifen. Schämt er sich nicht, derart zu prahlen?

«Apropos», sagt er jetzt. «Ich hätte tatsächlich gern ein Rührei, wenn es keine Umstände macht. Nachher wollte ich mal eine kleine Spritztour unternehmen, und da ist es von Vorteil, wenn ich eine Kleinigkeit im Magen …»

«Waaas?», rufen Neni und ich wie aus einem Mund.

«Du gehörst ins Bett!», sage ich mit gerunzelter Stirn. «Reicht es nicht, dass einer aus der Familie im Krankenhaus liegt?» Ich erwarte keine Antwort, sondern fahre fort: «Du sollst jegliche Erschütterung meiden, und Autofahren gehört laut dem Doktor dazu. Hast du das etwa vergessen?»

Papa schürzt die Lippen.

«Wo willst du überhaupt hin? Was auch immer du benötigst, könnte ich dir besorgen.»

«Nirgends.»

Mir steht der Mund offen. Klar, denke ich. Um nach nirgendwo zu gelangen, benötigt man natürlich ein Auto. Aber ehe ich etwas erwidern kann, ruft Neni: «Marsch, marsch, alle Mann in die Veranda.» An mich gewandt, fragt sie: «Ella, was möchtest du essen?»

«Erst mal nur einen grünen Smoothie, danke», sage ich. «Morgens habe ich meist noch keinen Hunger.»

«Alles klar.» Gestenreich wedelt sie uns hinaus in den lichtdurchfluteten Raum, wo wir uns in Fensternähe an einem der Tische niederlassen. «Mimi, beeil dich und iss endlich dein Müsli, du musst gleich los!» Sie klatscht auffordernd in die Hände.

Folgsam schnappt sich die Kleine eine Schale von der Arbeitsfläche und setzt sich zu uns. Laut überlegt sie: «Sollte ich nicht heute bei Opa und Tante Ella bleiben? Ich könnte ihnen den Hof zeigen und erklären, was alles zu tun ist, jetzt, wo Mama nicht da ist.»

Neni stößt in der Küche einen lautstarken Seufzer aus. «Weiteressen!», ruft sie mit gespielter Strenge. «Ella und Rolf sind unsere Gäste, sie müssen hier nicht arbeiten.»

«Quatsch!», kontere ich sofort. «Selbstverständlich mache ich mich hier nützlich. Soll ich vielleicht Mimi zur Schule fahren?»

Neni steht mit Papas Rührei auf der Türschwelle und streut noch schnell ein wenig Schnittlauch drüber. «Danke dir, aber Mimi wird abgeholt.» Sie stellt den Teller vor Papa ab, der sich gierig die Hände reibt. «Es gibt eine Fahrgemeinschaft», fährt Neni fort und setzt sich zu uns. «Drei Kinder, die hier auf der Insel leben, aber aus verschiedenen Gründen auf dem Festland zur Schule gehen, werden an den Wochentagen chauffiert. Meistens übernimmt das eine Mutter, die dort in der Nähe arbeitet. Manchmal springen die anderen Eltern ein. Das ist gut organisiert. Heute sind die Kinder nur zu zweit und werden ausnahmsweise in Westerland in den Zug gesetzt. In Niebüll holt der Leiter ihrer Forschungsgruppe sie dann ab.» Mit durchdringendem Tonfall, aber ohne ihren Blick von Mimi zu nehmen, sagt sie: «Und wenn alle pünktlich sind, funktioniert das perfekt.»

Die Kleine hat verstanden, dass diese Botschaft an sie ging. Blitzschnell kratzt sie ihre Schüssel aus und springt auf, um ihre Sachen zu holen. Sekunden später kehrt sie in die Küche zurück. «Aber jemand muss nach den Babys der Ziegelise schauen! Haben sie schon gegessen?»

«Ja, und zwar mit großem Appetit. Tom hat sie heute in der Früh versorgt», versichert Neni. «Und ich drehe auch gleich noch eine Runde.»

«Aber Tom sagt, du sollst ...»

«Fort mit dir!», unterbricht Neni sie. Sie gibt ihr einen zärtlichen Klaps auf den Po. «Beeil dich, sonst fährt der Zug ohne dich ab. Und dann ...!» Sie wackelt drohend mit dem Zeigefinger.

Ich beuge mich zu Mimi vor. «Mach dir keine Sorgen, Mäuschen, ich helfe deiner Neni», versichere ich und denke im Stillen: Nur bitte nicht bei den Lamas. «Also, hab viel Spaß beim Forschen!», rufe ich Mimi hinterher, und sie dreht sich strahlend noch einmal zu mir um. Hocherfreut winkt sie.

Erstaunlich. Ich selbst bin nicht gern zur Schule gegangen, und sonntags hätten mich keine zehn Pferde dorthin bekommen. Mimi dagegen sprüht förmlich vor Enthusiasmus.

Als die Kleine verschwunden ist, wendet sich Neni an meinen Vater. «Möchtest du dich vielleicht heute mal statt ins Bett in die Hollywoodschaukel unter dem Apfelbaum legen?» Sie schiebt mir den Krug mit dem grünen Saft entgegen und bedeutet mir, mich zu bedienen. Ich schenke mir ein und koste gleich darauf einen Schluck. Schmeckt ... sehr gesund. Und irgendwie interessant. Ich setze das Glas noch einmal an.

«Also, Rolf», kommt Neni auf ihre Frage zurück, «was meinst du?»

Sie zeigt auf das antiquierte Teil im Garten, auf dessen blumenbedrucktem Polster zurzeit der Hund schlummert.

Papa wirkt verhalten. Scheint, als habe er mit seiner Spritztour im Geiste noch nicht abgeschlossen. «Gern», sagt er irgendwann halbherzig. «Das wäre nett.»

Zwanzig Minuten später sind wir mit frühstücken fertig, ich habe den Hund mit einem Leckerli bestochen, damit er seinen Platz räumt, und Papa auf die Schaukel verfrachtet.

Von Neni habe ich mir ein paar alte Zeitschriften für ihn geben lassen, die ich ihm nun liebevoll auf den Bauch lege. «Aber nicht zu lange lesen!», erinnere ich ihn. «Du sollst deine Augen nicht überfordern.»

Als ich mich zum Haus wende, um Neni zur Hand zu gehen, hält Papa mich am Arm fest. «Äh … Moment mal.» Er rutscht ein Stück zur Seite und klopft mit der flachen Hand auf das Polster neben sich. «Setz dich doch bitte mal, Ella. Ich möchte mit dir reden.»

12. Kapitel

«Also, mal abgesehen von der Gehirnerschütterung, geht es mir hervorragend …», beginnt Papa und wartet, dass ich ihn ansehe.

Aufs Neue beschleicht mich ein mulmiges Gefühl. Sätze dieser Art sind oftmals die Einleitung zu etwas wirklich Schlimmem. Ich verschränke meine Hände ineinander und warte, bis er weiterspricht.

«Das wird aber höchstwahrscheinlich nicht immer so sein.»

Ich atme tief ein und anschließend geräuschvoll wieder aus. «Meinst du, weil du älter wirst?», frage ich bange. In seinen Augen suche ich nach einem Hinweis, doch sein Blick wirkt warm und absolut harmlos.

«Ganz genau. Ich werde älter.» Er lächelt. «Allerdings habe ich den Eindruck, dass du das nicht wahrhaben willst, Ella.» Sein Ausdruck gewinnt an Intensität. «Irgendwann ist auch meine Zeit abgelaufen, und wenn das Schicksal es gut meint, wirst du dann noch gesund und munter auf der Erde weilen.»

Ich will etwas sagen, doch Papa bringt mich mit einer wohlwollenden Geste zum Schweigen. Er tätschelt meine Hände. «Alles ist in Ordnung, Schätzchen. Ich möchte dir nur noch einmal vor Augen führen, dass …» Er sucht nach Worten. «Also, wenn ich eines Tages mal nicht mehr auf dieser Welt bin, dann …» Er setzt noch einmal neu an: «Ella, bitte tu mir den Gefallen und versöhne dich mit Ina. Sie und Mimi sind deine Familie.»

Sein glasklarer Blick ist von einer Ernsthaftigkeit, dass es mir die Kehle zuschnürt. Ich muss schlucken.

«Momentan hast du deinen Freund, diesen Christian …»

«Bastian.»

«Meinetwegen auch Bastian. Auf jeden Fall versuchst du mit aller Macht, Teil seiner Hochglanzfamilie zu sein. Aber warum? Weil du sie so gernhast? Oder weil sie dich so gernhaben? Akzeptieren sie dich denn, so wie du bist? Und du sie?» Er wartet nicht auf meine Antwort, sondern spricht weiter: «Den Eindruck konnte ich aus deinen Erzählungen bislang nicht gewinnen. Ich meine, Familie hat sicherlich nicht unbedingt etwas mit Blutsverwandtschaft zu tun, sie kann sich auch über die Jahre formen. Man hat sich auch nicht jeden Tag gleichermaßen lieb, und nicht immer herrscht Einigkeit. Aber Zusammenhalt und blindes Vertrauen … Das halte ich persönlich für sehr wichtig.» Er sieht mich herausfordernd an. «Hast du mal dein Herz befragt? Das solltest du nämlich tun.»

Einen Moment betrachte ich sein gütiges, altes Gesicht. Mein Herz? Wenn er wüsste, wie durcheinander es darin aussieht, würde er mir diesen Ratschlag höchstwahrscheinlich nicht erteilen. Es wird wirklich Zeit, dass ich ihm von meiner Trennung berichte, und vielleicht ist dies die passende Gelegenheit. Doch ehe ich den Mund aufmachen kann, um ihm von Bastian und mir zu erzählen, von meinen widerstreitenden Gefühlen und dem Wendepunkt, vor dem ich stehe, setzt Papa noch einmal nach.

«Ina, Mimi und ich …» Er richtet sich kerzengerade auf. «Wir sind ganz sicher nicht perfekt, aber wir sind auch gar nicht so übel. Dein Herz weiß das vermutlich, aber dein Kopf will es nicht wahrhaben. Versprich mir, dass du darüber nachdenken wirst.»

«Okay», sage ich leise.

Papa seufzt. «Das ist alles, was ich mir wünsche. Wirklich alles.»

Eine Weile sitzen wir noch so da, meine Hand in Papas, und schaukeln sanft im Wind, der heute besonders nach Salzwasser und Sommerwiese duftet. Aber auch ein bisschen nach Veränderung.

Irgendwann, als ich merke, dass meinem Vater schon ein paar Mal die Augen zugefallen sind, stehe ich vorsichtig auf. «Ich geh mal rein, um Neni unter die Arme zu greifen», sage ich, als er mich müde ansieht. «Kann ich dir noch irgendetwas Gutes tun?»

Er überlegt. «Nein danke. Ich werde die Beine hochlegen und ein wenig dösen.»

Mit seiner faltigen Hand greift er noch einmal nach meiner und drückt sie leicht. Die Berührung ist von einer solch tröstlichen Wärme, dass mir Tränen aufsteigen. Schnell wende ich mich ab.

Tief in Gedanken über Papas Worte, schlendere ich zurück in die Küche. Wie es aussieht, komme ich zu spät, denn Neni hat den Tisch bereits abgeräumt, alles im Kühlschrank verstaut und auf der Arbeitsfläche klar Schiff gemacht.

«Hättest du nur gewartet», sage ich bedauernd, «ich wäre dir gern zur Seite gesprungen!»

Neni lächelt. «Keine Sorge, es gibt noch genug zu tun.» Sie stemmt die Hände in die Hüften. «Wie wäre es, wenn wir bei den Hühnern starten?»

Ich nicke und folge ihr ein wenig besorgt, weil ich Mimis Ausspruch noch im Ohr habe, über das Gelände. In der Tat tut sie sich etwas schwer beim Gehen, versucht aber nach Kräften, es sich nicht anmerken zu lassen.

«Gefällt es dir in Reutlingen?», erkundigt sie sich im Plauderton.

Mit einem Taschentuch tupft sie sich den Schweiß von der Stirn. Die Temperatur schätze ich trotz des frühen Vormittags auf 20 Grad, entsprechend langsam schreitet die Hausherrin voran. Sie trägt einen luftigen, geblümten Kaftan, hat sich ein Tuch um den Kopf gewickelt und eine dunkle Sonnenbrille auf die Nase gesetzt.

«Ja», antworte ich wahrheitsgemäß. «Reutlingen ist sehr schön.» Ich bin überrascht, dass sie weiß, wo ich lebe. «Es ist nur zurzeit etwas schwierig. Privat, meine ich.» Kurz überlege ich, ihr mehr zu erzählen. Neni umgibt eine irgendwie magische Aura, sodass ich ihr ständig mein Herz ausschütten möchte.

«Woher weißt du eigentlich, dass ich aus Reutlingen komme?» Ich entscheide mich dann doch erst mal für ein unverfänglicheres Thema. «Hat Papa es erwähnt?»

Neni schüttelt den Kopf. «Nein, Ina.»

«Ina?» Mir klappt die Kinnlade herunter. «Ich wusste nicht, dass sie davon weiß. Wir hatten jahrelang keinen Kontakt.»

«Nun, Ina ist nicht sonderlich gesprächig», sagt Neni mit Bedacht, «aber von dir hat sie mir berichtet.»

Jetzt bin ich endgültig baff. «Wirklich?» Vermutlich hatte sie wenig Gutes zu sagen, denke ich.

«Sie ist nicht ins Detail gegangen. Hat nur erwähnt, dass es eine Schwester gibt, die Ella heißt und in Reutlingen lebt. Ich glaube, sie musste es mal loswerden, hat dann aber wohl gedacht, dass es nicht gut für Mimi ist. Darum war das Thema danach für uns tabu.» Wir sind am Hühnerauslauf angelangt, und Neni bleibt stehen. «Schau mal dort, Tilda und Thea.» Sie deutet auf zwei Tiere, die in trauter Eintracht nebeneinander ein Bad im staubigen Sandboden nehmen. «Hühner lieben warmen Sand. Fast alle, die du hier siehst, stammen aus einem Hof mit Legehaltung. Regelmäßig werden dort Hennen aussortiert, weil sie nicht mehr genug Eier produzieren, und von Tierschützern vermittelt. Ina hat sie nach und nach hergebracht, um ihnen ein neues Zuhause zu geben. Ich muss immer staunen, wie gut sich die Tiere schon binnen kürzester Zeit entwickeln.»

Mit großen Augen betrachte ich das Federvieh. Natürlich weiß ich um die Problematik von Legebatterien und kaufe darum stets Eier aus Freilandhaltung, aber mehr Engagement kann ich leider nicht vorweisen. Wie auch? Bastians Vater wäre sicher nicht begeistert gewesen, wenn sein englischer Golfrasen von den Hinterlassenschaften umherlaufender Hennen malträtiert würde.

«Jetzt sind es glückliche Hühner», sage ich gedankenverloren, «jedenfalls wirken sie so.»

Neni lächelt. «Absolut. Die Damen haben sich inzwischen derart gut eingelebt, dass sie wieder regelmäßig legen. Wir können kaum dagegen anessen.» Sie tupft sich erneut den Schweiß von der Stirn und richtet ihr Kopftuch. «Jeder Besuch bekommt einen kleinen Karton Eier geschenkt, ob er oder sie will oder nicht.»

In der Tat sehen die Hühner wohlgenährt aus und verfügen über ein dichtes, schimmerndes Federkleid. Nur zwei von ihnen, die gerade unter dem Zaun durchschlüpfen, wirken etwas mitgenommen.

«Neuankömmlinge», kommentiert Neni meinen Blick. «Der Unterschied ist deutlich zu erkennen.»

«Laufen die nicht weg?», erkundige ich mich, weil sie dem Fluchtversuch ganz entspannt zusieht.

«I wo, sie dürfen sich frei auf dem Gelände bewegen. Tagsüber sind sie meist auf Achse und erforschen die Gegend, wissen aber genau, wo ihr sicheres Zuhause ist und wo sie Futter und Wasser finden.»

Ein Schatten huscht über ihr runzliges Gesicht.

«Meine Liebe, ich würde gern wieder umkehren. Die Hitze

macht mir doch mehr zu schaffen, als ich dachte. Wärst du so gut und erntest dort vorn ein paar von den Frühtomaten und bringst auch einen reifen Salatkopf aus dem Gewächshäuschen mit? Das erledigt Ina normalerweise, aber heute …» Sie verzieht den Mund.

«Heute mache ich es», ergänze ich sofort. «Gar kein Problem.»

Ich will sie am Arm halten und zum Haus begleiten, doch Neni winkt ab. «Danke, mein Kind. Aber den Weg könnte ich im Schlaf gehen.»

Während sie sich gemächlichen Schrittes auf den Rückweg begibt, erkunde ich den anderen Teil des Gartens. Hinter einer Brombeerhecke befindet sich eine Reihe Gemüsebeete, seitlich davon stehen zwei Gewächshäuser, die ich gestern auch schon gesehen habe. Ich muss zweimal hingucken, bis ich den quietschgrünen Salat entdecke, der von einer riesigen Mangoldpflanze fast verdeckt wird.

Das nennt man wohl Permakultur, überlege ich und erinnere mich an die kurze Abhandlung, die ich in Nenis Tomatenbuch gelesen habe.

Vorsichtig, als wäre der Salat nicht echt, fahre ich mit den Fingern über die prallen Blätter. Er sieht so wunderschön aus, dass ich ihn gar nicht rausrupfen mag.

Im Eingang des Gewächshauses stapeln sich ein paar alte, verbeulte Erntekörbe. Ich schnappe mir einen davon und stoße hier auch auf die Tomaten. Mannshoch sind die Pflanzen, die Last ihrer Zweige wird mit Schnüren aufgefangen, die unter der Decke befestigt sind. Es dauert nicht lange, dann habe ich mein Körbchen gefüllt und marschiere zurück zum Haus.

Neni finde ich auf der Veranda, wo sie am Kopfende der Tafel sitzt und über einem Buch eingeschlafen ist. Ganz vorsichtig, um sie nicht zu wecken, bewege ich mich durch das Labyrinth der Tische, doch als ich versehentlich gegen eine der Kanten rumple, schreckt sie hoch.

«Ella», lächelt sie. «Mir ist noch eine Sache eingefallen.» Sie richtet sich auf. «Holst du bitte ein paar frische Gemüsegläschen aus dem Keller? Links im Flur, ganz am Ende, findest du die Tür nach unten.» Sie gähnt. «Ach, und könntest du auch ein Glas Pesto mitbringen? Steht alles etwas durcheinander, ist aber beschriftet. Bring einfach mit, worauf du Appetit hast.»

«Wird gemacht», erkläre ich und bin froh, mich nützlich machen zu können. «Ruh du dich noch ein wenig aus.»

Nachdem ich meine Ernte in die Küche gebracht und sämtliches Gemüse sorgfältig in die vorgesehenen Fächer geräumt habe, stelle ich das Körbchen in eine Nische vor der Verandatür und ziehe los, den Keller zu inspizieren.

Die Tür am Ende des Flurs ist schnell gefunden, es gibt einen funktionierenden Lichtschalter, der die hölzerne Stiege nach unten in gleißendes Licht taucht. Ich atme auf. Keller sind nämlich nicht so mein Ding, schon gar nicht, wenn sie in Dunkelheit liegen und von Spinnen okkupiert werden. Dieses Untergeschoss ist zum Glück bis in die letzte Ecke ausgeleuchtet, sodass ich uralten, gestampften Lehmboden erkenne. Spinnweben sind auf den ersten Blick nicht zu sehen, aber eine gründlichere Betrachtung der Ecken erspare ich mir vorsichtshalber.

Hier unten sind nur zwei Räume angelegt, das Haus wurde somit nicht voll unterkellert. Zuerst schaue ich in den rechten der beiden Flügel – und werde fast erschlagen von dem Chaos, das hier herrscht. Der Raum quillt förmlich über vor altem Gerümpel. An den Wänden stehen windschiefe Regale mit verstaubten Gläsern, davor lehnen etliche Bilder. Ich sehe alte Möbel, die nicht abgedeckt wurden, einen blinden Spiegel und haufenweise Krimskrams. Vergessen ist meine Spinnenangst.

Ich liebe Flohmärkte und bleibe immer dort besonders lange stehen, wo es Antiquitäten zu kaufen gibt. Am liebsten sind mir Stücke, denen man ihre Geschichte ansieht oder zu welchen man sich selbst eine ausdenken kann. Nur mit Mühe widerstehe ich dem Impuls, mich genauer umzusehen, ich sollte besser vorher fragen, ehe ich in fremdem Eigentum herumwühle. Gemüsegläschen kann ich in diesem Gewimmel jedoch beim besten Willen nicht entdecken, darum husche ich hinaus in den Nachbarraum. Aber was ich dort zu sehen bekomme, erschlägt mich erst recht: Auch hier herrscht heilloses Durcheinander, aber auf eine vollkommen andere Art und Weise.

Alle Wände sind hell getüncht und ebenfalls mit Regalen zugestellt, allerdings scheinen mir diese neuerer Bauart zu sein. Sie wirken fest und stabil und vor allem sauber. An einer Seite prangt ein riesiger, moderner Eisschrank, der trotz seiner Größe regelrecht unterzugehen scheint, so voll sind die Regalböden. Ich zähle zehn pro Schrankeinheit, sie biegen sich fast vor Einmachgläsern unterschiedlichster Größe. Kreuz und quer stehen sie auf den Regalen verteilt, auf den ersten Blick haben sie aber alle eins gemeinsam: Sie sind sehr sorgfältig gekennzeichnet. Und zwar wieder mit Inas Handschrift.

Ich trete näher und lese ein paar von den Etiketten, die mir ins Auge stechen. Kürbis-Chutney, Mirabellen-Paprika-Chutney, süßsauer eingelegte Zucchini, Bohnen mit Zwiebeln und Kraut, saure und salzige Gurken, Kimchi, Zwiebeln in Weinessig … Das sind nur ein paar der Vorräte, die mir besonders auffallen. Im nächsten Regal entdecke ich verschiedenste Tomatensaucen, darunter eine mit karamellisierten Zwiebeln und eine andere mit gebratenen Kapern und Rosmarin. Mein Magen gibt ein erwartungsvolles Knurren von sich.

Versonnen streiche ich mir eine Haarsträhne hinters Ohr, während ich mit der anderen Hand weitere Gläser hin- und herschiebe, um möglichst viele Etiketten lesen zu können. Ich sichte Kräutersalz in verschiedenen Ausführungen, Essig in unterschiedlichsten Farben und sogar selbst getrockneten Tee. Ein Regal tiefer stoße ich auf Marmeladengläser in allen erdenklichen Geschmacksrichtungen.

Das ist … krass! Ich komme aus dem Staunen gar nicht mehr raus und kann fast nicht glauben, dass diese Fülle an Lebensmitteln wirklich meine Schwester hergestellt hat.

Ich hatte ja keine Ahnung, dass Ina dermaßen gern kocht und einweckt! Warum habe *ich* diese Begabung nicht geerbt?

Eine Weile stehe ich fasziniert da, inspiziere alles ein zweites und drittes Mal, ziehe Gläser nach vorn, lese die Zutaten und bin baff von dem Anblick und der Kreativität, die dahintersteht. Dann wähle ich ein paar Gläschen aus und erinnere mich daran, dass ich ja auch ein Glas Pesto mitbringen soll. Aber wo finde ich eins? So hübsch beschriftet die Gläser auch sind – nichts ist sortiert oder nach irgendeinem System geordnet, alles steht kreuz und quer. Typisch Ina. Ich wette, sie könnte mir trotzdem mit verbundenen Augen ein Glas Pesto meiner Wahl hervorziehen.

Ich hingegen suche mich durch die Regale, lese all die eingekochten Köstlichkeiten und kann mich kaum entscheiden, so lecker klingen die Etiketten. Zum Glück sind darunter auch diverse Pesto-Sorten. Thai-Pesto finde ich zum Beispiel verlockend, und es gibt sogar süßes Pesto mit gebrannten Mandeln!

Nach weiterem Stöbern wähle ich schlussendlich eine Brennnessel-Ziegenkäse-Mischung mit Zitrone, die ich vor Neugier am liebsten sofort öffnen würde. Im Hinausgehen fällt mein Blick noch auf einen Stapel Verpackungsmüll, der wohl darauf wartet, dass jemand ihn entsorgt. Auch eine alte, abgebrochene Bodendiele ist dabei. Als ich das weiß lasierte Holzteil sehe, kommt mir spontan eine Idee. Ich schnappe mir das Brett, klemme es mir unter den Arm und stapfe die Treppe hoch.

Oben angekommen, laufe ich beinahe Tom über den Haufen. Erschöpft lächelt er mich an.

13. Kapitel

«Hey», begrüßt er mich, und sein Blick wird auf einmal wach. «Was hast du denn damit vor?» Mit dem Kopf deutet er auf die halbe Holzdiele in meiner Hand.

Ich fühle mich ein wenig ertappt, denn ich habe einfach etwas aus dem Keller mitgehen lassen und mein Vorhaben ja noch mit niemandem besprochen.

«Ein Schild», erkläre ich geheimnisvoll. «Meinst du, hier auf dem Hof lässt sich ein Töpfchen Farbe oder ein wasserfester Edding auftreiben?» Ich sehe ihn fragend an.

«Davon gehe ich stark aus», sagt er schmunzelnd. «Willst du per Anhalter die Insel erkunden?» Er fährt sich durch die Haare. Sie sind dermaßen verwuschelt, dass er vermutlich gerade erst aufgestanden ist.

«Keineswegs.» Ich schüttele den Kopf. «Neni hat mir nur erzählt, dass eure Hühner zu viele Eier legen. Also habe ich mir gedacht, ihr könntet sie verschenken. Ist besser als wegschmeißen, oder?»

Er starrt mich an. «Hm», sagt er nachdenklich. Mehr nicht. Einfach nur «Hm».

Ich starre zurück. Was könnte verkehrt daran sein, Lebensmittel zu verschenken, ehe sie verderben? «Ich würde ein Loch in dieses Brett bohren und es dann vorn an die Straße hängen. Am besten direkt unter das Hinweisschild für den Karsenhof.»

Tom kratzt sich am Kinn, sein Blick wandert von mir zu dem Schild und wieder zurück.

«Ich weiß, die Idee ist nicht neu, aber darum geht es ja auch gar nicht.» Ganz selbstverständlich rede ich weiter, vielleicht hat er mich ja falsch verstanden. «Man wirft doch aber nichts Essbares weg!»

«Natürlich nicht.» Tom scheint seine Sprache wiedergefunden zu haben. «Und es ist auch nicht so, dass wir das nicht schon versucht hätten. Allerdings …» Er verstummt.

Sein Gesichtsausdruck wird für einen Moment schrecklich ernst, worauf ich mir nun wirklich keinen Reim machen kann. Was ist das Problem?

Ich will noch einmal nachsetzen, bremse mich aber. Schließlich bin ich hier nur zu Gast und darauf angewiesen, dass mein Vater sich auf diesem Hof in Ruhe erholen kann.

«Du hast ja recht», sagt Tom unvermittelt. «Es ist eine gute Idee, und wir könnten zumindest einen erneuten Versuch wagen. Wasserfeste Filzstifte findest du bei Mimi im Zimmer», erklärt er, «allerdings würde ich dich bitten, mit der Suche zu warten, bis sie zurück ist.»

Ich nicke verständnisvoll. Als Kind fand ich es auch befremdlich, wenn sich jemand während meiner Abwesenheit in meinem Zimmer zu schaffen gemacht hat, sei es auch nur, um aufzuräumen.

Tom streckt sich. «Sag mal, Ella, warst du eigentlich schon am Wasser?» Seine Miene wirkt fast bestürzt, als ich den Kopf schüttele.

«Nein», sage ich und kann es selbst kaum glauben. Denn normalerweise bin ich eine der Ersten, die sich daranmachen, eine neue Umgebung zu erkunden.

«Ist nicht dein Ernst.» Seine Augenbrauen schnellen in die Höhe. «Du befindest dich seit 24 Stunden auf Sylt und hast das

Meer noch nicht gesehen? Die meisten anderen stürzen sich sofort in die Fluten, kaum dass sie ihr Auto geparkt haben.» Er stemmt die Hände in die Seiten. «Das müssen wir schleunigst ändern. Ich habe heute frei und könnte dir ein paar schöne Ecken zeigen.»

Meine Augen leuchten. Ich kann mich auch später noch über das Holzbrett hermachen, für einen Abstecher ans Meer lasse ich alles stehen und liegen.

«Supergern!», strahle ich ihn an. «Ein Ausflug zum Strand – das wäre toll! Allerdings ...» Ich nage an meiner Unterlippe. «Ich möchte auf jeden Fall heute noch zu Ina.» Der Gedanke an meine kranke Schwester versetzt meiner Euphorie einen Dämpfer.

«Das dachte ich mir schon», sagt Tom verständnisvoll. «Ich habe eben bereits mit dem Krankenhaus gesprochen. Ina geht es so weit gut. Sie bekommt weiterhin Infusionen und muss das Bett hüten. Mein Vorschlag wäre es, dass wir uns Fahrräder schnappen, ein wenig die Insel erkunden und später Ina einen Besuch abstatten.»

«Okay.» Erleichtert, dass die Verantwortung nicht allein auf meinen Schultern lastet, denke ich weiter über seinen Vorschlag nach. «Und was ist mit Mimi? Sicher möchte sie auch mit ins Krankenhaus kommen, oder? Wann ist sie denn von ihrem Kurs zurück?»

«Wenn ich richtig informiert bin, geht das heute den gesamten Tag», sagt er und streckt sich erneut. Sein T-Shirt rutscht hoch und legt ein schmales Stück gebräunten Bauchs frei. «Sie ruft an, wenn sie in den Zug steigt, dann hole ich sie ab und fahre sie zu Ina. Aber wie gesagt: Das kann später Nachmittag werden.»

Ich konzentriere mich auf sein Gesicht. «Und es macht dir nichts aus, den Weg zweimal zurückzulegen?» Es ist schließlich sein freier Tag.

Doch Tom schüttelt den Kopf. «Das passt schon. Sind ja keine riesigen Strecken, die man hier auf der Insel bewältigen muss.»

Ich werde von eine Woge der Euphorie erfasst. «Prima! Ich stelle nur noch schnell Neni diese Sachen in die Küche, danach bin ich startklar!» Umständlich deute ich auf die Gläschen in meinen Händen.

Eine halbe Stunde später stehe ich im Hof und warte bestens gewappnet darauf, dass Tom mit den Fahrrädern um die Ecke biegt. Ich habe meine Haare zu einem praktischen Zopf gebunden, meine Tasche quer um den Körper geschlungen und für den Notfall eine dünne Windjacke um die Hüften geknotet.

Ein wenig mulmig wird mir dann aber doch zumute, als er auftaucht, denn ich bin ewig nicht Fahrrad gefahren. Und das olivgrüne Trekkingrad, das Tom mir überreicht, hat auf den ersten Blick mindestens zehn Gänge mehr als mein altes Hollandrad in Frankfurt.

«Hier, das ist Inas Rad. Sicher hat sie nichts dagegen, dass du es benutzt.» Frisch geduscht, in Jeans und einem beigefarbenen T-Shirt sitzt er auf einem Mountainbike und steckt sich noch schnell eine Sonnenbrille auf die Nase. Schon radelt er los.

Wie ein unbedarftes Entenjunges strampele ich Tom hinterher, kann aber zu meiner Überraschung recht bald entspannen. Ich genieße es, die Kontrolle an ihn abzugeben und mir um nichts Gedanken machen zu müssen. Ich darf einfach nur in die Pedale treten und die Landschaft auskosten. Und die ist traumhaft. Nie hätte ich gedacht, wie vielseitig sich die Natur auf der Insel präsentiert. Wir radeln auf schmalen Wegen an Feldern und Wiesen vorbei oder aber auf markierten Pfaden quer durch die Heide. Ich bestaune kleine Höfe ebenso wie imposante Gestüte. Doch besonders gefallen mir die verstreut gelegenen

Friesenhäuser mit ihren bemoosten Reetdächern, die sich wie schützende Kapuzen über das alte Mauerwerk stülpen.

Eine richtige Hauptstraße gibt es in dieser Ecke irgendwie nicht, oder aber Tom lenkt uns geschickt drum herum.

«Du hast es vielleicht bei der Anfahrt zum Karsenhof bemerkt, dieser Teil der Insel ist umgeben vom Wattenmeer», erklärt er mir, als der Weg es zulässt, dass wir nebeneinanderfahren. «Brandung findest du hier nirgends, was nicht bedeutet, dass keine Möglichkeit zum Baden besteht. Allerdings nur bei Flut.»

Wir biegen in einen schmalen Radweg ab und müssen uns wieder hintereinander einsortieren. Dann taucht links und rechts plötzlich ein Meer aus violetten Blüten auf, das in einer sanften Woge über die Landschaft zu fließen scheint.

«Halt!», rufe ich, weil ich unbedingt stoppen möchte, um das Bild in Ruhe in mich aufzusaugen. Und um mit meinem Handy ein Foto zu schießen. «Das ist ja der Wahnsinn!»

Ich weiß nicht, ob ich von der ungewohnten sportlichen Betätigung oder von dem unbeschreiblichen Anblick außer Atem bin. Auf jeden Fall japse ich hörbar nach Luft.

Tom wartet geduldig, bis ich in alle Richtungen Fotos geschossen habe, und sagt dann: «Komm, wir fahren noch ein kurzes Stück, dann dürfen wir mit den Bikes ohnehin nicht weiter, und du hast Zeit, dir alles in Ruhe anzusehen.»

Es ist in der Tat nicht mehr weit, bis sich eine Gelegenheit bietet, die Räder gegen einen Zaun zu lehnen und auf einer freien Bank Platz zu nehmen.

«Wasser?» Tom macht sich an einer bauchigen Nylontasche zu schaffen, die er sich um die Schulter geschlungen hat. Sie war mir vorher gar nicht aufgefallen. Zwei Handgriffe und er hat eine Thermosflasche mit zwei Bechern zutage befördert, die er nun befüllt.

«Kräuterwasser», erklärt er, als ich neugierig einen Becher entgegennehme und daran schnuppere. Klares Wasser, das nach Minze und Zitrone duftet. Gierig nehme ich einen Schluck. Es schmeckt köstlich und erfrischt.

«Unternimmst du öfter solche Ausflüge mit dem Rad?», frage ich. Er zeigt jedenfalls nicht das geringste Zeichen von Erschöpfung. Im Gegensatz zu mir, die den Muskelkater quasi schon auf sich zueilen sieht.

«Es gibt auf dieser Insel keine bessere Art, sich fortzubewegen», sagt er achselzuckend. «Sylt ist nur knapp 40 Kilometer lang und 13 Kilometer breit, hat aber etwa 200 km Radwege.»

«Oh, wow!» Obwohl wir noch keine Stunde unterwegs sind, bin ich mir schon jetzt sicher, dass er recht hat. Aus dem Auto hätte ich vermutlich niemals diesen Ausblick erlebt, und zu Fuß benötigt man höchstwahrscheinlich Tage, um alles zu erkunden.

«Wir befinden uns hier am Morsum-Kliff», fährt er fort. «Um einen Blick darauf zu werfen, müssen wir allerdings ein kurzes Stück zu Fuß weiter.» Er sieht mich prüfend an. «Lust, es anzusehen?»

Ich signalisiere Zustimmung, während ich meinen Becher leere und ihn Tom reiche. Er verstaut beide gemeinsam mit der Flasche in seiner Tasche und schließt die Räder an einen Zaun.

«Das Kliff ist in vielerlei Hinsicht einzigartig», erläutert er, und wir laufen Schulter an Schulter den Wanderweg entlang. «Es besteht aus nebeneinanderliegenden Erdschichten, die teils bis zu zehn Millionen Jahre alt sind, und leuchtet zu jeder Jahreszeit in einer anderen Farbnuance.»

Mein Blick wandert abwechselnd zwischen ihm und der Landschaft hin und her. Gerade ist der Boden unseres Wegs von harter Erde zu feinem, rötlichem Sand geworden, als durchstreife man plötzlich eine Mondlandschaft. Kurz bücke ich mich, um den Sand durch meine Finger rieseln zu lassen. Tom wartet geduldig.

Als ich mich wieder aufrichte, hat er sich seine Sonnenbrille ins Haar geschoben und mustert mich aus zusammengekniffenen Augen. Verlegen sehe ich zur Seite. Ina kommt mir in den Sinn, die nicht weit von hier im Krankenhaus liegt, während ich mit ihrem Mann Sightseeingtouren unternehme. Es beruhigt mein Gewissen, dass wir sie am Nachmittag besuchen werden.

Wir marschieren weiter. Tom stapft voran, was mir die Gelegenheit gibt, ihn unauffällig in Augenschein zu nehmen. Sein dunkles Haar, das zu Beginn unserer Tour noch halbwegs in geordneten Locken lag, hat der Fahrtwind vollkommen verwuschelt, sodass er nun irgendwie wild und verwegen aussieht. Der spezielle Braunton seiner Haut tut sein Übriges. Verrückterweise harmoniert die Farbe aber sogar mit der Landschaft im Hintergrund. Würde mich mal interessieren, wo Tom herkommt. Auf die Idee, dass er auf einer friesischen Insel zu Hause ist, wäre ich jedenfalls nie und nimmer gekommen.

«Sylt ist an sich wirklich vielseitig und wunderschön.» Trotz der schwärmerischen Worte klingt Tom eher verhalten.

Wir sind an einem Aussichtspunkt angelangt, und er schaut kurz in die Ferne, ehe sein Blick nach unten wandert. Ich folge ihm mit meinen Augen – und mir stockt der Atem. Der Fels zu unseren Füßen leuchtet in tiefem Rotbraun, wie man es nur von nagelneuen Tuschkastenfarben kennt. Dazu das glasklare Blau des Wattenmeeres, der gelbe Strand und das teils satte Grün der Heidelandschaft – das Farbspiel ist unbeschreiblich. Ich bin dermaßen gefangen, dass ich vollkommen vergesse, Fotos zu schießen. Aber vermutlich würden die Farben ohnehin nicht naturgetreu wiedergegeben werden.

«Das ist überwältigend», flüstere ich andächtig.

Tom schmunzelt. «Warte, bis du den Rest zu sehen bekommst.»

Ich bin nicht überrascht über das, was er sagt. Denn dass Sylt noch weitere schöne Ecken zu bieten hat, glaube ich ihm nach diesem Bilderbuchstart aufs Wort. Doch abermals erstaunt mich, wie er die Worte betont. In seiner Stimme vermisse ich den Stolz, der normalerweise mitschwingt, wenn man fremden Menschen seine Heimat präsentiert. Deshalb kann ich mir diesmal eine Nachfrage nicht verkneifen.

«Ich stelle mir vor, dass es ein Traum ist, hier zu leben. Doch du scheinst dich nicht recht zu Hause zu fühlen, oder?»

Er denkt lange über meine Frage nach. Als ich schon fürchte, ihn gekränkt zu haben, sagt er: «Dies ist nicht mein Zuhause.» Er sieht mich an, und in seinen Augen liegt eine Traurigkeit, mit der ich nicht gerechnet habe und die mir nahegeht. «Also, nicht im herkömmlichen Sinn», fährt er fort. «Neni stammt von Sylt, hat aber wegen ihres Mannes eine Weile in Flensburg gelebt, wo meine Mutter geboren wurde. Als Nenis Ehe jedoch zerbrach, zog sie mit meiner Mutter zurück zu ihren Eltern auf den Karsenhof.»

«Also war der Hof seit jeher ein klassisches Mehrgenerationenhaus», sage ich in aufmunterndem Tonfall. Ich möchte nicht, dass er womöglich noch wehmütiger wird.

«Ganz genau. Bis meine Mutter irgendwann entschied, Medizin zu studieren, und fortging. Während eines Auslandsjahres in Lissabon lernte sie meinen Vater, einen gebürtigen Portugiesen, kennen, und schwupp …!» Er schnipst mit den Fingern und ringt sich ein Grinsen ab.

Ich atme kurz durch. «Lass mich raten – du bist entstanden.»

Kurz muss ich an meinen ersten Eindruck von Tom denken. Dass er so gut hierherpasst wie ein Mops auf den Mond. Jetzt schäme ich mich für diesen Gedanken.

Tom nickt. «Ich war eigentlich nicht geplant, denn die zwei hatten sich, wie man so schön sagt, mit Haut und Haaren dem Wohle der Menschheit verschrieben. Die ersten Jahre lebten wir noch gemeinsam in Berlin, von dort machte sich grundsätzlich mindestens einer der beiden auf, um in Katastrophengebieten zu helfen. Wenn alle beide losmussten, wurde ich auf dem Karsenhof abgesetzt.»

Ich versuche, mir vorzustellen, wie das für ihn als Kind gewesen sein muss. Ich fand es jedes Mal toll, meine Großeltern zu besuchen, aber ich sah sie eher selten und dann auch meist nur für ein Wochenende.

«Und als du zur Schule gegangen bist?»

«Da schafften sie es irgendwie, dass sich immer einer um mich gekümmert hat. Oder sie bekamen eine Sondergenehmigung. Zum Beispiel, um mich schon eine Woche vor den Schulferien nach Sylt schicken zu dürfen.» Er wird wieder nachdenklich. «Aber ist es darum mein Zuhause? Eher nicht. Ebenso wenig wie Berlin.»

«Aber hierher bist du zurückgekehrt», resümiere ich vorsichtig. «Und du arbeitest mittlerweile sogar auf Sylt?»

«Nur wegen Neni», sagt er, wie aus der Pistole geschossen. «Meine Eltern sind noch heute für Ärzte ohne Grenzen tätig. Sie haben selten Zeit herzukommen.» Er schneidet eine Grimasse. «Bei allem Wohl für die anderen vergessen sie manchmal ihre eigene Familie. Selbst das Geld, das sie mit der vielen Arbeit verdienen, spenden sie lieber für Projekte in Krisengebieten. Ich glaube, meine Eltern denken, dass Neni ewig fit und gesund bleibt und auch finanziell allein über die Runden kommt.» Er klingt ein wenig sarkastisch. «Mag ja sein, dass sie für ihre 82 Jahre noch außergewöhnlich rüstig ist. Aber sie hat in den letzten Jahren merklich abgebaut. Doch statt kürzerzutreten, nimmt sie immer neue hilfsbedürftige Tiere in ihre Obhut, die gefüttert und versorgt werden müssen. Tja, das Helfersyndrom haben wir wohl alle von ihr geerbt, wir sind echte Weltverbesserer.» Er schmunzelt, und ihm ist anzusehen, wie sehr er an seiner Oma hängt. Dann wird er auf einmal ernst. «Die Arbeit auf dem Hof würde Neni ohne Ina jedenfalls gar nicht mehr schaffen.» Geistesabwesend schaut er in die Ferne und macht auch nach einer Weile keinerlei Anstalten, weiterzusprechen.

«Wie kam es eigentlich, dass Ina und du euch kennengelernt habt?» Die Frage ist mir so rausgerutscht, denn genau genommen möchte ich die Geschichte dieser Liebe gar nicht hören.

Ich fühle, wie ich mich verkrampfe, und konzentriere mich aufs Atmen. Es riecht nach salzigem Meer und Heidekraut. Aber auch nach Freiheit. Und Sehnsucht.

Es dauert einen Moment, dann reißt Tom sich vom Anblick des Wattenmeers los. Während er sich mir zuwendet, glaube ich für eine Sekunde, einen wehmütigen Glanz in seinen Augen schimmern zu sehen.

«Das erzähle ich dir später», erklärt er und hat sich wieder unter Kontrolle. Mit einem Augenzwinkern fährt er fort: «Zum Beispiel bei einem Mittags-Snack. Was hältst du von der Idee? Vor uns liegen noch einige Kilometer Radweg …» Er schaut mich amüsiert an. «Nicht dass du mir unterwegs schlappmachst.»

Mit gespielter Entrüstung baue ich mich vor ihm auf. «Niemals!», behaupte ich und stemme schwungvoll die Hände in die Hüften. In etwas abgemildertem Tonfall füge ich hinzu: «Aber gegen einen Snack hätte ich trotzdem nichts einzuwenden.»

Wir lachen.

Mal abgesehen davon, dass ich tatsächlich schon wieder Appetit verspüre, brenne ich darauf, beim Essen den Rest seiner Geschichte zu erfahren.

14. Kapitel

Die Sonne steht hoch am Himmel, als wir den Weg zurück zu unseren Rädern schlendern. Auch heute ist kein noch so kleines Wölkchen in Sicht. Als Fan von südlicheren Gegenden bin ich ziemlich erstaunt, welche Temperaturen der Norden zustande bringt. Ich komme jedenfalls ganz schön ins Schwitzen.

«Ich würde vorschlagen, wir halten in Keitum, dort wird es dir gefallen.»

Tom deutet mit ausgestrecktem Arm in eine Himmelsrichtung, in der unser Ziel offensichtlich liegt.

Wir schwingen uns auf die Sättel und reihen uns zunächst hintereinander ein, da auf diesem Abschnitt der Radweg schmal und in die Gegenrichtung stark befahren ist. Ein Stück strampeln wir entlang der Bahnstrecke, wechseln dann nach rechts, sodass wir von Zeit zu Zeit Sicht auf das Watt haben. Der leichte Fahrtwind ist angenehm frisch und von unterschiedlichsten Blütenaromen erfüllt.

Wieso war ich nie zuvor hier?, frage ich mich, als Tom plötzlich mit seinem Rad einen Schlenker beschreibt und kurz darauf anhält.

Schnell merke ich, warum es nicht weitergeht und unser Weg von nun an besser zu Fuß bestritten werden sollte: Der Straßenbelag besteht aus Kopfsteinpflaster, und es gibt nur noch vereinzelte, aber dafür durchaus frequentierte Radwege.

Kaum haben wir unsere Räder ein Stück geschoben, wird es urbaner. Alte Reetdachhäuser in geradezu majestätisch angelegten Gärten wechseln sich ab mit gedrungenen Hutzelhäuschen, die oft windschief in verwunschenen Märchengärten postiert sind.

«Nicht so eilig!», rufe ich Tom hinterher, der flotten Schrittes vorneweg marschiert. «Es gibt so viel zu sehen!»

Er wird langsamer und grinst mir über die Schulter zu. «Habe ich also nicht zu viel versprochen?»

«Keineswegs!», gebe ich lachend zurück, bemüht, nebenbei mein Handy hervorzuholen. Tom hat ein Einsehen und bleibt stehen.

«Dort vorn in der Seitenstraße liegt unser Ziel», erklärt er, «aber wir können die Räder hier schon mal anschließen, dann hast du die Hände frei.»

Blitzschnell bin ich mein Fahrrad los und beginne mit dem Fotografieren.

«Was würdest du nur machen, wenn man noch Filme in Fotoapparate legen müsste?», fragt Tom belustigt, nachdem er eine Weile beobachtet hat, wie ich in kindlicher Euphorie von einem Fotomotiv zum nächsten hopse. «Hättest du dann einen Rollkoffer mit Ersatzfilmen dabei?»

Ich schneide ihm eine Grimasse. «Das gehört für Hobbyfotografen der Vergangenheit an», gebe ich zurück. «Zum Glück.»

Tatsächlich erinnere ich mich noch gut an meine Teenagerzeit und wie enttäuscht ich jedes Mal war, wenn ich die Filme vom Entwickeln abgeholt habe, weil in meiner Erinnerung die Motive so viel schöner gewesen sind.

«Manches speichert man besser in seinem Herzen ab», sagt Tom, «dort ist es sicherer aufgehoben.»

Als ich zu ihm sehe und realisiere, dass er mich seltsam intensiv ansieht, frage ich nervös: «Was ist?»

Er macht eine Handbewegung. «Wir müssen jetzt nach rechts.»

Als befürchte er, dass ich vor lauter Eifer die Abzweigung verpasse, fasst er mich sanft am Ellenbogen und führt mich den Rest des Weges.

«Pass bloß auf, dass du nicht stolperst, sonst liegt am Ende eure gesamte Familie krank im Bett.»

«Wir drei in einem Krankenzimmer ...», überlege ich laut. «Der Albtraum!» Ich lasse es geschehen, dass er mich wie ein Kind vor sich herbugsiert.

«So, nun ein paar Schritte nach links», sagt er und nimmt damit der Situation ein wenig das Verkrampfte. «Et voilà, da wären wir.» Er deutet auf einen von Heckenrosen eingefassten Sonnengarten, der mit weiß eingedeckten Tischen und nostalgischen Holzklappstühlen bestellt ist.

Kleine Küchenmeisterei, lese ich auf einem Schild über dem Eingang. Mein Blick schweift durch den üppig begrünten Garten, und ich bin sofort verliebt. Wunderschön ist es hier, die Gäste sitzen zwischen Pfingstrosen, Margeriten, späten Tulpen und Alliums. Ein Rosenbogen mit einem früh blühenden Rambler schmückt das Tor.

Ich bin hin und weg – bis mir etwas aufgeht. «Alle Plätze sind besetzt», stelle ich mit Bedauern fest. «Scheint wohl, als habe sich dein Tipp herumgesprochen.»

Sogar an den drei bauchigen Holzfässern, die mitten im Garten als Hochtisch dienen, tummeln sich Leute.

«Schau mal dort vorn.» Tom deutet in ein halbschattiges Eck links vor uns. «Da ist gerade ein Plätzchen frei geworden. Die Klapptischchen sind vielleicht ein wenig klein, und wenn du großen Hunger hast, wird der Platz nicht reichen. Ansonsten ...»

Ich brauche einen Moment, um zu verstehen, was er meint.

Sein Augenmerk gilt einem Strandkorb, der von den tief hängenden Zweigen einer riesigen Kastanie fast verdeckt wird.

Sofort bin ich Feuer und Flamme. «Au ja!», rufe ich. Auf Sylt *muss* man doch mindestens einmal in einem Strandkorb gesessen haben, oder etwa nicht?

Wir durchqueren schnellen Schrittes den Garten, damit uns niemand zuvorkommt und das lauschige Plätzchen wegschnappt. Doch kaum haben wir uns hineingesetzt, erkenne ich das Problem dieses Sitzmöbels. Es ist nicht das winzige Tischchen, auf dem kaum mehr als ein Vorspeisenteller und ein Glas Wasser Platz haben. Auch nicht die schattige Ausrichtung, denn die Luft ist warm und der Standort windgeschützt. Nein, vielmehr verunsichert mich die Enge unseres Korbstuhls. Bei jeder Bewegung klebt sich mein Arm an den von Tom, als würde eine Art Magnetismus zwischen uns bestehen. Außerdem wird hier drinnen die Geräuschkulisse merklich gedämpft, sodass ich mich fühle, als säßen wir mutterseelenallein in diesem Garten.

Ich merke, wie mein Körper sich verkrampft, und presse meine Arme an den Rumpf, während ich gleichzeitig gegen eine Hitzewelle ankämpfe, die aus meinem Innersten emporsteigt wie eine heiße Quelle. Nebenbei versuche ich, mir von alldem nichts anmerken zu lassen, was mir aber höchstwahrscheinlich misslingt.

Zum Glück erscheint jetzt ein freundlich aussehender Kerl mit Brille und karierter Küchenschürze und wuchtet eine mannshohe, mit Kreide beschriebene Speisekarte heran.

«Hey, Tomâs», begrüßt er Tom herzlich, während er die Tafel an den Stamm der Kastanie lehnt. «Kaum zu glauben, dass du mich endlich mal wieder besuchst!» Er wendet sich an mich. «Bitte verstehen Sie mich nicht falsch. Aber bei Tom hätte ich eher angenommen, dass er hier mit einem Pferd oder einer Kuh reinmarschiert und nicht mit einer attraktiven Dame.»

Er zwinkert mir vielsagend zu, und ich spüre, wie ich rot werde. Hoffentlich denkt er nicht, ich sei Toms Affäre! Jeder hier auf der Insel weiß doch sicher, dass er Inas Mann ist.

Nervös spiele ich am Holz des Tischchens herum. Zum Glück übernimmt Tom jetzt das Ruder.

«Wenn hier einer süchtig nach Arbeit ist, bist das ja wohl eher du, Rob. Und für ein Pferd hast du außerdem gar keinen Platz.» Er deutet mit großer Geste auf den gut gefüllten Garten, dann tätschelt er dem Kellner freundschaftlich den Arm und zieht ihn ein Stück zu uns heran. «Darf ich vorstellen?», sagt er, an mich gewandt. «Dies ist ein alter Freund von mir, Robert, den alle meist nur Rob nennen. Er ist Koch, Bedienung und Inhaber in einem. Und anstatt endlich mal ein paar Mitarbeiter mehr einzustellen, macht er alles selbst.» Er dreht sich halb schräg zu unserem Gastgeber. «Und dies ist Ella, die Schwester von Ina.»

Rob hebt überrascht eine Augenbraue. Keine Ahnung, was die Geste zu bedeuten hat und wie er zu Ina steht, auf jeden Fall bringe ich nur ein verkümmertes «Hallo» heraus.

«Ich mache nicht alles selbst, aber vieles», wird Tom von seinem Kumpel korrigiert. «Das trainiert.» Mit einem ironischen Lachen streicht er sich über die kleine Wölbung unter seiner Schürze. «Der Bauch wächst leider trotzdem, aber ohne Bewegung wäre ich vermutlich bereits kugelrund.» Grinsend schaut er mich an. «Darum die riesige Karte. Formt den Bizeps.»

Seine freundliche Art ist ansteckend, und ich lächele ebenfalls, ehe ich mich der schön geschwungenen Schrift auf der Tafel widme. «Das klingt alles sehr verführerisch», sage ich.

«Wir haben auch Bowls», erklärt Rob, «für eure Tischgröße vielleicht nicht verkehrt. Aber guckt euch das Angebot in Ruhe an. Wie wäre es vorab mit einer Flasche Wasser?»

Tom und ich schauen uns kurz an und nicken. «Gern», sage

ich und recke meinen Daumen in die Höhe. Die Fahrt hat mich einiges an Schweiß gekostet.

«Kommt sofort», vermeldet Rob. «Außerdem bringe ich euch schon mal was Schmales.»

Er rauscht ab in Richtung Küche und lässt uns allein. Und während ich überlege, was er wohl mit *etwas Schmales* gemeint haben könnte, ist sie auf einmal wieder da, die seltsam intime Zweisamkeit dieses Strandkorbs.

Bei dem Versuch, ein wenig abzurücken, damit sich unsere Ellenbogen nicht andauernd berühren, stoßen wir mit den Nasen zusammen, und ich habe das Gefühl, einen Blitzschlag vom Himmel ausgelöst zu haben. Übersprungsartig reibe ich mir den Arm.

«Ist dir kalt?», erkundigt sich Tom besorgt.

Ich schaue gar nicht erst, ob sein Blick sich in meinen bohrt, sondern schüttele nur stumm den Kopf und vertiefe mich schnell wieder in die Karte. Ehe der Schluckauf mich überkommt, werde ich glücklicherweise vom Wirt gerettet.

Wie aus dem Nichts steht Rob plötzlich vor uns und macht sich an den Klapptischen zu schaffen. Mit flinker Hand hakt er sie ein und platziert zwei schlanke Gläser Prosecco darauf. Außerdem zwei Wassergläser, die er zur Hälfte befüllt. Die Flasche mit dem Rest deponiert er zu unseren Füßen auf den Holzdielen des Korbs. «Wohl bekomm's!»

Schon ist er wieder fort.

Mein Blick wandert erstaunt zu den Gläsern mit dem Aperitif. Das also hat er gemeint, als er von etwas Schmalem sprach. Interessanter Fachjargon.

«Nett von Rob», meint Tom, schaut mich aber ein wenig verlegen an. «Trinkst du überhaupt Alkohol?»

Beschämt lächele ich. «Zwar nicht grundsätzlich nach einer Radtour und auch nicht unbedingt, wenn ich nur einen grünen

Smoothie als Grundlage im Magen habe, aber heute mache ich mal eine Ausnahme.» Irgendwie habe ich das Gefühl, dieses Glas Prosecco könnte mich etwas entspannen.

Wir greifen unsere Gläser. «Auf dass die vielen Fotos gelungen sind, die du vorhin geschossen hast», sagt Tom und sieht mich blinzelnd an. Ziemlich steif und mit wackeliger Hand lasse ich mein Glas gegen seins klingen. «Prost», murmele ich einsilbig, damit der Schluckauf keine Chance hat, und nehme sogleich einen tiefen Schluck. Augenblicklich spüre ich den Alkohol, der sich in meinen Adern ausbreitet wie ein kochender Lavastrom und mein Blut zum Pulsieren bringt. Es macht die Sache leider kein wenig besser. Eher im Gegenteil.

«Nur … hicks … kein Foto-Neid», gebe ich zurück. «Ich kann dir gern welche schicken.»

Herrje, denke ich. Es klingt wie eine Anmache. Am besten, ich spreche nur noch, wenn man mir konkrete Fragen stellt.

«Sehr gern», sagt Tom. «Ein paar Erinnerungen an den heutigen Tag würden mich freuen.»

«Okay.» Ich nicke und spüre, wie die Hitze mein Hirn erreicht und es lahmlegt.

«Neni hätte bestimmt auch gern ein paar davon.»

«Hm-m.»

«Und Ina. Sie liebt Keitum.»

Bei ihrem Namen verschlucke ich mich fast an meinem Sekt und leere das Glas schnell in einem Zug. Danach fühle ich mich beschwipst genug für eine Frage: «Apropos, wie … hicks … habt ihr euch denn nun kennengelernt, du und Ina?»

Die Worte hängen noch in der Luft, da würde ich am liebsten schon vor Reue im Boden versinken. Geht's noch, Ella? Warum musst du auf dem Thema herumreiten? Was wird er jetzt denken? Also … außer dass ich unter einer ernst zu nehmenden Sprachstörung leide? Ich will noch einen Schluck Prosecco nehmen, doch das Glas ist leer. Voller Scham drehe ich es zwischen den Fingern und werde an unser erstes Zusammentreffen bei der Baustelle erinnert, als mich der Hering von einem Makler als Alkoholikerin bezeichnet hat. Peinlich berührt stelle ich das Glas ab und lasse mich gegen die Lehne sinken.

Tom scheint sich weder an meinem Schluckauf noch an meinem vermeintlichen Alkoholproblem zu stören. Und schon gar nicht an meiner indiskreten Fragerei. Er lächelt mich entspannt an. «Das ist eine längere Geschichte.»

15. Kapitel

Tom lehnt sich zurück. «Nun, da meine Eltern noch immer für Ärzte ohne Grenzen durch die Welt jetten, habe ich bereits vor einigen Jahren entschieden, regelmäßig nach Neni zu sehen», beginnt er. «Sie tut zwar so, als könne sie nach wie vor Bäume ausreißen, aber dass das in ihrem Alter nicht mehr der Fall ist, kannst du dir sicher denken.»

Ich betrachte sein sorgenvolles Gesicht, sage aber nichts.

Tom lässt seinen Blick einen Moment durch den Garten schweifen, dann fährt er fort: «Eigentlich wohne und arbeite ich in Berlin. Von dort ist es zwar keine Weltreise nach Sylt, aber öfter als einmal im Monat habe ich es trotzdem nie geschafft, sie auf dem Karsenhof zu besuchen. Zumal meine damalige Freundin überhaupt kein Interesse an der Nordsee hatte.» Er fährt sich mit der Hand durchs dunkle Haar und stößt ein freudloses Lachen aus, als er sich zurückerinnert.

«Der Tag, als ich Ina traf, hätte einem Film entspringen können. Es war Herbst, seit Tagen regnete es Bindfäden, kaum eine Menschenseele mochte vor die Tür. Darum fiel mir die Person sofort ins Auge, die quasi im Nirgendwo zwischen den Feldern in Morsum entlanglief.» Er seufzt. «Nein, das stimmt nicht. Als Erstes bemerkte ich den Hund, der neben ihr hertrottete. Ein humpelndes Klappergestell, mit geradezu stelzenartigen Beinen und Rippen, die wie dünne Äste durch das nasse Fell hindurchstachen. Selbst wenn ich es gewollt hätte: Ich *konnte* nicht vorbeifahren und die beiden sich selbst überlassen.» Er kaut auf seiner Unterlippe und schielt mich von der Seite an. «Es war Ina. Klatschnass, auch ihre Habseligkeiten, die in einem riesigen Rucksack steckten, waren vollkommen durchgeweicht.»

Ich kann mir das Bild von Ina, wie sie mutterseelenallein durch den Regen marschiert, sehr gut vorstellen. Trotzdem ist es absurd. «Wo wollte Ina denn hin?» Und wieso hatte es sie überhaupt nach Sylt verschlagen?, füge ich in Gedanken hinzu. Ina passt in meiner Fantasie besser in eine Hippie-Kommune auf La Gomera. Oder ins Silicon Valley. Aber Friesland? Ich nehme einen Schluck Wasser.

«Ehrlich gesagt kann ich mich nicht mehr erinnern», erklärt Tom. «Aber ich habe auch nicht viel gefragt, der Hund – sie hatte ihn unterwegs aufgegriffen, als er dabei war, die Mülltonnen nach Essbarem zu durchsuchen – musste dringend ärztlich versorgt werden. Und Ina ebenfalls. Sie war hochschwanger.»

Ich pruste fast das Wasser wieder aus. «Schwanger?», frage ich, und meine Stimme klingt etwas schrill. «Mit Mimi?» Ich bin vollkommen baff.

Tom nickt. «Exakt. Zum Glück stellte sich schnell heraus, dass es Ina und dem Baby gut ging. Im Gegensatz zu dem Hund. Er hatte ein paar alte, schlecht verheilte Frakturen an den Beinen, die es zu richten galt. Was genau ihm zugestoßen ist, wusste Ina nicht, ich schätze, er ist vor ein Auto gelaufen und dann lange Zeit umhergestromert. Vermisst hat ihn jedenfalls niemand, darum lebt er jetzt auf dem Karsenhof. Du hättest ihn eigentlich auf deinem Rundgang irgendwo im Schatten herumliegen sehen müssen.

«Ja, habe ich. Heute Morgen hatte er es sich auf der Hollywoodschaukel gemütlich gemacht.»

Ich bin immer noch so verblüfft, dass ich kaum sprechen

kann. Ina ist schwanger umhergereist, noch dazu allein? Ob Papa davon wusste? Nein, ganz sicher nicht. Egal, wo auf der Welt sie sich befunden hätte, er wäre augenblicklich mit seinem alten Auto aufgebrochen, um ihr beizustehen.

Dann kommt mir noch etwas in den Sinn: Wenn Ina schon schwanger auf die Insel kam, ist Mimi auf jeden Fall nicht Toms Tochter. Ich kann mir nicht helfen, aber irgendwie erleichtert mich diese Tatsache. Bleibt die Frage, wer dann wohl Mimis Vater ist? Ihr erster Freund Hauke? Wohl kaum. Ein Sylter? Auch unwahrscheinlich. Also vielleicht jemand aus Frankfurt?

Ich schiebe den Gedanken vorerst einmal beiseite und verkneife es mir, bei Tom nachzubohren.

«Schön, dass der Hund wieder fit ist.» Ich leere mein Wasserglas.

Tom trinkt ebenfalls einen Schluck und schenkt uns beiden nach.

«Ja, zum Glück. Wir haben ihn Rocky genannt, weil er ein Kämpfer ist.»

Mir huscht ein Lächeln übers Gesicht, weil ich mich für die arme Seele freue, dass sie ein neues Zuhause gefunden hat. Gleichzeitig finde ich die Geschichte reichlich verrückt.

«Ihr habt euch also auf Anhieb so gut verstanden, dass du von Berlin nach Sylt gezogen bist, um mit meiner Schwester ein fremdes Kind großzuziehen?»

Jetzt ist es Tom, der beinahe den Inhalt seines Wasserglases ausprustet. Er starrt mich an. «Du glaubst, dass Ina und ich …» Seine Augen werden kugelrund.

Ist er nicht …? Sie sind also kein …?

«Also, na ja», wiegele ich ab. «Ist ja nicht ausgeschlossen, oder?»

Seine Stirn liegt in Falten, und er scheint angestrengt zu überlegen. «Doch», sagt er schließlich, «das ist es. Für mich war es jedenfalls von Anfang an undenkbar. Und zwar aus vielerlei Gründen.»

Ich mag gar nicht genauer nachfragen. Ich bin meiner Schwester schon jetzt viel zu nahe gekommen.

«Im Nachhinein betrachtet, war es vielleicht etwas leichtsinnig, Ina einfach mitzunehmen und auf dem Karsenhof wohnen zu lassen», fährt Tom fort, ohne mein Gedankenwirrwarr zu bemerken. «Zumal ich sie ja schon sehr bald mit Neni allein lassen musste. Aber irgendwie …» Er macht eine hilflose Geste. «Keine Ahnung, warum, aber ich vertraute ihr. Von Beginn an. Ich hatte allerdings nicht wirklich eine Wahl, schließlich konnte ich sie in ihrem Zustand nicht wieder fortschicken. Und um sie in ein Krankenhaus zu bringen, war ihre Schwangerschaft noch nicht weit genug fortgeschritten.» Er schaut nach vorn, wo Rob sich gerade durch den Garten seinen Weg auf uns zu bahnt.

«Der Prosecco scheint euch geschmeckt zu haben», grinst er. «Darf es jetzt noch eine Kleinigkeit zu essen sein?» Mit dem Zeigefinger deutet er auf eine Zeile genau in der Mitte der Tafel. «Hier sind die platzsparenden Bowls aufgelistet.»

Geschwind schauen wir noch einmal den Text durch und entscheiden uns kurz darauf beide für die Bowl mit Gemüse, Reis, Edamame und Avocado in Zitronendressing, garniert mit Granatapfelkernen und Algensticks. Dazu Weißwein.

«Voll im Trend», kommentiert Rob unsere Auswahl, klemmt sich die Tafel ächzend unter den Arm und ist sogleich verschwunden.

Tom blinzelt mir zu. «Ich nehme die nur, weil Robs Fischteller so riesig sind, dass wir dafür in getrennten Strandkörben sitzen müssten. Das fände ich schade.»

Mein Herzschlag setzt kurz aus.

«Aber», Tom fährt schon mit seiner Erzählung fort, «zum Glück ist es gut gegangen mit Neni und Ina. Die beiden haben sich auf Anhieb verstanden und mit ihrer Liebe zu Tieren und zum Kochen sogar schnell ein paar gemeinsame Leidenschaften entdeckt. Eine Weile schien alles perfekt.»

Fragend sehe ich ihn an.

Er seufzt. «Vier Wochen später hat deine Schwester per Hausgeburt ihre Tochter bekommen, und Neni blühte förmlich auf in ihrer neuen Rolle als Ersatz-Uroma. Gesellschaft zu haben tat ihr gut.»

Ich fühle einen Stich in meinem Herzen und muss kurz schlucken. Sicher wäre Papa auch aufgeblüht, mit einem Enkelkind an seiner Seite.

«Für einige Zeit war es die klassische Win-win-Situation, und alles lief super.» Tom kaut angestrengt auf seiner Unterlippe.

Ich gebe ihm etwas Zeit, ehe ich nachhake. «Und was hat sich dann geändert?»

«Alles.» Tom verfällt in ausgedehntes Schweigen. Zum Glück lassen unsere Bowls nicht lange auf sich warten. Die Schüsseln finden nur mit Mühe Platz auf den schmalen Holztischchen. Dabei sind sie gar nicht riesig, dafür aber ausgesprochen tief. Ich muss mich kerzengerade hinsetzen, um das Arrangement besser bestaunen zu können. Schwarzer und weißer Reis, getrennt von einem Streifen bunten Gemüse, darüber verstreut die pinken Granatapfelkerne – ein farbenfrohes Festmahl.

Und noch ehe Rob uns guten Appetit wünscht, knabbere ich an den Algensticks. Sie sind überraschend lecker, gar nicht seetangartig, wie ich es erwartet hatte.

Als auch der Wein vor uns steht, legen wir mit dem Essen richtig los. Eine ganze Weile genießen wir schweigend unsere Bowls und hängen unseren Gedanken nach, bis Tom sich irgendwann räuspert und auf unser Gespräch zurückkommt.

«Als Mimi zur Welt kam, änderte sich nicht sofort etwas. Sie war ein pflegeleichtes Baby und ließ sich überallhin mitnehmen. Alles schien gut zu klappen. Erst als die Kleine etwa drei Jahre alt war, kam es plötzlich zu diesem Vorfall.» Er legt das Besteck zur Seite und nimmt einen Schluck Wasser.

Ich schaue zu ihm hinüber und sehe ein paar tiefe Sorgenfalten auf seiner Stirn.

«Was ist passiert?», frage ich vorsichtig.

Tom sucht einen Moment nach Worten. «Deine Schwester … Sie erlitt eine Art Nervenzusammenbruch», sagt er schließlich und schüttelt in Erinnerung an das Ereignis bekümmert den Kopf. «Sie ist einfach weggelaufen.»

Ich schaue ihn mit großen Augen an. «Weggelaufen? Du meinst, Ina und Mimi sind abgehauen?»

«Nein», sagt er mit einem verkniffenen Zug um den Mund. «Nur Ina hat sich verdünnisiert.» Er nimmt wieder sein Besteck auf und stochert in der Bowl herum, als müsse er sich abreagieren.

Auch ich bin reichlich perplex. «Sie ist weggelaufen und hat ihr Kind zurückgelassen?» Vor Aufregung schaufele ich mir eine Riesenladung Reis in den Mund. Ein solches Verhalten hätte ich nicht einmal Ina zugetraut.

«Ich glaube nicht, dass Ina wirklich fortwollte», erklärt er grüblerisch, «es war eine Kurzschlusshandlung. Sie musste sich irgendwie … sammeln. In Ruhe nachdenken oder Gott weiß was.» Er zuckt verständnislos mit den Schultern. «Ich meine, sie wusste Mimi ja in guten Händen. Neni ist während dieser kurzen Zeit eingesprungen und hat allein für die Kleine gesorgt. Vielleicht wäre Ina sonst auch gar nicht gegangen, keine Ahnung. Als ich am nächsten Wochenende nach Sylt kam, war sie jedenfalls schon wieder zurück.»

Er sieht mir ernst in die Augen. «Was blieb, war ein schaler Nachgeschmack. Ich wusste nun, dass man sich nicht zu hundert Prozent auf Ina verlassen kann. Und das bereitet mir nach wie vor Kopfzerbrechen.» Er balanciert drei Granatapfelkerne auf seiner Gabel und schiebt sie sich in den Mund.

«Verständlich.» Seine Worte nehmen mich ganz schön mit. Es gibt in meinen Augen absolut keinen Grund, aus dem man ohne Not sein Kind zurücklässt. Trotzdem hake ich nach: «Kennst du inzwischen die Ursache für ihr Verhalten?» Ich lege mein Besteck beiseite und warte, dass er antwortet.

Doch Tom hat es nicht eilig.

Mit Bedacht nimmt er einen Schluck Wein, dreht das Glas ein paar Mal zwischen den Fingern, ehe er sagt: «Nein. Keine Ahnung. Ich habe Ina zur Rede gestellt, aber sie wollte im Nachhinein nicht mehr über den Vorfall sprechen.» Tom legt den Kopf schief und sieht mir ins Gesicht. Er fixiert mich mit seinem Blick, sodass ich schon gar nicht mehr weiß, wo ich hinsehen soll, dann fragt er unvermittelt: «Wie kommt es eigentlich, dass ihr beide, du und Ina, so lange keinen Kontakt hattet?»

Ich bin dermaßen überrumpelt, dass mir zunächst keine Antwort auf seine Frage einfällt. Zumindest keine, die kurz und treffend wäre.

«Das ist ebenfalls eine lange Geschichte», wiegele ich ab.

«Okay …» Tom lehnt sich zurück. «Erzähl sie mir. Ich würde gern mehr über dich erfahren.» Mit seinen dunklen Augen mustert er mich noch immer, doch inzwischen ist sein Blick nicht mehr so tiefgehend, sondern wirkt nur noch interessiert.

Mir steht der Sinn überhaupt nicht nach diesem Thema, darum knabbere ich betont langsam an einem Karottenstückchen und schweige.

Aber Tom hat sensible Antennen. Weil ich immer noch zögere, sagt er: «Es ist in Ordnung, wenn du nicht darüber reden magst. Ich finde nur …» Sein Blick wird weich. «Du, dein Vater und Ina – ihr seid ein merkwürdiges Gespann. Vor allem Rolf ist …» Jetzt huscht ihm ein leichtes Grinsen über das Gesicht. «… ein schlauer Fuchs.»

Ich schaue ihn überrascht an. «Ja? Äh … ja, das ist er wohl.»

«Aber ich mag ihn», fügt Tom schnell hinzu. «Sehr sogar.»

«Ich schätze, das Kompliment würde er zurückgeben», behaupte ich. «Zumindest vertraut er deinem medizinischen Rat.»

Auf Toms Gesicht liegt plötzlich ein Ausdruck, den ich nicht zu deuten vermag. Hat er ein Geheimnis? Oder macht er sich schon wieder lustig?

Ich beschließe, nicht nachzufragen, sondern das Thema zu wechseln, damit er mir nicht am Ende wieder eine Antwort schuldig bleibt.

«Was ist denn eigentlich mit Berlin», frage ich. «Wohnst du noch immer dort? Und der Job? Kannst du nicht nach Sylt ziehen, oder möchtest du nicht?»

Tom zögert, die Antwort fällt ihm spürbar schwer. «Das ist alles ziemlich kompliziert. Momentan sitze ich zwischen den Stühlen. Meine Stelle in Berlin habe ich gekündigt, weil die Praxis verkauft wurde und es danach ein paar Umstrukturierungen gab, die ich nicht unterstützen konnte. Der Einfachheit halber habe ich mich dann auf Sylt umgesehen und mit viel Glück eine Vertretungsstelle ergattert. Ich bin nämlich Kleintierarzt. Mit Kühen oder Schafen habe ich bisher gar nicht viel am Hut gehabt.» Ehe ich etwas einwenden kann, fügt er hinzu: «Eine Ziegengeburt bekomme ich gerade noch hin, aber wenn es um die Milchleistung der Kühe oder einen Virus bei Schafen geht, sollte ein Profi ran.» Er zieht verschämt die Schultern in die Höhe. «Man kann ja nicht alles können. Aber wie gesagt, ich habe eine passende Stelle gefunden. In List springe ich für eine kranke Kollegin ein, die für ein halbes Jahr ausfällt. Danach weiß ich noch nicht, wie es weitergeht.» Tom atmet tief durch. «Das ist aber zurzeit nicht mein größtes Problem.» Auf sein Gesicht fällt ein dunkler Schatten.

Ich schaue ihn mitfühlend an, möchte ihm aber nicht mit einer Frage zu nahe treten.

Es dauert einen Moment, dann fährt er mit brüchiger Stimme fort: «Meine Großmutter kann nicht mehr so ohne Weiteres allein mit Ina auf dem Karsenhof leben, nur will sie das nicht wahrhaben. Die viele Arbeit wächst den beiden über den Kopf, und mal abgesehen davon – wer soll das alles dauerhaft bezahlen? Ina wohnt natürlich umsonst, sie arbeitet hart auf dem Hof, und ihr Gehalt aus dem Restaurant spart sie für Mimis Schulgeld.»

«Ina hat einen Job?», rutscht es mir heraus. Es ist für mich schwer vorstellbar, dass sie mit ihrer komplizierten Art irgendwo zurechtkommt.

«Ja, sie kocht an drei Abenden im *Seeigel* in Rantum.»

«Oh.» Ich bin einigermaßen verwirrt. Es gibt ein paar Seiten meiner Schwester, die ich offenbar noch nicht kannte.

«Wenn Ina und meine Großmutter wenigstens damit aufhören würden, herrenlose Tiere aufzunehmen!» Er wirft theatralisch die Hände in die Luft und sieht mich mit einem Gesichtsausdruck an, der so komisch ist, dass ich mir das Lachen verbeißen muss.

«Du hast ja die Menagerie auf dem Karsenhof gesehen. Ich musste dem Hof nur mal kurz den Rücken kehren, schon standen plötzlich zwei Lamas auf der Koppel.»

Der Gedanke an die lustigen Tierchen zaubert mir nun doch ein Lächeln ins Gesicht. Aber ich verstehe natürlich den Ernst, der hinter der Problematik steckt.

Wie um uns vom Trübsal zu erlösen, tritt in diesem Moment Rob an unseren Korb. «Alles gut bei euch?», erkundigt er sich. «Hat das Essen geschmeckt?»

Während Tom und ich im Einklang nicken, deute ich auf

meine leer gekratzte Schüssel und schwärme: «Super! Sieht man wohl.»

«Du hast dich mal wieder selbst übertroffen», lobt nun auch Tom den Koch.

«Nachspeise?», hakt Rob nach.

Wir schütteln synchron unsere Köpfe. «Auf keinen Fall!»

«Was mich betrifft ...» Tom reibt sich über den Bauch. «Ich bin pappsatt. Noch einen Bissen mehr, und ich schaffe es nicht mehr aufs Fahrrad.»

«Geht mir ganz genauso», pflichte ich ihm bei. Ich hatte ja ganz vergessen, dass ich mich noch sportlich betätigen muss. Stöhnend strecke ich mich, so gut es der enge Korb zulässt.

Obwohl das Angebot, das uns der Chef mündlich vorträgt, lecker klingt – Schokoladenmalheur mit Himbeereis –, entscheiden wir uns nur für einen Espresso als krönenden Abschluss. Er soll dabei helfen, unsere Kräfte für die Fahrt zu mobilisieren.

Im Garten hat sich der Andrang langsam gelegt. Drei Tische sind bereits frei, und Rob hat alle Hände voll zu tun, die Berge von Tellern abzuräumen und in die Küche zu balancieren. Ein paar Spatzen hüpfen hungrig heran. Mit geöffnetem Schnabel lauern sie, ob irgendwo ein paar Krümel abfallen.

Während wir die niedlichen Tiere eine Weile bei ihrem Treiben beobachten, bringt Rob den Espresso. Tom ordert im Gegenzug die Rechnung, und es dauert nicht lange, dann haben wir uns mit vielen lobenden Worten vom Küchenchef verabschiedet und versprochen, ihn und sein Restaurant weiterzuempfehlen.

Wir schieben unsere Räder zunächst durch Keitum, und ich kann mich einfach nicht an dem malerischen Örtchen sattsehen. In Höhe einer Kirche, die laut Tom St. Severin heißt, steigen wir wieder auf. Hintereinander radeln wir seitlich der Hauptstraße entlang. Das Wasser kann man unterwegs bedauerlicherweise nicht sehen, doch der Fahrtwind pustet uns eine frische Meeresbrise um den Kopf, und ich nehme gierig ein paar tiefe Atemzüge.

Linker Hand passieren wir irgendwann den Flughafen, den ich vom Vorabend noch in Erinnerung habe. Heute parken hier keine Sportflugzeuge, wie ich sie gestern vereinzelt gesehen habe. Vermutlich schwirren alle in der Luft herum.

Dann biegen wir nach links Richtung Westerland ab. Ein kurzes Stück verläuft unser Radweg querfeldein, dann müssen wir leider zurück zur Hauptstraße. Der Verkehr, der sich bis hierhin in Grenzen gehalten hat, nimmt deutlich zu.

Als wir die Ausläufer Westerlands erreichen, gibt Tom mir ein Zeichen, abzusteigen. «Wir könnten den Trubel umfahren, aber du möchtest ja sicher etwas von dem Ort sehen, ehe wir uns dem Strand widmen, oder? Und Westerland gehört nun mal zu Sylt wie …» Ihm fällt kein passender Vergleich ein, aber ich weiß auch so, was er mir sagen will: Das eine geht nicht ohne das andere.

Wann immer es passt, schieben wir unsere Räder nebeneinanderher, und Tom erklärt mir viel Wissenswertes über die Insel. Unter anderem erfahre ich, dass die Klinik, in der Ina zurzeit liegt, 1937 als Luftwaffenlazarett gebaut wurde und dass seine Urgroßmutter hier gearbeitet und ihren Mann kennengelernt hat.

Ich staune nicht schlecht über den Andrang in der Fußgängerzone und in den Geschäften. Vor einem Eiscafé stehen sich junge wie alte Leute in ordentlicher Reihe die Füße in den Bauch, und ich habe alle Mühe, keinen Passanten anzurempeln oder mit dem Lenker einen der vielen Ständer mit Postkarten, T-Shirts oder sonstigen Staubfängern umzuwerfen.

Endlich erreichen wir eine Seitenstraße und dürfen wieder aufsteigen. Von meinem erhöhten Sitz lasse ich meinen Blick schweifen, entdecke Fischbuden, Eisdielen und einen Crêpe-Laden mit ebenfalls langen Warteschlangen. Gerade als ich Tom sagen will, wie heilfroh ich bin, dass wir so fürstlich gegessen haben, bleibt mein Blick an einem dieser Menschenaufläufe hängen, und ich falle vor Überraschung fast vom Rad.

«Warte mal!», rufe ich Tom hinterher, doch er hört mich nicht. Es ist mir egal. Ich springe ab, halte mir die Hand schützend an die Stirn und kneife meine Augen zu. Ganz vorn, als einer der Ersten in der Crêpe-Reihe steht ein älterer Herr mit Schiebermütze, der mir bekannt vorkommt. Ich beobachte sein Profil und die Art und Weise, wie er sich bewegt, und bin mir plötzlich sicher: Es ist mein Vater!

16. Kapitel

«Papa!», rufe ich, doch die Entfernung trägt meine Worte nicht bis zu ihm hin. Na ja, und dann bin ich mir doch nicht wirklich zu hundert Prozent sicher, dass es sich bei dem Mann um meinen Vater handelt. Denn nicht nur sollte er bei Neni unterm Apfelbaum liegen und sich auskurieren, ich glaube zudem gesehen zu haben, dass dieser Mann Hand in Hand mit einer Frau den Laden betreten hat.

«Kommst du?», fragt Tom. «Oder willst du nun doch einen Nachtisch?» Er deutet auf das Werbeschild des Geschäfts, das einen von der Sonne vergilbten Pfannkuchen darstellt, der nicht sonderlich lecker aussieht.

«Lieber nicht.» Einen Moment zögere ich dennoch. Vermutlich haben mir meine Augen einen Streich gespielt, aber – wäre es nicht witzig, ein Foto von Papas Doppelgänger aufzunehmen, um am Abend gemeinsam mit ihm darüber zu lachen?

Doch Tom ist schon wieder aufgesessen und fährt langsame Schlangenlinien, woraus ich schließe, dass er weitermöchte. Seufzend schlage ich mir den Gedanken an Papas Lookalike aus dem Kopf und schwinge mich auf den Sattel.

Die Klinik ist schnell erreicht. Jetzt, bei Tageslicht, bekomme ich einen Eindruck, wie weitläufig sich das Gelände erstreckt, und ich bin heilfroh, gestern spontan den richtigen Eingang erwischt zu haben.

Am Empfang muss ich kurz warten, denn Tom erhält einen Anruf. Während er sich zum Telefonieren in eine Ecke verzieht, erfahre ich von der diensthabenden Schwester, dass nur ein Besucher zurzeit zu Ina darf. Und da Tom nicht mit ihr verwandt ist, fällt die Wahl auf mich.

«Alles gut», beruhigt er mich, nachdem ich ihm die Sachlage erklärt habe. «Auch wenn ich genau genommen heute freihabe, müsste ich mal kurz nach einem Patienten sehen. Die Katze eines Freundes wurde letzte Woche operiert, offenbar geht es ihr nicht gut.»

«Oh weh …» Ich mache ein betrübtes Gesicht.

«Wird schon», meint Tom zuversichtlich. Er wischt sich über die Stirn. «Findest du nachher zurück zum Karsenhof? Und, was noch viel wichtiger ist, zum Meer? Der Strand ist ja unser eigentliches Ziel gewesen.»

Ich sehe ihm an, dass es ihm gegen den Strich geht, mich allein zu lassen.

«Na klar», beruhige ich ihn. «Hab doch mein Handy.»

«Okay …» Noch immer zögert er. Dann gibt er sich einen Ruck. «Bitte grüß Ina und frag sie, ob sie irgendwelche Wünsche hat. Was auch immer ihr vorschwebt, ich komme später mit Mimi noch mal vorbei und könnte es ihr mitbringen.»

«Richte ich aus», sage ich. «Und gute Besserung an den tierischen Patienten.»

Tom verabschiedet sich, und ich suche meinen Weg zu Inas Zimmer. Obwohl die ganze Zeit klar war, dass ich meine Schwester heute besuchen würde und ein Teil von mir sogar darauf drängt, mich für mein Verhalten gestern zu entschuldigen, kommen mir plötzlich Zweifel. Was, wenn sie noch einmal über meine Worte nachgedacht hat und mich zum Teufel jagt, sobald ich einen Fuß über die Türschwelle setze? Oder wir uns wieder streiten?

Mit klopfendem Herzen betrete ich den lichtdurchfluteten Raum. Ina liegt allein, ihr Bett steht am Fenster, das Kopfteil erhöht, sodass sie lesen kann. Vor sich hat sie die Tageszeitung ausgebreitet, aber sie scheint zu schlafen. An ihrem linken Arm ist ein Tropf angeschlossen.

Mein Magen zieht sich zusammen, als ich Ina so hilflos daliegen sehe. Ihr Gesicht hat in etwa die Farbe der weißen Wand hinter ihr, und wäre nicht das gemusterte Nachthemd, würde man sie zwischen der hellen Bettwäsche gar nicht finden.

«Hey …», sage ich leise, weil meine Stimme vor Aufregung belegt ist.

Ina blickt auf und … lächelt. «Hallo, Elli», sagt sie. «Wie geht es dir?»

Irritiert sehe ich sie an. Wie es *mir* geht? Soll das ein Witz sein?

«Äh … danke», flüstere ich etwas steif. «Mir geht es gut. Und dir?»

Mannomann, denke ich. Ein unbeteiligter Zuhörer müsste annehmen, dass wir uns nicht besonders gut kennen. Wobei – eigentlich ist das wohl auch so.

Zögernd setze ich mich auf den Rand ihres Bettes. Die Koseform meines Namens – Elli – habe ich seit frühester Kindheit nicht mehr aus ihrem Mund gehört. Es überwältigt mich.

«Geht es Mimi gut?», will Ina wissen. Sie richtet sich ein wenig auf. «Ist sie heute bei ihrem Forschungsprojekt? Und wer hat ihr am Morgen den grünen Saft gemixt?»

Ich mache eine beschwichtigende Geste. «Keine Sorge, alles ist in Ordnung», beruhige ich meine Schwester und schenke ihr ein optimistisches Lächeln. «Mimi weiß nicht, dass ich hier bin, sonst wäre sie vermutlich nicht zu ihrem Projekttag gegangen. Sie kommt dich heute Abend besuchen, Tom fährt sie her. Er und Neni lassen dich grüßen und fragen, ob du noch etwas brauchst.» Kurz überlege ich, ob ich meiner Schwester eine Kleinigkeit hätte mitbringen sollen, Blumen oder sonst irgendein Geschenk? Doch nun ist es zu spät, und so wie ich Ina kenne, hätte es ihr ohnehin nichts bedeutet.

Statt zu antworten, fragt sie: «Und Papa?»

«Ach, ihm geht's den Umständen entsprechend. Natürlich macht er sich Sorgen um dich, aber er liegt im Garten unterm Apfelbaum und erholt sich.»

«Gut», sagt Ina.

Es entsteht ein peinlicher Moment der Stille, zumindest empfinde ich unser Schweigen als unangenehm, was aber vermutlich daran liegt, dass ich noch etwas loswerden möchte.

Ich räuspere mich. «Ina, es tut mir leid wegen gestern. Alles, was ich über dich gesagt habe und über Mama ...» Weiter komme ich nicht, weil ich fühle, wie mir die Tränen aufsteigen. «Bitte verzeih.»

Meine Schwester schaut mich aus großen Augen an, fast glaube ich, sie habe keinen Schimmer, wovon ich rede. Dann sagt sie jedoch: «Ist schon gut.»

«Ja, aber ... weißt du, es ... hicks ... es ist ja nicht so, dass hinter meinen Worten nicht ein Körnchen Wahrheit steckt ... Also, früher, da warst du wirklich etwas ...»

«Ist schon gut.»

Ich schaue sie irritiert an. Ina hat die Stirn gerunzelt und gähnt. Sofort stoppe ich meinen Redefluss. Hat sie überhaupt zugehört?

«Könntest du mir bitte einen Gefallen tun, Ella?» Inas Stimme klingt müde und schleppend, vermutlich von den Medikamenten.

«Klar. Schieß los.» Ich versuche mich in einem aufmunternden Lächeln.

«Also, Folgendes: Jemand muss meine Arbeit auf dem Karsenhof übernehmen.» Ihr Blick ist starr auf die Wand gegenüber von ihrem Bett geheftet. Als stünde dort eine Liste geschrieben, von der sie nun die Punkte abliest. «Morgens fütterst du als Erstes die Ziegen und schaust nach den Babys. Weil die Ziegelise als säugende Mutter spezielle Nahrung benötigt, beginnst du mit dem Füttern dort. Dann die Hühner, die dürfen sich frei bewegen. Zweimal in der Woche muss der Stall gesäubert werden. Sammle auch die Eier ein. Auf dem Rückweg vom Hühnergehege findest du die Kräuter für den grünen Smoothie, den du zum Frühstück mixt. Dort wachsen Vogelmiere, Brennnessel, Minze, Löwenzahn und Giersch. Ich wähle immer zwei Hauptzutaten und wechsele sie täglich.»

Mein Lächeln erstirbt, und ich starre meine Schwester an. Vogel-was?

«Dann, ein Stück weiter, pflückst du den reifen Mangold, und zwar von außen. Wie beim Salat. Außerdem alles, was an frühem Gemüse zum Ernten bereit ist.»

«Okay», sage ich knapp, sonst verliere ich den Faden.

«Dann den Smoothie mixen, danach füttere ich die übrigen Tiere. Die Lamas, beide Esel, Rocky … Und ich stelle auch etwas für die streunenden Katzen heraus. Obendrein schaue ich, wessen Stall sauber gemacht werden muss, das erledige ich aber erst nach dem Frühstück, auf jeden Fall nachdem Mimi zur Schule gefahren ist. Wenn ich sie und die anderen nicht selbst bringe. Es gibt da einen Plan …»

Meine Augen werden immer größer. Sagte sie nicht *einen* Gefallen? Aber gut, denke ich, wird schon. Wenn es allerdings noch weitergeht, sollte ich mir Notizen machen.

«Es gibt in jedem Stall beschriftete Futtereimer, außerdem bekommen die Tiere Heu und natürlich frisches Wasser. Alle sollten täglich auf die Weide, darum müssen in kürzeren Abständen die Zäune kontrolliert werden.» Sie holt kurz Luft.

«Esel sind neugierige, intelligente Tiere, sie spielen gern. Nimm dir einen Eimer und einen Ball und beschäftige sie. Nun zu den Lamas.» Mit der Hand, die nicht am Tropf angeschlossen ist, beginnt sie aufzuzählen. «Es sind Pflanzenfresser, manchmal knabbern sie trockenes Gestrüpp, Baumstämme oder tote Äste an. Aber auf keinen Fall dürfen sie Gemüse essen! Du musst strengstens darauf achten, es bekommt ihnen nicht.»

«Verstehe.»

«Abends müssen sie in ihren Stall gebracht werden, sie fürchten sich sonst.»

O-kay …

«Nach der Fütterung helfe ich Neni in der Küche, und später arbeite ich noch im Garten. Momentan hat es oberste Priorität, die Frühtomaten im Gewächshaus auszugeizen, also alle außer den Buschtomaten.»

Ausgeizen?

«Ach, und bei Gelegenheit muss Stroh unter die reifen Erdbeeren gestopft werden, damit sie nicht gammeln, und dann …»

Jetzt hole ich doch mein Handy hervor und notiere ein paar Stichpunkte. Wer bitte schön soll sich das alles merken?

«Nachmittags muss die Fütterungsrunde wiederholt werden, dabei hilft mir meist Mimi. Zum Essen gibt es auf dem Karsenhof oftmals Eintöpfe oder Salate – das darfst du dir aussuchen.»

Ich und kochen? Ich weiß nicht …

«Wir essen aber auch oft Brot mit Salat oder Chutney. Außerdem habe ich Tomatensauce eingekocht und auch welche eingefroren. Wenn du die servierst, musst du …»

An dieser Stelle blende ich mich kurz aus, weil mir der Kopf raucht.

«Mach dir keine Sorgen», unterbreche ich ihren Monolog irgendwann. «Schließlich steht der ganze Keller voll mit Essen, wir werden schon nicht verhungern.»

«Du warst im Keller?», fragt Ina und hebt eine Augenbraue. «Warum?»

Meine Güte, warum wohl? «Weil wir etwas essen wollten. Und weil Neni mich geschickt hat.»

Ina zeigt keine Regung.

«Kann ich sonst noch etwas tun? Also für dich?», frage ich.

Ich sehe, wie meine Schwester einen inneren Kampf ausficht. Sie ist sichtbar erschöpft, vermutlich von der Sorge, ob auf dem Hof ohne sie alles glattläuft. Und sicher auch von der Infektion, die an ihr zehrt.

«Mimi ist hochsensibel», sagt sie urplötzlich mit bleierner Stimme.

Ich horche auf.

«Das bedeutet, ihr Nervensystem reagiert empfindlicher als das der meisten Menschen. Sie benötigt Rituale. Und Ruhepausen.» Ina blinzelt angestrengt mit den Lidern. «Auf jeden Fall muss man feinfühliger mit ihr umgehen, als Mama es mit mir getan hat.»

Im Zimmer könnte man eine Stecknadel fallen hören, so still ist es mit einem Mal. Wie bitte? Ina macht unserer Mutter den Vorwurf, nicht einfühlsam gewesen zu sein? Ausgerechnet Ina, die so sensibel war wie ein Holzklotz? Ich bin sprachlos.

Meine Schwester schließt ermattet die Augen, um sie Sekunden später wieder aufzureißen. Gegen die Müdigkeit ankämpfend, fährt sie fort: «Mimi weiß von ihrer Sensibilität und dass sie vieles intensiver empfindet als andere Menschen. Sie soll lernen, dass diese Eigenschaft keine Schwäche, sondern durchaus eine Stärke sein kann.» Inas Kopf sackt zur Seite, doch sie will sich dem Schlaf nicht hingeben. Im Flüsterton fährt sie fort: «Mimi ist außerdem hochintelligent. Das ist eine explosive Mischung. Bitte erzähl ihr davon nichts. Sie ahnt es zwar, und sie wird ja auch speziell gefördert, aber das läuft alles ganz spielerisch.» Inas Augen flackern, sie sucht meinen Blick. «Ich will nicht, dass Mimi mit ihrem IQ prahlt, sie soll sich den anderen Kindern gegenüber nicht überlegen fühlen. Es würde sie zur Außenseiterin machen.»

Mit diesen Worten fallen meiner Schwester endgültig die Augen zu. Ihre Stirn liegt in tiefen Falten, und ich kann sehen, dass ihr noch mehr Dinge durch den Kopf gehen. Doch die Erschöpfung gewinnt die Oberhand, und Ina dämmert weg.

Ihr bleibt verborgen, wie mir angesichts ihrer Äußerungen vor Erstaunen der Mund offen steht. Mimi ist also hochsensibel und hochintelligent, warum um alles in der Welt hat mir das denn niemand eher gesagt? Und was bedeutet dieser Umstand für die Kleine? Ich meine, von Mimis Sensibilität habe ich ja bereits eine Ahnung bekommen – hätte ich doch nur gewusst, was mit ihr los ist! Den tränenreichen Moment hätte ich ihr und mir wahrlich gern erspart.

Ich umklammere die Metallumrandung von Inas Bett – so fest, dass meine Fingerknöchel weiß hervortreten. Während ich meiner Schwester dabei zusehe, wie sie im Traum mit ihren Lippen Worte formt, versuche ich, das eben Gehörte zu sortieren und zu begreifen. Hochintelligent – das ist doch etwas Gutes, oder? Ina scheint das jedoch anders zu empfinden. Sie wirkte eher ... angespannt. Ob sie mit Mimi tatsächlich einen Test absolviert hat? Auf jeden Fall beruhigt es mich irgendwie, dass Mimis Verhalten nun eine Art Diagnose erhalten hat.

Tief in Gedanken versunken, erschrecke ich regelrecht, als die Krankenschwester nach kurzem Klopfen den Raum betritt. Sie will den Tropf auswechseln, und ich verabschiede mich leise, um nicht im Weg herumzustehen.

Außerdem brauche ich frische Luft, um alles, was Ina sagte, noch einmal Revue passieren zu lassen. Und damit meine ich nicht allein die Neuigkeiten um Mimi. Oder die gefühlten tausend Aufgaben, die Ina mir mit auf den Weg gegeben hat und von denen ich die meisten nur noch sehr oberflächlich erinnere. Nein, etwas ganz anderes geistert mir im Kopf herum: Inas Vorwurf an unsere Mutter.

Man muss sensibler mit Mimi umgehen, als Mama es mit mir getan hat.

Der Satz klingt mir laut und schrill in den Ohren, als ich aus dem Haupteingang trete und zu meinem Fahrrad gehe, und er bringt mich immer tiefer ins Grübeln. Will meine Schwester andeuten, dass sie womöglich auch …? Hochsensibel und hochintelligent?

Ich habe leider überhaupt keinen Schimmer, was genau sich hinter diesen Fachworten verbirgt. Eine ungefähre Idee vielleicht, mehr aber nicht. Auch kann ich mich nicht daran erinnern, dass diese Begriffe bei uns zu Hause jemals gefallen wären.

Ich steige auf mein Rad und stampfe so energisch in die Pedale, als wolle ich mir dadurch zu einer Erleuchtung verhelfen.

17. Kapitel

Die Sonne hat ihren höchsten Stand inzwischen überschritten, ich schätze die Temperatur dennoch auf über 25 Grad. Mir rinnt der Schweiß in Strömen den Rücken hinunter, trotzdem habe ich auf meinem Handy eine Route eingegeben, die einen kleinen Umweg beschreibt. Natürlich beabsichtige ich, Inas Aufgabenliste gewissenhaft auszuführen, aber ich werde mit der Abendfütterung beginnen. Vorher habe ich noch einen Wunsch: Ich möchte endlich ans Meer!

Ich lasse die Klinik hinter mir und drossele nach der ersten Kurve mein Tempo. Meine größte Anspannung ist gewichen, von nun an radele ich gemächlich die Straße entlang, bis sie sich verengt und zu einem Fußweg wird. Ich halte an, schließe mein Rad an einen Holzpfahl an und merke, wie die Vorfreude auf den Strand wächst. Die Bewegung und die salzige Luft tun mir gut nach dem seltsamen Besuch bei Ina.

Bald kann ich das Wasser sehen, es schimmert in tiefem, dunklem Blau und hat beinahe dieselbe Farbe wie der wolkenlose Himmel. Vereinzelte Boote sind am Horizont auszumachen, und ich spüre, wie mir ein sanftes Kribbeln über die Arme läuft. Mehrfach drehe ich mich um die eigene Achse, um in alle Richtungen die Umgebung auf mich wirken zu lassen. Dann bücke ich mich, befreie meine Füße aus den Turnschuhen, binde die Schnürsenkel mit einem Knoten zusammen und hänge mir das

Paar über die Schulter. Das habe ich seit meiner Kindheit nicht mehr gemacht! Ebenso kann ich mich nicht erinnern, wann mich das letzte Mal warmer Sand zwischen den Zehen gekitzelt hat.

Nach einem kurzen, aber strammen Marsch über den Strand bin ich aus der Puste. Um mich herum herrscht reger Trubel, etliche weiße Strandkörbe mit fetten Nummern auf dem Rücken, die wohl mal in Reih und Glied aufgestellt waren, sind von den Badegästen nach Gutdünken verschoben worden. Kinder toben durch den Sand, und überhaupt scheinen sich alle ihres Lebens zu erfreuen.

Ich laufe bis zum Wasser und unterdrücke einen erschreckten Schrei, als eine eisige Welle meine Füße umspült. Du liebe Zeit, denke ich, was für ein Unterschied zum aufgeheizten Sand! Doch schnell hat sich mein Körper an die Temperatur gewöhnt, und ich empfinde das Wasser als eine erfrischende Abkühlung.

Ein Stück stapfe ich an der Wasserlinie entlang, so lange, bis es keine Strandkörbe mehr gibt und der Strand leerer ist. Dort suche ich mir ein Plätzchen und setze mich. Ganz automatisch greifen meine Finger links und rechts in den Sand. Tausende Körnchen rinnen durch meine Handinnenflächen, massieren meine Haut und die Handballen, sodass mein gesamter Körper nach und nach zur Ruhe kommt. Unwillkürlich lasse ich meinen Oberkörper nach hinten sinken. Aller Stress fällt von mir ab, und ganz sanft beginnen vor meinem inneren Auge allerlei Bilder vorbeizuziehen: Papa, wie er heute Morgen neben mir auf der Hollywoodschaukel saß und meine Hand hielt, der Karsenhof mit all seinen Tieren und Pflanzen, Ina und Mimi und Neni, die sich umeinander sorgen, und ganz kurz schleicht sich auch Tom in mein Bewusstsein. Schnell schiebe ich den Gedanken an ihn weg, mit dem Ergebnis, dass nun Bastian vor meinem geistigen Auge auftaucht. Wobei – so richtig gestochen scharf will sich sein Bild nicht vor mir zeigen. Er passt nicht hierher nach

Sylt oder überhaupt ans Meer. Vielleicht, so überlege ich, sind wir darum auch niemals hier gewesen.

Ich versuche mich zu entsinnen, ob wir beide eigentlich jemals gemeinsam irgendwohin gereist sind. Doch sosehr ich mich auch anstrenge – mir will kein Reiseziel einfallen. Was im Grunde genommen nicht schlimm ist, man muss ja nicht zwangsläufig zusammen wegfahren, um eine schöne Zeit zu verbringen. Und doch glaube ich, dass es uns gutgetan hätte, die häusliche Umgebung mal für eine Weile zu verlassen. Stattdessen haben wir stets das Angenehme mit dem Nützlichen verbunden und Biergärten von Brauereikunden besucht oder neue Kunden akquiriert.

Ich drehe mich auf die Seite und stütze mich auf meinen rechten Ellenbogen, um eine Möwe zu beobachten, die sich neugierig genähert hat. Auf der Suche nach etwas Essbarem pickt sie wahllos in angespülten Schlicknestern, lässt mich dabei aber keine Sekunde aus den Augen.

Es fühlt sich seltsam an, in dieser Umgebung an Reutlingen zu denken. Vielleicht kommt es mir auch deshalb eigenartig vor, weil ich überhaupt keine Sehnsucht verspüre. Das winzige Vorörtchen, in dem ich die letzten Jahre gelebt habe, ist mir zwar ans Herz gewachsen. Ebenso wie Bastians Familie – und ich ihnen. Das dachte ich jedenfalls. Doch niemand, nicht einmal Bastian, hat sich seit meiner Abreise bei mir gemeldet. Keiner scheint mich zu vermissen oder sich dafür zu interessieren, wie es mir geht.

Ich blinzele gegen die Sonne an. Am Horizont steht ein Frachtschiff. Es schaut winzig aus, wie ein Kinderspielzeug, und scheint sich kaum fortzubewegen.

Was, wenn ich die Initiative ergreife und mich zu Hause melde? Die Cornelsens haben vermutlich einfach nur keine Zeit gefunden und würden sich freuen, von mir zu hören. Kurz denke ich darüber nach, setze mich auf und habe mein Telefon auch bereits in der Hand, da kommen mir Toms Worte in den Sinn: *Wenn meine Eltern beide losmussten, wurde ich bei Neni abgesetzt. Manchmal schon vor den Schulferien. Aber ist es darum mein Zuhause? Eher nicht.*

Ich überlege, wie es sich bei mir verhält. Ist Reutlingen noch mein Zuhause? Jetzt, da Bastian und ich uns getrennt haben? Und war es das überhaupt jemals? Oder ist und bleibt Frankfurt mein Daheim? Mein Elternhaus, wo Papa noch heute lebt?

Gedankenverloren lasse ich das Handy zurück in meine Tasche gleiten.

Die Möwe scheint ihre Geduld mit mir verloren zu haben, sie hüpft verdrossen weiter und versucht ihr Glück beim nächsten Badegast.

Ich stehe auf, klopfe mir den Sand von der Jeans und werfe einen letzten Blick in die Ferne. So bald wie möglich will ich wieder herkommen. Aufs Wasser und über die unendliche Weite des Meeres zu schauen, ist wie Balsam für mein Gemüt, und das Gefühl, das ich dabei erlebe, ist … unbeschreiblich.

Fürs Erste verabschiede ich mich vom Strand. Mit frischem Elan stapfe ich durch den Sand zurück zu Inas Fahrrad. Ich verstaue meine Jacke auf dem Gepäckträger, ziehe das Handy hervor und starte mein Navi. Eigentlich benötige ich es gar nicht, die Fahrradrouten sind so gut ausgeschildert, dass ich meinen Weg vermutlich ohne Probleme finden würde. Aber sicher ist sicher, schließlich habe ich noch einiges zu tun heute.

Am Flughafen halte ich kurz an, als eine Propellermaschine dicht über meinem Kopf vorbeifliegt und zur Landung ansetzt. Danach steige ich wieder auf und widerstehe jeder weiteren Versuchung, mich ablenken zu lassen. Sogar als ich den Wegweiser nach Keitum passiere, bleibe ich eisern und unterdrücke den Impuls, dort ein wenig auf eigene Faust durch die Straßen zu bummeln. Es drängt mich, zum Hof zu fahren, um mit der Arbeit zu beginnen. Und um mit meinem Vater über Ina zu sprechen. Ich will ihm von ihren Andeutungen erzählen und hören, was er darüber denkt.

Auf dem Karsenhof angekommen, schließe ich das Rad an die Bank neben der Auffahrt und stutze einen Moment, als ich Papas Wagen sehe. Stand er heute Morgen nicht andersherum?

Gedankenversunken mache ich mich auf die Suche nach meinem Vater und entdecke ihn unter dem Apfelbaum. Er sieht mich kommen und winkt.

«Hallo, Papa», grüße ich und beuge mich über ihn, um ihm ein liebevolles Küsschen zu geben.

Sein Aftershave steigt mir in die Nase, und ich muss schmunzeln. Er ist so eitel, denke ich. Sogar für einen Tag auf der Hollywoodschaukel hat er sich eingeduftet.

Papa hat sich seine Schiebermütze zwar gewohnt tief ins Gesicht gezogen, trotzdem erkenne ich sofort, dass sich ein fieser Sonnenbrand über seinen Nasenrücken zieht.

Seltsam, denke ich beim Blick in die dichte Baumkrone. Also, unter diesem Baum könnte man ganz sicher unbeschadet ein Unwetter überstehen, sich hier einen Sonnenbrand zu holen, scheint mir ein Ding der Unmöglichkeit zu sein.

«Wie geht es dir?», frage ich unverhohlen.

«Wunderbar, Ellimaus. Und dir? Warst du bei Ina? Wie fühlt sie sich?»

«Ich glaube, ganz gut», sage ich. «Jedenfalls so gut, dass sie mir eine Aufgabenliste übertragen hat, die so lang ist wie der Hindenburgdamm.» Ich will meinem Vater ein paar Punkte aufzählen, merke aber, dass mir bereits einiges in meiner Erinnerung abhandengekommen ist.

Papa versteht mich leider vollkommen falsch. «Ist ja Ehrensache, dass wir auf jeden Fall bleiben, bis Ina wieder auf dem Damm ist.» Sein Tonfall duldet keinen Widerspruch. «Auch wenn deine Schwester nach Hause entlassen wird, werden wir ihr so lange beistehen, wie es nötig ist. Sie wird sich bestimmt noch eine ganze Weile schonen müssen. Bis dahin übernehmen wir hier das Ruder!»

Mal abgesehen davon, dass ich es ein wenig befremdlich finde, wie mein Vater über meinen Kopf hinweg unseren Urlaub verplant, muss *er* die Arbeit ja nicht erledigen. Sondern ich.

Papa tätschelt mitleidig meinen Arm. «Du schaffst das, Ella. Betrachte es doch mal von einer anderen Seite: Eine schöne Reise bleibt nur dann lange in Erinnerung, wenn man etwas Besonderes erlebt. Etwas, das man sich noch Jahre später ins Gedächtnis rufen kann. Und das hier ...» Er macht eine raumgreifende Geste, mit der er sich beinahe die Mütze vom Kopf fegt. «... ist der ideale Ort für ein solches Erlebnis.»

«Ich bin mir nicht sicher, ob ich mich Zeit meines Lebens daran erinnern möchte, wie ich um die Freundschaft zweier Lamas buhle», sage ich skeptisch, während ich Papas Beine ein Stück beiseiteschiebe und mich an sein Fußende setze.

«Wie war denn dein Tag?», wechsele ich beiläufig das Thema. «Hast ganz schön viel in der Sonne gesessen, was?»

Mein Vater will schon zur Widerrede ansetzen, da fasst er sich in letzter Sekunde an die Nase und besinnt sich anders. «Hm-m», macht er.

«Wo denn?»

Er schielt misstrauisch unter dem Rand seiner Mütze hervor. «Na, in der Sonne.»

«Verstehe», sage ich und bin langsam etwas genervt über seine Geheimniskrämerei. «Und dein Auto?»

Papa verzieht keine Miene. «Was soll damit sein?»

«Wer hat es umgeparkt?»

Er windet sich sichtlich unter meinen inquisitorischen Fragen. Fast tut er mir leid. Aber warum erzählt er nicht einfach mal, was Sache ist? Wieso flunkert er mich ständig an?

«Ella», sagt Papa nun, und zwar in einem Ton, als sei ich diejenige von uns beiden, die meschugge ist, und nicht er. «Wer, glaubst du, sollte das gewesen sein? Ich natürlich!» Ehe ich etwas erwidern kann, fügt er hinzu: «Wenn ich schon den Hof nicht verlassen darf, wollte ich wenigstens den Wagen mal bewegen. Damit die Batterie nicht stirbt.»

«Ach soo …», sage ich gedehnt, als sei es das Naheliegendste von der Welt, mit seinem Auto einmal im Kreis zu fahren, um die Maschine aufzuladen. «Das macht Sinn.»

Wir starren uns an wie zwei sture Böcke, wohl wissend, dass wir uns in einer Sackgasse befinden.

Seufzend gebe ich auf. Ein Blick auf meine Uhr sagt mir zudem, dass es Zeit für die Abendrunde ist. Darum erhebe ich mich mit einem letzten, vielsagenden Blick in Papas Richtung von der Schaukel und erkläre: «Ich geh dann mal … Tiere füttern.»

In der Küche treffe ich auf Neni, die ein wenig fahrig umherirrt und, als sie mich erblickt, entwaffnend die Hände hebt.

«Ich habe überhaupt noch nichts zum Essen vorbereitet», jammert sie. «Ich wollte mich nach dem Mittag nur kurz hinlegen und habe bis eben geschlafen.»

«Das ist die Hitze», beruhige ich sie und fächere mir zur Bekräftigung mit der flachen Hand Luft zu. «Die Temperaturen machen einen fertig.»

Neni schiebt die Unterlippe vor. «Die Hitze und das Alter, meinst du wohl eher.» Sie klopft sich energisch auf beide Wangen. «Den Kampf gegen die Falten habe ich von jeher nur halbherzig geführt, aber nun kommen die anderen Alterserscheinungen hinzu. Und die», sie zieht die Nase kraus, «gefallen mir ganz und gar nicht.» Plötzlich schaut sie sich besorgt nach allen Seiten um. «Aber das erzählst du bitte nicht meinem Enkel.»

Aus der Tasche ihrer Küchenschürze holt sie ein Tuch hervor und knotet es sich mit flinken Fingern am Kopf fest.

«So!» Mit neuer Energie funkelt sie mich an. «Wir werden das Beste daraus machen und ein paar Nudeln kochen. Dazu eine leichte Mangoldsauce. Wer davon nicht satt wird, kann von dem eingelegten Gemüse essen. So lecker alles ist – ewig hält es sich in den Gläsern leider nicht.» Sie denkt laut nach. «Ich werde Tom anrufen, damit er von unterwegs frisches Brot mitbringt.»

«Und ich kümmere mich um den Mangold und die Tiere», erkläre ich. «Auftrag von Ina. Sie hat genaustens beschrieben, was zu tun ist. Ich schaff das schon!»

Nenis Augenbrauen schnellen nach oben. Ihr scheint ein Stein vom Herzen zu fallen. Kurz erkundigt sie sich noch nach Inas Zustand und wirkt sichtlich beruhigt, als ich ihr versichere, dass alles unter Kontrolle ist. Dann reicht sie mir das Erntekörbchen.

«Ich weiß, die äußersten Blätter vom Mangold zuerst», sage ich augenzwinkernd, als sie zu einer Erklärung ansetzen will. «Hat Ina mir schon gesagt.»

Als erste Station steuere ich den Ziegenstall an. Der Gedanke, die niedlichen Tiere wiederzusehen, beflügelt mich. Eins der jungen Zicklein kommt angestolpert, und ich gehe vor ihm in die Hocke, damit es keine Angst bekommt. Neugierig schnuppert das Tier an meinen Hosenbeinen und beginnt dann, sich zu meinen Haaren vorzuarbeiten. Ich winde mich und muss dabei laut lachen. Als sich auch noch das Geschwisterchen dazugesellt, stehe ich auf und bringe mich in Sicherheit. «Halt, stopp, wartet mal», rufe ich amüsiert. «Ich hole euch sofort etwas Besseres.»

Zum Glück erinnere ich mich noch, dass Ina von beschrifteten Futterboxen erzählt hat und dass ich die Tiere zum Essen separieren soll, damit die Ziegelise und ihre Babys ihre Extraportion Nährstoffe erhalten. Zunächst aber fülle ich für alle Heu auf und wechsele das Wasser. Dann bekommt jeder sein Fressen. Für die Nacht führe ich die Ziegen wieder zusammen und verrammele zum Schutz das Scheunentor.

Bei den Hühnern ist bereits Feierabend eingekehrt, sie befinden sich allesamt im Stall und begrüßen mich mit lautem Gegacker. Auch hier finde ich alles exakt so vor, wie Ina es beschrieben hat. Als ich fertig bin, schließe ich die Tür und mache mich auf zu den Lamas.

Zu meiner Überraschung stehen die Tiere heute auf der angrenzenden Koppel und rupfen gelangweilt an ein paar Grashalmen. Die Sonne scheint sie träge gestimmt zu haben, doch als sie mich hören, wenden sie sofort die Köpfe. Obwohl ich mir fest vorgenommen hatte, mich nicht beirren zu lassen, fühle ich dennoch, wie mir der kalte Schweiß ausbricht.

«Lamas sind Fluchttiere.» Mimi steht plötzlich hinter mir. Mit einem breiten Lächeln auf dem Gesicht klettert sie auf den Zaun und bleibt auf der obersten Sprosse sitzen. «Wenn du möchtest, dass sie in den Stall trotten, musst du sie dorthin treiben. Aber besser ist es, du gewinnst ihr Vertrauen, dann folgen sie dir ganz von alleine. Es sei denn, sie mögen dich nicht. Dann können sie verdammt stur sein.»

«Tja …», mache ich. Wie um alles in der Welt soll ich denn wissen, ob mich die Tiere mögen? Unsicher schiele ich zu Mimi, und ich muss unwillkürlich daran denken, was Ina mir über ihre Tochter gesagt hat.

Erzähl ihr nicht, dass sie hochintelligent ist, höre ich im Geiste den

Tonfall meiner Schwester. Augenblicklich fühle ich mich gehemmt, aus Angst, in einem unbedachten Moment das Falsche zu sagen.

«Es wäre mir eine große Hilfe, wenn du sie einfangen würdest», sage ich kleinlaut und bringe Mimi damit zum Strahlen.

«Klaro, Tante Ella, wird gemacht!» Sie springt vom Zaun und nähert sich dann langsam den Tieren. Es dauert nicht lange, und die beiden lassen sich willig zu ihrem Iglu führen, wo Mimi und ich sie gemeinsam mit Futter und Wasser versorgen.

«Wieso habt ihr eigentlich Lamas?», frage ich die Kleine erleichtert, weil ich die ulkigen Tiere zwar niedlich finde, aber nicht verstehe, warum man sie sich anschafft. «Veranstaltet ihr Lama-Wanderungen?»

Mimi blickt mich kurz verständnislos an. «Was soll das denn sein?» Sie kichert. «Nee, die beiden kommen aus einem Zirkus, der mal kurz hier auf der Insel war. Das war aber nicht erlaubt, darum sind die Leute wieder weggefahren. Aber die Lamas wurden vergessen.»

Ich reiße überrascht die Augen auf. Wie kann man bitte zwei Lamas vergessen? Wahrscheinlicher scheint mir, dass sie absichtlich zurückgelassen wurden, aber das ist ja im Grunde einerlei.

«Wir haben die beiden aufgenommen, weil der Tierpark keinen Platz mehr hatte.» Mimi beißt sich auf die Unterlippe. «Mama sucht schon lange im Internet eine Herde für die zwei, aber das ist nicht so einfach. Mama ist sehr wählerisch.»

Das glaube ich ihr aufs Wort.

Mimi stößt einen herzzerreißenden Seufzer aus. «Ich würde die beiden sooo gern behalten.»

Ich streiche ihr liebevoll über das Haar. «Vielleicht dauert es ja noch ein bisschen, bis Ina sich entschieden hat», sage ich. «Aber letzten Endes ist es für die Tiere vielleicht sogar besser, wenn sie noch mehr Kumpels um sich versammelt haben.»

Wir treten ins Freie und schließen das Iglu.

«Jetzt noch das Futter für die streunenden Katzen. Magst du mir auch dabei helfen?», frage ich aufmunternd, weil ich vermeiden will, dass Mimi wegen der Lamas traurig wird. Ich kann ihre Gefühlswelt noch kein bisschen einschätzen. «Wo sollen wir es hinstellen? Und wann fressen die Katzen überhaupt? Ich habe weder heute noch gestern welche gesehen.»

«Hihihi.» Mimi kichert. «Doch nicht hier, Tante Ella! Die kommen zum Haus.» Sie sagt es, als spräche sie mit dem größten Dummerchen unter der Sonne.

Wir spazieren nebeneinanderher durch das Gelände.

«Hast du dort, wo du wohnst, keine Tiere?», fragt Mimi, und ich schüttele den Kopf. «Nein, jedenfalls keine Haustiere. Aber in der Umgebung stehen ganz viele Kühe auf den Weiden.»

Mimi nickt wissend. Kühe scheinen sie jedoch nicht aus dem Häuschen zu bringen. «Bleib doch hier, wenn es dir gefällt. Dann hast du jede Menge Tiere um dich. Gleich dort vorn auf dem Deich vor dem Watt laufen gaaanz viele Schafe herum.»

«Wirklich?» Ich tue erstaunt. «Das ist ja toll. Aber leider kann ich nicht bleiben. Ich muss zurück zu meiner Arbeit.»

Die Worte haben kaum meinen Mund verlassen, da spüre ich einen fahlen Beigeschmack. Was wird eigentlich aus meinem Job? Darüber habe ich mir bislang noch gar keine Gedanken gemacht. Zwar ist mir bewusst, dass die Villa der Cornelsens nicht mehr länger mein Zuhause sein kann, aber was wird aus der Anstellung? Wie soll das funktionieren, weiter in der Brauerei zu arbeiten? Und möchte ich das überhaupt noch?

«Tante Ella, wir müssen noch schnell ins Gewächshaus und nach den Tomaten sehen», unterbricht Mimi meine Überlegungen. Sie greift nach meiner Hand. «Nicht dass die abfallen und schimmeln. Und wir müssen Mangold mitbringen.»

Ich drücke sie leicht. «Danke für die Erinnerung», sage ich

und bin froh, nicht länger Grübeln zu müssen. Es wird sich schon irgendwas ergeben, was meine berufliche Zukunft betrifft.

Mimi und ich biegen in Richtung der kleinen Gewächshäuser ab.

«Was ist das dort für ein Kraut?», frage ich und deute auf ein Hochbeet am Rand unseres Wegs.

Mimi prustet los. «Das ist doch Rhabarber!», sagt sie tadelnd. Mit prüfendem Blick schielt sie mich von der Seite an. «Du hast aber wenig Ahnung von Gemüse.»

Ich halte ihrem Blick stand. «Ich kaufe immer alles im Supermarkt», verteidige ich mich und versuche, nicht allzu beleidigt zu klingen. «Natürlich erkenne ich die verschiedenen Gemüse- und Salatsorten. Aber Rhabarber liegt meist nur als roter Stiel im Geschäft.

«Mama wollte den längst ernten, bald ist er nicht mehr essbar.» Mimi schaut zu mir. «Wollen wir die Blätter morgen gemeinsam sammeln gehen?»

«Äh … ich dachte, der ist nicht mehr gut?»

Mimi reißt in gespielter Verzweiflung die Arme in die Luft. «Vielleicht sind die Stiele bald nicht mehr essbar. Aber aus den Blättern kocht Neni eine feine Jauche.»

Jauche? «Okay …» Ich bin mir nicht sicher, ob ich Mimi richtig verstanden habe, aber ich will mich nicht schon wieder als Greenhorn outen, darum halte ich meinen Mund. «Na, dann», sage ich, «fangen wir mal mit dem Mangold und den Tomaten an.»

Mimi zerrt zwei Häkelbeutel aus ihrer Rocktasche hervor, ich zücke mein Erntekörbchen, und gemeinsam ernten wir die riesigen grünen und violetten Blätter.

«Du-u, Tante Ella», sagt die Kleine irgendwann und richtet sich auf. Aus großen Augen schaut sie mich an. «Ich mag dich.»

Mir steht vor Überraschung der Mund offen. Ein warmes

Gefühl durchströmt meinen Bauch, kriecht hoch und verteilt sich über meinen Schulterblättern, bis es schließlich meine Ohrläppchen zum Glühen bringt. «Ich … hicks … mag dich auch, Mimi.» Ich bin dermaßen gerührt, dass meine Stimme bebt, als ich das Kompliment von Herzen zurückgebe. «Sehr sogar.»

«Und warum bist du dann noch nie hier vorbeigekommen?», will sie wissen. «Ist es, weil …» Sie stockt. In ihren Augen schimmern Tränen.

Sofort bin ich alarmiert. Bitte nicht weinen, denke ich. Bitte, bitte nicht.

«Ist es, weil ich nicht normal bin?»

18. Kapitel

Vor Schreck hätte ich fast den Erntekorb mit dem Mangold fallen gelassen. Ich gehe in die Knie und nehme Mimi vorsichtig in den Arm.

«Nein!», sage ich mit Nachdruck, «auf gar keinen Fall! Wie kommst du überhaupt darauf? Warum glaubst du, dass du nicht normal sein könntest?»

«Ich bin schlauer als meine Mitschüler.»

«Na ja …» Mein Hirn läuft auf Hochtouren. *Sag es ihr nicht*, höre ich Inas Stimme zu mir sprechen. *Sie soll sich den anderen Kindern gegenüber nicht überlegen fühlen. Es würde sie zur Außenseiterin machen.*

Ich schiebe Mimi ein Stück von mir weg, damit ich ihr in die Augen sehen kann. «Das hat ja aber nichts mit normal oder unnormal zu tun», plappere ich drauflos. «Alle Kinder sind liebenswert, ob groß oder klein, dick oder dünn, ob sie Sommersprossen haben oder einen Hinkefuß – man muss allen mit Aufgeschlossenheit und Respekt begegnen.»

Ich habe nicht den leisesten Schimmer, wie man mit Kindern spricht. Ich weiß weder, was sie in diesem Alter interessiert, noch, was sie in ihrem Inneren bewegt, geschweige denn habe ich eine Ahnung davon, was man wie zu ihnen sagen darf und was vielleicht unverständlich oder zu grausam ist. «Du weißt in der Tat eine Menge, aber andere Kinder haben vielleicht andere Interessen und …»

Mimi schüttelt in affenartiger Geschwindigkeit den Kopf. «Mama will nicht, dass ich es weiß, damit ich nicht angebe und mich meine Freunde darum doof finden, aber ich *bin* schlauer als andere Kinder.» Sie sagt es mit einer Mischung aus Trotz und Stolz, und ich merke, wie ich ins Schwitzen gerate.

Zum Glück redet Mimi einfach weiter. «Mama will nicht, dass ich mich so fühle wie sie, als sie klein war.»

Ich horche auf. «Aha», taste ich mich vor. «Was hat deine Mama denn empfunden, als sie so alt war wie du? Weißt du das?»

Mit gesenktem Kopf, den Blick fest auf ihre Fußspitzen gerichtet, stammelt die Kleine: «Mama meinte, niemand konnte sie leiden. Alle haben geglaubt, sie sei ein Zappelphilipp, dabei war ihr nur immer langweilig.» Ihre Stimme kippt. Die Erinnerung an ihre Mutter lässt sie weinerlich werden. «Aber wieso war das so?» Sie sieht wieder hoch und wirkt auf einmal, als würde aller Kummer dieser Welt auf ihren Schultern lasten. «Warum wollte niemand mit Mama spielen? Sie war doch bestimmt sehr einsam.»

Ihr bekümmerter Anblick zerreißt mir fast das Herz. «*Ich* konnte deine Mutter leiden», sage ich sanft und räuspere mich gegen den Kloß in meinem Hals an. «Ich wollte gern mit ihr spielen. Und das haben wir auch getan, als wir jünger waren. Aber irgendwann ...» Ich weiß nicht, wie ich es dem Kind erklären soll, dass Ina plötzlich zu einem anderen Menschen wurde.

«Ich fühle mich auch oft einsam», wimmert Mimi, und schon kullert eine Träne ihre Wange hinab.

Ich sehe ihr lange und ruhig in die Augen. «Ich auch», gestehe ich ihr, «ziemlich oft sogar.» Ich bin bemüht, meine Worte nicht wie Trost klingen zu lassen, sondern vielmehr wie ein Gespräch unter Erwachsenen. «Ich spreche dann mit meiner Mutter und hole mir einen Rat von ihr.»

Mimi legt den Kopf schräg. «Aber deine Mutter ist tot.»

Ich nicke. «Ich kann trotzdem hören, was sie mir in manchen Momenten raten würde.»

Zu meiner Überraschung streicht mir Mimi plötzlich über das Haar. «Das verstehe ich. Ich spreche nämlich oft mit der Ziegelise oder mit Rocky. Die beiden hören mir auch immer zu.» Einen Moment schweigen wir. Mimis warme kleine Hand liegt weiterhin auf meinem Scheitel, und ich traue mich kaum, mich zu bewegen, um den Zauber des Augenblicks nicht zu zerstören. Ich spüre ein dünnes Band zwischen uns wachsen und möchte es nicht zerreißen. Allerdings wünsche ich mir auch, dass Mimi nicht noch tiefer in den Strudel ihrer traurigen Stimmung hinabgerissen wird, darum sage ich irgendwann: «Wer gibt denn die besseren Ratschläge, Rocky oder die Ziegelise?»

Mimi zieht ihre Hand weg und sieht mich an. Sie lächelt. Dann beugt sie sich zu meinem Ohr und flüstert: «Die Ziegelise. Aber das darf Rocky niemals erfahren.» Während sie ihren Zeigefinger an die Lippen legt, macht sie «Psst!», und ich hebe wie zum Schwur meine Hand.

«Ehrenwort», verspreche ich, «das bleibt unter uns.» Ich streiche ihr kurz über die Wange. «Und weißt du was? Von nun an darfst du immer zu mir kommen, wenn du dich einsam fühlst, okay? Mal sehen, wie du meine Ratschläge so findest.»

Mimi schenkt mir ein zuckersüßes Lächeln, und ich schmelze dahin.

Zurück auf dem Hof wird Mimi schon von Tom erwartet. Er ist mit seinen Terminen durch und will mit ihr zu Ina fahren.

«Viel Spaß», wünsche ich den beiden, schnappe mir Mimis kleinen Häkelbeutel und liefere unsere Ausbeute an Gemüse bei Neni ab.

Sie wirbelt bereits wieder mit einer Auswahl Kochtöpfe im Arm in der Küche herum. Ganz die Alte.

«Kann ich sonst noch etwas helfen?», erkundige ich mich, doch sie winkt munter ab.

«Fuul Dank», sagt sie auf Sölring. «Den Rest schaffe ich allein. Ich werde auch Rocky füttern. Geh und genieße deine Freizeit.»

Zögernd beherzige ich Nenis Rat. Normalerweise hätte ich ihr noch weitaus eindringlicher meine Hilfe angeboten, doch mir brennt etwas auf den Nägeln, darum verziehe ich mich rasch auf mein Zimmer.

Ich schnappe mir mein Handy, lasse mich auf das Bibliothekssofa fallen und beginne mit der Recherche im Internet. Schnell wird mir klar, dass Hochbegabung facettenreich und somit ein Thema ist, das man nicht mal eben durchlesen und abhaken kann. Die Veranlagung zeigt sich vor allem bei Kindern auf ganz unterschiedliche Weise und wird oft fehlinterpretiert. Hochbegabte kommen häufig in ihrer Umwelt nicht zurecht, fühlen sich oft unverstanden und einsam. Sie sind gleichaltrigen Kindern weit voraus, Interessenunterschiede führen zu sozialer Isolation.

Mein Atem geht hektisch und stoßweise.

In der Schule kann Hochbegabung wohl dazu führen, dass der Unterricht gestört oder die Arbeit komplett verweigert wird. Einige Kinder zeigen ein aggressives Verhalten. Vorschriften und Regeln werden kritisch hinterfragt und bieten Anlass zu Diskussionen. Eine Unterforderung kann mit psychosomatischen Beschwerden wie Bauchschmerzen oder Kopfschmerzen einhergehen …

Benommen sitze ich da und starre auf die Zeilen. Der Artikel und auch ein paar andere Berichte, die ich förmlich inhaliere, könnten 1:1 von meiner Schwester handeln. Beinahe jeder Satz trifft auf Ina zu, und ich werde in meinen Gedanken weit in die Vergangenheit zurückversetzt.

Warum haben Mama und Papa nichts bemerkt? Das ist die

Frage, die für mich über allen anderen steht. Weshalb sind sie der Sache nicht auf den Grund gegangen, als Ina plötzlich jähzornig wurde? Dass sie alles und jeden infrage gestellt hat und sich von niemandem mehr etwas sagen ließ? Und was war mit unseren Lehrern? Warum haben die nicht realisiert, was vor sich ging?

Ich lese noch zwei weitere Artikel, doch irgendwann kann ich es nicht mehr aushalten. Ich suche mir ein paar frische Sachen zusammen und springe unter die Dusche. Aber auch hier rattert es in meinem Hirn unentwegt weiter. Seit wann weiß Ina, was mit ihr los ist? Warum hat sie mir nichts davon gesagt? Ist Papa inzwischen im Bilde?

Kein Wunder, dass meine Schwester dermaßen rastlos war! Auch die älteren Freunde ergeben plötzlich in meinen Augen einen Sinn. Am liebsten würde ich sofort zu meinem Vater stürmen und ihn geradeheraus auf das Thema ansprechen.

Nachdenklich rubbele ich mich trocken, schlüpfe in Jeans-Shorts und einen luftig gestrickten Oversized-Pullover und mache mich barfuß auf den Weg in die Küche. Auf halber Strecke bremse ich jedoch ab, weil ich laute Stimmen vernehme. Sie scheinen von der Veranda zu kommen, sind aber in der gesamten unteren Etage zu hören.

«Wie bitte?», ruft Neni entrüstet. Ihr Tonfall klingt drei Oktaven höher als normalerweise. «Es kann unmöglich dein Ernst sein, dies alles», es entsteht eine kurze Pause, «so einfach mir nichts, dir nichts wegzuschmeißen!» Eine Schrittfolge deutet daraufhin, dass sie im Raum umherwandert. «Es steckt so viel Liebe darin. Und Arbeit. Mal abgesehen von den vielen Erinnerungen …», sie scheint im hinteren Teil der Veranda angelangt zu sein, sodass ich den Rest des Satzes nicht mehr höre.

«Neni!» Das ist Toms Bariton. Auch er wirkt aufgebracht. «Reg dich bitte nicht so auf. Es war doch nur ein Vorschlag», höre ich ihn sagen. «Niemand will leichtfertig etwas wegschmeißen.»

Verschämt trete ich von einem Bein auf das andere. Ich sollte besser verschwinden, das hier ist eine Privatangelegenheit und geht mich nichts an. Nur leider wüsste ich zu gern den Grund, aus dem die beiden dermaßen aus der Haut fahren.

«Ach ja?» Neni läuft weiterhin umher. «Und wie würdest du es nennen?» Ihre Stimme wird dumpf. Hört sich an, als suche sie etwas in den Tiefen eines Schranks. «Du willst alles verändern. Und mich dabei praktisch übergehen.»

Kurz herrscht Stille.

Ich stehe mucksmäuschenstill auf meinem Fleck im Flur und bete inständig, dass keiner der beiden plötzlich herausstürmt und mich beim Lauschen überrascht.

«Eben weil ich dich nicht übergehe, führen wir diese Diskussion, Neni. Denk doch bitte mal nach. So wie momentan kann es nicht ewig weitergehen. Du bist viel zu einsam hier draußen, das beklagst du doch selbst. Aber weil du emotional … Also, deshalb muss ich es zwangsläufig entscheiden. Ich würde darum vorschlagen, dass du …», diesmal rauscht die Kaffeemaschine, «und wir den … verkaufen.»

Ich halte die Luft an. Für den Bruchteil einer Sekunde dachte ich, er habe «Hof» gesagt. Was totaler Bullshit ist, denn erstens habe ich das Wort wirklich nicht gehört, und zweitens würde Tom niemals eine derart abwegige Idee äußern.

Ich denke noch einmal scharf nach. Vielleicht hat er Kram gesagt. Das würde insofern Sinn ergeben, als dass die beiden vermutlich über Inas Vorrat an eingelegtem Gemüse sprechen. Und im Keller müsste in der Tat mal jemand aufräumen.

«Bist du von allen guten Geistern verlassen?» Neni klingt, als kämpfe sie mit den Tränen. Ein ganzer Satz wird vom Rauschen des Wasserhahns überlagert, dann höre ich Neni wieder: «Ich mag gar nicht daran denken, was Ina dazu sagen wird. Sie hat ja dann kein ...» Sie senkt die Stimme, möglicherweise aus Respekt vor meiner Schwester. «... viel zu viel Stress ...»

Mehr kann ich beim besten Willen nicht verstehen. Aber der Bezug zu Ina erscheint mir schlüssig. Es dreht sich tatsächlich um ihre Gläschen. Tom wollte sie erst wegschmeißen und nun verkaufen, und jetzt hat Neni Bedenken. Verständlich, schließlich gehört das Zeug de facto Ina. Aber würde sie einem Verkauf nicht zustimmen? Sie weißt ja auch, dass die Sachen verderblich sind, und man schmeißt doch keine Lebensmittel weg. Klar bedeutet das Stress und vor allem Arbeit, auch da gebe ich Neni recht. Aber das ist ein Problem, für das sich ganz sicher eine Lösung findet.

Die beiden haben ihre Stimmen inzwischen so sehr gedämpft, als ahnten sie, dass es einen Lauscher im Flur geben könnte. Ein paar Argumente werden noch im Flüsterton hin und her gegeben, dann fliegt plötzlich die Küchentür auf, und Tom prescht hervor. Mit hochrotem Gesicht und zusammengekniffenen Augen hätte er mich beinahe umgerannt.

Ich stoße einen kurzen, spitzen Schrei aus, und Tom bremst ab. Entgeistert starrt er mich an.

«Hey ...», sage ich und knibbele übersprungsartig einen Fussel von meinem Pullover. «Du ... äh ... bist ja schon zurück. Ich meine, ich dachte ... Du wolltest doch zu Ina, oder?»

Ich könnte mich ohrfeigen. Dafür, dass ich hier noch immer herumlungere, aber ebenso für den dämlichen Spruch. Nur ist mir auf die Schnelle leider nichts Besseres eingefallen.

Tom sieht mich noch immer an, als stünde ein Geist vor ihm. Doch ganz langsam besinnt er sich. Ein flüchtiger Blick gilt meinen Beinen, dann blickt er mir ins Gesicht. «Mimi und ich waren bei ihr. Aber jetzt ist es Zeit fürs Abendessen, wir haben neunzehn Uhr.»

Überrascht schaue ich auf die Uhr. Du liebe Zeit! Habe ich mich so lange mit Google aufgehalten?

Toms Mimik wird weich. Erschöpft und ratlos steht er vor mir. Unter seinen Augen liegen dunkle Ränder, und es haben sich tiefe Falten in seine Stirn gegraben. Doch mit einem Mal huscht der Anflug eines Lächelns über sein Gesicht.

«Sag mal ...» Er denkt kurz nach. «Vielleicht ist ein gemeinsames Abendessen hier gerade keine gute Idee. Hättest du stattdessen Lust auf einen kleinen Snack plus Sundowner? Irgendwo am Meer?» Mit einem mehr als verzweifelten Gesichtsausdruck sieht er mich an. «Ich muss hier dringend raus.»

«Sundowner ... hicks ... am Meer? Du meinst das ... hicks ... Wasser und ...»

«Ja», sagt er belustigt, «davon spreche ich. Von dem Wasser im Meer.»

Ich fühle mich dermaßen blamiert, dass ich am liebsten wie ein trotziges Kind auf mein Zimmer laufen und mir die Decke über den Kopf ziehen würde.

«Du müsstest dir nur Schuhe anziehen», meint Tom. «Auch wenn deine Füße sehr hübsch anzusehen sind.»

«Also das ... hicks ... geht klar.» Mannomann, was bitte schön ist denn mit mir los?

Tom sieht auf seine Armbanduhr. «Treffen wir uns in einer halben Stunde an meinem Auto?»

Bevor ich antworten kann, kommt mir ein Gedanke. «Aber mein Vater ... Also, ich weiß nicht, eigentlich ist es ja unser Urlaub. Und nun hat er diese Gehirnerschütterung, und es geht ihm nicht gut und ...»

Tom schaut mich einen Moment so intensiv aus seinen dunklen Augen an, dass ich fürchte, er komme mir mit schlechten Nachrichten in Bezug auf Papa. Doch stattdessen sagt er: «Neni und Mimi werden sich ganz sicher über seine Gesellschaft freuen. Und meine Oma könnte zu späterer Stunde ihrem Herzen Luft machen und ihre Wut auf mich mit jemandem besprechen. Nebenbei bekommt er garantiert etwas Leckeres zu essen. Glaub mir, ihm wird es hier an nichts mangeln.»

Ich denke an den Mangold und Inas eingelegtes Gemüse und weiß, dass er recht hat. «Okay», sage ich, «dann treffen wir uns wie vereinbart beim Auto.»

Ich beschließe, zuerst Neni zu fragen, ob sie auch wirklich mit meinem Vater zu Abend essen mag. Bei meinem Eintreten steht sie mit hochrotem Gesicht am Küchentresen und ist offenbar noch immer ziemlich geladen. Ich will schon den Rückzug antreten, da winkt sie mich herein. «Hab keine Angst, ich habe mich nur gerade etwas aufgeregt, aber jetzt ist es wieder gut.» Sie ringt sich ein Lächeln ab.

«Ich möchte nicht stören …», sage ich zaghaft. «Aber … ich wollte dich fragen, ob es okay ist, wenn ich dich mit Papa und Mimi allein zu Abend essen lasse.» Dass ich mit Tom verabredet bin, verschweige ich lieber. «Du wolltest ja den Mangold zubereiten, und ich möchte nicht undankbar sein, darum …»

Neni kommt auf mich zu und streicht mir über die Arme. «Aber gern, Liebes. Und mach dir um deinen Vater keine Sorgen, er bekommt etwas Gesundes zu essen, und später helfen wir ihm bei der Treppe.»

Ich schenke ihr ein dankbares Lächeln. «Prima! Dann springe ich schnell raus und sage ihm Bescheid.»

Mein Vater sitzt noch immer in der Hollywoodschaukel und telefoniert. Als er mich sieht, legt er auf. Ich erzähle ihm kurz von meiner Verabredung, und er ist sofort entzückt, dass ich etwas vorhabe.

«Mach nur, Ellimaus, ich komme klar. Wir sehen uns morgen zum Frühstück!», flötet er.

Ich seufze erleichtert. «Bitte sei vorsichtig beim Treppensteigen», ermahne ich ihn. «Und kein Straßennamen-Bingo!» Ich zwinkere ihm im Gehen vielsagend zu.

Dann düse ich in mein Zimmer, schlüpfe eilig in ein paar Sandalen, tusche flüchtig meine Wimpern und trage einen Klecks Rouge auf. Hätte ich mir vorhin doch nur die Haare geföhnt!, stöhne ich innerlich. Sie tanzen wirr um meinen Kopf herum und wollen sich partout nicht bändigen lassen.

Eine Weile versuche ich es dennoch, gebe aber irgendwann genervt auf. Schließlich ist dies kein Date, sondern ein Abend, der Tom auf andere Gedanken bringen soll. Es dürfte ihm egal sein, wie es um meine Frisur bestellt ist.

Mit meiner Tasche um die Schultern und einer Windjacke im Gepäck stehe ich schlussendlich halbwegs pünktlich am vereinbarten Treffpunkt.

Tom sitzt schon im Wagen. «Los geht's?», erkundigt er sich, als ich einsteige, und startet den Motor.

Wir beginnen unsere Fahrt zunächst in Richtung Keitum, nehmen dann allerdings nicht die Abzweigung zum Flughafen, sondern fahren geradeaus, bis wir die Ausläufer von Westerland streifen. Inzwischen erscheint mir der Weg fast vertraut, die Sonne hängt tief, wie ein müder gelber Klecks, der vor uns in den Horizont zu fließen scheint.

Tom biegt nach links. Die Straße wird breiter und führt vierspurig Richtung Hörnum.

Ich recke meinen Hals, doch das Meer ist nirgendwo zu entdecken, wir könnten im Grunde überall unterwegs sein. Doch dann, plötzlich, blitzen Dünen hervor. Sie erstrecken sich bis zum Straßenrand und winken mit ihren blassgelben, dünnen Armen, als wollten sie uns den Weg weisen.

Die Fahrbahn verengt sich, irgendwann taucht rechter Hand ein Restaurant auf. Ein winziges Reetdachhaus mit einer hübschen Außenterrasse, die sich irgendwo in den Dünen verliert.

Kleiner Seeigel, lese ich auf einem Schild über dem Eingang. Der Name sagt mir irgendetwas. Nur was?

Von der Gästeschar kann man größtenteils nur die Köpfe hervorlugen sehen, so tief wurde das Haus in die Dünen gebettet. Tom hat das Tempo gedrosselt, fährt jetzt Schrittgeschwindigkeit und hält schließlich halb schräg neben der Fahrbahn auf dem Sandstreifen.

«Ich bin nur kurz weg. Wenn die Polizei kommt, fährst du am besten so lange hin und her, bis ich zurück bin», sagt er mit einem Augenzwinkern und deutet beim Aussteigen auf den Schlüssel, den er im Zündschloss stecken lässt. Als er meinen entsetzten Gesichtsausdruck bemerkt, grinst er. «Das war ein Witz. Ich rechne nicht damit, dass jemand sich beschwert.» Mit diesen Worten steigt er aus und verschwindet gleich darauf im Restaurant. Ich bin baff.

Während ich noch überlege, ob er jetzt allein essen geht oder was um alles in der Welt er macht, höre ich auch schon die hintere Wagentür aufspringen.

«Keine Vorkommnisse», erkläre ich Tom, der irgendwas auf den Sitz hievt. «Ich wäre aber ganz sicher nicht vor der Polizei geflohen, sondern hätte dich herausgehupt», informiere ich ihn grinsend. Und als er wieder eingestiegen ist, füge ich hinzu: «Ich will es mir unter keinen Umständen mit den Sylter Ordnungshütern verderben. Nicht ehe ich die gesamte Insel gesehen habe.»

«Scheint, als habe ich ziemliches Glück gehabt.» Tom schielt mich grinsend von der Seite an. «Nicht auszudenken, wenn ich die Nacht im Gefängnis hätte verbringen müssen.» Er startet den Motor, blinkt und lenkt den Wagen auf die Straße zurück.

«Es gibt ein Kittchen auf der Insel?» Ich bekomme große Augen.

«Na klar, was glaubst du denn? Wir sind doch hier nicht fernab jeglicher Zivilisation.»

«Musstest du etwa schon mal dort einsitzen?» Als er reuevoll nickt, falle ich fast vom Glauben ab. «Echt jetzt?»

«Wie du weißt, habe ich auf Sylt meine Kindheit verbracht. Und als Jugendlicher die Ferien. Ich war mal ein ziemlicher Draufgänger.»

«Etwas Ähnliches hatte ich befürchtet», seufze ich. «Allerdings kann ich mir überhaupt nicht vorstellen, was man auf dieser beschaulichen Insel anstellen muss, um die Nacht im Knast zu verbringen.»

Belustigt lasse ich mich tiefer in den Sitz sinken. Mein Blick gleitet hinüber zu seinen gebräunten Armen und den kräftigen Händen, die souverän das Lenkrad steuern. Ein paar abgeheilte Schrammen sind auf den Handrücken zu erkennen, die vielleicht vom Reparieren der Zäune stammen.

«Ich weiß ehrlich gesagt gar nicht, ob es damals schon ein echtes Gefängnis gab», gesteht er und beißt sich beschämt auf die Lippen. «Ich und ein Kumpel mussten auf dem Feldbett des Dorfpolizisten in dessen Büro schlafen, bis uns am nächsten Tag unsere Familien abholten. Wir hatten ein paar Bier zu viel und zu später Nacht laut Lieder gesungen.» Er zuckt mit den Schultern. «Das war alles.»

«Ach so, dann bist du ja gar kein echter Haudegen», necke ich ihn. «Angeber!»

Tom lacht. «Heutzutage bin ich das ganz sicher nicht mehr», sagt er mit leisem Bedauern in der Stimme. «Zu viele Verpflichtungen. Neni, der Job und jetzt auch noch Ina und Mimi – ich fühle mich verantwortlich.»

Wir fahren nur eine kurze Strecke, dann setzt Tom den Blinker und stoppt auf einem schmalen, provisorischen Parkplatz. Links und rechts sind Dünen, kein Mensch weit und breit.

«Da wären wir.» Er löst seinen Gurt und springt aus dem Wagen. Dann öffnet er die hintere Tür und greift sich eine rucksackartige Tasche.

«Nämlich wo?» Ich bin ebenfalls ausgestiegen und beobachte sein Treiben. «Gibt es eine Bar hinter den Dünen?»

Er schüttelt den Kopf. «Besser.»

Irritiert kneife ich die Augen zusammen. Was könnte schöner sein, als direkt am Meer einen Sundowner zu sich zu nehmen? So wie es geplant war.

Tom sieht mich an und grinst. «Wir picknicken!»

19. Kapitel

«Kann ich vielleicht helfen?», erkundige ich mich schuldbewusst, als ich sehe, was für ein Taschenmonster Tom auf dem Rücken trägt.

«Auf keinen Fall!» Er wartet, dass ich ihn überhole. «Als Nächstes wirst du mir noch anbieten, an meinem Wagen die Räder zu wechseln.» In seinen Worten schwingt Belustigung mit. «Achte einfach nur auf den Weg. Bis wir am Strand sind, ist es ziemlich steinig.»

Grinsend stapfe ich weiter. In der Tat muss ich mit meinen Sandalen höllisch aufpassen, um nicht zu stolpern oder umzuknicken. Ich atme auf, als wir den Holzbohlenweg erreichen, der mit sanfter Biegung über die Dünen führt. Sofort streife ich mir die Schuhe von den Füßen, verbinde die Riemchen miteinander und lasse das Paar über meine Tasche baumeln.

Es ist ein Phänomen, aber kaum dass meine Fußsohlen die Bretter berühren, läuft mir ein wohliger Schauer über den Rücken. Das Holz hat die Hitze des Tages gespeichert und gibt sie bei jedem Schritt wie eine lauwarme Fußbodenheizung an meine Füße ab. Meine Muskeln beginnen automatisch, sich zu entspannen, und ich kann nicht umhin, leise zu seufzen.

«Alles okay?», erkundigt Tom sich.

Seine dunklen Augen stehen im direkten Kontrast zum goldfarbenen Dünengras, und ich muss mich zwingen, meine Aufmerksamkeit zurück auf den Weg zu lenken.

«Mir geht's gut», sage ich, obwohl mir gerade das Herz vor Freude bis zum Hals schlägt und ich etwas kurzatmig bin.

Bedächtig stapfen wir weiter. Auf dem höchsten Punkt der Düne angelangt, bleibt mir dann allerdings endgültig die Luft weg. Wir sind kurz stehen geblieben, um uns zu orientieren, das heißt, Tom überlegt laut, in welche Richtung wir weitergehen sollen, während ich stumm und ergriffen die Aussicht betrachte. Genau genommen gibt es gar nicht viel zu sehen, nur cremefarbenen Sand, schieferblaues Meer und einen Abendhimmel, der in allen erdenklichen Lilatönen leuchtet. Das Farbspiel präsentiert sich so überwältigend schön, dass es mir vollkommen gleichgültig ist, in welche Richtung wir laufen. Hauptsache, der Weg ist nicht weit, damit ich mich bald setzen und den Himmel in Ruhe betrachten kann.

«Ich wusste ja, dass der Abend schön werden würde», sagt Tom mit einem belustigten Lächeln auf den Lippen, «aber das Panorama heute ist in der Tat ein besonderer Hingucker.» Er amüsiert sich noch immer über meine Sprachlosigkeit. «Also», fragt er, «rechts oder links entlang? Linker Hand scheint mir der Strand schöner zu sein, dafür ist rechts weniger los.»

Schulterzuckend sehe ich ihn an. «Ehrlich, mir ist es einerlei, der Himmel ist von überall sichtbar, und die meisten Badegäste scheinen sich längst verabschiedet zu haben.» Ich kann mich gerade *wirklich* nicht entscheiden.

Tom strafft die Schultern und wendet sich nach links. Ich folge ihm guter Dinge.

Wir finden ein ruhiges Plätzchen kurz unterhalb der Dünenbegrünung, wo ich mich sofort mit einem übermütigen Glucksen in den noch sonnenwarmen Sand plumpsen lasse.

«Moment!» Er zerrt den Rucksack von seinem Rücken, öffnet den langen Reißverschluss, und zum Vorschein kommt zunächst eine dünne karierte Baumwolldecke, die er sorgfältig ausbreitet.

Ich habe schon seit Ewigkeiten nicht mehr gepicknickt und kann gar nicht fassen, wie gut er in der kurzen Zeit alles geplant hat.

«Darf ich jetzt?», frage ich, nachdem ich geholfen habe, die Decke gerade zu zupfen. Seine Antwort warte ich gar nicht erst ab. Im Schneidersitz nehme ich inmitten der Karos Platz, recke Tom aber helfend meine Hände entgegen. Fasziniert begutachte ich alles, was er nach und nach zutage befördert. Der Rucksack scheint gleichzeitig als Kühltasche zu dienen, denn alles, was er hervorzaubert, ist perfekt temperiert.

«Hast du sämtliches Essen gerade eben in dem Restaurant gekauft?», erkundige ich mich staunend. «Wie konnten die das dermaßen schnell zusammenstellen?»

Tom schenkt mir einen generösen Blick. «Ich war so frei, es telefonisch vorzubestellen.»

Wow. Ich überspiele meine naive Frage, indem ich mich darauf konzentriere, das Besteck, das er mir entgegenstreckt, zu verteilen. Außerdem falte ich zwei Stoffservietten. Zu guter Letzt zaubert Tom zwei feste, quadratische Pappschachteln hervor, von denen er mir eine überreicht.

«Voilà», sagt er, «das Wichtigste: einmal gemischte Platte für jeden.»

Er öffnet den Deckel für mich, und ich staune nicht schlecht, als eine Vielzahl kleiner Häppchen zum Vorschein kommt, allesamt unterschiedlich belegt und mit buntem Gemüse garniert. Ich zähle fünfundzwanzig Schnittchen. Avocado, Krabben, Gemüsedips, Ziegenkäse, Tomate-Mozzarella und vieles mehr.

«Himmel!», jauchze ich. «Das ist … mal ein fürstliches Picknick.»

Er sieht mich an und lächelt.

Ich gebe das Lächeln zurück, halte seinem Blick einen Moment stand, dann schaue ich verlegen auf meine Box. «Ich habe ziemlichen Hunger», plappere ich drauflos und stibitze sogleich ein winziges Gürkchen aus der Dekoration. «Und das, obwohl wir so ein üppiges Mittagessen hatten.»

Während ich kaue, überlege ich, ob es wirklich erst heute gewesen ist, dass wir bei Rob im Strandkorb gesessen und Bowls gegessen haben. Es kommt mir vor, als läge das Essen bereits Tage zurück.

«Du weißt doch, was man über Seeluft sagt», erwidert Tom.

Und ich ergänze: «Sie macht hungrig.»

«Genau. Also lass es dir schmecken.»

Sofort mache ich mich über ein Avocado-Häppchen her. Aus dem Augenwinkel sehe ich, wie Tom zwei kleine Flaschen mit Bügelverschluss hervorholt.

«Selbst gemachte Limonade», erklärt er, «magst du?»

«Supergern!»

Wir lassen zünftig die Flaschen gegeneinanderklingen und prosten uns zu. Ich weiß ja nicht, was ich erwartet habe – vermutlich aromatisiertes Zuckerwasser, das nach Farbstoffen schmeckt –, doch diese Brause ist der Hammer. Selten habe ich etwas getrunken, das derart lecker und erfrischend ist.

«Rosmarin mit Grapefruit», informiert mich Tom. «Das stand zumindest auf dem Kühlschrankfach, aus dem ich sie eben im Restaurant genommen habe. Die haben dort Getränke, die man sich an den Strand mitnehmen kann. Die meisten davon hat Ina hergestellt.»

Ich schaue ihn überrascht an.

«Das Restaurant eben war *Der kleine Seeigel*, von dem ich dir erzählt habe. Der Laden, in dem sie arbeitet.»

Ach, darum kam mir der Name bekannt vor. Allerdings …

«Ina macht auch Limonade?», frage ich. «Gibt es etwas, das sie nicht kann?»

«Du weißt ja wirklich wenig über deine Schwester …»,

kommentiert Tom meinen staunenden Blick. Er deutet auf den Rucksack hinter sich. «Auch diese moderne Art der Picknickkörbe war ihre Idee.»

Ich bin baff. In der Tat scheint es immer mehr zu geben, dass ich nicht von Ina weiß.

Wir essen schweigend und hängen dabei jeder unseren Gedanken nach. Ich schätze, Tom blickt zurück auf den Streit mit Neni, denn ein Schatten liegt auf seinem Gesicht, und er hat die Stirn in ziehharmonikaartige Falten gelegt. Ich hingegen denke an meine Schwester und ihr großes Hobby.

«Ina kocht ja offenbar viel und gern», sage ich irgendwann nachdenklich und durchbreche damit die Stille. «Neni meinte, ihr schafft es kaum, das viele Eingemachte zu essen, das Ina so fabriziert?»

Tom, der gerade einen tiefen Schluck aus seiner Flasche genommen hat, schaut mich überrascht an. Er schluckt und sagt: «Äh … ja. Das ist wahr.»

«Ich war gestern im Keller und habe die Regale gesehen», erläutere ich meinen Gedankengang, «da hat sich in der Tat einiges angesammelt.»

In Toms Blick lese ich Resignation, als er sagt: «Ich fürchte, auf dem Karsenhof läuft gerade ziemlich viel schief.» Er nimmt einen weiteren Schluck Limonade und seufzt. «Ich habe nur leider nicht den leisesten Schimmer, wie ich es geraderücken könnte.»

Ich ahne, wovon er spricht, schließlich habe ich genug von seinem Streit mit Neni mitbekommen.

«Ich habe vorhin euer Gespräch unfreiwillig belauscht», sage ich behutsam und bete, dass er nicht sauer wird. «Als es genau um dieses Thema ging.»

Tom sieht aus, als könne er mir nicht ganz folgen. Er hat das Kinn vorgereckt und streicht sich geistesabwesend darüber.

Vielleicht ist er auch nur verlegen, denke ich. So gut kenne ich ihn ja nicht. Also spreche ich weiter.

«Könnte sein, dass ich eine Idee habe, wie ihr die Sorge um Inas Kochleidenschaft in den Griff bekommt.» Ich wähle meine Worte mit Bedacht, damit er sich nicht auf den Schlips getreten fühlt. «Und zwar so, dass ihr nichts wegschmeißen müsst. Denn darum ging es Neni ja wohl in erster Linie.»

«Äh …», macht Tom erneut.

«Meine Idee dreht sich um eine Art Hofladen», fahre ich unbeirrt fort. «Damit lassen sich zwei Fliegen mit einer Klappe schlagen. Neni ist durch die wechselnde Kundschaft tagsüber nicht mehr so einsam, und Inas Kochleidenschaft würde sogar ein paar Euro abwerfen.»

«Ein Hofladen?», wiederholt Tom überrascht, und ein gequälter Ausdruck macht sich auf seinem Gesicht breit. Als sei ich ihm nun doch zu nahe getreten.

«Also, das ist keine gute Idee», sagt er gedehnt, «denn eigentlich ist es eher so, dass ich beabsichtige …»

«Falls dir der Stress Sorge bereitet, den die Aktion mit sich bringt, kann ich dich beruhigen», übergehe ich seinen Einwand und strahle ihn an. «Das, was mir vorschwebt, macht so gut wie keine Arbeit. Du wirst sehen, es ist nicht schwer, eine Lösung zu finden, mit der alle zufrieden sind. Auch Ina.»

Tom lächelt schief, wirkt aber kein bisschen überzeugt. Andererseits scheint er an dem Thema aber nicht weiter rütteln zu wollen, was mir recht sein kann. Ein Schritt nach dem anderen, sonst verzettelt man sich. Erst mal sollte ich mit Neni sprechen.

Ich linse zu Tom hinüber und kann erkennen, wie es in ihm arbeitet. Er hält ja wohl nicht allen Ernstes daran fest, einfach alles wegzuwerfen, oder? Skeptisch versuche ich, seine Miene zu deuten, doch ich muss mir eingestehen, dass ich nicht den leisesten Schimmer habe, was in ihm vorgeht. Begeistert sieht er jedenfalls nicht aus. Mir hingegen gefällt die Idee eines Hofladens immer besser, und ich spüre, wie ich innerlich ganz hibbelig werde und erste Gedanken am liebsten sofort in die Tat umsetzen würde.

Gedankenverloren lasse ich meinen Blick über den Strand schweifen. Mit der Sonne haben sich auch die bunten Farben verabschiedet. Zurückgeblieben ist ein lichter, blaugrauer Himmel, der von einem orangefarbenen Band ans Meer übergeben wird.

Auch die letzten späten Badegäste haben inzwischen ihre Handtücher und die Kinderspielzeuge eingesammelt und den Heimweg angetreten. Lediglich ein paar ganz Hartgesottene planschen noch in den seichten Wellen.

«Willst du auch schwimmen?», fragt mich Tom unvermittelt und deutet mit einladender Geste Richtung Wasser. Seine Stimmung scheint sich gebessert zu haben.

«Nein danke.» Ich schüttele den Kopf. «Nach dem Essen soll man doch keinen Sport mehr treiben.»

«Du hast nur Angst, dass ich während deiner Abwesenheit die restlichen Häppchen verspeise.»

Ich schneide ihm eine Grimasse, bin aber innerlich froh, dass er mir das unfreiwillige Mitanhören des Streitgesprächs nicht nachträgt und meine Idee offenbar doch gar nicht so übel findet. Jedenfalls hat er nichts mehr dazu zu sagen oder zu meckern.

«Ich weiß ganz genau, was noch in meinem Karton übrig ist, also Finger weg!»

Wir lachen, und in diesem Moment fühle ich mich zum ersten Mal, seit ich hier auf der Insel angekommen bin, sorglos und unbeschwert. Tom schiebt seinen Karton ein Stück von sich und stützt sich seitlich mit einem Arm ab. Mit der anderen Hand spielt er im Sand. Ich beobachte seine Bewegungen, stelle mir vor, wie er mit seinen kräftigen Händen beruhigend über den

Kopf eines Hundes oder einer Kuh streicht, ehe er das Tier vorsichtig untersucht. Und dann muss ich an heute Mittag denken, als er mich kurz sanft am Ellenbogen gefasst und den Weg entlanggeführt hat. Ein Kribbeln läuft über meine Arme und verursacht eine Gänsehaut. Schnell springe ich auf.

«Ich schau mal, ob ich Muscheln finde. Oder Bernstein!» Übermütig hopse ich in Richtung Wasser.

Tom bleibt auf der Decke liegen und beobachtet mich. Eine Weile nehme ich den angespülten Schlick unter die Lupe, erspähe die ein oder andere Muschel, die mir farblich gefällt, und stecke sie in die Hosentasche. Dann stapfe ich zum Wasser und genieße den Moment, als die erste flache Welle meine Knöchel umspült, kurz dort verweilt und schließlich, bei ihrem Rückzug, am Sand unter meinen Füßen zerrt. Fast verliere ich das Gleichgewicht, gerate ins Straucheln und muss lachen, als das Wasser an mir hochspritzt.

Auf einmal steht Tom neben mir. Er hat seine Jeans ein Stück hochgekrempelt und die Sneakers ausgezogen. Ein wenig verschämt werfe ich einen Blick auf seine Füße, und ich bin erstaunt, wie glatt und gepflegt sie aussehen. Mir kommt der Gedanke, dass er eine Freundin hat. Wenn es nicht Ina ist, dann wird es eine andere Frau an seiner Seite geben. Eine emanzipierte Berlinerin vermutlich, der Sylt zu chic ist, die aber Wert auf einen Mann mit gepflegten Füßen legt. «Was ist so komisch?», fragt Tom und beäugt mich neugierig. «Warum grinst du unentwegt?»

«Gar nichts ist komisch», versichere ich und wirbele schnell herum, weil ich schon wieder lächeln muss. «Alles in bester Ordnung.»

Wortlos spazieren wir ein Stück den Strand entlang.

«Im Gegenteil: Es ist wunderschön hier – ich habe eine Menge verpasst.» Ich breite die Arme aus und spüre die sanfte Abendbrise, die meine Haut und mein Gesicht streichelt. «Ich wünschte, ich wäre schon eher hierher nach Sylt gekommen», sage ich spontan, weil mir genau das gerade durch den Kopf geht.

«Ja», sagt Tom nachdenklich. «Das wäre schön gewesen.»

Mein Herz beginnt zu flattern, als würde der Wind es forttragen wollen. Ich sehe Tom an, weiß nicht, was ich sagen oder wie ich reagieren soll.

Hat er das gerade wirklich gesagt? Oder wollte ich die Worte nur gern hören? Nervös schaue ich zu Boden und presse die Lippen aufeinander. Wenn ich jetzt ein Wort spreche, sollte mir wider Erwarten eins einfallen, wird der Schluckauf mich verraten. Zwar dürfte Tom nichts von dieser Eigenart wissen, aber er ist Mediziner. Vermutlich gibt es einen Fachbegriff für eine derartige Störung, und er ahnt sofort, was Sache ist. Auf jeden Fall würde es die Stimmung zerstören.

Seine Schritte werden langsamer, bis er irgendwann stehen bleibt.

Als ich mich zu ihm umdrehe, schaut er mich versonnen an. Eine Windbö fährt durch sein lockiges Haar, und mit seinen aufgekrempelten Hosen und den Schuhen in der Hand weiß ich plötzlich genau, wie er als Junge ausgesehen haben muss.

Tom bückt sich und hebt eine Muschel auf. Sie ist erstaunlich groß, hat noch ihre zwei intakten Schalen und schillert in allen Regenbogenfarben.

«Für Mimi», sagt er lächelnd und steckt das Teil in seine Hosentasche. «Du musst wissen, dass ihre aktuelle Lieblingsfarbe bunt ist.»

«Ja, das hört sich ganz nach ihr an», gebe ich lachend zurück. «Wobei …» Mit erhobenem Zeigefinger fuchtele ich vor Toms Gesicht herum wie eine strenge Lehrerin und erkläre: «Mimi würde nicht bunt sagen, sondern *spektralfarben*.»

Tom schlägt sich gegen die Stirn. «Na klar, du hast recht, so hätte sie es formuliert.» In Gedanken an die Kleine lächelt er.

Wir albern noch ein wenig am Strand herum, bis der Wind auffrischt und mir kalt wird. Ohne die wärmenden Strahlen der Sonne lassen die Temperaturen schnell nach, und meine Jacke hilft gegen eisige Beine leider kaum.

«Wollen wir zusammenpacken und nach Hause?» Tom deutet auf meine Oberschenkel, auf denen sich eine Gänsehaut präsentiert. Ich schenke ihm ein bibberndes Lächeln. «Ja, besser wäre es.»

Wir räumen alle Utensilien zusammen, naschen jeder noch ein Häppchen, sodass wir am Ende die Kartons ineinanderstellen können, und rollen die Decke ein. Auf dem Weg über die Dünen laufen wir hintereinanderher, und ich bleibe trotz der Kühle ab und zu stehen, um einen Blick über meine Schulter zu werfen. Aus dem Meer ist ein silbrig-grauer Teppich geworden, der fast mystisch im Abendlicht schimmert.

Am Wagen angelangt, verstaut Tom die Picknicktasche, und ich klettere auf den Beifahrersitz und streife mir die Sandalen über.

Das Radio dudelt leise, während wir durch die Dunkelheit gleiten.

Ich kann die Songs nicht zuordnen, erst als wir auf den schwach beleuchteten Vorplatz des Karsenhofs fahren, erkenne ich die hintergründige Stimme von Tom Waits. Wir halten. Tom schaltet den Motor aus, und für einen Moment sitzen wir verlegen nebeneinander und starren schweigend zum Haus.

Mein Blick gleitet über den Hof. Es dauert einen Augenblick, bis ich begreife, was bei diesem Bild nicht stimmt. Doch dann fährt mir der Schreck umso heftiger in alle Glieder: Papas Auto ist fort.

20. Kapitel

Mit zusammengekniffenen Augen starre ich durch die Windschutzscheibe, bis Tom fragt: «Was ist mit dir?»

«Äh … Moment mal.» Wie in Trance löse ich meinen Gurt, taste nach dem Griff und stoße die Tür auf. Mein Blick ist die ganze Zeit auf das Rondell geheftet. Erst als ich bereits ausgestiegen bin, drehe ich mich zu Tom und sage mit rauer Kehle: «Er ist weg! Der Wagen von meinem Vater …»

Tom steigt nun ebenfalls aus. Nachdem er sich kurz ratlos die Nasenwurzel massiert hat, beginnt er, mit der Taschenlampe seines Handys die Umgebung abzuleuchten.

Als könne man ein Auto übersehen, denke ich. Ist ja nicht stockfinster hier. «Der Wagen wurde geklaut!», rufe ich und merke selbst, dass ich etwas hysterisch klinge. «Wir müssen die Polizei alarmieren!»

Tom macht eine beschwichtigende Geste. «Beruhige dich, Ella. Wir sollten zunächst die Fakten klären und nachsehen, ob dein Vater überhaupt da ist. Möglicherweise hatte er ja Schmacht und ist mit dem Wagen los, um Zigaretten zu holen.»

Ich starre ihn an. «Papa raucht nicht.»

«Na, dann war vielleicht das Bier alle, und er ist zur Tankstelle, um …»

«Trinken tut er auch nicht.»

Tom seufzt. «Wie dem auch sei – ich schaue schnell oben nach.»

Ich zähle die Minuten, bis ich ihn im Halbdunkel über die Treppe zurückkehren sehe. «Und?», frage ich ihn schon von Weitem.

«Gute Nachrichten: Sein Zimmer ist leer.»

Ich reiße die Augen auf. «Was meinst du mit leer?»

«Na, dein Vater liegt nicht in seinem Bett. Im Bad habe ich auch nachgesehen und ebenfalls in der Küche. Er ist nicht im Haus.»

«Und was bitte schön soll daran gut sein?»

«Er ist ganz offensichtlich mit dem Wagen unterwegs. Das Auto wurde somit nicht gestohlen. Hätte mich auch gewundert. Hier auf dem Karsenhof ist noch nie etwas weggekommen.»

Was redet er denn da? «Aber … hicks … wo ist Papa denn hin? In seinem Zustand! Wäre ich … hicks … bloß zu Hause geblieben!»

Tom macht einen Schritt auf mich zu. Eine Sekunde zögert er, dann ziehen seine kraftvollen Arme mich zu sich heran. Ich will das eigentlich nicht. Ich möchte die Situation stark und souverän meistern, und vor allem beabsichtige ich, etwas zu unternehmen, nämlich Papa zu suchen.

Doch Toms Aftershave bringt mich aus der Fassung. Gegen meinen Willen sinkt mein Kopf auf seine Brust, und ich atme den Duft seiner Haut ein.

«Ich … muss meinen Vater finden», spreche ich mit leiser Stimme in Toms Shirt. «Kannst du mir dein Auto leihen? Wenn er mit seiner Gehirnerschütterung und dem Schwindel irgendwo aussteigt und stürzt …» Ich ringe nach Luft. «Oder einen Unfall baut.»

«Hey …» Tom löst die Umklammerung, schiebt mich ein

Stück von sich weg und sieht mir ernst in die Augen. «Mach dich bitte nicht verrückt.»

Er hat recht. Bloß nicht durchdrehen. Erst einmal rufe ich meinen Vater an.

Ich löse meinen Blick von Tom, um mein Handy hervorzuziehen, und wähle Papas Nummer. Es klingelt und klingelt, doch niemand hebt ab.

«Er meldet sich nicht!» Es fällt mir wirklich schwer, die Beherrschung zu behalten. Ich fühle mich verantwortlich und sollte schleunigst handeln. «Ich muss los, um …» Ich breche ab und sehe Tom flehentlich an. «Also … was ist? Leihst du mir deinen Wagen?»

Doch zu meiner Überraschung weicht er meinem Blick aus. «Nein.»

Mir klappt die Kinnlade herunter. Bis eben schien er mir ein hilfsbereiter, cooler Typ zu sein, der das Herz am rechten Fleck trägt. Sorgt er sich womöglich um sein Auto?

«Ich fahre ganz besonnen und vorsichtig, und ich habe nur Limonade getrunken, keinen Alkohol. Du kannst also unbesorgt sein.»

Tom schaut mich noch immer nicht an. Mit spürbarem Unbehagen windet er sich. Bis er irgendwann sagt: «Ich muss dir etwas erklären, Ella.»

Sein Tonfall ist dermaßen ernst, dass es mir eiskalt den Rücken herunterläuft. «Was?», frage ich beinahe tonlos. «Was willst du mir erklären?»

«Ich kann mir zwar auch keinen Reim darauf machen, wohin dein Vater verschwunden ist, aber um seine Gesundheit ist es nicht so besorgniserregend bestellt, wie du annimmst.» Er schaut mich wieder an. In seinen Augen lese ich den Anflug eines schlechten Gewissens. «Oder besser gesagt», fügt er in zerknirschtem Tonfall hinzu, «wie du glauben solltest.»

Ich starre ihn an. «Äh ... wie bitte?» Ich stehe irgendwie auf der Leitung. «Was willst du damit sagen?»

«Dass dein Vater keine Gehirnerschütterung hat. Sein Sturz war inszeniert und der hilflose Versuch, dich länger an den Karsenhof zu binden. Es kam ihm sehr gelegen, dass ich Arzt bin, darum hat er mich in ein kleines Komplott verwickelt.»

Ich verstehe immer noch Bahnhof. «Was ... hicks ... für ein Komplott?»

«Er kam hierher, damit ihr Schwestern euch versöhnt. Ihm wurde sehr schnell klar, dass sich dieser Wunsch nicht so leicht erfüllen würde. Darum hat er sich etwas ausgedacht, damit ihr mehr Zeit miteinander verbringen *müsst*.» Sein Blick ist voller Reue. «Glaub mir, Ella, dein Vater hat mich vollkommen überrumpelt. Normalerweise lasse ich mich nicht vor einen fremden Karren spannen, aber ehe ich wusste, was los war, hat Rolf mich mit seinem Charme um den Finger gewickelt. Und im Grunde wollte er ja etwas Gutes bewirken. Somit konnte ich schlecht Nein sagen.»

Ich bin immer noch sprachlos, versuche aber, die Zusammenhänge zu begreifen.

«Falls es dich beruhigt», fährt Tom fort, «Ina weiß ebenfalls nichts von dieser Schnapsidee. Es war ein spontaner Plan eures Vaters, den ich nun torpediert habe.» Er zuckt mit den Schultern. «Aber ich kann dich ja nicht voller Sorge auf die Suche nach ihm schicken.»

«Aha», sage ich, noch immer reichlich verwirrt. «Aber ... wo ist er denn nun hin?» Ich merke, wie ich langsam wütend werde. Sosehr ich mich auch freue, dass Papa gesundheitlich offenbar auf der Höhe ist – wenn man von seiner Sehschwäche und dem Sturkopf einmal absieht. Aber er kann doch nicht einfach abhauen!

«Wenn du dich aufmachen willst, um ihn zu suchen, werde

ich dich selbstverständlich begleiten», sagt Tom sofort. «Ich schätze, ich habe einiges gutzumachen. Aber bevor du mich verurteilst: Ich hatte vorgestern im Stall weiß Gott nicht viel Zeit, alles zu überdenken. Und … na ja … Also, mal abgesehen von deinem Vater, der ein echtes Schlitzohr ist, gefiel mir die Idee, dich auf diese Art näher kennenzulernen.» Er lächelt mich entwaffnend an.

Ehe ich darauf etwas erwidern kann, ertönt plötzlich Motorengeräusch. Ein Wagen rattert über den Kiesweg. Für kurze Zeit kann ich in der Dämmerung nur die Scheinwerfer erkennen, bis das Auto den Karsenhof erreicht hat. Sobald es im Rondell zum Stehen gekommen ist, sacke ich enttäuscht in mich zusammen. Es ist nicht Papas Carisma, sondern ein Taxi.

Tom und ich warten, dass jemand aussteigt, doch es dauert eine Ewigkeit, bis die hintere Tür aufgestoßen wird und ein Paar Beine erscheint. Dann folgt der Rest der Person.

Als ich Papas Schiebermütze erkenne, atme ich geräuschvoll ein. Obwohl ich eigentlich erleichtert sein müsste, kann ich mich kaum rühren. Die Neuigkeiten stecken mir noch in allen Gliedern, und ich weiß gar nicht, ob ich lachen oder weinen soll.

Wie sich herausstellt, hat mein Vater uns nicht gesehen, überhaupt scheint er nicht viel wahrzunehmen, denn er benötigt seine volle Aufmerksamkeit, leisen Schrittes über den Kiesweg zu schleichen. Wie in einer schlechten Komödie setzt er einen Fuß vor den anderen und merkt dabei nicht, wie lautstark der Schotter unter seinen Füßen knirscht. Auch das Aufheulen des Motors, als das Taxi startet, nimmt er nicht wahr. Kein Wunder, dass er das Klingeln seines Telefons nicht gehört hat!

Als würde er auf einem Drahtseil balancieren, breitet mein Vater nun die Arme aus und setzt wankend seinen Weg fort.

Fassungslos betrachte ich das Spektakel noch ein Weilchen, dann sage ich laut: «Papa?»

Er zuckt zusammen. Und schleicht weiter.

«Papa!» Mein Tonfall wird lauter. Ist er neuerdings auch noch schwerhörig? Doch wie sich herausstellt, hat er mich sehr wohl gehört.

Wie in Zeitlupe wendet er sich um. «Ach, hallo», flötet er, als würden wir uns zufällig an einem lauen Frühlingstag auf den Champs-Élysées begegnen. Und nicht mitten in der Nacht auf dem überschaubaren Parkplatz des Karsenhofs.

«Elllla!» Er strahlt mich an. «Was machss du 'n hier?»

Ich blinzele. Täusche ich mich, oder lallt er? Es kann eigentlich nicht sein, denn Papa trinkt ja keinen Alkohol.

«Was ich hier mache? Ich suche dich.» Mir brennt es auf der Seele, zu erfahren, woher er kommt, aber ich halte mich zurück. Schließlich bin ich nicht sein Vormund. «Und du?», frage ich unverfänglich. «Was machst du so?» *Hier, mitten in der Nacht, ohne Auto und mit ordentlich Promille im Blut?*

Zu meiner Überraschung hat mein Vater ausnahmsweise mal keine Reaktion parat. Während er nachdenkt, schwankt sein Körper wie eine Espe im Wind.

«Hast du getrunken?» Die Frage kann ich mir nicht verkneifen, auch wenn die Antwort auf der Hand liegt. Langsam komme ich mir vor, als sei er das Kind und ich seine Mutter.

Papa windet sich. «Nein!», ruft er entsetzt. «Nur ein klissekleines Glässchen. Haselnusssschnabbs», erklärt er und entdeckt erst jetzt, dass Tom neben mir steht. «Mussu auch mal probiern», rät er dem Doktor und macht dazu auch gleich die passende Bewegung. Er hat Daumen und Zeigefinger aneinandergelegt, führt sie zum Mund und kippt mit Schwung seinen Kopf in den Nacken. Dabei fällt die Mütze hinunter, und Papa gerät ins Straucheln.

Tom ist sofort zur Stelle. Papa grinst ihn windschief an.

«Du bist also irgendwann nach dem Abendessen auf die Idee

gekommen, allein loszufahren, um einen Schnaps zu trinken?», fasse ich noch einmal zusammen. Wenn ich eine Chance habe, seiner Geheimniskrämerei auf die Schliche zu kommen, dann jetzt. Betrunkene sprechen ja bekanntlich die Wahrheit.

Papa freut sich. «Richtig!», sagt er und scheint sich regelrecht zu feiern für diese glorreiche Idee. Aber er hat die Rechnung ohne mich, Sherlock Holmes, gemacht.

«Wenn du in der Absicht losgefahren bist, Hochprozentiges zu konsumieren, warum hast du dann das Auto genommen?», frage ich und bringe ihn damit kurz aus der Fassung.

Dann reckt er trotzig das Kinn in die Höhe. «Ich wollde ja nur *einen* trinkn», erklärt er in einem Anflug diebischer Freude über seinen genialen Konter. «Dann wurdn zwei drauss und dann drei und dann …» Er überlegt. «Weiß nich mehr. Aber ich wollde dann nich mehr fahn.»

Gute Idee. «Und wo parkt dein Auto?»

Papa blickt sich suchend um. Als er es nirgendwo erspähen kann, sagt er: «Kampn. Glaub ich.»

Tom tritt vor. «Rolf», sagt er in bemüht ernstem Tonfall und muss sich kurz das Grinsen verkneifen. Klar, für ihn wirkt mein Vater vermutlich niedlich, so wie er dasteht, die Hände in den Hosentaschen versenkt, und uns mit Unschuldsmiene ansieht. Wie ein Kind, das beim Schummeln erwischt wurde.

«Ella weiß Bescheid», gesteht Tom. «Ich musste ihr dein Geheimnis verraten, weil sie sich große Sorgen um dich gemacht hat.» Er schürzt die Lippen. «Tut mir leid.»

Mein Vater reißt die Augen auf: «Du hasses ihr gesacht? Alles?»

Tom nickt.

«Wirglich alless?»

«Wenn ich es doch sage.»

Mein Vater wird unruhig. «Auch dasss von Henri?»

Tom runzelt die Stirn. «Äh …»

«Henri?», gehe ich dazwischen. Langsam wird mir mein Vater unheimlich. «Wer bitte schön ist Henri?»

Mein Vater wirft in einer dramatischen Geste die Arme in die Luft. «Ein Engel!», ruft er gen Himmel. «Henri ist … ein Engel.» Schwankend macht er sich auf den Weg ins Haus, plötzlich scheint er es eilig zu haben. Er dreht sich nur noch ein einziges Mal zu uns um und sagt: «Ich musss jetz schlafn. Und ihr solltet das auch tun. Gude Nacht.» Mit diesen Worten wankt er zur Eingangstür.

Tom räuspert sich. Er wartet, dass ich ihn ansehe, und sagt dann: «Bevor du mich fragst: Ich habe keine Ahnung, wer dieser Henri ist. Möglicherweise nur ein Hirngespinst deines Vaters, das ihm im Haselnussschnaps erschienen ist.» Er setzt sich in Bewegung. «Ich passe lieber auf, dass dein Vater die Treppe schafft. Gute Nacht, Ella!»

Und dann bin ich allein.

Erschöpft von den Ereignissen des Tages setze ich mich auf die Holzbank zwischen den Linden. Es ist hier am Haus windstill, darum friere ich nicht. Doch selbst wenn ein Orkan tosen würde, würde ich es vermutlich nicht bemerken. Ich stecke mit meinen Gedanken bei den letzten vier Stunden und weiß gar nicht, worüber ich als Erstes nachdenken soll. Das Picknick mit Tom, das so wunderschön gewesen ist? Oder Papas Verschwinden? Und dann wären da noch das Komplott, dem ich offenbar aufgesessen bin … und Henri, der mysteriöse Fremde in Engelsgestalt. Ich habe keinen Schimmer, wem ich noch glauben soll. Für heute bin ich jedenfalls restlos bedient.

Keine Ahnung, wie lange ich so dasitze und in den Abendhimmel schaue. Inzwischen ist es stockfinster, Tausende Sterne funkeln am Himmel, als wollten sie mir zuzwinkern und sagen: alles nicht so schlimm.

Ich raffe mich auf. Oben in meinem Zimmer streife ich mir die Klamotten ab und lasse mich ermattet auf die Couch fallen. Mimi ist heute nicht hier, aber sie hat mir ein kleines Büchlein auf mein Kissen gelegt, in dem es sich um essbare Gartenkräuter dreht. Ein paar Seiten hat sie mittels Klebezetteln markiert, doch ich schaffe es nicht mehr, mir die Bilder von Vogelmiere und Giersch einzuprägen, denn schon bald fallen mir die Augen zu, und ich sinke in tiefen Schlaf.

≈

Am nächsten Morgen weckt mich in aller Herrgottsfrühe ein Hahn. Erst glaube ich, das Krähen gehöre zu meinem Traum, und drehe mich gähnend um. Doch dann meldet sich mein Unterbewusstsein – und ich schrecke hoch. Denn das Kikeriki kommt direkt aus meinem Bett!

Als ich entsetzt die Augen aufreiße, sehe ich Mimi, die bis über beide Ohren grinst.

«Aufwachen, Tante Ella, wir müssen die Tiere füttern!» In ihrer Hand hält sie ein Gerät, das, wenn sie eine bestimmte Taste betätigt, kräht wie ein Hahn. «Ich habe schon mit Mama geskypt, sie sagt, du kümmerst dich um alles, während sie weg ist.»

Ermattet sacke ich in meine Kissen zurück. «Hm-m», murmele ich, «das stimmt.» Doch statt aufzustehen, ziehe ich mir die Decke über den Kopf, woraufhin Mimi ein weiteres Mal kichernd den Hahn krähen lässt.

Ganz kurz denke ich im Stillen: Ist denn aus meiner Verwandtschaft niemand normal? Dann reiße ich mich zusammen und schlage mit Schwung die Decke zurück. «Also, was steht auf meinem Programm?»

Es hat ja keinen Zweck, ich muss hoch. Zum einen weil ich es

Ina versprochen habe, zum anderen weil mir eingefallen ist, dass ich ja heute mit Neni über meine Idee sprechen will.

Sofort bin ich hellwach. «Sind die anderen schon auf?», erkundige ich mich bei Mimi.

«Neni ist schon lange auf den Beinen», erklärt die Kleine. «Sie ist immer mit den Hühnern wach und kocht Kaffee. Seit sie es nicht mehr schafft, alle Tiere morgens zu versorgen, geht sie nur noch kurz zu den Hühnern und dann zu ihren Tomaten und spricht mit denen.» Mimi kichert. «Sie sagt, alte Leute machen das so.»

Während sie weiterplappert, blende ich mich aus, um in Windeseile ein paar Klamotten für den Tag herauszusuchen – kurze Hosen und ein Leinenhemd. Dann verschwinde ich im Bad, wo ich feststellen muss, dass ich mich gestern Abend weder abgeschminkt noch mir die Zähne geputzt habe. Angewidert verziehe ich das Gesicht.

Fünfzehn Minuten später stehe ich vor Mimi, die mich ungeduldig erwartet und in den Garten schiebt. Dank ihrer Hilfe und dem kleinen Büchlein von meinem Kissen finden wir recht schnell alle Kräuter für den Smoothie und liefern unsere Beute in der Küche ab.

Eine Handvoll Petersilie bringt Neni später mit, als sie von ihrer Tomatensprechstunde zurückkommt.

«Was übrig ist, frieren wir ein», sagt sie, wäscht Gemüse und Kräuter, schneidet alles klein und wirft es in den Mixer. Sie kippt Wasser dazu, hat noch eine Handvoll Spinat parat und startet die Maschine.

Ich beobachte sie dabei. Müde sieht sie aus. Eigentlich hatte ich sofort mit ihr über meine Idee mit dem kleinen Hofladen sprechen wollen, doch jetzt zögere ich. Vielleicht, so überlege ich, warte ich erst einmal ab, bis sie sich ein wenig gestärkt hat und, was auch ein wichtiger Aspekt ist, bis Mimi fort ist. Besser, die Kleine erfährt erst von meinem Plan, wenn er auch wirklich spruchreif ist.

Neni hat den Saft auf vier Gläser verteilt, schnappt sich eins und prostet mir und Mimi aufmunternd zu. Zögernd nehme ich einen Schluck von dem zugegebenermaßen leicht giftig aussehenden Getränk und bin erstaunt, wie gut es schmeckt.

«Das ist gesund!», werde ich von Mimi belehrt. «Superfood!»

Ich nicke. «Ja, das ist es wohl.»

Als Mimi endlich von ihrer Fahrgemeinschaft abgeholt wurde und alle Tiere gefüttert sind, spreche ich Neni zunächst auf den gestrigen Abend an. Sie sitzt mit übereinandergeschlagenen Beinen an einem Tisch in der Veranda und blättert in einer Kochzeitschrift.

«Wusstest du, dass mein Vater vorhatte, Sylt unsicher zu machen?» Neni schaut hoch und bekommt große Augen. «Wie bitte? Nein, davon wusste ich nichts. Wir haben gemeinsam gegessen und uns wunderbar unterhalten. Irgendwann wurde ich müde. Zu dem Zeitpunkt gähnte den Vater ebenfalls seit einer Weile, darum sind wir zeitig hoch in unsere Zimmer gegangen.» Sie schüttelt verständnislos den Kopf. «Ich habe fest angenommen, er würde sich schlafen legen.»

Während ich den übrig gebliebenen Saft abdecke und in den Kühlschrank stelle, versuche ich, der Sache weiter auf den Grund zu gehen. «Tja, hat er aber nicht.» Ich erzähle ihr die Geschichte von Papas Heimkehr mit dem Taxi und auch dass er dem Haselnussschnaps gefrönt hat.

Neni kann sich kaum einkriegen vor Lachen. «Was für ein Schlitzohr», japst sie. «Unfassbar. Niemals hätte ich ihm ein solches Verhalten zugetraut.» Sie schaut mich fragend an. «Weißt du denn, wo er gewesen ist?»

«Nein, er ist in letzter Zeit etwas … geheimniskrämerisch»,

erkläre ich. «Könnte aber sein, dass ein gewisser Henri eine Rolle spielt.»

Neni streicht sich über das Kinn und denkt scharf nach. Nach einer Weile zuckt sie mit den Schultern. «Nein, der Name sagt mir nichts.»

«Mir leider auch nicht. Solltest du dahinterkommen, sag mir bitte Bescheid, ja? Zurzeit benimmt sich Papa einfach sehr seltsam.»

Ich überlege, ob ich ihr die Geschichte von seiner Verschwörung mit Tom erzählen soll, entscheide mich dann aber dagegen. Zum einen weiß ich immer noch nicht so recht, wie ich mit der Sache umgehen soll. Schließlich wurde ich auf höchst befremdliche Weise hintergangen. Und zum anderen brennt mir die Sache mit dem Hofladen auf den Nägeln.

«Sag mal, Neni …», setze ich zaghaft an, «hast du kurz Zeit, dir eine Idee von mir anzuhören?»

21. Kapitel

Neugierig schaut sie mich an. «Jaa, niin Probleem, maaki ik hol'.»

Neni steht auf, merkt aber irgendwann, dass ich ihr nicht folge, sondern abwartend in der Küche stehen bleibe.

Sie lacht. «'tschuldigung, Ella», seufzt sie. «Ich wollte sagen: Kein Problem, mache ich gern!» Sie zwinkert mir zu. «Wollen wir uns zum Schnacken in die Veranda setzen?»

Fünf Minuten später haben wir jeder einen Kaffee, etwas Brot und eine Auswahl von Inas Gläschen vor uns stehen, sitzen gemeinsam in dem hübschen, hellen Raum und genießen die ersten Sonnenstrahlen, die noch etwas schüchtern durch die Scheiben blinzeln.

«Also dann», fordert Neni mich auf, «erzähl.»

Ich fackele nicht lange, sondern lege sofort los. «Ich weiß ja von dir, dass ihr Probleme mit der Überproduktion eurer fleißigen Hühner habt», setze ich an und sehe Neni nicken. «Auch Ina scheint in ihrem Schaffensdrang unermüdlich zu sein.»

Ich habe direkt den Finger in die Wunde gelegt. Neni wird hellhörig.

«Allerdings», wirft sie ein. «Ina ist nicht zu bremsen.»

«Ganz genau. Als ich neulich im Keller war, um für dich Pesto hochzuholen, habe ich das Vorratsregal gesehen», fahre ich fort. «Nicht nur die Menge der Gläser hat mich überrascht, sondern ich habe außerdem gesehen, dass das Gros der eingekochten Dinge nur etwa ein halbes Jahr genießbar ist. Ein paar Soßen halten sich vielleicht auch länger.» Ich suche Nenis Blick. «Fakt ist aber, dass ihr mit dem Aufessen nicht hinterherkommt und vermutlich regelmäßig etwas von den Vorräten wegwerfen müsst.»

Neni kaut auf der Unterlippe. Das Thema ist ihr sichtlich unangenehm. Als Kind, das in der Nachkriegszeit groß wurde, hat sie Hunger gelitten und weiß Nahrungsmittel zu schätzen.

«Ich kann Ina das Einlegen schlecht verbieten», erklärt sie, «es ist ihr Ventil, den Alltag zu meistern und Stress abzubauen. Kochen entspannt sie. Sie erfindet immer neue Kreationen, probiert Kräuter- und Gewürzkombinationen und steht manchmal ganze Nächte in der Küche.»

Ich beobachte Neni, während sie redet. Ihr innerer Zwiespalt ist ihr deutlich anzusehen.

«Darum verschenke ich bei jeder Gelegenheit ein paar Kostproben an Freunde und ...» Sie bricht ab.

Mir ist klar, warum. So viele Freunde haben sie und Tom vermutlich nicht mal zusammengenommen.

«Was hältst du davon, wenn du dir in Zukunft keine Sorgen mehr um das Verderben der Sachen machen musst, sondern sogar ein paar Einnahmen hast?»

Neni will etwas einwenden, doch ich fahre einfach fort: «Es geht dabei nicht ums Geldverdienen, da hast du vollkommen recht. Ich meine, wenn du das Eingemachte verkaufst, kannst du von dem Erlös wohl gerade mal ein paar neue Gläschen kaufen oder ab und an ein Glas Wein trinken gehen. Diesen Aspekt kann man getrost vernachlässigen.» Ich fixiere sie mit meinem Blick. «Aber Tom sagte mir, dass du dich auf dem Karsenhof manchmal einsam fühlst. Und darum wäre es doch eine gute Idee, Eier und Eingelegtes an Touristen zu verkaufen. Eine Art Hofladen.»

Gespannt halte ich die Luft an. Ich habe gesagt, was ich sagen wollte, jetzt bin ich neugierig, was Neni davon hält.

Sie hat ihr gütiges, von Falten durchwobenes Gesicht der Sonne zugewandt und hält die Augen geschlossen. Eine Weile verharrt sie in dieser Position, bis sie sich mir widmet.

«Es ist wirklich lieb von dir, dass du dir solche Gedanken machst», setzt sie an. «Schöne Gedanken sind das und klug. Allerdings», sie stößt einen tiefen Seufzer aus, «weiß ich nicht, wie das funktionieren soll.» Resigniert schaut sie mich an.

Zum Glück habe ich alles bereits ausgetüftelt und präsentiere ihr gleich mal eine Kostprobe davon: «Ich hatte mir vorgestellt, dass wir die Veranda hier als eine Art Verkaufsraum nutzen. Einen der größeren Tische könnte man als Verkaufstresen umfunktionieren, an den anderen werden die Gäste verköstigt, und zwar mit Inas selbst gemachten Spezialitäten. Kaffee und Limonade gibt es auch dazu, so können die Leute vor Ort von allem probieren und sich aussuchen, was sie kaufen möchten.» Ich führe noch ein paar Ideen bezüglich Dekoration und Werbung aus und komme zum Schluss noch einmal darauf zu sprechen, dass Neni durch dieses Projekt zwei Fliegen mit einer Klappe schlägt: Sie wird Inas Überproduktion Herr und hat ein wenig Trubel im Haus. Genauso wie sie es sich gewünscht hat.

Neni wirkt, als sei sie durchaus angetan von der Idee. Umso erstaunter bin ich, dass sie mir am Ende einen Korb gibt.

«Tut mir leid, Ella, aber daraus wird nichts.» Mit ihren wachen, hellgrauen Augen mustert sie mich bekümmert. «Ich selbst habe in den letzten Jahren immer mal wieder über etwas Ähnliches nachgedacht, aber …» Sie stockt. «… es ist unmöglich.»

«Was … spricht denn dagegen?»

Enttäuscht knispele ich an meinen Fingernägeln, als plötzlich mein Vater auf der Veranda erscheint. Mit bleichem Gesicht, die Haare von der Nacht zerzaust, sieht er in seinem kurzärmligen weißen Pyjama aus wie ein Gespenst. Stöhnend schlurft er näher.

«Kopfschmerzen?», frage ich mit einem süffisanten Unterton in der Stimme, den ich mir nicht verkneifen kann.

Er setzt seine Unschuldsmiene auf. «I wo!», wiegelt er ab. «Das kleine Schnäpschen haut doch eine Eiche nicht um.»

Gestern waren es noch unzählige Kurze, und er wirkte eher flatterhaft, wie eine junge Espe, denke ich.

«Möchtest du etwas frühstücken?»

Mein Vater verzieht angewidert das Gesicht. «Nein danke.»

Ich stehe trotzdem auf, marschiere in die Küche und schnappe mir aus dem Kühlschrank einen der Smoothies. Anschließend kehre ich auf die Veranda zurück und stelle Papa ein Glas mit der giftgrünen Flüssigkeit vor die Nase.

«Hier», sage ich und muss ein Grinsen unterdrücken, als ich seine entsetzte Miene sehe, «das wird dir guttun.»

«Was soll das sein?», fragt er entgeistert. «Ist das vom Rasenmähen übrig?» Er bläht die Nasenflügel.

Aus dem Augenwinkel kann ich erkennen, wie auch Neni sich ein Lachen verbeißt. «Lass gut sein, Ella.» Sie zwinkert mir zu. «Ich schätze, das ist nichts für deinen Vater. Bei älteren Männern löst das im Pflanzengrün enthaltene Taraxacum oftmals Herzbeschwerden aus. Das wollen wir lieber nicht riskieren.»

«Auf keinen Fall!», sage ich in gespieltem Entsetzen und will das Glas wieder an mich nehmen. Auch wenn ich von Taraxacum noch nie gehört habe, ahne ich, dass es nur ein Quatschwort ist, um meinem Vater das gesunde Getränk nahezubringen.

Und siehe da: Er grabscht nach dem Drink. «Ich bin ja noch nicht alt», erklärt er im Brustton der Überzeugung. «Und mein Hausarzt sagt immer, mein Herz ist das eines 20-Jährigen!» Gierig schüttet er sich die Flüssigkeit in den Hals.

Tja, denke ich, Papas Arzt hat ihn vermutlich das letzte Mal gesehen, als er 20 war.

«Ich beabsichtige, gleich mein Auto zu holen und dann Ina einen Besuch abzustatten», verkündet er, nachdem er sein Glas bis auf den letzten Tropfen geleert hat. Er blickt sich suchend um. «Ist da noch Nachschub in der Küche?»

«Nein, der Rest ist für deinen *partner in crime*», sage ich ein wenig boshaft.

«Wenn du zu Ina fährst, komme ich mit», erklärt Neni. «Sie fehlt mir hier!»

«Dann komme ich auch mit», verkünde ich spontan.

Mein Vater starrt uns verblüfft an. Einen Moment hat es den Anschein, als müsse er darüber nachdenken, dann seufzt er entmutigt. «Ich würde lieber allein mit meiner Tochter sprechen.» Er wirft mir einen undurchsichtigen Blick zu. «Ich habe schließlich einiges zu erklären.»

«Neni weiß Bescheid», werfe ich ein. «Im Gegensatz zu dir kann ich Geheimnisse nämlich schlecht für mich behalten.»

Gut, das stimmt nicht so ganz, denn noch immer habe ich meinem Vater nichts von Bastian und unserer Trennung erzählt. Aber das ist nur eine Frage des richtigen Augenblicks.

«Ich fahre trotzdem lieber allein.» Papa bleibt stur.

Etwa eine Stunde später hat mein Vater sich die Adresse von der Klinik geben lassen und ein Taxi gerufen.

Neni und ich sitzen wieder allein in der Veranda. Sofort kommt sie auf unser Gespräch zurück.

«Deine Idee lässt sich deshalb nicht verwirklichen, weil die wechselnde Kundschaft zu viel Trubel im Haus entstehen ließe», sagt sie mit enttäuschtem Augenaufschlag. «Ich würde mich über etwas Abwechslung auf dem Hof ja freuen, aber für Ina und Mimi wäre das nichts. Wobei …» Sie denkt kurz nach.

«Bei Mimi bin ich mir gar nicht so sicher. Ich glaube sogar, dass sie Neuem sehr aufgeschlossen gegenübersteht. Wohingegen deine Schwester es nur schwer erträgt, wenn wildfremde Menschen hier unangemeldet über das Gelände laufen. Es würde sie verstören.»

Nachdenklich und ein wenig beschämt lausche ich Nenis Worten. Im Grunde hätte ich von selbst darauf kommen können, schließlich habe ich gerade erst gestern bei Google die vielen Artikel gelesen, die sich mit Hochbegabung und Sensibilität beschäftigen. Aber eine Vorstellung, was es bedeutet, damit im Alltag konfrontiert zu werden, habe ich natürlich nicht.

«Sei nicht niedergeschlagen, Ella.» Neni lächelt mich offenherzig an. «Wir werden nach einer anderen Lösung für das Gläschenproblem suchen.»

«Und auch für die Eier.»

Ein verschmitztes Lächeln huscht über Nenis Gesicht. «Ich werde zwangsläufig regelmäßig Kuchen backen müssen.»

Obwohl ich das Thema für mich noch nicht ganz abgehakt habe, lasse ich mich von ihrem Optimismus anstecken. Letzten Endes ist es ja nicht meine Sorge, auch wenn ich nun mal gern helfe.

«Guter Plan.» Ich spiele den Ball zurück. «Sollen wir gleich damit anfangen?»

«Eigentlich liegt mir eine ganz andere Sache am Herzen», wechselt Neni unvermittelt das Thema, «vielleicht hättest du Lust, mir dabei zur Hand zu gehen?»

«Klar!» Wenn ich ihr schon mit der Ladenidee keinen Gefallen erweisen konnte, mache ich mich gern anderweitig nützlich.

Sie erhebt sich. «Aber ich muss dich warnen: Es könnte etwas Zeit in Anspruch nehmen.»

«Zeit habe ich nun wirklich mehr als genug», gebe ich zurück und werfe ihr einen vielsagenden Blick zu. «Also bitte schieß los.»

Hocherfreut nimmt mich die alte Dame bei der Hand, und gemeinsam stapfen wir in die Küche, wo wir vor dem pompösen Buffetschrank stehen bleiben. «Ich würde dieses Monster am liebsten in die Veranda verfrachten, damit wir hier endlich einen Tisch platzieren können. Vor allem im Winter, wenn es wegen der alten, undichten Fenster drüben schlecht zu heizen ist, würde ich mich gern in die Küche verziehen können.»

«Verständlich.» Ich nicke. «Aber die Gläschen und überhaupt der Inhalt soll drinbleiben?»

Neni seufzt. «Ganz genau. Dann muss man nicht ständig in den Keller, um Nachschub zu holen.»

«Na, dann.» Ich klatsche voller Schaffensdrang in die Hände. «Lass uns loslegen. Ich würde vorschlagen, dass wir zunächst in der Veranda alle Tische beiseiterücken, um Platz für den Schrank zu schaffen. Und bei der Gelegenheit auch den Boden gründlich säubern, wenn wir schon mal umräumen. Die alten Fliesen sind so wunderschön – sie sollten mehr im Mittelpunkt stehen, findest du nicht?»

Neni blickt verlegen zu Boden. «Zum Wischen komme ich leider viel zu selten. Ina putzt das restliche Haus – Küche und Veranda wollte ich übernehmen. Allerdings schummele ich manchmal und fege nur.»

Ich glaube zu wissen, was in ihr vorgeht: Sie schafft die Arbeit nicht mehr, mag es den anderen gegenüber aber nicht eingestehen. Suchend blicke ich mich um. «Wo werden noch mal Besen und Kehrschaufel aufbewahrt?»

Eineinhalb Stunden später habe ich allen überflüssigen Kram in den Garten geschafft, die Tische abgewischt, alle Beine auf Funktionalität überprüft und den Boden gefegt und geschrubbt.

Weil Neni heute mit ihrem Kreislauf zu kämpfen hat, ist sie dazu übergegangen, altes Silberbesteck, das sie in einer Kiste im unteren Teil des Buffetschranks aufbewahrt, zu putzen. Mit dem angelaufenen Silber im Schoß hat sie sich an einen der Tische gesetzt und wienert, was das Zeug hält.

«Ich wünschte, ich könnte dir mehr helfen», jammert sie, als ich mich zu ihr setze, um kurz zu verschnaufen. «Es fällt mir schwer, andere arbeiten zu sehen. Früher war immer ich diejenige, die von morgens bis abends geracker hat.»

«Und darum ist es nun an der Zeit, kürzerzutreten», beruhige ich sie. «Vielleicht sollten wir es für heute gut sein lassen?»

Sie schüttelt den Kopf und deutet mit einer Silbergabel auf die Veranda, die in neuem Glanz erstrahlt. «Ich würde mir sehr wünschen, dass wir zumindest die Sache mit dem Buffet heute noch zu Ende bringen.»

Ich bin unsicher, ob ich sie bremsen sollte. «Weißt du denn schon, welchen der Tische du in der Küche nutzen möchtest?»

«Den weißen Gründerzeittisch, der besonders gut erhalten ist», kommt es wie aus der Pistole geschossen. Dann legt sie die letzte, blank polierte Gabel zu dem restlichen Besteck und erhebt sich.

Gemeinsam überlegen wir, wo der Buffetschrank seinen neuen Stellplatz finden soll.

«Ich schlage vor, alles leer zu räumen», sage ich, «und dann versuchen wir mal, das Ding zu bewegen. Vielleicht haben wir ja eine Chance.»

Wir schnappen uns zwei Tabletts, deponieren die Einmachgläser darauf und schleppen diese schon mal mit vereinten Kräften in die Veranda.

Danach steige ich auf einen Stuhl, um auch die obersten Regale zu leeren. Doch als das Buffet komplett vom Inhalt befreit ist, wiegt es leider immer noch eine gefühlte Tonne, unmöglich, es zu zweit zu verschieben.

Resigniert sehen wir einander an. Klar könnten wir die Sachen wieder einräumen und am Abend Tom bitten, aber ohne dass wir darüber gesprochen hätten, weiß ich auch so, dass wir dasselbe denken: Wir möchten die Aktion zu einem Ende bringen.

«Komm, wir legen eine kurze Denkpause ein und trinken etwas», schlage ich vor und deute auf die Hollywoodschaukel im sonnenbeschienenen Garten.

Neni schenkt mir ein dankbares Lächeln und holt zwei Flaschen Johannisbeerschorle aus dem Kühlschrank. Wir durchqueren das Grundstück und lassen uns auf die Schaukel fallen, die zur Hälfte in der Sonne steht. Das Polster, auf dem ich sitze, hat sich aufgeheizt, sodass mir ein behaglicher Schauer über die Arme läuft, wie unter einer warmen Dusche. Sogar meine Kopfhaut beginnt voller Wonne zu prickeln. Ich lasse meinen Blick durch den Garten schweifen und kann nicht anders, als tief zu atmen und zuzulassen, dass sich ein seliges Grinsen auf mein Gesicht legt. Um uns herum surren Bienen, Vögel zwitschern, und aus einem Nistkasten seitlich am Baum dringt hungriges Gezeter. In einiger Entfernung nehme ich eine Bewegung wahr. Rocky, der Fundhund, patrouilliert träge über den Hof. Ein paar Mal senkt er schnüffelnd die Nase, dann hebt er kurz das Bein an einem Strauch und lässt sich schließlich ächzend neben dem bemoosten Strandkorb am Rondell ins Gras plumpsen.

Neni und ich stoßen auf unsere geleistete Arbeit an, trinken jeder ein paar Schlucke und lehnen uns ermattet in die Kissen zurück.

Irgendwann frage ich: «Nutzt ihr den Strandkorb gar nicht? Er steht etwas verloren in der Auffahrt.»

«Das stimmt. Er stammt noch von meinen Eltern.» Sie lächelt

gedankenvoll. «Aber auch wenn er ein paar Löcher hat, er ist aus Weide gefertigt und nach wie vor relativ stabil. Man müsste ihn vielleicht mal aufarbeiten lassen.» Sie stöhnt. «Ihn zu entsorgen, bringe ich jedenfalls nicht übers Herz.»

«Verständlich», pflichte ich ihr bei, «ich finde ihn, so wie er ist, also auch mit dem Moos, ganz wunderbar. Schade eigentlich, dass er nur so herumsteht.»

«Ich dekoriere ihn je nach Jahreszeit mit Blumen», sinniert Neni. «Zu Ostern kommen zudem bemalte Ostereier hinein, im Herbst ein paar Kürbisse. Das sieht immer sehr hübsch aus. Leider bin ich in diesem Jahr noch kein einziges Mal dazu gekommen.» Wie aus Ärger über sich selbst stößt sie ein entnervtes Seufzen aus.

Ich schweige, weil mir gerade eine Idee gekommen ist – oder vielmehr ein Ideenfünkchen: den Strandkorb dekorieren – das ist … das könnte …

Mit einem Ruck setze ich mich auf und schaue Neni auffordernd an. «Wie wäre es denn, wenn wir den Strandkorb in diesem Jahr, statt ihn zu schmücken, mit Inas selbst gemachten Köstlichkeiten bestücken? Du weißt schon, statt des Hofladens. Daneben postieren wir noch einen ausgedienten Tisch oder eine Kiste, auf der ihre Gläschen, Säfte und Essigflaschen Platz haben. Und eine Spardose, sodass daraus eine Art Selbstbedienungs-Shop wird.» Ich hole tief Luft, weil ich selbst ganz angetan bin von meiner Idee. «Auf diese Art würde Ina von den Kunden kaum etwas mitbekommen.»

Ich denke, meine Schwester könnte einsehen, dass dieses Konstrukt einen Kompromiss darstellt, und sich darauf einlassen.

Neni hat den Kopf schief gelegt und die Augen leicht zusammengekniffen. «Mmh … Wenn wir den Strandkorb noch ein Stück vom Haus weg und näher zur Straße rücken würden», überlegt sie laut, «sollte das in der Tat möglich sein.» Eine silberne Haarsträhne hat sich aus ihrem Dutt gelöst und umrahmt ihr kluges, betagtes Gesicht wie ein kostbares Gemälde. Mit einer unwirschen Handbewegung streicht Neni den Störenfried hinters Ohr. Plötzlich wirkt sie voller Tatendrang. Ihre Wangen haben den rosigen Ton frühlingshafter Blumen bekommen, und in ihren Augen liegt ein waches Funkeln. «Und einen alten Tisch oder Kisten …» Sie macht eine wegwerfende Geste, wobei sie mädchenhaft kichert. «… findest du garantiert zwischen all dem Gerümpel im Keller.»

Wir sehen uns an. Zwei Komplizen mit einem genialen Plan.

Mir kommt eine weitere Idee. «Außerdem könnte Mimi ein Hinweisschild malen, das wir an die Straße stellen, um auf den Verkaufsstand hinzuweisen. Einen Versuch wäre es doch wert, oder?»

«Absolut», sagt Neni. Aus ihrem Gesicht lese ich wilde Entschlossenheit. «Trotzdem haben wir zunächst noch etwas ganz anderes zu bewerkstelligen.» Sie hebt mahnend den Zeigefinger. «Der Buffetschrank muss bewegt werden. Vielleicht kann Tom uns dabei helfen. Ich probiere mal, ihn zu erreichen. Gut möglich, dass er zufällig in der Gegend zu tun hat und sich ein halbes Stündchen Zeit nehmen kann.»

«Noch ein guter Plan!» Ich strahle sie an. Es gefällt mir sehr, sie so aktiv und lebendig zu erleben.

«Und bis er kommt, durchforsten wir schon mal den Keller, ob sich dort nicht ein geeigneter Tisch finden lässt», sagt Neni und erhebt sich. «Wollen wir?»

Ich brauche keine zweite Einladung, um durch die alten Sachen zu stöbern.

Gemeinsam gehen wir zum Haus, von wo aus Neni ihren Enkel anruft und ihm auf die Mailbox spricht. Danach stapfen wir die Treppe hinunter und schauen uns um. Neni führt mich in den vorderen Teil, den ich nur gestreift habe. Hier bietet sich uns ein Blick wie in eine fremde Vergangenheit. Alte Möbel wurden wahllos neben- und übereinandergestapelt, Holzrahmen lehnen daran, mit und ohne Bild. Leere Obstkisten bilden einen windschiefen Turm, in dessen Nachbarschaft eine Stehlampe und zwei blinde Spiegel auf ihren nächsten Einsatz zu warten scheinen. Umringt wird das Chaos von morschen Regalen, in denen alte Einmachgläser Staub ansetzen.

Mit spitzem Finger deutet Neni auf einen Tisch in hinterster Reihe, der unter einem Berg vergilbter Gardinen vergraben ist. «Das war mal mein Spültisch», erklärt sie. «Damals hatten wir in der Küche noch kein warmes Wasser, sondern mussten es aufkochen und zum Abwaschen zwei Schüsseln befüllen. Sie befinden sich in einer Schublade unterhalb der Arbeitsplatte. Vielleicht können wir den gebrauchen?»

Ich bahne mir einen Weg durch das Sammelsurium und arbeite mich bis zu dem Tisch vor. Als ich die Gardinen zur Seite lege, mache ich große Augen. «Wow! Das ist ja eine echte Antiquität!»

Neni lächelt gequält. «Ich bin ehrlich gesagt dankbar für meine schöne neue Spülmaschine. Denn was du nostalgisch findest, bedeutete für uns früher schwere Arbeit. Insbesondere wenn mal wieder zehn Erntehelfer aus der Nachbarschaft zum Essen da waren.»

«Oh weh.» Ich verziehe bedauernd das Gesicht. «Ich schätze, du hast Stunden in der Küche gestanden.»

«Allerdings! Kochen, spülen, einmachen, waschen – das volle Programm. Ich habe quasi in der Küche gelebt. Und im Garten, denn dort gab es auch immer etwas zu tun.»

Anerkennend nicke ich sie an und nehme dann den Tisch genauer in Augenschein. Er ist in der Tat alt und vollkommen eingestaubt. Unter der Dreckschicht lässt sich aber erahnen, dass er zuvor beigefarben lackiert war, auch wenn die Farbe schon zur Hälfte abgeblättert ist. «Ich hoffe, du magst das alte Teil überhaupt noch sehen?»

«Aber sicher! Immerhin *hatte* ich eine Spüle. Das konnte damals nicht jeder von sich behaupten. Vielleicht kann Tom den Tisch bei Gelegenheit überstreichen», überlegt Neni laut.

«Bist du verrückt?», rufe ich entsetzt. «Sorry, aber der Tisch ist perfekt! Und zwar genau so, wie er da steht!» In der Schublade entdecke ich die Originalwaschschüsseln aus Emaille und bin ganz verzückt.

«Hallo?», ertönt plötzlich oben eine Stimme. «Ist jemand zu Hause?»

«Tom!», ruft Neni. «Wir sind unten, im Keller.»

Wenig später hören wir, wie er die Treppen hinuntersteigt. «Was um alles in der Welt macht ihr hier zwischen dem Ramsch?», fragt er anstelle einer Begrüßung.

Ich werfe ihm nur ein knappes «Hallo» zu und stöbere danach betont interessiert in Nenis Gerümpel herum.

«Den Waschtisch hätten wir gern nach oben gebracht», erklärt Neni ihrem verdutzten Enkel. «Sollen wir mit anpacken?»

Tom starrt uns an. «Ihr habt mich hergerufen, um Müll aus dem Keller nach oben zu befördern? Hätte das nicht bis heute Abend Zeit gehabt?»

Obwohl sich auf seiner Stirn eine tiefe Falte gebildet hat, räumt er mit ein paar wendigen Bewegungen den Weg frei und mustert das antike Teil. «Ich würde vorschlagen, dass wir den anderen Krempel auch gleich mit aussortieren und auf den Schrott geben. Hier muss dringend mal klar Schiff gemacht werden.»

Neni und ich tauschen einen kurzen verschwörerischen Blick aus. «Der Tisch soll nicht auf den Müll, sondern in den Garten», erklärt sie.

Tom hält inne und wirkt nun noch einen Tick verständnisloser. «In den Garten? Wie … äh … wieso das denn?»

«Erzähl ich dir nachher.» Neni macht ein geheimnisvolles Gesicht. «Ella hatte eine sehr gute Idee, und dafür benötigen wir die alte Spüle.»

Er sieht mich streng an. Was ich reichlich daneben finde, schließlich war er es ja, der wollte, dass Inas Zeug wegkommt. Aber vermutlich hat er den Zusammenhang noch nicht begriffen.

Neni hält es nicht länger aus. «Wir verkaufen Inas Gläschen und auch den selbst gemachten Tee und das Kräutersalz», platzt sie doch mit den Neuigkeiten heraus, und ich ergänze: «Außerdem den Überschuss an Eiern.»

Während Tom mit verkniffener Miene das Möbelstück nach oben befördert, schnappe ich mir noch schnell einen großen alten Topf, in dem man früher wahrscheinlich Wäsche gewaschen hat, sowie eine antike Backform aus Stahlblech.

«Was willst du nur mit den ollen Plünnen?», fragt Neni. «Da hat sich doch schon Rost draufgelegt.»

Ich grinse sie an. «Umso besser.»

Oben steht Tom auf der Veranda neben dem Waschtisch und sieht nicht sonderlich begeistert aus. «Was soll das alles?», zischt er mir zu, als Neni kurz in der Küche verschwindet, um Eimer und Lappen zu holen. «Welche Flausen hast du meiner Oma in den Kopf gesetzt?»

Ich bin ein bisschen pikiert, weil er diesen unfreundlichen Ton an den Tag legt. Sein Komplott mit Papa war ja wohl keinen Deut besser. «Was ist dein Problem?», zische ich zurück. «Wir haben doch gestern erst darüber gesprochen, dass ihr es kaum schafft, das viele Eingemachte zu essen, das Ina so fabriziert.» Ich erinnere ihn wortwörtlich an unser Gespräch. «Du meintest außerdem, dass hier auf dem Hof gerade einiges schiefläuft.

Und ich hatte dir eine Lösung versprochen.» Ich breite die Arme aus. «Das ist sie! Eine Art Selbstbedienungsladen.»

Während Tom in etwa so dreinschaut, als hätte ich ihm noch fünf Lamas und vier Antilopen auf die Koppel gestellt, eilt Neni mit strahlendem Gesicht herbei. Sie stellt die Putzutensilien ab und nimmt ihren Enkel kurz in den Arm. «Ich weiß, du hattest andere Pläne, aber ich ...» Sie hebt die Hände zum Himmel. «Ich glaube, diese Lösung hilft uns allen. Auch Ina.»

Toms Gesichtszüge wirken wie erstarrt, und ich schrecke regelrecht zurück, als er mich böse ansieht. Etwas scheint ihm gehörig gegen den Strich zu gehen, womöglich haben wir uns missverstanden? Auch wenn ich mir das gar nicht erklären kann, er will doch nicht immer noch alles wegschmeißen? Das ergibt für mich gar keinen Sinn.

«Also ...» Neni fliegt förmlich durch den Raum. «Den Buffetschrank hätte ich gern auf die Veranda geschoben. Und wenn der Platz in der Küche frei wird, können wir dort endlich einen Tisch hinstellen.» Mit einem entwaffnenden Lächeln wickelt sie ihren Enkel um den Finger. «Du selbst hast im Winter bemängelt, dass es in der Veranda viel zu kalt ist.»

Ich kann sehen, wie Toms Gesichtszüge nach und nach weich werden – bis er seine Großmutter liebevoll betrachtet und wohlwollend murmelt: «Na, dann ... Wo soll ich das Buffet genau hinschieben?»

22. Kapitel

Als das Schrankmonster seinen Platz gefunden hat, greife ich mir Putzeimer und Lappen und beginne, wie im Rausch die Regalböden sauber zu wischen. Tom und Neni haben sich vor das Haus verzogen, um dort den Strandkorb in Position zu rücken, und ich bin heilfroh, dass Tom mir aus den Augen ist.

In mir brodelt eine Wut – am liebsten würde ich ihm den Putzlappen einmal quer durchs Gesicht ziehen! Was bitte schön ist in ihn gefahren? Ich knabbere immer noch daran, dass er sich hinter meinem Rücken mit meinem Vater verbündet hat. Und jetzt tritt er mir auch noch dermaßen feindselig gegenüber, nur weil er sich an seine eigenen Worte nicht mehr erinnert.

Im Nullkommanichts habe ich alles blitzblank gewischt und sogar schon den oberen Teil des Buffets mit Inas Gläschen befüllt. Dabei strukturiere ich alles ordentlich nach Art des Inhalts und dann noch nach Haltbarkeitsdatum. Was mir zu viel erscheint, sortiere ich auf ein Tablett, damit wir es später draußen für den Strandkorbverkauf nutzen.

Etwa zur selben Zeit, als ich mit meiner Arbeit fertig bin, kehren Tom und Neni zurück auf die Veranda. Mir scheint, der kurze zweisame Moment hat den beiden gutgetan, zumindest hat sich Toms Stirnfurche etwas geglättet.

Neni inspiziert den Buffetschrank und freut sich. «Wunderbar, Ella», lobt sie mich, «das sieht hervorragend aus. Jetzt bin ich gespannt, wie du den Strandkorb findest.» Sie zieht mich mit sich. «Komm, du musst sagen, wie wir alles aufstellen sollen.» Im Gehen wendet sie sich an Tom. «Könntest du dich um den Waschtisch kümmern?»

Während Tom den antiken Spültisch auf einen Möbelroller hievt und ihn durch das Haus zur vorderen Treppe karrt, schnappen Neni und ich uns das Putzzeug sowie die beiden Emailleschüsseln und marschieren durch den Garten zur Einfahrt. Erst wenn alles perfekt steht, lohnt es sich, auch die Gläschen mit hinauszunehmen.

Wie wir es uns überlegt hatten, steht der Strandkorb nun viel näher an der Hofeinfahrt. «Der Platz auf dem Grünstreifen ist ideal, weil sich genau an dieser Stelle eine dicht bewachsene Eiche zwischen die gestutzten Linden geschummelt hat», erklärt mir Neni. «Sie spendet ausreichend Schatten.»

«Perfekt!» Ich angele nach dem Wischlappen und beginne sofort, den Strandkorb sauber zu wischen. Obwohl man dem guten Stück sein Alter durchaus ansieht, wurde er im Inneren offenbar regelmäßig gewienert, auch die Fußteile sind schnell gemacht.

Wenig später rollt Tom den Spültisch heran.

«Er ist wunderschön», sage ich. «Die Türen unten werden wir am besten offen lassen.» Ich gehe in die Knie, um alles genau in Augenschein zu nehmen. «Hier dürften sogar die Essigflaschen reinpassen.» Dann springe ich wieder auf, verrücke den Waschtisch ein wenig und ziehe die Schubladen auf, um anzudeuten, wie es später aussehen könnte.

«Wie wäre es, wenn wir die Keramikschalen mit getrockneten Blüten befüllen?», frage ich Neni. «Je nach Jahreszeit mit Rosen oder Lavendel im Spätsommer, zum Beispiel. Momentan bieten sich Kräuter an. Einfach nur damit alles frisch und einladend aussieht.»

Neni nickt anerkennend. Ihre Augen strahlen mit der Sonne

um die Wette. «Hach, Ella, so schön, wie sich das anhört, fürchte ich, dass ich selbst meine beste Kundin werde.» Sie sagt es mit einem gespielten Seufzer und lehnt sich dann an die Schulter ihres Enkels. «Was meinst du, Tom? Wird das nicht eine schöne Aktion?»

Er windet sich. Doch Neni greift nach seiner Hand und drängt ihn zu einer Antwort. «Nun sag doch mal, wie findest du unseren Plan?»

«Hm», brummt er – was auch immer das zu bedeuten hat. Als er bemerkt, dass mehr von ihm erwartet wird, zwingt er sich zu einem Lächeln.

«Wir bräuchten noch ein paar Schilder», übergehe ich sein Verhalten. Warum kann er sich nicht wenigstens für seine Oma freuen? «Hinweise sind ja das Wichtigste», fahre ich unbeirrt fort und wende mich an Neni. «Wir stellen sie an der Straße auf, um für den Karsenhof zu werben.»

«Ja, das macht Sinn. Mimi könnte sie malen.» Neni lässt sich ächzend im Strandkorb nieder, massiert sich die Hände und verzieht dabei schmerzhaft das Gesicht.

Mir kommen Mimis Worte in den Sinn: *Der Arzt sagt, dass sie nicht so schwer tragen soll. Außerdem hat sie manchmal Rheuma in den Fingern.*

Mein schlechtes Gewissen rührt sich. Habe ich der alten Dame zu viel zugemutet? Tom hatte mich gewarnt, aber Neni steckte so voller Tatendrang – hätte ich ihr allen Ernstes verbieten sollen, in ihren eigenen vier Wänden mitanzupacken?

«Heute ist die Kleine allerdings nach der Schule in Wenningstedt bei einer Freundin», werde ich von Neni in meinen Gedanken unterbrochen. «Sie wollen gemeinsam backen. Ein Junge aus ihrer Klasse hat morgen Geburtstag.»

«Ach, das eilt ja nicht.» Ich winke entspannt ab. «Für heute haben wir genug getan. Du solltest dich jetzt ausruhen.»

Während Tom ohne jeglichen Kommentar die Karre wegbringt, wische ich den Spültisch aus, dann kehren auch Neni und ich zurück zum Haus, wo wir als letzte Amtshandlung den ausgewählten Tisch von der Veranda als neuen Esstisch in die Küche tragen.

«So, Feierabend», verkünde ich, nachdem ich noch schnell sechs Stühle herangebracht habe.

«Ja. Das hat nun endlich Hand und Fuß», sagt Neni zufrieden, zieht sich einen Stuhl heran und lässt sich darauf nieder. «Im Winter müssen wir jetzt nicht mehr bibbernd auf der Veranda essen, weil es dort keine Heizung gibt.» Sie schaut zu Rocky, der sich die Treppe zur Veranda hochgeschleppt hat und nun in der Küche nachschaut, ob etwas Essbares in seinem Napf gelandet ist. Als er nichts entdecken kann, legt er sich mit einem wohligen Grunzen unter den neuen Tisch.

«Sieht so aus, als habe er einen neuen Lieblingsplatz gefunden», meint Neni amüsiert. Doch als sie wieder hochschaut, hat sich ein Schatten auf ihr Gesicht gelegt. «Ich bin gespannt, was Ina zu der Veränderung sagt.» Sie blickt mich voller Zweifel an, ihre Augen sind müde. «Es wäre vielleicht am besten, wenn du ihr noch nichts erzählst, solange sie im Krankenhaus liegt.»

Dass Neni so besorgt dreinschaut, verunsichert mich. Einerseits wünsche ich mir natürlich, dass die Idee funktioniert und Kundschaft auf den Hof kommt, andererseits darf dabei nicht zu viel Betriebsamkeit entstehen – ob das funktioniert?

Tief in meinem Inneren vertraue ich jedoch darauf, dass Ina Verständnis für die Idee zeigen wird, schließlich soll sie sich weiter ihrer Leidenschaft, dem Kochen, hingeben können. Sie *muss* es einfach gutheißen.

≈

Wenig später sitzen Neni und ich gemütlich an dem neuen Küchentisch und trinken Kaffee und die Reste unserer Johannisbeersaftschorle. Tom ist wieder bei der Arbeit, sodass wir ungestört quatschen können.

Nebenbei schneiden wir Einmachetiketten in kleine Quadrate, überlegen uns Preise für Gläschen, Säfte und Tees und kleben die winzigen Schildchen schon mal auf ein paar der Deckel. Zunächst wollten wir mit dem Auszeichnen auf Ina warten, aber Neni meinte, es sei besser, wenn bei Inas Heimkehr alles fertig ist.

Während wir so einvernehmlich beisammensitzen, erzählt Neni von ihrer Kindheit. Von ihren Eltern, die sich zu Kriegszeiten auf Sylt kennengelernt haben, im Lazarett in Westerland. Sie war Krankenschwester, er Soldat.

«Du siehst, das Helfersyndrom liegt tief verwurzelt in unseren Genen», sagt sie schmunzelnd. «Ebenso wie die Selbstversorgung. Ich bin mit Gemüseanbau groß geworden, das ist kein Tüdelbüdelkram, wie er in späteren Jahren aufkam, sondern aus echter Not geboren.»

«Bestimmt waren es harte Zeiten», sage ich teilnahmsvoll. Das Thema berührt mich.

«Du liebe Zeit, was ist denn hier passiert?» Papa platzt herein. Vollkommen ins Gespräch vertieft, haben wir ihn und seinen Wagen gar nicht kommen hören. Er staunt nicht schlecht, dass wir hier sitzen und nicht wie heute Morgen noch in der Veranda.

«Deine Tochter hatte ein paar sehr gute Ideen», erklärt Neni. «Zeig ihm doch mal, wie es nebenan aussieht.»

Sofort springe ich auf, um ihm den Raum inklusive Buffetschrank zu präsentieren. Papa ist begeistert.

«Toll geworden!», lobt er und inspiziert alles gründlich, vom Fußboden bis zur neuen Ordnung im Buffet. Er kratzt sich am Kinn. «Mannomann, ich müsste zu Hause auch mal aufräumen.»

Einen Moment hängt er diesem Gedanken nach, und ich glaube zu wissen, was in seinem Kopf vor sich geht. Mamas Sachen … Papa trennt sich nur ungern von Dingen, er ist ein Sammler. Dennoch habe ich bei einem meiner letzten Besuche zufällig gesehen, dass er inzwischen vieles von unserer Mutter in Kartons gestopft und in den Keller geräumt hat. Und er hat sogar ein paar Gegenstände weggegeben, unter anderem einen alten Nähmaschinentisch, an dem Ina und ich als Kinder gespielt haben. Es war unser Allzwecktisch, diente als Verkaufstresen und verwandelte sich an anderen Tagen in eine Tankstelle oder einen Untersuchungstisch für unsere Stofftiere. Es hat mich tief getroffen, dass Papa sich ausgerechnet von diesem lieb gewonnenen Erinnerungsstück getrennt hat, ohne mich zu fragen.

Gerade inspiziert er die vielen verschiedenen Gläschen und Flaschen im Schrank. Für die Teetütchen geht er sogar in die Hocke.

«Das hat alles Ina fabriziert», sage ich, weil ich nicht sicher bin, ob er an unserem ersten Abend hier auf dem Hof Zeit hatte, davon zu kosten. Papa kommt aus dem Staunen gar nicht mehr raus. Schließlich erhebt er sich, marschiert auf mich zu und sieht mir tiefgründig in die Augen.

«Sieht so aus, als würdest du dich hier wohlfühlen.» Er streicht sanft über meinen Arm. «Denn das war schon immer eine Eigenart von dir: Sobald du dich irgendwo zu Hause fühlst, beginnst du umzuräumen.»

Ich schenke ihm ein Lächeln, hake mich bei ihm unter, und wir schlendern gemeinsam zurück in die Küche.

«Ich soll euch übrigens von Ina grüßen», verkündet er, während er sich zu Neni an den Tisch setzt und dem Hund kurz ein Ohr krault.

Nenis Blick wird wach. «Wie geht es ihr? Können wir sie bald nach Hause holen?»

Mein Vater wirkt ein wenig bedröppelt. «Ich kann euch gar nicht viel berichten», sagt er, «als ich ankam, war Ina sehr müde und ist schon bald eingeschlafen. Die Schwester konnte auch nichts Konkretes mitteilen, hielt es aber für möglich, dass man Ina zum Wochenende entlässt.»

Ich war kurz aufgestanden, um ihm etwas zu trinken aus dem Kühlschrank zu holen, verharre nun aber in meiner Bewegung.

«Also dafür, dass Ina nur kurz zu sprechen war, bist du aber lange fortgeblieben», sage ich nachdenklich. «Was hast du denn den Rest des Tages gemacht?» Ich beobachte meinen Vater mit Argusaugen. «Hast du deinen guten Freund Henri getroffen?»

Als ich ihm ein Glas Wasser vor die Nase stelle, registriere ich mit einer gewissen Genugtuung, dass Papa ein wenig blass um die Nase wird. Hat er etwa geglaubt, ich würde die Sache auf sich beruhen lassen?

«Äh … nein. Ich …» Er gerät ins Stottern. «Ich war bei … Ich bin von dort zu Fuß gegangen, um mein Auto zu holen.»

Zu Fuß? Hatte er nicht gestern behauptet, der Wagen stünde in Kampen? Ich bin zwar kein Sylt-Experte, aber einen Teil der Strecke bin ich ja von Tom mit dem Auto kutschiert worden. Von Westerland bis Kampen zu Fuß scheint mir eine Herausforderung zu sein, jedenfalls in Papas Alter. Aber vielleicht hat es genau darum auch so lange gedauert.

«Dann musst du ja ziemlich erschöpft sein», sagt Neni mitfühlend. «Und hungrig.»

Als ich einen kurzen Blick auf die Uhr werfe, falle ich aus allen Wolken.

«Es ist ja schon 18 Uhr», rufe ich.

Auch Neni ist vollkommen perplex. «Donnerwetter, die Zeit ist ja nur so dahingeflogen. Wir sollten langsam mal eine Kleinigkeit essen, oder was meint ihr?»

Ehe mein Vater oder ich antworten können, hat sie sich

schwerfällig erhoben und damit begonnen, Brot zu schneiden. Ich eile zu Hilfe.

«Setz dich bitte, ich übernehme das.» Mit sanftem Druck schiebe ich Neni zurück zum Tisch, befülle anschließend den Brotkorb, schnappe mir aus dem Kühlschrank etwas Butter und eine Auswahl von Inas Dips und decke den Tisch.

«Danke, meine Liebe», sagt Neni. «Ich bin tatsächlich ziemlich erschöpft.» Sie lehnt sich gegen ihre Stuhllehne und streckt die Beine von sich. «Schau doch bitte auch mal nach, ob wir noch ein Bier für deinen Vater im Kühlschrank haben.»

Papa winkt ab. «Wasser reicht vollkommen.» Nach Alkohol steht ihm offenbar noch nicht wieder der Sinn.

Er nippt kurz an seinem Glas und isst auch nur wie ein Spatz.

Neni scheint ebenfalls keinen richtigen Appetit zu haben. «Ich würde mich gern verabschieden.» Sie erhebt sich. «Es ist zwar noch keine Schlafenszeit, aber der Tag war anstrengend, und ich bin müde.» Ein wenig beschämt schaut sie mich an. «Würdest du die Abendrunde bei den Tieren übernehmen? Tom kommt vermutlich spät, weil er nach der Arbeit noch Mimi von ihrer Freundin abholt. Sie isst dort zu Abend, und er kann sich nachher einen Rest Eintopf warm machen.»

«Na klar.»

«Danke, und fühlt euch ganz wie zu Hause!» Neni will gehen, dreht sich dann aber noch mal um und sagt: «Ach, übrigens, Rolf …» Sie zwinkert meinem Vater zu. «Im Gefrierfach findest du eine Flasche Haselnussschnaps.» Und an mich gewandt, fügt sie hinzu: «Wein ist auch im Kühlschrank.» Damit verabschiedet sie sich.

Als Neni fort ist, greift sich mein Vater zögernd doch ein Stückchen Brot. «Was ist denn das Schönes?», fragt er und nimmt sich neugierig einen Klecks vom Kichererbsen-Chutney.

Offenbar hat er an unserem ersten Abend, als Ina gestürzt

ist, doch nicht von ihren Kostbarkeiten probiert. Darum erläutere ich ihm nun die unterschiedlichen Zusammensetzungen, und ich will ihm auch gleich von allem etwas auffüllen, doch er bremst mich. «Danke, aber ich habe schon ge-» Er verstummt, schluckt kurz geräuschvoll und sagt dann: «Ich habe … es am Magen.»

«Oh», antworte ich besorgt. «Schlimm?»

«Geht so. Kommt bestimmt von dem Zaubertrank am Morgen.»

Oder vom Haselnussschnaps am Abend, denke ich.

Eine Weile sitzen wir schweigend am Tisch, dann entscheide ich, mit gutem Beispiel voranzugehen und mit den Geheimnissen aufzuräumen, die zwischen uns stehen.

«Papa», sage ich ernst und sehe ihn an. «Es gibt da etwas, das ich dir sagen möchte.» In meinem Hinterkopf suche ich nach den geeigneten Worten. Ein bisschen Zuckerguss, damit es Papa nicht ganz so hart trifft. Er mochte Bastian. Die Nachricht könnte ihn sonst umhauen.

«Bastian hat mich betrogen, und ich habe Schluss gemacht», platzt es dann aber doch ganz unvermittelt aus mir heraus. Kein Zuckerguss der Welt kann das noch retten. Ich könnte mich ohrfeigen. «Ich … ich wollte es dir längst gesagt haben, aber am Telefon schien mir das nicht richtig zu sein. Außerdem solltest du dir aus der Ferne keine Sorgen um mich machen.»

Mein Vater hat sich am Chutney verschluckt oder eine Erbse in den falschen Hals bekommen, jedenfalls japst er nach Luft. Schnell klopfe ich ihm auf den Rücken. Sein Röcheln wird dadurch aber nur noch hektischer, es entwickelt sich regelrecht zu einem Reizhusten. Oder … lacht er etwa?

Ein wenig verdattert starre ich meinen Vater an. Schwer zu sagen, aber zu lachen gibt es ja im Grunde nichts.

Papa hat sich inzwischen wieder gefangen. Er zückt sein

Taschentuch, vergräbt das Gesicht darin und muss dann abermals husten. Ich kann sehen, wie sich sein Oberkörper hebt und senkt.

«Was ist denn hier so komisch?» Tom steht plötzlich im Türrahmen. Er trägt Jeans und T-Shirt und scheint deutlich besserer Laune zu sein als am Nachmittag. «Sorry, ich wollte euch nicht erschrecken. Ich habe gerade Mimi ins Bett gebracht. Sie ist auf der Fahrt eingeschlafen. Also», er schaut uns fragend an, «worüber lacht ihr?»

Noch immer fühle ich mich ihm gegenüber verunsichert, darum sage ich möglichst emotionslos: «Papa hat sich verschluckt. Wir hatten etwas Wichtiges zu besprechen, und das hat ihm einen Schreck eingejagt.» Hoffentlich kommt jetzt bei ihm an, dass dies ein Privatgespräch ist.

Doch Tom kümmert das nicht. «Ach so?», fragt er unschuldig. «Es hörte sich für mich so an, als würde jemand lachen.»

Ich strafe ihn mit einem bösen Blick. «Ganz sicher nicht», sage ich hoheitsvoll. «Das Thema war ernst.»

Toms Aufmerksamkeit gilt Papa, und ich folge seinem Blick. Mein Vater linst gerade für ein paar Sekunden hinter seinem Taschentuch hervor, und ich kann sein hochrotes Gesicht sehen, das nun schnell wieder hinter dem Stoff verschwindet.

«Ich bin ja so erleichtert!», ruft er.

Ich starre ihn an. Wie bitte?

«Ich bin wirklich sehr erleichtert, dass du es gut verkraftest, Ellimaus.» Seine Stimme klingt noch etwas krächzig, aber er scheint sich wieder im Griff zu haben.

Ich verschränke die Arme vor der Brust. «Und wie kommst du zu dieser Annahme? Wieso bist du der Meinung, dass ich die Trennung gut verkrafte?» Mein fragender Blick streift ganz kurz Tom, der, wie beim Tennis, gebannt zwischen Papa und mir hin- und herschaut.

«Na, das sieht man doch», erklärt mein Vater. «Du siehst blendend aus. Besser als zu der Zeit, als du noch mit Tristan zusammen warst.»

«Bastian.» Ich rolle mit den Augen. «Nicht Tristan.»

«Meine ich doch.» Er schaut zu Tom. «Tut sie doch, oder? Sie sieht blendend aus.» Er wartet, dass Tom bekräftigend nickt. Dann sagt er: «Christian hat sie nämlich betrogen. Was für ein Depp!»

«Bastian», korrigiere ich.

«Blöder Idiot», sagt Tom.

Moment mal! Ist das hier etwa ein weiteres Komplott zwischen den beiden? Ich schiele vom einen zum anderen, ernte aber nur unschuldige Blicke. Also stehe ich auf. Mir reicht es mit den beiden. Für heute möchte ich nur noch eins: raus aus diesem Männerstall.

«Da ist noch Haselnussschnaps im Gefrierfach», informiere ich das Duo. «Ich gehe die Tiere füttern, gute Nacht.»

Und ohne mich noch einmal umzudrehen, stapfe ich hinaus.

23. Kapitel

Am nächsten Morgen herrscht helle Aufregung, denn Neni kommt nicht aus dem Bett.

«Manchmal hat sie schlimmes Rheuma», erklärt Mimi, «und dann tun ihr alle Knochen weh, und sie muss eine Pille nehmen und …» Sie ist noch im Nachthemd und sortiert auf dem Fußboden vor meinem Bett Smarties, mit denen sie den Kuchen dekorieren will, den sie gestern gebacken hat. «Tom hat die Tiere noch nicht versorgt, weil ihn ein Notfall aus dem Bett geklingelt hat. Er sagt, ich soll dich darum bitten, aber ich kann das genauso gut machen.» Sie plappert wie ein Wasserfall. «Opa schläft noch. Am besten, ich bleibe heute zu Hause und kümmere mich um alles. Um das Frühstück zum Beispiel. Und um Neni.»

Sie sagt es mit einer solchen Leidenschaft, dass es mich rührt. Aber natürlich geht das nicht. Nicht nur wegen der Geburtstagsfeier, die in der Schule ansteht. Ina würde es mir nie verzeihen, wenn ich bestehende Regeln breche.

Ich schaue auf die Uhr, und mir bleibt fast das Herz stehen. Halb acht! Du liebe Zeit! Ich schieße in die Höhe. Gestern Abend muss ich vergessen haben, den Wecker zu stellen. «Beeil dich, Mimi, deine Mitfahrgelegenheit kommt in einer halben Stunde.»

«Aber ich bleibe doch hier. Ich muss …»

«Nein, meine Süße.» Ich hocke mich neben sie. «Heute übernehme ich hier das Ruder. Du gehst ganz normal in die Schule.» Ich springe auf, schnappe mir die Shorts von gestern, streife mir ein herumliegendes T-Shirt über und sage, während ich mir mit den Fingern kämmend durch die Haare fahre: «Allerdings wirst du heute ohne Saft in den Tag starten müssen. Ich schmiere dir fix ein Brot, und du …» Ich beuge mich zu ihr und tippe ihr auf die Brust. «Du ziehst dich, so schnell es geht, an.»

Mimi bleibt stocksteif sitzen. «Kein Saft?» Ihr Tonfall lässt darauf schließen, dass wir gleich ein riesiges Problem bekommen.

«Tut mir leid, aber es ist keine Zeit mehr, um frische Kräuter zu sammeln», erkläre ich ungeduldig und greife nach Mimis Hand. «Komm, wir gehen jetzt erst mal gemeinsam Zähne putzen.»

Im Stillen frage ich mich, ob man das Grünzeug nicht schon am Vorabend hätte pflücken oder vor Tagen bereits einfrieren können. Mit Petersilie macht man das schließlich auch.

Die Kleine stemmt die Beine in den Boden und bewegt sich keinen Millimeter. «Ich trinke immer erst meinen Saft, und dann mache ich mich fertig», erklärt sie. «Damit meine Zähne nicht grün verfärben.»

Klar, das ist ja auch logisch. Nur dass es heute keinen grünen Saft geben wird.

«Dann trinkst du mal ausnahmsweise Apfelsaft», schlage ich vor, ahne aber bereits die Reaktion.

Mimi schüttelt mit großen Augen den Kopf. «Der ist doch nicht grün!»

Ich schlage mir mit der flachen Hand gegen die Stirn, als wäre mir dieser Umstand komplett entgangen. Also nächster Versuch.

«Pass auf», improvisiere ich, «du verschwindest flink im Bad, wäschst dein Gesicht und ziehst dich an. Währenddessen werde ich …» Ich spüre, wie mein Stresspegel steigt. Mannomann, Mütter haben es echt schwer, denke ich. Das war mir bislang gar nicht so bewusst. «Ich werde in der Zwischenzeit zaubern», fahre ich fort. «Und zwar einen grünen Saft.»

Mimi sieht mich an, als hätte ich nicht alle Tassen im Schrank. «Zaubern ist wie Schummeln», sagt sie. «Nicht echt. Ich möchte aber einen echten Saft.»

Ich werfe die Arme in die Luft. «Ich meine ja auch nicht zaubern-zaubern, sondern dass ich mit der Kraft meiner Gedanken einen grünen Saft herbestelle. Du weißt schon …» Ich atme tief ein. «So wie bei einer Meditation.»

«Aha?» Mimi sieht mich interessiert an, bewegt sich aber noch immer keinen Millimeter.

«Also …» Während ich in der Zwischenzeit vermutlich längst einen ganzen Eimer Kräuter hätte pflücken können, schiebe ich sie vor mir her aus der Tür. «Du läufst ruck, zuck hoch, ziehst dich an und steckst eine Zahnbürste ein. Dann kannst du gleich noch schnell den Saft trinken und dir später in der Schule die Zähne putzen. Okay?»

Mimi lässt sich zu einem schmalen Lächeln hinreißen. «Okidoki, Tante Ella.» Sie hopst den Flur entlang, und ich wische mir den Schweiß von der Stirn. Dann flitze ich zurück zum Bett, sammele die Smarties vom Boden ein und puste im Gehen den dünnen Staubfilm fort. In der Küche stopfe ich die bunten Schokodrops für den Transport in eine Tupperdose. Ein Blick auf die Uhr verrät mir, dass noch exakt fünf Minuten bleiben für ein grünes Wunder. Kräuter sammeln scheidet aus, darum reiße ich den Kühlschrank auf und überfliege den Inhalt: Inas angebrochene Gläschen von gestern, Butter, Eier, Käse, Marmelade, ein halber Kopfsalat, Milch und Apfelsaft – aber kein Mangold, keine Kräuter. Ich öffne das Gefrierfach, doch da ist auch nichts, außer Petersilie, einer Flasche Schnaps und Eiswürfeln.

Es muss anders gehen. Kurzerhand schnappe ich mir den Apfelsaft und kippe ihn in den Standmixer. Dann stopfe ich den Kopfsalat dazu, schütte noch etwas Wasser drauf und starte den Motor. Während die kleinen Messer auf Höchststufe rotieren, schmiere ich in Windeseile ein Brot, wickele es in Papier und staune im Anschluss, wie sich die Mixer-Pampe gefärbt hat. Leider mehr braun als grün. Schnell werfe ich die tiefgefrorene Petersilie hinterher. Es knistert – und die Farbe fängt sich!

Ich sende ein Stoßgebet zum Himmel, fülle mir einen Schluck der inzwischen schnoddrig-grünen Flüssigkeit in ein Glas und koste. Eiskalt und wi-der-lich. Aber grün. Also schnappe ich mir Mimis durchsichtige Trinkflasche, kippe etwa die Hälfte des Zeugs hinein und schraube den Deckel drauf. Den Mixbehälter mit dem restlichen Saft verstecke ich kurzerhand im Kühlschrank, damit sie nicht auf die Idee kommt, im Vorwege schon probieren zu wollen. Wobei der Geschmack ja offenbar nicht die Hauptrolle spielt.

Exakt im selben Moment, als Mimi in ihrem Lieblingskleid und ein paar Turnschuhen in der Küche erscheint, hupt draußen der Wagen, um sie abzuholen.

«Hier», sage ich nicht ohne Stolz und drücke ihr Smarties, Stulle und Smoothie in die Hand. «Der Zauber hat geklappt. Hier ist dein grüner Saft.» Ein kurzes Lächeln huscht über mein Gesicht, als ich sehe, dass sie sich Zahnbürste und Zahnpasta in die Fronttasche ihres Latzkleides gesteckt hat.

Skeptisch betrachtet Mimi die Flasche. «Der ist voll krass braun.»

«Braun ist das neue Grün.» Ich gebe ihr ein Abschiedsküsschen aufs Haar, das so wunderbar nach Kind riecht, das mein Herz von einer Woge Zuneigung geflutet wird. «Viel Spaß in der Schule, Mimi!»

Sie wirft mir eine Kusshand zu und steigt ins Auto.

Als ich mich erleichtert umdrehe und mir Luft zufächere, steht plötzlich Papa vor mir. Auch er ist noch im Nachtanzug.

«Guten Morgen, Ellimaus», trällert er fröhlich. «Gibt es heute keinen Saft?» Suchend blickt er sich in der Küche um.

Ich hole den Mixbehälter aus dem Kühlschrank. «Na, selbstverständlich!»

Mein Vater setzt sich und schaut skeptisch auf die grünbraune Plörre, die ich ihm einschenke, verzieht beim Trinken jedoch keine Miene. Als er sein Glas zur Hälfte geleert hat, sagt er nur knapp: «Lecker. Viel süßer als sonst.» Dann leert er auch noch den Rest und tupft sich mit seinem Taschentuch den Mund ab.

«Ella, ich wollte mich entschuldigen und noch einmal auf unser Gespräch von gestern zurückkommen.» Er klingt ein wenig kleinlaut, und sein Blick ist voller Reue. «Es tut mir wirklich leid, dass ihr euch getrennt habt, du und …»

«Bastian.»

Er winkt ab. «Ich kann nicht fassen, dass er dir das angetan hat. Wann ist es denn genau passiert?»

Ich seufze. «Kaffee?»

Als er nickt, fülle ich den Wassertank der Kaffeemaschine auf, nehme zwei Tassen aus dem Regal und stelle sie unter das Gerät. «Seine Affäre war im letzten Herbst. Ich hatte schon länger einen Verdacht, aber rausgekommen ist es erst kurz vor Weihnachten.»

«Zu Weihnachten?» Seine Stimme übertönt das Mahlgeräusch der Maschine. «Du hast kein Sterbenswort darüber verloren.» Als der Kaffee einläuft, fügt er hinzu: «Allerdings habe ich dir sehr wohl angemerkt, dass etwas nicht stimmt. Du hast es auf die Arbeit geschoben und wolltest wohl nicht mit mir darüber reden …»

«Ich weiß, und es tut mir leid.» Mit den Tassen setze ich mich zu ihm an den neuen Küchentisch. «Ich wollte dir nicht die Festtage verderben. Außerdem hatte ich zu dem Zeitpunkt noch die Hoffnung, alles würde sich wieder einrenken. Hat es aber nicht.»

Es ist verrückt. Jetzt, da ich darüber spreche, scheint es mir das Schicksal einer anderen Frau zu sein und mich gar nicht wirklich zu betreffen.

«Vermisst du ihn?», fragt Papa mitfühlend und nippt vorsichtig an seinem Kaffee.

Ich spüre in mich hinein und betrachte gedankenverloren die Maserung der Holzplatte. «Nein», sage ich nach einer Weile. «Aber das Drumherum. Seine Familie mochte ich sehr.» Mit meinen Händen nehme ich die heiße Tasse und umfasse sie einen Moment. Wohlige Wärme durchströmt mich.

Irgendwann sagt Papa: «Hattest du schon Zeit, über meine Worte nachzudenken?»

Ich weiß, worauf er anspielt. Aber in der Tat hat sich bislang kaum eine Gelegenheit ergeben. «Na ja … Selbstverständlich beruhte unsere Sympathie auf Gegenseitigkeit. Die Cornelsens haben mich aufgenommen wie eine angehende Schwiegertochter.»

Mein Vater stellt seine Tasse ab. «Also haben sie dir beigestanden, nachdem ihr Sohn sich dir gegenüber so schlecht benommen hat?»

«Schon … also, irgendwie.» Bastians Mutter hat mich kurz in den Arm genommen und sich im Namen ihres Sohnes entschuldigt. Bei der Erinnerung wächst der Kloß in meinem Hals. Auch weil sie damals noch etwas zu mir sagte, nämlich: «Wir müssen bei den Männern manchmal ein Auge zudrücken. Das wirst du auch noch lernen, Ella.»

Ich springe auf. «Entschuldige, Papa. Aber das Thema schlägt mir auf den Magen, ich brauche frische Luft. Ohnehin sollte ich längst die Tiere füttern. Tom hat es am Morgen nicht geschafft.» Ich drehe mich im Gehen kurz zu ihm um. «Neni fühlt sich übrigens heute nicht gut und ist noch im Bett. Frühstück steht im Kühlschrank. Bitte bedien dich selbst.»

Mein Vater sieht aus, als würde er noch mehr zu dem Trennungsthema anmerken wollen, doch dann schwenkt er um. «Alles klar, Ellimaus. Bis später.»

Draußen auf dem Hofgelände sitzen inzwischen alle meine Handgriffe – frisches Wasser, unterschiedliches Futter und, wo es nottut, ausmisten. Ich habe mir die Kübel so zurechtgerückt, dass ich bloß nicht irgendein Spezialfutter vergesse. Außerdem lege ich mir in jedem der Ställe einen Schwamm oder ein anderes Utensil als Gedankenstütze in den Weg, damit ich nach dem Füttern daran denke, die Gatter zu öffnen, sodass die Tiere in ihrem Bereich umherlaufen können. Abends verfahre ich umgekehrt: Wenn die Zäune ordnungsgemäß verschlossen sind, lege ich die Helferlein wieder zurück ins Regal.

Als alles erledigt ist, kümmere ich mich um das Gemüse. Ich ernte reife Erdbeeren, Süßkirschen und sogar erste Himbeeren. An die Frühkartoffeln wage ich mich noch nicht heran, keine Ahnung, woran man erkennt, ob die reif sind.

Nachdem ich meine Beute ins Haus gebracht und entsprechend verstaut habe, sehe ich kurz nach Neni. Sie ist wach, fühlt sich aber nach wie vor nicht gut.

«Soll ich Tom Bescheid geben oder deinen Hausarzt anrufen?», frage ich besorgt.

«Auf keinen Fall. Ich brauche einfach mal einen Tag Ruhe. Aber du könntest mir dennoch einen Gefallen tun.» Neni richtet sich in den Kissen auf. Sie hat ihr weißes Haar zu einem seitlichen Zopf geflochten, ihre Haut wirkt papierdünn und blass. «Ich hatte heute eigentlich vorgehabt, Ina zu besuchen. Sie soll sich nicht vergessen fühlen.» Ihr Blick flackert. «Wäre es machbar, wenn du …?»

Sie lässt den Satz unvollendet, aber ich weiß auch so, was sie mir sagen möchte. Sanft streiche ich ihr über die Hand und lächele.

Aus alter Gewohnheit bin ich zunächst etwas zögerlich, aber dann überlege ich, dass sich dabei vielleicht eine Gelegenheit ergibt, um mit Ina zu reden. Über Mimi und unsere Mutter und unsere gemeinsame Vergangenheit. Neulich Nachmittag ist ja einiges ungesagt geblieben.

«Na klar», beruhige ich Neni, «das mache ich gern. Soll ich ihr etwas von dir ausrichten?»

Neni überlegt kurz. «Sag ihr am besten nur, dass zu Hause alles in Ordnung ist.» Fragend sieht sie mich an. «Das ist es doch, oder?»

Ich versichere ihr, dass ich alles im Griff habe, streiche ihre Bettdecke zurecht und sehe, wie sie merklich beruhigt die Augen schließt.

Als ich ihre Zimmertür mit einem leisen Klicken hinter mir schließe, ist sie bereits eingeschlafen.

«Papa, ich fahre gleich zu Ina, möchtest du mitkommen?»

Ich stecke den Kopf in die Küche, wo mein Vater, in sein Handy vertieft, offensichtlich noch immer beim Frühstück sitzt. Ehrlich gesagt würde ich lieber unter vier Augen mit Ina sprechen, aber ich kann ihn ja schlecht ausgrenzen.

Er schaut hoch. «Nein», sagt er und fächert sich mit einer übertriebenen Geste Luft zu, «bei dieser Hitze bleibe ich lieber zu Hause. Grüß sie bitte von mir.»

Mit diesen Worten wedelt er mich aus der Küche und widmet sich wieder seinem Handy.

Verwirrt stapfe ich hinaus. Ich werde aus meinem Vater nicht schlau. Mal nutzt er jede Gelegenheit, das Haus zu verlassen, wandert bis zur Erschöpfung halb über die Insel, und dann bietet man ihm eine Fahrgemeinschaft an, und er hängt wie ein Teenager über seinem Smartphone. Ich kann ja auch nichts dafür, dass sein Wagen über keine Klimaanlage verfügt.

Tief in Gedanken überquere ich den Hof und schnappe mir Inas Fahrrad. Ich will gerade aufsteigen, da höre ich einen Wagen über den Kies heranbrausen. Es ist Tom.

Mein Bedürfnis, mit ihm zu sprechen, ist gleich null, darum schaue ich in die andere Richtung und schiebe das Rad einen Tick schneller über den Kies.

Doch Tom springt aus dem Auto und schafft es spielend, mich einzuholen.

«Ella!» Er ist bereits auf meiner Höhe. «Hast du einen Moment? Ich würde dir gern etwas erklären.» Er sieht mich eindringlich an.

Sein Blick geht mir unter die Haut, doch ich bin noch immer irritiert über sein gestriges Verhalten. Ich strecke den Rücken durch und sage so fest wie möglich: «Ach ja?» Es ist nämlich so: Wenn ich weniger als fünf Worte spreche, kann ich den Schluckauf vielleicht überlisten.

«Ich wollte gestern nicht derart … schroff zu dir sein», beginnt er zögernd und lässt mich dabei keine Sekunde aus den Augen. «Es ist nur so, dass deine Idee mit den Veränderungen auf dem Hof …» Er gerät ins Stocken. Unsere Blicke haben sich ineinander verhakt. Ich kann nicht anders, als die feinen bernsteinfarbenen Sprenkel auf seiner dunklen Iris anzustarren.

«Jedenfalls würde ich gern in Ruhe mit dir reden», fährt er fort und klingt jetzt ein wenig gehetzt. «Ich muss gleich wieder los, ich bin nur gekommen, um nach Neni zu sehen. Liegt sie noch im Bett?»

Ich nicke.

«Hat sich zufällig schon jemand um die Tiere gekümmert?»,

erkundigt er sich verlegen. «Mimi sollte dich darum bitten, aber ich war mir nicht sicher, ob du …»

«Ja, ich habe es erledigt.»

Auf Toms Gesicht spiegelt sich Erleichterung. Er schenkt mir ein warmes Lächeln. «Danke, dass du uns hilfst.»

Ich fühle, wie Hitze in mir aufsteigt. «Gern geschehen.»

«Die Abendrunde übernehme ich dann heute.» Er will weiter, setzt aber noch mal nach: «Also, wie sieht es aus? Hast du nachher Zeit, damit wir die Sache aus der Welt schaffen können?»

Ich zögere. «Eigentlich wollte ich mich später mit Mimi treffen, um die Schilder für den Verkaufsstand zu malen», sage ich und hoffe, dass er nicht gleich wieder ausflippt. «Allerdings habe ich keine Ahnung, wann sie heimkommt.»

Tom wirkt betroffen. «Okay, dann vielleicht wenn ihr fertig seid?» Es scheint ihm wirklich wichtig zu sein.

Schlussendlich verabreden wir uns für halb neun, vorausgesetzt, dass Mimi bis dahin im Bett ist.

Während er sich sogleich aufmacht, um nach Neni zu sehen, schiebe ich das Rad weiter über den Kies. An der Straße angekommen, gebe ich die Adresse der Klinik in mein Handy ein und radele los.

Eine knappe halbe Stunde später habe ich mein Ziel erreicht. Ich schließe das Rad an, passiere den Haupteingang und bin überrascht, als ich Inas Zimmer leer vorfinde. Von einer freundlichen Pflegerin erfahre ich, dass meine Schwester irgendwo im Garten frische Luft schnappt.

Das Gelände ist noch weitläufiger, als ich angenommen hatte, aber zum Glück muss ich nicht lange suchen. Schon von Weitem sehe ich meine Schwester auf einer Bank im Halbschatten sitzen, auf ihrem Schoß liegt ein Buch. Inas linker Arm ist noch immer an den mobilen Tropf angeschlossen, mit ihrer Rechten blättert sie von Zeit zu Zeit eine Seite um.

Bei ihrem Anblick werde ich plötzlich ganz wehmütig. So lange Zeit habe ich den Kontakt zu Ina verweigert, aber jetzt, da sie so schmal und verletzlich wirkt, schäme ich mich dafür. Sie nach diesen Tagen auf dem Karsenhof wieder aus den Augen zu verlieren, erscheint mir undenkbar. Einen Moment lang beobachte ich sie versonnen. Wie sie dasitzt, den Kopf schräg, mit gerunzelter Stirn und vollkommen vertieft in die Lektüre, blendet sie die Welt um sich herum aus. Das ist so typisch für sie.

Mit vor Aufregung klopfendem Herzen schlendere ich zu ihr hinüber und nehme, ohne ein Wort zu sagen, neben ihr auf der Bank Platz.

Ich überlege, wie ich beginnen soll.

24. Kapitel

Erst als das Kapitel zu Ende ist, klappt Ina das Buch zu, blickt kurz zur Seite und wirkt reichlich überrascht, als sie mich sieht.

«Oh! Hallo, Ella», begrüßt sie mich. «Was tust du denn hier?»

So eine Frage kann wirklich nur meine Schwester stellen, denke ich. «Ich besuche dich.»

Wir blicken uns in die Augen, die von Ina wirken wacher und klarer als beim letzten Mal. Auch in ihr Gesicht ist die Farbe zurückgekehrt, ihre Haut hat fast den beneidenswerten Olivton von früher angenommen, und ein rosiger Schimmer liegt auf ihren Wangen.

«Wie geht es dir?», erkundige ich mich.

Sie wackelt mit dem Arm, in dem die Kanüle steckt. «Bin gut versorgt. Die Ärzte meinen, ich kann zum Wochenende nach Hause.» Sie sieht wieder zu mir. «Wie kommt Mimi klar?»

«Mach dir keine Sorgen, ihr geht es gut. Wir hatten allerdings heute Morgen eine Grüne-Saft-Problematik, weil ich verschlafen habe und keine Zeit blieb, einen frischen Smoothie zuzubereiten. Doch ich habe mich wacker geschlagen und improvisiert.»

Ina runzelt die Stirn, weil sie in ihrem Leben vermutlich noch nie vergessen hat, ihren Wecker zu stellen. Alles in mir verkrampft sich, und ich schließe kurz die Augen, um mich für ihre

Attacke zu wappnen, die unweigerlich gleich kommen wird. Doch als ich Sekunden später ihren Blick suche, sehe ich, dass sie lächelt.

«Mimi ist ein Schatz», sage ich erleichtert. «Ich habe sie sehr gern.»

Ina schweigt und richtet ihr Augenmerk nach vorn, zu einem Busch, durch dessen dünnes Blattwerk von Zeit zu Zeit das Meer schimmert.

Eine Ewigkeit sagt sie nichts, sodass ich schon fürchte, meiner Schwester zu nahe getreten zu sein. Ist es aufdringlich, wenn man seine Nichte gernhat? Ich bin so dermaßen verunsichert, dass ich nicht weiß, wie ich mich Ina gegenüber verhalten soll.

«Mimi ist in vielerlei Hinsicht unflexibel», bricht Ina irgendwann ihr Schweigen. «Routine gibt ihr Sicherheit. Ohne ein festes Gerüst wird sie schnell hibbelig und nervös.» Sie seufzt. «Andererseits verläuft das Leben nun mal nicht immer nach Plan, und sie muss lernen, damit klarzukommen.» Ina wirft mir einen kurzen Seitenblick zu. «Am Saftritual halte ich darum noch fest.»

Ich nicke und bin insgeheim froh, dass ich heute Morgen gerade noch die Kurve gekriegt habe.

«Mimi hat bedauerlicherweise viele Eigenschaften von mir geerbt», fährt meine Schwester fort, wobei sie sich auf der Bank zurücklehnt und eine Krähe beobachtet, die sich abseits des Weges an einer Apfelhälfte zu schaffen macht. «Ich hatte lange gehofft, dass sie nicht denselben explosiven Gen-Cocktail in sich trägt, aber ein Test hat diese Hoffnung leider zunichtegemacht.» Sie rutscht ein Stück tiefer auf ihrem Platz, doch der Schlauch des Tropfs ist nicht lang genug, darum setzt sie sich wieder auf. «Ein Glück nur, dass Mama sich nicht in Mimis Entwicklung einmischen kann.»

Irritiert starre ich Ina an. «Wie meinst du das?» In meiner Kehle bildet sich ein Kloß. Klar, ich hatte mit ihr über die Vergangenheit reden wollen, aber so wie Ina über Mama spricht, fürchte ich, schon wieder zum Prellbock zwischen den beiden zu werden.

Und das möchte ich unter keinen Umständen.

Doch meine Schwester wirkt kein bisschen wütend, sondern eher gleichmütig, als sie erklärt: «Mama war mit sich nicht im Reinen. Kein Stück.»

Mit sich im Reinen …, denke ich. Wer ist das schon? Also ständig und zu hundert Prozent?

«Unsere Mutter hatte selbst keine leichte Kindheit», fährt Ina fort. «Sie hat von ihren Eltern als Kind kaum Zuwendung erfahren und wusste darum selbst nicht, wie man liebt.»

Ich bin so überrascht, dass ich kein Wort herausbringe. Unsere Großeltern mütterlicherseits haben wir niemals kennengelernt und sie auch nie vermisst. Papas Eltern haben diese Lücke gefüllt – sie quollen förmlich über vor Liebe und haben uns nach Strich und Faden mit ihrer Aufmerksamkeit verwöhnt.

«Woher weißt du das denn?», frage ich, als ich meine Sprache wiedergefunden habe.

«Ich kenne die Anzeichen dafür mittlerweile ganz gut.» Ina lächelt schief. «Außerdem hat Papa mir einiges erzählt.»

Mir klappt nun endgültig die Kinnlade herunter. Papa und Ina haben derart tiefgründige Gespräche geführt?

«Mit zwei Vorzeigetöchtern, die aller Welt ein Lächeln ins Gesicht zaubern», sagt Ina, «ist Mama ja noch einigermaßen klargekommen, auch wenn sie sich immer schon am liebsten mit sich selbst beschäftigt hat. Doch als ich», sie malt mit den Fingern Gänsefüßchen in die Luft, «*aus der Art schlug*, war es mit ihrer Geduld vorbei.»

Ich höre ihre Worte und weiß nicht, was ich davon halten

soll. Klar war Mama oft abwesend und manchmal aufbrausend. Doch ich nehme an, dass Ina sie dazu getrieben hat.

«Du warst aber auch wirklich nicht leicht zu ertragen», sage ich nach einer Weile und versuche, mit einem sanften Schmunzeln den Worten die Schärfe zu nehmen.

Ina sieht mich an. Für einen Moment glaube ich, Tränen in ihren Augen zu sehen, aber dann ist es doch nur das Sonnenlicht, das direkt über uns durch den Baum bricht.

«Nein, das war ich wohl nicht. Und darum mochte Mama mich auch nicht. So etwas kommt vor, und zwar gar nicht mal so selten. 80 Prozent der Mütter fühlen sich einem Kind näher. Darüber gibt es Studien. Nur hat unsere Mutter sich keine professionelle Hilfe gesucht, leider. Sonst hätte sie vielleicht einiges über sich herausgefunden. Stattdessen hat sie einen Weg gewählt, der ihr auf den ersten Blick leichter erschien: Sie schob sich einfach selbst in den Vordergrund.» Inas Bick gewinnt an Intensität. «Weißt du das nicht mehr? Ihre Stimmungsschwankungen. Mal hatte sie Schreikrämpfe, dann versank sie in Trauer. Sie tat alles, um Papas Aufmerksamkeit auf sich zu ziehen.»

Meine Schwester kaut auf ihrer Unterlippe.

«Papa hat mich damals beschworen, mehr Rücksicht auf unsere Mutter zu nehmen, damit zu Hause nicht ständig Geschrei herrscht. Doch wie sollte das gehen? Ich war ein Kind und wusste nicht, was mit mir los war. Ich konnte Mama nicht helfen. Ich brauchte selbst Hilfe.»

«Das … verstehe ich.» Ich bin wirklich vollkommen platt. Nicht nur über das Gehörte – auch wie gefasst Ina damit umgeht, imponiert mir. Vermutlich hat sie lange dafür gebraucht.

Ich lehne mich zurück und lasse Bilder aus der Vergangenheit vor meinem geistigen Auge abspielen. Ich sehe Ina, wie sie schreiend vor Mama steht. Ina, die in meinen Augen die Schuld am labilen Gemütszustand unserer Mutter trägt und die immer nur Streit sucht. Doch plötzlich verschwimmt das Bild, und ich sehe eine verzweifelte Ina. Eine Ina, die Zuwendung sucht und sie nicht bekommt. Mein Magen krampft sich zusammen.

«Ina …» Ich fasse mir ein Herz und räuspere gegen den Kloß in meinem Hals an. «Ich … also … ich habe all die Jahre nicht geahnt, was in dir vorgeht. Ich habe nur gesehen, dass Mama deinetwegen unglücklich war, und dachte, dass sie deswegen unsere Familie verlassen hat.» Ich muss schlucken. Die Erinnerung lässt mich traurig werden. «Was ich nicht verstehe … warum hast du nie etwas gesagt? Wir waren doch damals Freundinnen. Du hättest *mich* um Unterstützung bitten können», sage ich mit belegter Stimme.

Die Krähe hat den Apfel in zwei Teile zerlegt. Sie schnappt sich einen und fliegt davon. Ina schaut ihr hinterher. Sie wirkt gefasst, mehr als ich.

«Ich wusste doch überhaupt nicht, was mit mir los ist», sagt sie. «Ich wollte einfach nur meine Ruhe haben.»

«Dann Papa. Ihn hättest du fragen können!»

«Papa?» Sie schüttelt den Kopf. «Er war heillos überfordert. Zu Hause tobte das Chaos, und er musste Geld verdienen, jedenfalls anfangs. Nein, Papa hatte kein offenes Ohr für mich.»

Es stimmt, was meine Schwester sagt. Unser Vater hat sich ein Bein ausgerissen, um allen gerecht zu werden. Aber ihm fehlte die Zeit und am Ende wohl auch die Kraft. «Aber als Mama fortging …»

«Da war es bereits zu spät», fällt Ina mir ins Wort. «Ich war damals heilfroh, als ich Hauke kennenlernte. Zum ersten Mal in meinem Leben wurde ich normal behandelt. Also so, wie ich es als normal empfand. Wie eine Erwachsene.»

Ich erinnere mich an Hauke. Er war damals um die 40 und wirkte auf mich wie ein alter Tattergreis.

«Aber du warst viel zu jung, um zu ihm zu ziehen», werfe ich ein. «Mama und Papa haben sich Sorgen gemacht.»

«Ich war sechzehn», erwidert meine Schwester. «Ich durfte mit ihm leben. Außerdem hat sich niemand *wirklich* gesorgt. Im Gegenteil. Ihr wart alle froh, dass ihr eure Ruhe hattet.»

Inas Tonfall ist ohne Groll. Sie macht mir keine Vorwürfe. Und sie hat recht. Wir waren alle irgendwann erleichtert, einen gewissen Frieden zu haben.

«Ich versuche, nicht mehr über die Vergangenheit nachzudenken. Was soll das auch bringen?», sagt Ina, nachdem wir eine Weile schweigend unseren Gedanken nachgegangen sind. «Ich bin nun mal eher der pragmatische Typ. Vielleicht haben Mama und ich mehr gemeinsam, als ihr lieb gewesen wäre.» Die Stirnfurche, die sich während ihrer Erzählung gebildet hatte, glättet sich, als sie sagt: «Im Gegensatz dazu reagiert Mimi stets hochemotional. Für sie hat alles eine Seele, jedes Blatt, jeder Baum, sogar das Mehl, das wir zum Backen benutzen, schließlich stammt es ja von einer Pflanze.» Sie schürzt die Lippen. «Sie sorgt sich um alle und will immer helfen. Manchmal weiß ich nicht sofort, was die richtige Reaktion wäre. Mimi soll sich geborgen fühlen, sich sicher sein können, dass immer jemand für sie da ist. Aber gleichzeitig muss sie lernen, dass sie nicht für die ganze Welt verantwortlich ist. Und dass es kein Weltuntergang ist, wenn man zuweilen Fehler macht.»

«Spielst du auf die Situation mit den Perlen an?»

«Unter anderem, ja. Kritik einzustecken fällt ihr schwer, sie nimmt alles sehr persönlich und wird schnell melancholisch. Der Fall mit den Perlen war aber vergleichsweise harmlos. Sie hatte schon Weinkrämpfe wegen weit weniger Wichtigem.»

«Verstehe.» Tatsächlich begreife ich langsam, was mit Mimi los ist und warum Ina so ist, wie sie ist.

Meine Schwester malt mit dem Fuß dünne Linien in den Boden. «Weißt du, Ella, als wir Kinder waren, hatten wir eine tolle Zeit.» Sie sieht mich offen an. «Du warst meine beste Freundin. Doch irgendwann … veränderte sich alles. Unsere Gespräche langweilten mich. Und ich war die Schule leid. Die Themen im Unterricht ödeten mich an, und dass die Lehrer alles so langsam und langweilig erklärten und dann noch nicht einmal meine Fragen beantworten konnten … all das machte mich wütend. Ich war süchtig, mehr von der Welt zu erfahren, aber die Gespräche der anderen drehten sich nur um Jungs oder um Mode. Ich habe bis heute keinen Bock auf Small Talk.» Ein spöttisches Lächeln huscht über ihr Gesicht. «Bei mir ufert immer alles aus.»

«Tja …», sage ich verlegen, weil ich mir urplötzlich dumm neben meiner superintelligenten Schwester vorkomme.

Ina fixiert mich, in ihren Augen kann ich keine nachtragenden Gefühle entdecken. Ich sehe nur den Wunsch, sich zu erklären.

«Ich habe Jahre gebraucht, um dahinterzukommen, was mit mir nicht stimmt. Nach und nach traf ich Menschen, die mir helfen konnten. Ich habe diverse Therapeuten aufgesucht, Tests absolviert, und irgendwann stand das Thema Hochbegabung im Raum. Heute bin ich Mitglied in einem Verein, der es Leuten wie mir ermöglicht, miteinander in Kontakt zu treten. Mit ihnen tausche ich mich regelmäßig aus, über Themen, die andere nicht im selben Maß interessieren.» Sie lächelt. «Manchmal treffen wir uns sogar für ein Wochenende. Das ist für mich wie Urlaub.»

Halleluja!, denke ich. Hätte Ina mit ihrer Veranlagung nicht einen superschlauen Beruf ergreifen müssen? Quantenphysikerin? Oder Hirnchirurgin?

«Ich brauche diese Treffen ebenso wie den Alltag auf dem Karsenhof», fährt Ina fort, als habe sie meine Gedanken gelesen. «Das Zusammenleben mit den Tieren erdet mich. Sie geben mir mehr als mancher Mensch.» Sie lächelt. «Ich mag mein Leben, wie es heute ist.»

Ich schlucke und starre betreten auf den Boden. Das ist mehr, als ich von mir behaupten kann. «Ich glaube», sage ich grüblerisch, «es gibt einiges, worüber ich jetzt nachdenken muss.» Irgendwie bin ich eingeschüchtert von ihren Worten und habe Angst, das Falsche zu sagen.

Plötzlich fasst Ina mich an der Hand. Sie wartet, bis ich sie ansehe, und sagt dann in eindringlichem Tonfall: «Glaub mir, Ella, ich bin kein Nerd. Mein Hirn funktioniert zwar anders als das der meisten Menschen – ich denke schneller und strukturierter. Aber darauf bilde ich mir weiß Gott nichts ein.» Ihre Stimme wird leise. «Es hat im Übrigen nicht nur Vorteile.»

«Und Mimi?», frage ich vorsichtig. «Was haben ihre Tests ergeben?»

Die Kleine ist Inas wunder Punkt, das merke ich sofort. Sie spricht mit einer solchen Inbrunst, dass ich die Not hinter ihren Worten heraushöre.

«Darüber möchte ich nichts sagen. Auch Mimi selbst hat keine Ahnung von dem Ergebnis, geschweige denn welche Bedeutung es für ihr Leben haben könnte. Stattdessen tue ich tagtäglich mein Bestes, sie so normal wie möglich zu behandeln. Sie soll nicht hochnäsig werden oder sich in eine Außenseiterrolle manövrieren, sondern, solange es geht, eine unbeschwerte Kindheit verleben, dabei aber ihren Interessen nachgehen dürfen. Ich habe mit Mimis Lehrern gesprochen und bin auf viel Verständnis gestoßen. Die Zeiten haben sich zum Glück geändert.» Ina ruckelt an ihrem Infusionsständer und zieht ihn etwas näher zu sich heran. «Ich bin froh, auf dem Karsenhof gelandet zu sein. Neni ist bodenständig und warmherzig. Sie ist unser Fels in der Brandung.»

Ein Patient mit einer Beinschiene humpelt auf Krücken an uns vorbei. Er bleibt stehen, um einem jungen Mädchen zuzuwinken, offenbar seiner Tochter. Sie eilt auf ihn zu und umarmt ihn innig.

Plötzlich fühle ich mich grauenhaft. Es zerreißt mich innerlich, wenn ich mir Inas, aber auch Mamas und Papas Kummer als Eltern vor Augen führe. Aber ich bewundere auch die Kraft, die Ina an den Tag legt, um ihrer Tochter ein schönes Leben zu bereiten. Ein erfüllteres, als sie es selbst gehabt hat. Ich kann nur vermuten, dass das ganz schön herausfordernd für Ina sein muss, und erinnere mich, dass Tom mir erzählt hat, dass Ina ihre Tochter einmal für eine kurze Zeit auf dem Karsenhof zurückgelassen hat. Erst jetzt begreife ich langsam, wie es dazu kommen konnte.

Während wir erneut in Schweigen verfallen, kann ich zum ersten Mal seit Langem wieder das Band spüren, das meine Schwester und mich einmal verbunden hat. Ich hoffe, sie fühlt es auch.

Nachdem ich mich von Ina verabschiedet habe, bin ich emotional dermaßen aufgewühlt, dass ich unmöglich direkt zurück zum Karsenhof fahren kann. Zwar brennt es mir auf den Nägeln, Papa von meinem Gespräch mit Ina zu erzählen, doch auch dafür braucht es ein wenig Abstand.

Ich beschließe kurzerhand, mich in Keitum auf andere Gedanken bringen zu lassen. Gemächlich radele ich los. Dieses Mal nutze ich nicht mein Handy, sondern richte mich ausschließlich nach den Straßenschildern.

Erneut zeigt sich, dass Sylt bestens mit Wegweisern versorgt ist, denn keine halbe Stunde später habe ich mein Ziel erreicht. Ich springe vom Rad, als die ersten Friesenhäuser auftauchen, und spaziere in Ruhe durch die malerischen Straßen. Fotografieren mag ich heute nicht, stattdessen lasse ich den Ort einfach nur auf mich wirken.

In einer winzigen Kunstgalerie erstehe ich ein paar Postkarten zur Erinnerung, dann setze ich mich damit in den gegenüberliegenden Garten einer Teestube und genieße eine Friesenmischung mit Kandis, während ich mir die hübschen Bilder ansehe.

Nach etwa einer halben Stunde habe ich mich einigermaßen beruhigt. Ich nehme einen letzten Schluck Tee und schlendere zurück zu meinem Fahrrad. Unterwegs entdecke ich ein Hinweisschild Richtung Sylt-Museum. Hin- und hergerissen bleibe ich einen Moment stehen. Es würde mich brennend interessieren, mehr über die Insel und ihre Geschichte zu erfahren, aber nicht heute.

Zu meiner Überraschung erwartet mich Mimi bereits sehnsüchtig auf dem Karsenhof. Offenbar hat Neni ihr von unserem Vorhaben mit dem Verkaufsstand erzählt und dabei erwähnt, dass wir Schilder benötigen.

Die Kleine ist Feuer und Flamme. «Tante Ella», sagt sie mit ernstem Gesichtsausdruck, «ich werde heute das Abendessen ausfallen lassen, damit wir mehr Zeit zum Malen haben.»

Bei so viel Entschlusskraft muss ich beinahe lachen. Ich lehne das Rad gegen die Wand des Ziegenstalls und nehme Mimi bei der Hand.

«Okay», sage ich, «das ist zwar sehr vorausschauend von dir, aber was ist mit mir? Muss ich auch das Abendessen ausfallen lassen? Ich habe nämlich ziemlichen Hunger.»

Mimi sieht auf ihre bunte Kinderarmbanduhr und beginnt, die Zeit zurückzurechnen. «Ich muss um acht ins Bett, wir brauchen zum Malen circa zwei Stunden, das bedeutet ...» Sie sieht mich entwaffnend an. «Wir müssen in zehn Minuten beginnen. Dann reicht es vielleicht zum Abendessen.»

Einen Moment bin ich verblüfft von der Rechnerei. «Wenn du schon mal anfängst, alle Stifte und auch einen Tuschkasten mit Pinsel auf der Veranda zusammenzutragen, schmiere ich uns schnell ein paar Brote. Dann haben wir Zeit gespart und können sie als kleine Pause dazwischenschieben.»

Mimi starrt mich an. Ich kann sehen, wie es in ihrem Hirn arbeitet. Wieder fliegt ihr Blick auf die Uhr.

«Okidoki, Tante Ella», sagt sie schließlich. «Jetzt sind es aber nur noch neun Minuten. Wir müssen uns beeilen!» Schon flitzt sie los.

Eigentlich wollte ich ja zuerst meinen Vater suchen, um mit ihm über Ina zu sprechen, doch jetzt ist erst einmal Mimi-Zeit.

In der Küche steht Neni am Herd und rührt seelenruhig in einem kupferfarbenen Topf. Wie aus einem Hexenkessel tritt heißer Dampf aus und verflüchtigt sich Richtung Decke.

«Geht es dir besser?», frage ich.

Sie nickt. «Ich hatte starke Anlaufschwierigkeiten heute. Das blöde Rheuma.» Sie wischt das Thema mit einer Handbewegung fort. «Aber jetzt ist alles gut. Erzähl, wie geht es Ina?» Sie reckt und streckt sich und vollführt mithilfe des Türgriffs ein paar Dehnübungen.

«Eindeutig besser.» Auf der Suche nach Butter schiebe ich im Kühlschrank hektisch diverse Schalen hin und her. «Sie saß heute draußen auf dem Gelände und hat gelesen. Am Wochenende kommt sie wahrscheinlich nach Hause.»

«Oh, das freut mich!» Neni richtet sich auf und strahlt. Ihr Gesicht liegt in tausend Falten, und es erinnert mich an einen dieser runzligen, rotbäckigen Herbstäpfel, die man zur Dekoration ins Fenster legt. «Weiß Mimi die tolle Nachricht schon?»

Gutes Stichwort. «Nein, aber wir haben uns gerade zum

Malen der Schilder verabredet. Sie holt nur schnell alle nötigen Utensilien.»

«Und du? Suchst du etwas?» Belustigt schaut Neni mir dabei zu, wie ich mich durch den Kühlschrankinhalt wühle.

«Ich muss innerhalb der nächsten acht Minuten ein paar Brote schmieren», erkläre ich. «Mimi hat ausgerechnet, wie lange wir fürs Malen benötigen. Und dass keine Zeit zum Abendessen bleibt.»

Neni schüttelt leise kichernd den Kopf. «Dann gehst du am besten schon mal auf die Veranda und bereitest alles vor», sagt sie. «Worauf wartest du? Ich schmiere euch derweil die Brote und bringe sie euch rüber.»

«Neni, du bist ein Schatz!», rufe ich erleichtert und bin schon unterwegs nach nebenan, wo Mimi bereits im Begriff ist, alle möglichen Farbtuben vor sich auszubreiten. Außerdem klappt sie zwei Tuschkästen auf und legt die Pinsel parat. Sie hat ein paar alte Zeitungen als Unterlage auf den Tisch gelegt. Ein ausrangiertes Marmeladenglas dient als Wasservorrat. Und doch sieht sie mich jetzt an, als stünde unsere Aktion kurz vor dem Scheitern. «Wir haben kein Papier, das groß genug ist!», jammert sie und deutet verzweifelt auf ihren Zeichenblock im A4-Format. «Man muss die Schrift doch von Weitem lesen können.»

Da hat sie leider recht. An Plakate hatte ich noch gar nicht gedacht. Verdammt! Nach kurzem Nachdenken kommt mir jedoch eine Idee. «Mal du doch schon mal ein paar Skizzen auf deinen Block», schlage ich vor. «Du weißt, was das ist? Ideen, wie die Plakate aussehen könnten.»

Mimi rollt mit den Augen. «Ich weiß sehr wohl, was eine Skizze ist.»

«Na, umso besser», sage ich und imitiere ihr Augenrollen, was sie zum Kichern bringt. «Dann besorge ich uns derweil eine Art Leinwand.»

25. Kapitel

Am Eingang des Kellers will ich das Licht einschalten und drücke auf den Knopf, doch nichts geschieht. Ein-, zweimal versuche ich es noch, aber die Treppe bleibt im Dunkeln.

Gerade als ich eine Taschenlampe auftreiben will, sehe ich, wie unten ein Lichtkegel hin und her wandert.

«Hallo? Wer ist denn da?»

Prompt huscht der Lichtkegel die Treppe hinauf, bis mir schließlich in die Augen geleuchtet wird. «He! Was soll das?», schimpfe ich.

Sofort verschwindet der Lichtstrahl und richtet sich stattdessen auf das Gesicht des Kellergeistes. Es ist Tom.

«Himmel, hast du mich erschreckt», stöhne ich. «Ist die Sicherung durchgebrannt?»

Er grinst mich respektvoll an. «Nein, das habe ich überprüft. Im Kasten ist alles okay. Aber eine Leitung macht hier immer wieder Probleme. Ich werde sie morgen isolieren, aber dafür benötige ich meine Grubenlampe, damit ich beim Arbeiten beide Hände frei habe.» Er sieht mich an. «Brauchst du etwas von hier unten?»

«Ja. Mimi und ich wollen die Schilder für den Hofstand malen, aber wir haben kein passendes Papier. Ich möchte im Keller nach einer Alternative suchen.»

Tom lässt den Arm mit der Taschenlampe sinken, sodass das

Licht nach unten strahlt. Er scheint zu zögern. Keine Ahnung, ob er damit liebäugelt, unsere Aktion zu boykottieren. Doch dann sagt er: «Komm runter. Ich helfe dir bei der Suche nach etwas Geeignetem.»

Er leuchtet mir auf dem Weg nach unten. Ich bin zwar immer noch genervt wegen seines schroffen Verhaltens gestern, aber die Materialien benötige ich nun mal. Bleibt abzuwarten, wie er mir sein Benehmen später erklären will.

«Wonach *genau* suchst du denn, wenn nicht nach Papier?», reißt Tom mich aus meinen Gedanken.

«Am besten wäre ein Klapp-Aufsteller. Oder eine Tafel, die man von beiden Seiten beschriften kann. In der Brauerei nutzen wir solche Teile beispielsweise, um die Tagesführungen anzukündigen.»

Aufmerksam verfolge ich das Licht der Taschenlampe, das Tom mit ruhiger Hand durch den Raum gleiten lässt.

«Stopp», rufe ich plötzlich und greife nach seinem Arm, um ihn ein Stück zurück nach links zu lenken. «Da … der Spiegel!» Wie elektrisiert lasse ich seinen Arm los. «Wenn wir den … hicks … benutzen dürften …»

Tom leuchtet die Stelle, die ich meine, genaustens aus. «Der ist kaputt», erklärt er. «Wird wirklich Zeit, dass hier unten mal einer ausmistet.»

«Auf keinen Fall!», rutscht es mir heraus. «Das ist … hicks … eine Goldgrube. Hier darf man nichts einfach so … wegwerfen! Viel zu viel ist noch verwendbar!»

Als ich spüre, dass Tom mich ansieht, stellen sich mir die feinen Härchen im Nackenbereich auf.

«Ach so?» In seiner Stimme glaube ich, ein Lächeln mitschwingen zu hören.

«Absolut!», sage ich entschlossen. «Der Spiegel zum Beispiel. Und wenn du bitte noch mal kurz nach rechts leuchten würdest …» Der Lichtkegel wandert zur geforderten Seite. «Auch den Bilderrahmen dort möchte ich gerne mit nach oben nehmen. Ebenfalls für unsere Malaktion.»

«Wie du meinst.» Er setzt sich vorsichtig in Bewegung, um nichts umzuwerfen, und ich beobachte den Lichtkegel, der über den alten Möbeln tanzt, als wolle er sie zu neuem Leben erwecken.

Als Tom in einer Ecke herumfummelt, ertönt plötzlich ein ohrenbetäubendes Geschepper.

«Ich hab dir außer dem Rahmen noch ein paar Kisten rausgefischt», sagt er und leuchtet auf drei alte Obstkisten neben seinen Füßen. «Könnte mir vorstellen, dass du für die auch noch Verwendung hast.»

Begeistert klatsche ich in die Hände. «Super! Daraus basteln wir Regale!»

Ich bin so überwältigt von meinem Schaffensdrang, dass ich das dünne Stimmchen, das von oben kommt, erst gar nicht wahrnehme.

«Tante Ella?», piepst Mimi. «Bist du da unten?»

«Ja, wir sind hier», antwortet Tom an meiner Stelle. «Wir kommen jetzt hoch.»

Und ich füge hinzu: «Wir haben richtig tolle Sachen gefunden!»

Zehn Minuten später sitzt Tom mit uns auf dem Fußboden der Veranda, und wir essen Nenis geschmierte Brote. Neni selbst hat sich wieder in ihre Häkelstola geworfen und es sich in einem der Stühle bequem gemacht. Staunend geht sie Mimis Entwürfe durch und präsentiert uns der Reihe nach die Zeichnungen. Tom und ich unterbrechen das Essen, um zu applaudieren, bei jedem Blatt ein wenig lauter.

Mimi blüht sichtlich auf bei so viel Zuspruch. Aber ihre Skizzen sind auch wirklich ideenreich und toll ausgeführt. Es fällt uns schwer, zwei auszuwählen.

Als wir aufgegessen haben, springe ich auf, um den Spiegel und den alten Bilderrahmen zu entstauben.

«Wir benutzen die Rückseiten», erkläre ich, weil die drei mich etwas ratlos ansehen. «Auf der hinteren Fläche haben wir Platz, und die Farben dürften gut sichtbar sein.» Zum Beweis greife ich mir einen von Mimis Stiften und male einen zarten Punkt hinten auf den Spiegel.

Sofort kommt Bewegung in Mimi. Mit einem dünnen grünen Edding zeichnet sie zunächst vorsichtig einen ihrer ausgewählten Entwürfe auf die Fläche, dann malen wir die Stellen mit der dickflüssigen Farbe gemeinsam aus.

Gemüsekorb steht am Ende in dicken, geschwungenen Lettern auf dem Spiegel geschrieben. Daneben ist ein angeschnittenes Marmeladenglas zu sehen, außerdem ein dampfender Teebecher und verstreute Blümchen. Ganz unten kann man ein paar Beispiele von dem lesen, was angeboten wird. Den Hintergrund ziert ein ziemlich exaktes Abbild einer gläsernen Essigflasche.

«Wow!», macht Tom. «Das sieht aber wirklich einladend aus.»

Mein Blick huscht überrascht zu ihm hinüber. Dafür, dass er sich gestern so gegen die Aktion gesträubt hat, wirkt er heute regelrecht euphorisch. Hoffentlich kippt die Stimmung nicht wieder.

«Also, ich würde sofort anhalten, um einen Abstecher hier in unser Minilädchen zu unternehmen», schwärmt auch Neni. Sie hat den Kopf in die Hände gestützt und lässt ihren Blick zwischen den Schildern hin- und herwandern. «Ach, das wird wundervoll!»

Ihr strahlendes Lächeln gilt mir, und ich strahle zurück. «Das denke ich auch.»

Mimi tanzt gut gelaunt durch den Raum. Sie vollführt kleine

Kunststückchen, und wir müssen lachen angesichts ihrer übersprudelnden Energie. Plötzlich merke ich, dass Tom mich ansieht. Fast zärtlich ruht sein Blick auf mir, und für einen Moment habe ich den Eindruck, er wolle etwas sagen. Doch er kratzt sich nur verlegen am Kinn, und mir fällt erst jetzt auf, dass sein Bart ab ist.

«Was Mama wohl dazu sagt?» Mimi schiebt sich zwischen uns.

Keiner scheint darauf eine Antwort zu haben. Irgendwann sagt Neni: «Wir kriegen das schon hin.»

Mir wird ein wenig mulmig zumute, weil mir der Gedanke kommt, Ina würde sich womöglich nicht von ihren Sachen trennen wollen. Von der Seite hatte ich es noch gar nicht betrachtet, allerdings wäre das ziemlich vermessen. Denn die meisten der eingelegten Gemüse sind höchstens ein paar Monate haltbar. Wenn Ina also weiterhin so exzessiv ihrem Hobby nachgehen möchte, *muss* sie diese Lösung wohl oder übel akzeptieren.

«Wo ist eigentlich Rolf?», erkundigt sich Neni. «Er kreuzt doch für gewöhnlich auf, wenn Essenszeit ist.»

Wir blicken uns ratlos an.

«Heute Nachmittag habe ich ihn noch gesehen», sinniert Neni. «Er war Stunden mit seinem Wagen beschäftigt. Wenn ihr mich fragt, wollte er auf'n Swutsch.»

«Du meinst, er will Frauen aufreißen?», hakt Tom grinsend nach.

«Vollkommen ausgeschlossen», wiegele ich ab. Papa auf Freiersfüßen – die Vorstellung ist absurd. «Außerdem … wo soll er die denn kennenlernen?»

«Na, wo wohl?» Neni wirft die Arme in die Luft. «Auf Sylt!» Sie beugt sich vor. «Überleg doch mal, Ella. Vorgestern kam dein Vater beschwipst nach Hause. Und gestern Abend schien er ziemlich auf heißen Kohlen zu sitzen, als wäre er eigentlich lieber woanders.» Sie zieht die Stola ein wenig fester und wackelt vielsagend mit den Augenbrauen. «Wenn ihr mich fragt, ist die Sache klar.»

Ohne den Gedanken überhaupt in Erwägung zu ziehen, schüttele ich den Kopf. «Nein, das kann nicht sein. Papa hängt noch sehr an meiner Mutter. Andere Frauen interessieren ihn nicht.»

Ich erinnere mich noch deutlich an unseren Ausflug auf die Shetlandinseln. Fünf Damen rissen sich förmlich um Papa, da strickbegeisterte Männer nun mal eine Seltenheit sind. Doch er zeigte ihnen die kalte Schulter.

«Ella», sagt Neni sanft, «wie lange ist eure Mutter jetzt tot?»

«Genau fünfzehn Jahre», antworte ich, wie aus der Pistole geschossen. Und plötzlich merke ich selbst, was das für eine lange Zeitspanne ist. Ich beiße mir auf die Lippen.

«Siehst du.» Neni legt den Kopf schräg. «Vielleicht ist er längst bereit für eine neue Liebe? Und sollte das der Fall sein, wirst du es ihm sicher gönnen, oder?» Sie sieht mich ostentativ an.

Natürlich möchte ich, dass mein Vater glücklich ist, denke ich. Auch wenn ich den Gedanken an eine neue Frau an seiner Seite … nun ja … *befremdlich* finde.

«Er hat keine Frau auf Sylt kennengelernt», sage ich im Brustton der Überzeugung. «Höchstwahrscheinlich trifft er sich mit diesem Henri.»

«Wie dem auch sei …» Tom ist aufgestanden und hat einen Blick aus dem Erkerfenster geworfen. «Sein Wagen ist jedenfalls fort.»

≈

Ich habe beschlossen, loszulassen.

Papa zuliebe. Ich kann ihn nicht von morgens bis abends in Watte packen, nur damit ihm nichts zustößt. Und hinterherspionieren werde ich ihm auch nicht, selbst wenn es mir in den Fingern juckt. Denn es ist doch seltsam: Papa hat einen gemeinsamen Urlaub gewollt, scheint aber von Anfang an eigene Pläne zu verfolgen.

Nur welche?

Gerade will ich mein Handy zücken, um ihn genau danach zu fragen, als Mimi mich bittet, sie ins Bett zu bringen. *Loslassen, Ella!*, ermahne ich mich und willige sofort ein. *Dein Vater ist erwachsen, er weiß, was er tut.*

Wieso nur kann ich das nicht glauben?

Während Mimi zum Waschen und Zähneputzen im Bad verschwindet, schlage ich ihr Bett auf und drapiere ein paar Stofftiere. Anschließend setze ich mich auf die Bettkante am Fußende. Mimi schläft zurzeit in Inas Zimmer, und als ich mich im Raum umsehe, fühle ich mich wie ein Eindringling. Es gibt einen Kleiderschrank von Ikea, einen Schreibtisch, auf dessen Platte erstaunliches Chaos herrscht, und daneben ein Bücherregal, vollgestopft mit ausschließlich schlauen Titeln: Abhandlungen über Astronomie, Philosophisches, Meereskunde und allerlei Lexika.

Durch das weit geöffnete Fenster dringen die Geräusche des nahenden Abends herein. Vögel singen ihre Lieder, ich glaube, Zikaden zu hören, und in der Ferne bellt ein Hund.

Mimi hopst gut gelaunt ins Zimmer und lässt sich mit Schwung auf das Bett plumpsen. Dann kriecht sie unter die Decke, rutscht nach links an die Wand heran und lächelt mich erwartungsvoll an.

«Soll ich dir etwas vorlesen?», frage ich, weil ich denke, dass man das bei Kindern so macht.

Aber Mimi schüttelt den Kopf. «Ich bin doch nicht blind, Tante Ella.»

«'tschuldigung …», murmele ich und denke, dass ich von

Kindern wirklich keine Ahnung habe. «Dann lass ich dich jetzt schlafen?»

«Nein!» Mimi rollt mit den Augen. «Es fehlt doch noch die Gutenachtgeschichte!»

O-kay. Klar. Ich soll also eine Geschichte aus dem Ärmel schütteln. Sofort krame ich in meinem Hirn, das in puncto kindertauglicher Märchen aber leider restlos leer ist.

«Also, es war einmal …», setze ich an und merke selbst, wie dämlich sich das anhören muss.

Mimi prustet los vor Lachen. «Nicht *du* erzählst mir eine Geschichte», kichert sie, «sondern ich dir!»

Äh … ja. Das war doch früher mal anders, oder?

«Na, dann leg mal los, ich bin gespannt.»

«Oh Mann, Tante Ella, du hast ja wirklich null Ahnung vom Geschichtenerzählen.» Mimi klopft auf den Platz neben sich. «Du musst dich hinlegen und an die Decke schauen, sonst können Erwachsene nicht entspannen.»

Mit einem breiten Grinsen auf dem Gesicht leiste ich ihrem Wunsch folge und kuschele mich dicht neben sie. Kaum liege ich und habe den Blick vorschriftsmäßig nach oben gerichtet, beginnt sie mit kindlicher Flüsterstimme zu erzählen. Was folgt, ist eine Geschichte über ein kleines Mädchen, das sich auf Knopfdruck unsichtbar machen und fliegen kann. Auf ihren Flügen erlebt sie skurrile Dinge und deckt Geheimnisse auf, wobei die Story immer konfuser und Mimis Stimme leiser und brüchiger wird – dann ist die Kleine eingeschlafen.

Eine Weile bleibe ich noch neben ihr liegen, lausche ihrem Atem und dem Schweigen, das sich draußen langsam über dem Garten ausbreitet. Irgendwann, als auch ich drohe, einzuschlafen, krabbele ich vorsichtig aus dem Bett, decke Mimi sorgfältig zu und kann nicht widerstehen, ihr einen Kuss auf die Stirn zu geben. Ihre Haut duftet wie ein warmer Sommertag, und ich spüre dem Wohlgeruch noch nach, als ich mich bereits auf der Treppe ins Erdgeschoss befinde.

Gedankenverloren brauche ich einen Moment, um zu realisieren, dass die Kellertür offen steht. Ich will gerade nachsehen, ob jemand dort ist oder ob ich sie schließen soll, als Tom mir entgegenkommt.

«Das Licht unten funktioniert fürs Erste wieder», erklärt er und grinst. «Ging auch ohne Grubenlampe. Falls du also noch mehr von Omas Schrott gebrauchen kannst – bedien dich.»

Ich schneide ihm eine Grimasse. «Das ist kein Schrott!», verteidige ich die Antiquitäten seiner Großmutter. «Ich mag die alten Möbel. Sehr sogar.»

«Na, du hast ja gesehen, wie wahnsinnig sie sich darüber freut, dass jemand ihr Zeugs wertschätzt.» Er sieht mich auffordernd an. «Also, wie sieht's aus: Hast du Lust auf einen Spaziergang? Hier in der Nähe gibt es ein sehenswertes Kontrastprogramm zu Sandstrand und Wellengischt.»

Ich horche auf und nicke. «Muss ich mir was überwerfen?»

«Unbedingt», sagt Tom. «Allein schon wegen der Mücken.»

Wenig später bin ich mit meiner Jacke und einer kleinen Tasche wieder zurück. Ich will mich von Neni verabschieden, doch sie ist hoch auf ihr Zimmer gegangen.

«Heute war nicht ihr Tag», sagt Tom. «Auch wenn sie sich nach Kräften bemüht hat, es vor uns zu verbergen.»

«Ja, stimmt. Sie war bereits heute Morgen nicht gut zuwege», erinnere ich mich. «Mit 80 Jahren finde ich das aber auch nicht erstaunlich. Mich wundert eher, wie fit sie ansonsten noch ist.»

Tom schweigt, und ich sehe ihm an, dass da noch mehr ist, das ihm zu schaffen macht.

26. Kapitel

Seite an Seite biegen wir nach links in eine Straße, die vom Hof in Richtung Morsum führt. Es dauert nicht lange, dann zweigt rechter Hand ein Sandweg ab, der gerade breit genug ist, damit wir ihn nebeneinander entlangschlendern können. Momentan sind kaum Radfahrer unterwegs, auch Fußgängern begegnen wir so gut wie gar nicht.

Die Sonne hat sich hinter dem Deich verabschiedet, und ich male mir aus, wie sie vielleicht in diesem Moment auf der Horizontlinie balanciert, bereit, mit farbenfrohem Geleit im Meer zu versinken.

Von hier aus ist vom Sonnenuntergang leider nichts zu sehen, linker und rechter Hand blicken wir auf Felder oder buschige Heideflächen, einzig der gefärbte Abendhimmel über uns, der ein dunkles Lila trägt, kündigt die bevorstehende Nacht an.

Schafe grasen friedlich in der Abenddämmerung, offensichtlich noch nicht in Feierabendstimmung.

«Unser Ziel heißt Katrevel», erklärt mir Tom mit gesenkter, fast feierlicher Stimme. «Ein einzigartiges Areal, das vielen Urlaubern leider verborgen bleibt, insbesondere dann, wenn sie sich mehr fürs Baden oder die sogenannten Hotspots interessieren.» Er macht eine kurze Pause, ehe er mit seiner Beschreibung fortfährt: «Das Gebiet ist weitläufiger, als man auf den ersten Blick annehmen könnte, große Teile davon sind als Naturschutzgebiet ausgewiesen, oder aber sie grenzen daran. Zu Recht, denn die Vogelvielfalt, die es dort im Umkreis zu beobachten gibt, ist auf der Insel einmalig.»

«Auf der Hinfahrt habe ich vom Zug aus bereits einige Schwärme sichten können», erinnere ich mich, doch aus dem Augenwinkel kann ich sehen, wie Tom den Kopf schüttelt.

«Was du gesehen hast, ist das Wattenmeer oberhalb des Hindenburgdamms. Es befindet sich weiter im Norden.» Mit seinem Arm deutet er die Richtung an. «Im Frühjahr und Herbst rasten dort die Zugvögel für einige Wochen, um sich Fettdepots anzufuttern, ehe sie in ihre Brut- oder Überwinterungsgebiete weiterziehen. Je nach Klima verschiebt sich der Vogelzug, sodass die Tiere manchmal, wie in diesem Jahr, im Juni noch hier sind.» Er wirft mir einen prüfenden Seitenblick zu. «Ich hoffe, ich langweile dich nicht mit meinen Tiergeschichten.»

«Auf keinen Fall!», beteure ich. «Ich finde es spannend, in die Geheimnisse der Natur eingeweiht zu werden.»

Tom wartet einen Moment, weil ich einer unebenen Stelle auf meinem Weg ausweichen muss, dann fährt er fort: «Das Katrevel jedenfalls liegt quasi auf der entgegengesetzten Seite. Dort sind aus ehemaligen Meeresarmen Süßwasserseen entstanden, und es hat sich eine interessante Fischvielfalt angesiedelt, die man aufgrund des Salzgehalts im Meer nicht findet.»

Ich zeige auf mehrere Schilder, die geschützte Gebiete ausweisen und Menschen fernhalten sollen. «Naturschutz spielt hier offenbar eine große Rolle.»

«Ja, zum Glück. Ansonsten wären die Touristen oftmals nicht zu bremsen und unbelehrbar. Für einen Schnappschuss oder einen Post auf Instagram nehmen sie es in Kauf, die Dünenlandschaft kaputt zu trampeln. Sie machen sich keine Vorstellung davon, dass der Strandhafer dem Küstenschutz dient.

Jedes Jahr wird er in Büscheln von Hand nachgesteckt, damit er rasch anwurzelt und an der Dünenoberfläche den Flugsand aufhält.»

Das wusste ich allerdings auch nicht. Umso besser, dass man für Leute wie mich Warnschilder aufstellt, die Schlimmeres verhindern.

Wir verlassen den breiten Sandweg und biegen nach rechts, auf ein Privatgrundstück. Ich zögere. «Hier ist der Zutritt verboten. Liest du keine Schilder?», frage ich mit leiser Ironie in der Stimme. Gerade hat er sich doch noch über die blinden Touristen beschwert.

«Kein Problem.» Tom winkt ab «Der Grund gehört dem Angelverein.»

«Ach, und dem gehörst du an?»

«Nein.» Er marschiert unbeirrt weiter.

«Warte!» Ich will stehen bleiben und mich an die Regeln halten, mag aber in der Dämmerung nicht allein zurückbleiben. Darum schließe ich schnell auf. Und dann bin ich für einen Moment sprachlos, weil wir plötzlich Sicht auf den orangefarbenen Streifen haben, den die untergehende Sonne am Horizont hinterlassen hat. Ein See, direkt vor uns, liefert dazu eine Bilderbuchkulisse. Spiegelblank liegt er da und scheint auf die Nacht zu warten.

Leider kann ich mich gerade nicht entspannen. «Was, wenn der Eigentümer irgendwo im Gebüsch mit einem Gewehr lauert und auf uns schießt?» Ich lasse meiner Fantasie freien Lauf. Liest man doch immer wieder, dass Leute ihr Eigentum auch mit mafiösen Mitteln verteidigen.

Tom bleibt stehen und dreht sich zu mir um. Trotz der Dämmerung erkenne ich ein amüsiertes Zucken um seinen Mund.

«Ella», sagt er, bemüht um einen ernsten Tonfall, «der Eigentümer dieses Grundstücks ist ein *Verein*. Ein Angelverein. Nicht der Schützenverein und schon gar nicht die Camorra. Vertrau mir.»

Mir rutscht ein schiefes Lächeln übers Gesicht, was Tom aber zum Glück nicht sehen kann, da er sich bereits umgedreht hat und weiterläuft. Ich stapfe hinterher und versuche, mich zu beruhigen. Vermutlich gehört Tom sehr wohl diesem Verein an, aber es ist ihm peinlich, es zuzugeben, weil Angeln kein sonderlich attraktives Image hat.

Wir schlendern weiter am Ufer entlang, und ich muss mich zwingen, den Weg im Auge zu behalten, damit ich nicht stolpere. Aber das Naturschauspiel ist so unfassbar schön, dass ich meinen Blick ständig in der Gegend umherschweifen lasse.

Keine Menschenseele ist weit und breit zu sehen, als wir an einen Steg gelangen und bis zu dessen Ende gehen. Wie auf ein stummes Zeichen setzen wir uns, ziehen die Schuhe aus und lassen die Füße baumeln. Mucksmäuschenstill lauschen wir mit allen Sinnen den Stimmen der Natur.

«Es ist wundervoll hier», flüstere ich ergriffen. Ich möchte die vielen Tiere, die uns vermutlich aus ihren Nestern und Verstecken beobachten, nicht stören. Sogar über den Spiegel des glasklaren Sees, in dem sich die umstehenden Gräser spiegeln wie lange, dunkle Haare, huschen von Zeit zu Zeit kleine Insekten.

Ich nehme eine Bewegung wahr, und als ich zur Seite blicke, sehe ich, dass Tom mich anlächelt. «Schön, dass du ein Auge dafür hast.»

Ich kann einen Hauch seines Geruchs wahrnehmen, den der Abend zu mir herüberträgt. Herb und holzig.

«Weißt du, Ella …» Er räuspert sich verlegen. «Inzwischen glaube ich, dass wir uns neulich ziemlich missverstanden haben.»

Überrascht hebe ich die Augenbrauen. «Inwiefern?»

«Also, beim Picknick ...» Er streicht über einen abgebrochenen Grashalm, der sich über den Steg biegt, und zieht sanft daran. «Du hast von meinem Streit mit Neni gesprochen und wie du ihn aufgefasst hast.» Der Halm bricht, und er rollt ihn zwischen seinen Fingerkuppen hin und her. «Du warst der Meinung, ich wolle die Kellervorräte wegschmeißen und außerdem etwas gegen Nenis Einsamkeit tun. Darum kam dir die Idee mit dem Hofladen.» Der winzige Stängel gleitet ihm aus den Fingern, und Tom verzieht schmerzhaft das Gesicht. «Ich hingegen wollte ...» Er gerät ins Stocken. «Ich ... hatte etwas vollkommen anderes im Sinn. Darum fand ich es sehr unpassend, dass du Neni diesen Floh mit dem *Gemüsekorb* ins Ohr gesetzt hast.»

Ich versuche, mich zu erinnern, an sein Gespräch mit Neni, aber auch an den Abend des Picknicks, doch ich komme nicht dahinter, was er meint.

«Was ... schwebte dir denn vor?» Es kann nichts Gutes sein, wenn er so ein ernstes Gesicht macht. Ich spüre, wie sich in meinem Magen etwas zusammenbraut.

«Ich wollte ... also ... ich sehe eigentlich keinen anderen Ausweg, als ...», stottert Tom. Er will nicht mit der Sprache herausrücken, und als sich unsere Blicke treffen, sehe ich für einen kurzen Moment die Ratlosigkeit in seinen Augen.

Ich bin wie gelähmt, ich fühle mich schuldig, ohne genau zu wissen, was ich falsch gemacht habe. Ich wünschte, wir hätten dieses komplizierte Thema nicht an diesen idyllischen Ort mitgebracht.

Doch dann wird seine Miene wieder weich, und er lächelt. «Ich fand es jedenfalls extrem bewundernswert, mit welcher Hingabe du deine Ideen vorangetrieben hast. Ich habe Neni lange nicht mehr so glücklich und lebendig erlebt.»

«Äh ... ich ...» Irgendwie gerate ich immer weiter ins Hintertreffen. Habe ich mich denn nun falsch oder richtig verhalten? Ich suche in seinem Blick nach einem Hinweis, doch die Intensität, mit der er mich ansieht, macht alles nur schlimmer. Ich entscheide mich für die Flucht nach vorn.

«Nun, die Idee mit dem Verkaufen ist ja nicht neu», plappere ich drauflos. «In der Umgebung bietet bestimmt jeder zweite Hof etwas an. Trotzdem wäre es doch schön, wenn der Plan aufgeht und ihr ein bisschen was von Inas Sachen loswerdet.»

Ich schaue ihn nicht an, damit er mich nicht wieder aus dem Konzept bringt, sondern quassele mit überschwappender Nervosität weiter: «Es hat mir so viel Spaß gemacht, auch weil ich selbst gesehen habe, was das Projekt mit Neni und Mimi macht. Ich wünschte, ich könnte die Aktion im Alltag begleiten und mich höchstpersönlich neben den Strandkorb stellen und die Leute heranwinken.» Unsicher schiele ich nun doch zu Tom. Er hat den Kopf schief gelegt.

«Ja, das wäre sicher verkaufsfördernd.» Er lacht. «Leider schafft Ina es nicht, so viel Gemüsepesto zu fabrizieren, dass wir von dem Erlös alle leben könnten.»

«Nein, wohl kaum.»

Meine Gedanken schweifen ab. Es ist nett, dass er meine Bemühungen wertschätzt, aber ich frage mich nun umso mehr, was ihn dermaßen bedrückt. Worüber hat er sich mit Neni gestritten? Warum hat er so allergisch auf meine Idee reagiert? Es bleibt ein Rätsel, denn ich ahne, dass er mir heute nicht davon erzählen wird. Vielleicht muss ich einfach warten, bis Tom so weit ist. Ich habe mich ja auch schwergetan, Papa von der Sache mit Bastian zu erzählen. Und ich bin Tom ausgewichen, als er mich gefragt hat, warum Ina und ich so lange keinen Kontakt hatten. Ich weiß zu gut, wie es ist, wenn einen ein Thema so belastet, dass man es am liebsten gar nicht ansprechen würde.

«Was ist eigentlich mit deinen Plänen?», wechsele ich darum vage das Thema. «Willst du langfristig wieder zurück nach Berlin?»

Tom überlegt. Schließlich sagt er ausweichend: «Leider geht es ja nicht immer danach, was man gerne möchte.» Er sucht meinen Blick. «Weißt du noch, als wir am Roten Kliff standen? Da hast du mich gefragt, ob ich mich auf Sylt nicht wohlfühle.» Er muss kurz schmunzeln. «Die Antwort lautet: Doch das tue ich. Und auch über die Frage nach meinem Zuhause habe ich seitdem weiter nachgedacht. Es ist hier. Auf Sylt habe ich meine Kindheit verbracht, jeden Sommer neue Freunde gefunden, ich bin gesurft, im Herbst den Strand entlanggeritten. Hier hatte ich die verschiedensten Ferienjobs, und sogar meine erste Liebe habe ich auf Sylt erlebt.» Er zwinkert. «Und nein, wir sind nicht mehr zusammen, es hielt nur einen Sommer.»

«Aber auf der Insel leben möchtest du trotzdem nicht wieder?»

Tom seufzt. «Das ist leider nicht so leicht. Ich kann hier nicht einfach eine Praxis eröffnen, es gibt bereits genügend. Denn wie gesagt: Ich bin Kleintierarzt. Wie sollte ich im Winter auskommen, wenn die Gäste weniger werden? Zwar habe ich vor einigen Jahren damit begonnen, mich im Bereich Chiropraktik fortzubilden, aber auch da bin ich noch unschlüssig, wie es weitergehen könnte. Denn eins ist sicher: Selbst wenn ich auf dem Festland in der Nähe einen Job finde, würde mir Zeit für so ziemlich alles im Leben fehlen. Und das wäre schade.» Er wartet, dass ich ihn ansehe. «Ein kleines eigenes Glück, das wäre mein Wunsch.»

Mir klopft das Herz bis zum Hals.

«Und du?», fragt Tom unvermittelt. «Was hast du in Zukunft vor? Es scheint, als sei dein Leben und das von … *Bastian* auch gerade an einem Wendepunkt angelangt, oder?» Er betont den Namen wohl bewusst, um zu zeigen, dass er ihn sich merken kann. Im Gegensatz zu Papa.

«Ja», sage ich, ohne groß nachzudenken. «Wendepunkt trifft die Sache eigentlich ganz gut. Leider habe ich bislang keine Idee, wie es weitergehen könnte.»

Jetzt, da ich es ausgesprochen habe, wird mir meine Situation plötzlich wieder deutlich vor Augen geführt. Ich fühle mich planlos, einsam und ziemlich überflüssig auf dieser Welt. Ich meine, Ina hat ihren Platz im Leben gefunden und scheint glücklich mit ihrer kleinen Patchworkfamilie zu sein. Bastian geht in seiner riesigen Vorzeigefamilie auf – nur ich klebe noch an meinem Papa, der aber neuerdings auch ganz eigene Wege geht. Ich spüre, wie mir Tränen kommen, und blinzele sie schnell fort.

«Eigentlich habe ich immer gedacht, dass, wenn im Leben mal etwas schiefläuft, ich meinen Vater als Heimathafen habe. Doch seit wir hier auf Sylt sind, verhält er sich äußerst merkwürdig. Und damit meine ich nicht seine vorgetäuschte Gehirnerschütterung …» Ich habe mich wieder im Griff und werfe Tom einen kurzen, tadelnden Blick zu, muss aber sofort lachen, als ich seine gequälte Miene sehe.

«Wie wäre es, wenn wir uns auf die Lauer legen?», schlägt er vor. «Wir spionieren ihm hinterher, wenn er das Haus verlässt.» Fragend hebt er die Brauen.

Ich schüttele den Kopf. «Nein, das halte ich für keinen zielführenden Plan, Sherlock Holmes.»

«Gut, dann warten wir ab, ob er sich nicht doch noch verrät. Und so lange …» Er rollt auf den Rücken und deutet mit der ausgestreckten Hand in den Himmel. «So lange müssen wir wohl die Sterne um Rat fragen. Schau sie dir an.» Mit seinem linken Arm zieht er mich sanft nach hinten, bis ich neben ihm liege.

Irritiert schaue ich nach oben, bin aber sofort überwältigt von dem Anblick: Tausende schwach glitzernde Lichtpunkte stehen am Himmel, bereit für ihren nächtlichen Auftritt.

«Wow!», sage ich beeindruckt. «Von hier stehe ich so schnell nicht wieder auf.»

Wir liegen dicht beieinander, und manchmal berühren sich unbeabsichtigt unsere Unterarme. Ich kann die Wärme spüren, die Toms Körper ausstrahlt.

«Denk schon mal über einen Wunsch nach», raunt er mir ins Ohr, «falls du gleich eine Sternschnuppe siehst.»

Seine Worte lösen in meinem Körper eine Gänsehaut aus, bis hinein in meinen großen Zeh spüre ich das Prickeln.

«Ich habe so viele Wünsche, da muss ich nicht lange nachdenken», entgegne ich. «Einer davon scheint allerdings gerade wahr geworden zu sein.»

«Erzähl ihn mir», fordert Tom mich auf.

Ich lächele stumm in mich hinein. Ich werde den Teufel tun, ihm zu verraten, was ich mir gewünscht habe – nämlich in einer emotional aufwühlenden Situation mal keinen Schluckauf zu bekommen.

Ich habe keine Ahnung, wie lange wir nebeneinander auf dem Steg liegen und in den Himmel schauen. Drei Sternschnuppen habe ich schon gezählt. Immer wieder mal hört man einen Fisch im Wasser plätschern oder ein Tier im Gebüsch rascheln.

«Autsch!» Ich klatsche mir mit der flachen Hand auf den Oberschenkel, wo mich gerade eine Mücke gestochen hat.

«Oh weh», sagt Tom, «ich fürchte, die Blutsauger haben uns nun doch gerochen.»

Ich setze mich auf und ziehe schnell meine Jacke über, doch es nützt nichts. «Offenbar haben sie es aber nur auf mich abgesehen», stelle ich fest, «du scheinst ihnen egal zu sein.»

«Wohl kaum. Entweder atmest du schneller, oder dein Schweiß riecht besser. Ich tippe auf letzteres.»

Ich fühle seinen Blick auf mir ruhen. «Egal aus welchem

Grund», sage ich und denke, dass es ja irgendwie logisch ist, dass ich so viel atme, wenn er mich so ansieht. «Ich fürchte, wir müssen gehen.» Mit Schwung klatsche ich erneut gegen mein Bein.

Tom springt auf. «Das sehe ich genauso. Nicht dass dich dasselbe Schicksal ereilt wie deine Schwester. Du weißt ja: unter keinen Umständen kratzen!»

Folgsam nicke ich. «Ja, Herr Doktor.» Ich lasse mir von ihm auf die Beine helfen und sehe mich noch einmal seufzend um. «Am liebsten würde ich die ganze Nacht hier liegen.»

«Keine gute Idee. Mal abgesehen von den Mücken schätze ich, dass es über Nacht unangenehm frisch wird.»

Während des Rückwegs schweigen wir. Alles andere wäre eine Sünde, denn allein schon unsere Schritte stören die Idylle.

Ein-, zweimal stolpere ich über Unebenheiten im Boden, weil es auf dem Feldweg inzwischen ziemlich dunkel ist. Als ich beim dritten Mal fast stürze, greift Tom meine Hand. Auch das geschieht ohne Worte und in stillem Einvernehmen, und es fühlt sich aufregend und zugleich vertraut an.

In der Tat bewege ich mich an seiner Seite nun viel sicherer, zumal die Berührung mit seiner Haut bis in die letzte Zelle meines Körpers dringt und mir ein Gefühl der Geborgenheit verleiht.

Auch auf dem geteerten Fußweg der Landstraße lässt er mich nicht los, ebenso wenig wie auf dem Kiesweg zum Karsenhof. Erst als wir im Rondell ankommen und Papas Auto dort stehen sehen, gibt Tom meine Hand frei – um seine eigene gleich darauf prüfend auf die Motorhaube zu legen. «Noch warm», kommentiert er, und wir müssen über diese filmreife Szene lachen.

«Sieht so aus, als habe mein Vater in etwa dasselbe Timing wie wir», sage ich grinsend.

Wir stehen dicht beieinander, der Spaziergang ist beendet,

und wir sollten uns voneinander verabschieden. Aber keiner von uns mag sich trennen.

«Ich danke dir, Ella, dass du mir Sylt wieder ein Stück nähergebracht hast», macht Tom den Anfang. «Auch wenn ich mir gerade nicht sicher bin, ob das ein Vorteil für mich ist.» Er sieht mir tief in die Augen.

«Und ich … danke dir für sieben Mückenstiche», versuche ich die Situation zu entkrampfen, «aber natürlich auch für den wunderschönen Abend.» Mein Blick hat sich in seinem verhakt, ich komme nicht von Tom los, selbst wenn ich es wollte.

Wir stehen so nah zusammen, dass ich fürchte, er könne spüren, wie wild mein Herz pocht. Mit seinen dunklen Augen erforscht er mein Gesicht, lässt sie langsam suchend zu meinen Lippen wandern bis …

«Jetzt küsst euch endlich!», ruft Mimi plötzlich aus einem der oberen Fenster, und vor Schreck fahren wir gleichermaßen zusammen. Dann sehen wir uns an und prusten los vor Lachen.

Tom dreht sich zum Haus, legt seinen Kopf in den Nacken und ruft gedämpft: «Wieso bist du noch wach, du Dreikäsehoch?»

Die Kleine liegt mit den Unterarmen auf dem Fenstersims, beugt sich ein Stück vor und grinst übers ganze Gesicht.

Tom schüttelt den Kopf. «Du solltest längst im Bett sein und schlafen!»

«Ich hab geschlafen!», kommt es prompt zurück. «Aber Tante Ella hat vergessen, das Fenster zu schließen, sodass mich der Motor von Opas Klapperkiste geweckt hat.» Mimis Kichern ist vermutlich in der gesamten Nachbarschaft zu hören.

«Du bist also schuld», raunt Tom in meine Richtung. In seinen Augen liegt ein belustigtes Funkeln.

Unterwürfig hebe ich die flachen Hände auf Schulterhöhe und sage so laut, dass die Kleine mich ebenfalls hören kann: «Ich gestehe alles!» Mit aller Macht löse ich mich von Toms Blick. «Darum werde ich jetzt hochgehen und meinen Fehler ausbügeln», erkläre ich. «Gute Nacht, Tom.»

Er lacht. «Gute Nacht, Ella. Bis morgen.»

Noch während ich die Treppe ins Obergeschoss erklimme, zittern meine Knie.

Mimi merkt mir meine Verlegenheit sofort an. «Du bist aber nervös, Tante Ella.» Sie mustert mich interessiert. «Bist du verliebt?»

Ich starre sie an. «Iiich?», frage ich ertappt, wobei meine Stimme irgendwie nach oben wegdriftet. Mit zittrigen Fingern schließe ich das Fenster. Dann habe ich mich wieder im Griff und drehe mich zu Mimi um.

«Absolut», sage ich ernst und hopse mit Schwung zu ihr aufs Bett. «Und zwar in dich!»

27. Kapitel

Am nächsten Morgen bin ich bereits deutlich vor dem Weckerklingeln wach, wälze mich aber noch eine Weile herum, weil mir Verschiedenes durch den Kopf geht. Tom zum Beispiel. Der Abend mit ihm war wunderschön, doch eigentlich hatte er mir ja etwas erklären wollen. Warum ist er dann doch nicht mit der Sprache herausgerückt?

Ich werde einfach nicht schlau aus ihm. Umso besser, dass es nicht zu einem Kuss oder womöglich sogar mehr gekommen ist. Das … also … so ein Typ für eine Nacht bin ich nicht. Ich wäre in dieser Hinsicht gern ein wenig lockerer, aber wenn mein Herz erst einmal aus dem Takt geraten ist, stehe ich leider für sehr lange Zeit neben mir. Außerdem laufen unsere Lebenspläne derzeit in vollkommen konträre Richtungen, nein, schlimmer: Wir beide haben gerade gar keinen. Auch nicht die idealen Voraussetzungen für mehr.

Einen kurzen Moment werde ich wehmütig. Sobald Ina aus dem Krankenhaus entlassen wird und sie sich fit genug fühlt, auf dem Hof anzupacken, werden Papa und ich abreisen. Und so wie ich meine Schwester kenne, wird sie recht schnell wieder Vollgas geben. Das bedeutet, meine Tage hier sind längst gezählt.

Bei diesem Gedanken überkommt mich eine schreckliche innere Leere.

Denn zu Bastian kann ich nicht zurück. Oder doch? Vielleicht braucht es nur noch etwas länger, bis wir unsere Krise überwunden haben und wieder zueinanderfinden? Diese Art von Problemen, wie wir sie durchgemacht haben, treten doch in vielen Beziehungen auf, und nicht alle Paare trennen sich deswegen.

Unwillkürlich muss ich an gestern denken und an mein rasendes Herz, als ich mit Tom auf dem Steg lag, und ich versuche mich zu erinnern, ob ich derart heftig jemals für Bastian empfunden habe.

Ist ja aber eigentlich auch egal, denn es sagt überhaupt nichts aus. Nicht jede Partnerschaft beginnt zwangsläufig mit einem Erdbeben. Vermutlich sind das alles Stresssymptome, die ich in Toms Gegenwart verspüre, die sich auf meine Unsicherheit zurückführen lassen.

Ich sollte mit dem Grübeln aufhören!

Also stehe ich auf, obwohl es gerade mal 6 Uhr ist, und springe unter die Dusche. Anschließend schlüpfe ich in meine kurze Hose, die sich hier auf dem Hof als ausgesprochen praktisch erwiesen hat, stülpe mir eine bestickte Tunika über und binde mir auf dem Weg in die Küche meine Haare zu einem Knoten.

Noch ist nirgendwo jemand anzutreffen.

Hoffentlich fühlt sich Neni heute Morgen nicht wieder unwohl, denke ich, während ich die Kaffeemaschine auffülle. Danach mache ich mich an die Arbeit: Tiere füttern, Wasser erneuern, Eier und Kräuter sammeln, reifes Gemüse ernten. So langsam gehen mir die Tätigkeiten in Fleisch und Blut über.

Ich stelle bei den Gurken ein umgestürztes Rankgerüst wieder auf und lasse die Lamas auf die Koppel. Auf dem wild wachsenden Stück Grün nebenan pflücke ich noch schnell einen Wiesenblumenstrauß und schleppe anschließend gut gelaunt meine Beute zum Hof zurück.

Seltsam, dass sich die Arbeitsroutinen trotzdem wie Urlaub anfühlen.

Als ich die Einfahrt passiere, sehe ich Papa an seinem Auto stehen. Er ist bereits vollständig angezogen, trägt seine obligatorische Schiebermütze, eine lange Stoffhose, ein farblich passendes, kurzärmliges Hemd und dazu … *eine Krawatte?* Gerade spuckt er in sein Taschentuch und wienert damit über den Lack des Wagens.

«Ich hoffe, du hast noch ein zweites Tuch dabei», rufe ich ihm im Spaß zu, «um auch *im* Auto zu putzen.»

Beim Klang meiner Stimme ist mein Vater kurz zusammengezuckt. Jetzt winkt er lässig ab. «Da liegt ab sofort auch immer ein Putzlappen», informiert er mich. «Ich habe mir vorgenommen, in Zukunft etwas ordentlicher zu sein.»

Ich schlendere zu ihm. «Guten Morgen erst mal», sage ich, als ich ihn erreicht habe. «Trinken wir drinnen einen Kaffee zusammen? Ich würde gern über etwas mit dir sprechen.»

Mein Vater blickt mich überrascht an. «Was gibt es denn, Ellimaus? Geht es um Ina?» Er will sich wieder seinem Wagen zuwenden, doch ich stelle mich ihm mit einem schnellen Schritt in den Weg.

«Ja, es geht um Ina», erkläre ich ernst. Er kann sich ja wohl mal fünf Minuten mit mir beschäftigen, schließlich sind wir hierhergefahren, um gemeinsam Urlaub zu machen. Eine entspannte Vater-Tochter-Zeit sieht in meinen Augen allerdings anders aus.

«Oder wollen wir uns dort drüben auf die Bank setzen?» Ich deute auf das idyllische Plätzchen unter den Linden.

Mein Vater reckt sich auf Zehenspitzen an mir vorbei, um geschwind noch ein imaginäres Staubkörnchen von der Windschutzscheibe zu fegen, dann gibt er einen Stoßseufzer von sich. «In Ordnung, Ellimaus.»

«Prima, dann bringe ich noch schnell die Sachen in die Küche und bin sofort bei dir.»

Eine Weile sitzen wir schweigend nebeneinander, da ich nicht recht weiß, wie ich beginnen soll. Ich habe uns ein Tablett mit Kaffee mitgebracht, das ich zwischen uns abstelle. «Ich denke, du kannst deine Mission als erfüllt ansehen», sage ich und reiche ihm seine Tasse. «Ina und ich haben uns gestern lange unterhalten.»

Eigentlich hatte ich *ausgesprochen* sagen wollen, aber das Wort erscheint mir noch zu groß und zu gewichtig.

«Mir ist dabei einiges klar geworden.» Ich mache eine Pause, um auch sicher die richtigen Worte zu wählen. Denn auf keinen Fall möchte ich, dass er meine Rede als Vorwurf auffasst. «Also … wann ist dir und Mama eigentlich aufgegangen, dass Ina hochbegabt ist?» Weil ich fürchte, dass mein Blick etwas zu forsch sein könnte, schaue ich in Richtung des Strandkorbs an der Straße. Papa soll sich nicht angeklagt fühlen.

Ich höre ihn tief ein- und wieder ausatmen, als könnte er damit einen Felsbrocken beseitigen, der auf seiner Brust liegt. Für einen Moment habe ich die Sorge, er würde mir ausweichen, die Sache abtun und sich unwissend stellen, doch er trinkt einen Schluck und sagt dann leise: «Leider viel zu spät.» Er stellt die Tasse ab. Dann beginnt er zu erzählen: «Eine Lehrerin hat uns damals von ihrer Vermutung berichtet. Sie war die Krankheitsvertretung für Inas Klassenlehrerin. Da war Ina vierzehn, und deine Mutter hatte sich gerade in den Außendienst versetzen lassen. Die Situation zu Hause war aus dem Ruder gelaufen. Gesine stand vollkommen neben sich, sie konnte Inas Gegenwart kaum mehr ertragen.» Ein Schatten fällt auf sein Gesicht. «Manchmal hatte ich den Eindruck, sie war selbst wieder zum Kind geworden, um meine Aufmerksamkeit einzufordern.»

Nachdenklich blickt er zu Boden, hebt eines der herzförmigen Lindenblätter auf, das unter die Bank geweht wurde, und dreht es versonnen in den Händen. Plötzlich scheint es mir, als habe er nur darauf gewartet, dass ich das Thema anschneide, denn er spricht flüssig und mit fester Stimme weiter.

«Das Gespräch mit der Lehrerin habe ich geführt, doch der Hinweis kam leider viel zu spät. Und es war ja auch nur eine Vermutung. Ehrlich gesagt waren Gesine und ich mehr als erstaunt über ihre These und haben es zunächst nicht für möglich gehalten. Inas Schulnoten sprachen eine ganz andere Sprache.» Er wedelt mit dem Blatt. «Sie war sogar versetzungsgefährdet.»

Ich nippe an meinem Kaffee und sehe über den Rand der Tasse, wie mein Vater in Erinnerung an diese schwere Zeit den Kopf schüttelt.

«Natürlich war uns aufgefallen, dass Ina schon als kleines Kind eine schnelle Auffassungsgabe hatte», fährt er fort, «aber das beunruhigt einen als Eltern per se ja nicht. Im Gegenteil. Wir waren stolz, ein so aufgewecktes Kind zu haben.» Er lässt das Blatt fallen und wendet sich zu mir. «Ich will mich nicht rausreden, Ella. Aber du kannst dir sicher vorstellen, dass auch ich an meine Grenzen gestoßen bin. Gesine und ich haben anfangs beide gearbeitet, dann blieb sie halbe Tage zu Hause. Als das Verhältnis zwischen ihr und Ina immer schwieriger wurde, handelte sie eine Gehaltserhöhung aus und ließ sich in den Außendienst versetzen. Von da an blieb ich bei euch. Endlich hatte ich Zeit, mich mit dem, was die Lehrerin erzählt hatte, auseinanderzusetzen. Ich habe viel über das Thema gelesen. Doch es war zu spät. Ina kam nur noch zum Schlafen nach Hause. Und als sie dann ihren ersten Freund kennenlernte, war ich traurig und erleichtert gleichermaßen.»

Papa holt tief Luft.

«Er hieß Hauke, vielleicht erinnerst du dich an ihn. Eigentlich war er viel zu alt für deine Schwester, darum habe ich ihn auf Herz und Nieren geprüft», sagt er im Brustton der Überzeugung, «ganz unauffällig, versteht sich. Er war ein netter, intelligenter Langzeitstudent, der mit Ina über Sachen philosophierte, die ich bis heute nicht verstehe. Er tat ihr gut, das merkte ich. Trotzdem war sie in meinen Augen noch ein Kind.»

Als ich ihn fest schlucken höre, stelle ich meine Tasse ab und greife über dem Tablett nach seiner Hand. «Es ist dir sicher nicht leichtgefallen, sie gehen zu lassen.»

Mein Vater sieht mich traurig an.

«Es war schrecklich. Ich habe mich als Versager gefühlt, aber vor allem tat mir Ina leid. Als Eltern möchte man doch seine Kinder glücklich sehen. Man will sie beschützen und auf das Leben vorbereiten – aber all das konnte ich ihr nicht bieten. Und Gesine ...» Auf der Suche nach Worten schaut er zum Himmel. «Mit ihr war es nicht möglich, über das Thema zu reden, sie hat jedes Mal abgeblockt und alles verdrängt. Wohingegen ich weitergekämpft habe.»

Er macht eine kurze Pause, um sich zu sammeln, und sieht dann erneut zu mir. Sein Tonfall ist wieder fest, als er sagt: «Solange ich lebe, werde ich für meine Kinder da sein. Egal was ihr anstellt, du und Ina, egal wen ihr liebt oder ob ihr euch entscheidet, in Zukunft als Männer durch die Welt zu gehen.» Papa reckt stolz seinen Kopf in die Höhe. «Ich bin an eurer Seite!»

Mein Herz quillt förmlich über vor Liebe und Bewunderung. Dennoch stellt sich mir eine Frage: «Seit wann hast du eigentlich wieder Kontakt mit Ina?»

Ein Lächeln huscht über sein Gesicht. «Wir standen im Grunde die ganze Zeit in lockerer Verbindung. Alle paar Monate habe ich mich bei ihr gemeldet. Wäre es nach mir gegangen, hätte ich gern öfter mit ihr gesprochen, aber ich spürte, dass Ina dafür nicht bereit war. Als sie sich dann, vier Wochen nach Mamas Beerdigung, plötzlich von selbst bei mir meldete, war ich vollkommen von den Socken.» Er nimmt schnell einen Schluck Kaffee und sinniert: «Erst fürchtete ich, es bliebe bei diesem einen Mal, doch es kamen weitere unregelmäßige Anrufe von Ina, bis wir irgendwann jeden Sonntag um 17 Uhr telefonierten. Es waren keine langen Gespräche, und für Außenstehende müssen sie wie unverbindlicher Informationsaustausch geklungen haben, doch es war Inas Art, mir zu zeigen, dass sie sich sorgt. Du kannst dir nicht vorstellen, wie glücklich mich das gemacht hat.»

Und mit mir wollte er dieses Glück teilen, doch ich habe ihm nie Gelegenheit dazu gegeben. Ich fühle mich erbärmlich.

«Ina und ich haben uns aber nie getroffen», fügt Papa noch hinzu. «Der Vorschlag hätte von ihr kommen müssen, ich wollte mich nicht aufdrängen. Doch leider blieb er aus.»

«Deshalb hast du irgendwann entschieden, sie unangemeldet zu besuchen», sage ich mit dünner Stimme. «Dabei stand so viel auf dem Spiel.»

Er stöhnt. «Allerdings, ich habe Blut und Wasser geschwitzt. Aber mit Mimis Geburt hat Ina sich noch mal verändert. Ich hatte das Gefühl, sie würde ihre Familie gern sehen, auch um Mimi nicht ihre Verwandten vorzuenthalten. Aber Ina hätte das niemals geäußert. Außerdem scheute sie wohl die Auseinandersetzung mit dir.» Er lächelt mich gequält an. «Vor einiger Zeit hat sie mir ein kurzes Filmchen von der Kleinen zugeschickt, und ich wusste sofort, dass Mimi dein Herz im Sturm erobern würde.»

«Also hast du Nägel mit Köpfen gemacht.»

Papa nimmt kurz seine Mütze ab, wedelt sich Luft damit zu und setzt sie wieder auf. «Was blieb mir denn übrig? Weil du, meine liebe Ella, so borniert warst, musste ich tief in die Trickkiste greifen. Den freundlichen Doktor hatte ich dabei gar nicht eingeplant. Er hat seine Rolle aber gut gespielt, findest du nicht?»

Ich nicke abwesend. Mir ist ganz übel vor schlechtem Gewissen. Papa ist ein wahrer Haudegen, und ich … war ziemlich engstirnig!

«Wie gesagt», gebe ich kleinlaut von mir, «ich glaube, du kannst deine Mission als erfüllt ansehen.» Meine Handinnenflächen beginnen zu schwitzen, und ich reibe sie an meinen Oberschenkeln. «Ina und ich … Also, ich glaube, wir haben uns einander … angenähert. Noch ist unser Umgang zwar etwas holprig, und wir werden uns vermutlich niemals wieder so nahestehen wie als Kinder. Aber …» Ich suche Papas Blick. «… ich schließe es nicht aus, dass wir uns in Zukunft regelmäßig sehen.»

Papas Hand legt sich auf meine. Er sagt nichts dazu. Muss er auch gar nicht, zwischen uns ist alles klar.

Wir bleiben noch eine Weile stumm nebeneinander auf der Bank sitzen, trinken Kaffee und hängen unseren Gedanken nach. In meinem Kopf und meinem Herzen wurde vieles ins rechte Lot gebracht, aber ich habe das Gefühl, dass sowohl Papa als auch ich noch lange an diesem Gespräch knabbern werden.

Irgendwann will ich mich erheben, um zurück ins Haus zu gehen, doch mein Vater hält meine Hand fest. Unruhig rutscht er auf seinem Platz hin und her.

«Da ist noch eine Kleinigkeit, über die ich mit dir reden möchte, Ella», druckst er herum. «Etwas Wichtiges.»

Überrascht schaue ich ihn an. «Was gibt es denn?»

Papas Mund bewegt sich, er sucht nach Worten, aber es will ihm keins so recht über die Lippen kommen. «Es ist längst überfällig, dass ich …» Er räuspert sich. «Dass ich dir von …»

«Ach, da seid ihr, unter der Linde!», ertönt plötzlich Nenis Stimme. Sie hat sich weit aus dem Erkerfenster gelehnt und wedelt uns gut gelaunt mit einem Kopftuch zu, das sie sich gleich darauf umlegt. «Hab doch gesehen, dass schon jemand die Kaffeemaschine eingeschaltet und eine Runde über den Hof gemacht hat. Stellt euch vor …» Ihr Strahlen ist selbst von unserem Plätzchen aus zu sehen. «Jetzt ist es amtlich: Ina kommt am Sonntag nach Hause! Ist das nicht eine gute Nachricht? Der Arzt hat grünes Licht gegeben.»

Papa und ich springen auf. Ich schnappe mir das Tablett mit den leeren Tassen, und gemeinsam spazieren wir ihr entgegen.

«Das ist ja fantastisch», freut sich mein Vater.

Und ich recke aufmunternd beide Daumen in die Höhe. «Super!»

Unvermittelt umschlingt jemand von hinten meine Beine. «Wer bin ich?», fragt Mimi mit verstellter Stimme. Sie scheint sich durch den Garten angeschlichen zu haben.

Ich tue, als müsste ich überlegen, und sage dann: «Tom?»

«Falsch!», piepst sie extra hoch.

«Hm …», mache ich.

Da lässt sie mich los, dreht sich so, dass ich sie sehen kann, und schneidet eine furchterregende Grimasse. Dann wird sie plötzlich ernst. «Tante Ella, wann stellen wir unsere Schilder auf? Und räumen endlich den *Gemüsekorb* ein? Können wir das noch schaffen, ehe ich in die Schule muss?»

Ich schaue auf die Uhr. «Ja, das sollte möglich sein», sage ich zuversichtlich, denn heute sind wir alle früh dran. Trotzdem bremse ich Mimi gleich wieder. «Aber zuerst gehst du ins Bad und ziehst dir etwas an. Im Nachthemd nehme ich dich nicht mit.»

Wie der Blitz ist sie verschwunden. Papa und ich folgen ihr ins Haus.

In der Küche ist Neni bereits mit hochgekrempelten Ärmeln am Werk.

«Ich übernehme den Frühstückssaft», erklärt sie. Zum Glück

wirkt sie heute frisch und gut gelaunt. «Eure schönen Schilder lehnen am Buffetschrank auf der Veranda. Und das Tablett mit den Gläschen steht ebenfalls noch dort.»

Nenis Gesicht bekommt einen verschmitzten Ausdruck, als sie mir über die Arbeitsfläche eine Spardose entgegenschiebt.

«Hier, meine Liebe, die könnt ihr als Kasse benutzen. Sie hat mal Tom gehört. Als er klein war, hat er darin das Geld gespart, das er bei seinen Ferienjobs verdient hat.» Sie seufzt. «Ich habe viele wunderbare Erinnerungen an die Zeit.»

Ich schenke Neni ein dankbares Lächeln und gestehe kleinlaut: «An eine Kasse hatte ich gar nicht mehr gedacht. Dabei ist sie ja quasi unsere wichtigste Requisite!»

Mit einem Schmunzeln greife ich mir die Büchse. Es ist eine alte Konserve mit einem abnehmbaren Gummideckel. Tom hat lustige Smileys daraufgemalt, deren Farbe aber inzwischen vergilbt ist und an einigen Stellen sogar abblättert.

Vorsichtig, als würde ich den Heiligen Gral balancieren, marschiere ich mit der Dose auf die Veranda und deponiere sie auf dem Tablett mit den Gläschen.

Als Mimi kommt, begutachten wir gemeinsam die gemalten Schilder. Mit etwas Abstand betrachtet, finde ich sie noch immer richtig toll und bin beinahe genauso aufgeregt wie die Kleine.

Mir fällt noch etwas ein. Ich schnappe mir ein Glas, fülle es bis zum Rand mit Wasser und platziere es ebenfalls auf dem Tablett. Außerdem lege ich die Gartenschere dazu.

Dann geht es los. Den Blumenstrauß unterm Arm und das Tablett vor dem Bauch stapfe ich hinter Mimi her, die den Bilderrahmen schleppt. Sie hat ihn über den Kopf gestemmt und erinnert mich in ihrem bunten Kleid an eine afrikanische Wasserträgerin.

Der *Gemüsekorb* ist schnell befüllt. Der Einfachheit halber lassen wir zahlreiche Gläschen auf dem Tablett stehen. Ein paar Teepackungen dekorieren wir auf den ausgezogenen Fußteilen, und die hohen Essigflaschen sowie die Spardose finden ihren Platz auf dem Waschtisch. Den Bilderrahmen lehne ich schräg dagegen. Dann stelle ich die Hälfte des Blumenstraußes in das Wasserglas, zupfe die Zweige ein wenig zurecht und frage Mimi, ob sie Lust hat, ein paar Rosen oder andere Blumen zu schneiden, um sie in die Schalen zu legen. «Am besten knipst du sie dicht an den Köpfen ab, dann passen mehr rein. Aber bitte sei vorsichtig.»

«Klaro, Tante Ella!»

Schon ist sie bei der Arbeit.

Währenddessen eile ich zurück zum Haus, befülle erneut ein Wasserglas, greife mir den Spiegel und bringe alles zum Strandkorb.

Mimi hat bereits eine ansehnliche Menge Blüten in die Keramikschalen gefüllt. «Klasse!», lobe ich sie. «Das sieht sehr bunt und einladend aus! Wollen wir jetzt noch einen geeigneten Ort für das zweite Schild aussuchen?»

Ich muss sie nicht zweimal fragen. Sie greift sich die andere Hälfte vom Blumenstrauß, außerdem das Wasserglas und schreitet voran. Ich nehme den Spiegel, und gemeinsam laufen wir ein paar Meter, bis wir einen abgebrochenen Baumstumpf am Straßenrand entdecken, an den wir den umgedrehten Spiegel lehnen können. Dann stellen wir die Blumen unten an das improvisierte Schild. Auch dieses Arrangement sieht in höchstem Maße ansprechend aus.

«Richtig wundersuperschön», findet Mimi.

Ich muss lachen. «Ja, das finde ich auch», pflichte ich ihr bei. «Richtig wundersuperschön!»

Hochzufrieden mit unserer Arbeit kehren wir zum Hof zurück.

«Hier ist euer Saft, ihr Fleißigen Lieschen», nimmt uns Neni in Empfang. Sie drückt jedem von uns ein Glas mit grünlicher Flüssigkeit in die Hand. «Wie ich sehe, läuft das Projekt.»

Mimi trinkt einen Schluck und sagt dann außer Atem: «Du musst dir unbedingt angucken, wie unsere Schilder jetzt aussehen.» Sie platzt beinahe vor Stolz. «Tante Ella und ich haben Blumen dazugestellt, das sieht richtig wundersuperschön aus.» Als sie das belegte Pausenbrot auf dem Küchentresen entdeckt, verzieht sie jedoch das Gesicht. «Jetzt will ich aber hierbleiben und kontrollieren, ob die Leute auch wirklich Geld in die Spardose werfen.»

Flehentlich schaut sie von Neni zu mir, und ich bin kurz davor, weich zu werden. Einzig der Gedanke an meine Schwester hält mich davon ab.

«Gut möglich, dass am ersten Tag noch gar niemand anhält», versuche ich, ihr den Abschied leichter zu machen. «Du darfst nicht enttäuscht sein, wenn der *Gemüsekorb* nicht so läuft wie geplant. Es ist ja nur ein Experiment.»

Mimi nickt tapfer. Ich kann ihr ansehen, wie viel Kraft es sie kostet, ihre Schulsachen zu packen und sich zu verabschieden. Ich warte noch kurz, bis sie ihre Zähne geputzt hat, dann bringe ich sie hinaus, um mit ihr auf den Wagen zu warten.

28. Kapitel

«Wenn ihr hier die Stellung halten wollt, werde ich mal ein paar Erledigungen tätigen», sagt mein Vater, als ich in die Küche zurückkomme. Er scheint es eilig zu haben, wartet aber noch kurz, bis ich ihn ansehe. «Vielleicht ergibt sich ja später eine Gelegenheit, dass wir uns noch einmal unterhalten, Ellimaus.» Er steht auf und drückt mir einen Kuss auf die Wange.

«Äh … okay. Aber … willst du nichts frühstücken?» Sein Teller ist unbenutzt, lediglich einen Kaffee scheint er sich genehmigt zu haben.

Papa drängt sich an mir vorbei. «Mache ich unterwegs», sagt er knapp und steht bereits an der Tür.

Ich bin irritiert. Wer sagt denn, dass wir hier die Stellung halten wollen? Warum sollten wir das tun? Um darauf zu lauern, dass jemand vorbeikommt, sich ein Glas Kichererbsen-Chutney greift und sein Geld in die Spardose wirft? Möglich, dass Mimi daran Freude hätte, aber ich kann mir Spannenderes vorstellen. Zum Beispiel *gemeinsam* mit Papa Zeit zu verbringen, von mir aus auch Besorgungen zu machen, was auch immer er Wichtiges erledigen möchte. Denn wer weiß, ob wir noch lange bleiben werden, darum würde ich die Tage gern nutzen.

Da kommt mir eine Idee.

«Sag mal, Papa, wenn wir Sylt nächste Woche verlassen,

würdest du mich dann nach Reutlingen begleiten?» Ich könnte Rückendeckung gebrauchen, noch wohne ich schließlich bei den Cornelsens. Und ich fände es nett, wenn Papa sie endlich einmal kennenlernen würde. «Wie wäre es, wenn ich dir eine Brauereibesichtigung organisiere?»

«Sagtest du nicht, ihr habt euch getrennt?» Papa wirkt kein bisschen begeistert. Eher … *entsetzt.*

«Schon, aber …»

«Weil er dich betrogen hat.»

«Es gibt für mich aber nicht nur Bastian in Reutlingen. Mein Job, seine Familie und …» Ich merke, wie jämmerlich ich mich anhöre, und verstumme. Da mein Vater aber ebenfalls schweigt, setze ich noch einmal an: «Ich will bloß nichts falsch machen», rechtfertige ich mich. «Über manche Entscheidungen schläft man besser ein paar Mal. Es hängt so vieles daran.»

Papa schaut mich lange an. «Sechs Monate hast du inzwischen darüber geschlafen», resümiert er. «Wenn du jetzt immer noch nicht mit deinen Überlegungen vorangeschritten bist, solltest du vielleicht einmal dein Herz zurate ziehen.»

Resigniert zucke ich mit den Schultern. Genau da liegt ja das Problem. Mein Herz ist ein schlechter Berater.

«Egal wie», fährt er fort, «ich bin an deiner Seite, wie auch immer du dich entscheidest.» Er wendet sich zum Gehen, dreht sich im Türrahmen allerdings noch einmal um. «Aber eins möchte ich vorweg klarstellen, und in dieser Sache dulde ich keine Diskussion: Cornbräu kommt mir nicht mehr in den Kühlschrank. Das ist ein widerliches Schädelbier, bei dem Hopfen und Malz verloren ist.» Mit diesen Worten stapft er davon.

Im Flur prallt er fast mit Neni zusammen, die einen kurzen Laut des Schreckens ausstößt. Als sie in der Küche erscheint, öffnet sie zielstrebig eine der Schubladen und fördert eine unförmige Tube zutage.

«Das Wetter schlägt um, mir tun alle Knochen weh», stöhnt sie. «Beim Aufstehen war noch alles in Ordnung, aber nachdem ich draußen war ...» Sie verzieht das Gesicht. «Ich geh mal ins Bad und schmiere meine Gelenke ein.» Die Creme fest gegen die Brust gepresst, schlurft sie wieder hinaus.

Mitleidig sehe ich ihr hinterher. Tom hatte recht, sie ist eine alte Frau und sollte nicht mehr so viel alleine schaffen müssen.

Plötzlich höre ich, wie ein Auto vorfährt. Neugierig werfe ich einen Blick durch das Erkerfenster. Der Wagen hält im Rondell, und eine Familie steigt aus. Mutter, Vater und zwei Kinder. Ein wenig ratlos stehen sie da und blicken sich in alle Himmelsrichtungen um.

Oh mein Gott! Ich hätte es nicht für möglich gehalten, aber mir kribbelt vor Aufregung die Nase. Ob das unsere ersten Kunden sind? Ich kann unmöglich untätig hier herumstehen und sie einfach nur beobachten!

Während ich mit nervösen Fingern meine Haare glatt streiche, eile ich durch den Garten.

«Hallo, guten Tag», begrüßt mich die Frau und kommt mit einem unsicheren Lachen ein paar Schritte auf mich zu. «Können Sie mir sagen, wie das hier funktioniert?» Sie deutet auf den Strandkorb und das Tischchen mit der Spardose. «Sollen wir uns wirklich einfach selbst bedienen?»

Auf einmal legt sich eine wundersame Ruhe über mein Gemüt. Ich bin in meinem Element.

«Herzlich willkommen auf dem Karsenhof», begrüße ich die Familie mit einem Strahlen. «Hier ist tatsächlich Selbstbedienung erwünscht», erkläre ich. «Alle Waren sind mit Preisen ausgezeichnet. Sie können sich in Ruhe anschauen, welche Schätze Sie mitnehmen möchten. Das Geld werfen Sie dann einfach in die Spardose.»

«Ach, das ist ja leicht», sagt die Frau lachend. «Wir haben

das Schild an der Straße gesehen. Es war so liebevoll gemalt, wir sind sofort neugierig geworden.»

Ich lächele. «Genauso war es gedacht. Sehen Sie sich gerne alles an.»

Kurz zögere ich, weil mir noch etwas auf der Zunge liegt, ich mir aber nicht sicher bin, ob ich es wirklich sagen soll. Aber da Ina noch nicht zurück ist, spricht eigentlich nichts dagegen. «Wir haben noch weitere Gemüsevariationen im Haus.» Mit dem Daumen deute ich auf die Veranda in meinem Rücken. «Wenn Sie mir Ihre Vorlieben verraten, kann ich Ihnen gerne etwas zusammenstellen.»

Neni, die offenbar ihre frisch eingecremten Gelenke wieder einigermaßen bewegen kann, gesellt sich interessiert zu uns und stellt sich der Familie vor.

«Vielleicht mögen Sie sich auch ein bisschen auf dem Hof umsehen?», fragt sie anschließend.

Sie scheint denselben Gedanken zu haben wie ich.

Das Paar schaut sich fragend an. «Wir hätten schon Lust dazu», sagt die Frau. «Der Blick auf die Linden und überhaupt das Haus mit dem verwunschenen Garten – alles sieht so hübsch bei Ihnen aus.»

«Können wir weiter, Mama?», quengelt eins der Kinder.

Die Mutter seufzt.

Da beugt Neni sich zu den Kleinen vor. «Habt ihr schon mal ein vier Tage altes Zicklein gesehen?», fragt sie, und die Zwerge bekommen große Augen. «Es gibt hier auch Hühner, Katzen, einen Hund, zwei Esel – und Lamas!» Geschickt hakt sie sich die Kids links und rechts unter und marschiert mit ihnen Richtung Stall.

«Was für ein Glück, dass wir hier gelandet sind», lacht der Mann.

«Du sagst es», stimmt seine Frau zu. «Und für die Kinder ist es mal eine schöne Abwechslung zu Wasserrutsche und Eisessen.»

Beide strahlen mich an, und ich schenke ihnen ein mitfühlendes Lächeln. «Ich habe zwar keine Kinder, aber ich glaube, ich weiß, was Sie meinen.»

Gemeinsam sehen wir uns das Angebot im Strandkorb an.

«Wir haben hier ein Apfel-Birnen-Chutney und ein Relish mit Rhabarber», erkläre ich. «Im Haus gibt es außerdem noch diverse eingelegte Gemüsesorten, Gurken mit Honig und Chili zum Beispiel. Glauben Sie mir, die sind kein Vergleich zu Industrieware. Und unsere originale Sylter Rote Grütze …, die müssen Sie probieren!» Ich bin überhaupt nicht mehr zu bremsen und gerate ziemlich ins Schwärmen.

Am Ende kaufen die beiden drei unterschiedliche Chutneys, zwei Flaschen Essig und drei Teemischungen. Die Frau stellt fest: «Der nächste Winter kommt bestimmt, da erinnere ich mich bei einem heißen Tee gerne an unsere warmen Sommertage auf Sylt.»

«Und den Essig verschenken wir zu Hause an unsere Katzenbetreuung», sagt der Mann.

Als die Familie eine halbe Stunde später vom Hof gefahren ist, strahlt Neni mich an. «Ach, Ella, das war schön. Endlich wieder Leben in der Bude. Früher, als meine Eltern noch lebten, waren wir immer mindestens zehn Personen auf dem Hof. Erntehelfer, Verwandte, Nachbarn – auf dem Karsenhof war einfach immer etwas los.»

«Das glaube ich dir gern», sage ich und folge ihr zum Haus. Mir wird ganz warm ums Herz, wenn ich sie so glücklich sehe.

Als wir hineingehen, stelle ich fest, dass die Küche dringend auf Vordermann gebracht werden müsste. Staub und Krümel haben sich über den ganzen Boden verteilt, und auch die Waschbecken müssten dringend mal geschrubbt werden. Meine Lust aufs Putzen hält sich zwar in Grenzen, aber nachdem Neni gerade wieder auf den Beinen ist, will ich nicht, dass sie sich verpflichtet fühlt, auch diese Aufgabe von Ina zu übernehmen. Sie soll sich lieber etwas ausruhen.

Nach der Küche bin ich dermaßen in Schwung, dass ich auch gleich noch in beiden Etagen sauge und die Böden wische, wobei mir ein Zimmer auffällt, das ich noch gar nicht kenne.

Als mir Neni auf dem Flur begegnet, frage ich sie danach.

«Tja, das war mal Georgs Arbeitszimmer», sagt sie, und in ihren grauen Augen glimmt silbrig die Erinnerung. «Georg war mein Mann.»

Ich nicke. Es lag auf der Hand.

«Also bewahrst du dort seine Sachen auf?», frage ich sanft. Es würde erklären, warum sie den Raum nicht nutzen mag.

Doch zu meiner Überraschung schüttelt Neni den Kopf. «Nein, nein. Alle Erinnerungsstücke – und damit meine ich hauptsächlich seine Bücher – stehen in der Bibliothek. Seinen alten Sekretär mit passendem Stuhl habe ich Tom für sein Zimmer in Berlin abgetreten, und alles Private liegt in einer Schatulle auf dem Dachboden. Nein, in dem Zimmer, von dem du sprichst, verwahrt Ina ihre Sachen.» Sie sieht mich vorsichtig an, als befürchte sie, ich könnte mich dagegen verwehren. «Es sind Dinge, die euer Vater ihr vor langer Zeit hierhergeschickt hat. Ich betrete diesen Raum im Grunde nicht, weiß aber, dass dort drinnen unter anderem eine Stehlampe, diverse gerahmte Fotos und ein alter Nähmaschinentisch lagern.»

«Ein Nähmaschinentisch?»

Ein zaghaftes Schmunzeln gleitet über ihr Gesicht. «War ganz schön schwer das Biest.»

«Kannst du mir sagen, wie er aussieht?» Mein Herz klopft auf einmal wie wild.

«Also, sehr massiv und tonnenschwer, mit einem schwarzen,

verzierten Sockel. Der Versand hat bestimmt ordentlich was gekostet. Und als das Teil hier eintraf, musste Tom einen Freund um Hilfe bitten, sonst hätten wir es nie und nimmer in den ersten Stock bekommen.»

Ich bin mir sicher, dass von dem Nähmaschinentisch unserer Großmutter die Rede ist. Papa hatte ihn geerbt, aber weder er noch Mama haben ihn zum Nähen genutzt. Lange stand er in Inas Zimmer und diente uns als Zaubertisch – für alles, was wir uns in unserer Fantasie ausmalten. Er war unser ein und alles, das Zentrum unseres Spielens.

Jetzt weiß ich, warum Papa sich davon getrennt hat.

«Möchtest du ihn sehen?», fragt Neni, die offenbar bemerkt hat, wie sehr mich das Gehörte bewegt.

Doch ich schüttle den Kopf. «Wenn das Zimmer Ina gehört, will ich es lieber nicht ungefragt betreten.»

«Das verstehe ich. Auch wenn ich mir sicher bin, dass sie nichts dagegen einzuwenden hätte.»

Ich nicke, bleibe aber bei meinem Standpunkt.

Während ich in der oberen Etage mit dem Putzen fortfahre, kreisen meine Gedanken von nun an unentwegt um diesen Tisch. Es sind nicht nur alte Erinnerungen an uns als Kinder, die mir durch den Kopf gehen. Ich bin vielmehr froh und dankbar, dass mein Vater das antike Stück nicht in fremde Hände gegeben hat. Und noch etwas geistert mir durch den Kopf: Papa musste seinen Entschluss, den Tisch an Ina zu schicken, ganz allein fassen. Wie so vieles in der Vergangenheit. Weil ich stets abgeblockt habe, wenn es um Ina ging.

Eine Träne läuft mir über die Wange und zeichnet eine nasse Linie auf mein Gesicht. Ich schäme mich für mein Verhalten. Aber ich bin auch froh – weil Papa nämlich in Zukunft wieder auf mich zählen kann.

Am Nachmittag passiert zu Mimis großer Enttäuschung nichts in Sachen *Gemüsekorb*. Sie hat sich an verschiedenen Plätzen entlang der Auffahrt Verstecke gesucht, um von dort zu kontrollieren, dass die Kunden ehrliches Verhalten an den Tag legen und ihr Geld in die Spardose werfen. Doch am Abend kehrt sie mit langem Gesicht ins Haus zurück. «Morgen stelle ich mich an die Hauptstraße und winke die Autos zum Hof heran», erklärt sie. «Damit mehr Kunden kommen.»

«Auf gar keinen Fall», protestiert Neni. «Wir sind doch kein Supermarkt.»

«Genau», pflichte ich ihr bei. «Unser exklusives Gemüsekörbchen sollen nur Leute finden, die es auch zu schätzen wissen. Aber die sind nun mal nicht jeden Tag unterwegs.»

29. Kapitel

Doch schon am nächsten Tag bekommen wir auch ohne Mimis Zutun erneut Besuch.

Ich bin gerade dabei, mit Wischlappen und Eimer bewaffnet, in der ersten Etage die Fenster zu putzen, als ein alter VW-Käfer über den Kiesweg knattert und im Rondell hält. Ich lasse alles stehen und liegen und eile die Treppen herunter. Neni kann ich nirgendwo entdecken, aber ein pinker Zettel klebt am Kühlschrank. *Bin bei den Tomaten*, lese ich, während ich mir die Hände an der Küchenschürze abwische, die ich zum Putzen übergezogen habe. Dann zerre ich mir das Teil vom Leib und trete über die Veranda nach draußen.

Im Garten stoße ich zunächst auf meinen Vater, der sich hinter einem Busch versteckt hat, als würde er den Besuch beschatten.

Fehlt nur noch, dass er sich einen Feldstecher zulegt, denke ich amüsiert.

«Da teilt wohl jemand deine Liebe zu Oldtimern», sage ich und erschrecke ihn damit unbeabsichtigt.

«H-hilfe!», japst er und fasst sich kurz an die Brust. «Was schleichst du dich denn so an?»

«Entschuldigung. Ich konnte ja nicht ahnen, dass du unseren Besuchern auflauerst. Oder was genau tust du da?» Ich schaue ihn forschend an.

«Nichts», sagt er. «Äh, also … ich wollte nur mal nach dem Rechten sehen.»

Aha. Ich sage keinen Ton, sondern spaziere an ihm vorbei zum Rondell, wo eine gut aussehende Dame, die ich altersmäßig irgendwo in den frühen Sechzigern ansiedeln würde, im Begriff ist, aus ihrem tipptopp polierten Wagen zu steigen. Sie trägt ein geblümtes, wadenlanges Wickelkleid, eine farblich passende Handtasche im XXL-Format und auf dem Kopf ein Strohhütchen. Als sie mich erblickt, lässt sie ihr Smartphone und den Autoschlüssel in die Tasche plumpsen, winkt und kommt mir entgegen.

«Hallo, guten Tag», grüßt sie lächelnd und blitzt mich aus dunklen, freundlichen Knopfäuglein an.

Mir fällt ihre gepflegte Haut auf, ebenso wie sorgfältig gezupfte Augenbrauen und ein dezentes, sommerliches Make-up.

«Ich habe auf dem Schild draußen gelesen, dass Sie selbst gefertigte Tees und Chutneys anbieten?»

Gegen meinen Willen muss ich schmunzeln. Obwohl sie Hochdeutsch spricht, hört man einen rheinländischen Dialekt durchklingen, den ich sehr mag. «Ja, ganz richtig.» Ich deute auf den dekorierten Waschtisch. «Außerdem hausgemachten Sirup, Pesto und allerlei fermentiertes Gemüse.»

«Ach, das ist ja wunderbar, gleich so viel!» Wenn sie lacht, explodieren wie bei einem Feuerwerk tausend kleine Fältchen sternförmig um ihre Augen. «Kann man vor dem Kauf vielleicht ein klein wenig probieren?»

«Tja …», mache ich. Irgendwie klingen Inas Erzeugnisse ja wirklich lecker und teilweise sogar ein wenig exotisch, sodass ich den Wunsch sehr gut nachvollziehen kann. Aber ich weiß nicht, ob es eine gute Idee ist, jemanden ins Haus einzuladen. «Leider geht das nicht», informiere ich sie schweren Herzens. «Aus familiären Gründen ist uns das leider nicht möglich.» Ich lächele sie bedauernd an.

Da nehme ich aus dem Augenwinkel plötzlich einen Schatten

wahr. Papa fliegt heran, in seinen Armen ein randvolles Tablett mit diversen Chutney-Gläschen, der Holunder-Butter, Sirup, einer Wasserflasche, Besteck, Brot und Servietten. Schnaufend steht er vor mir, das Gesicht von der Anstrengung und dem abklingenden Sonnenbrand rosarot verfärbt.

Irritiert schaue ich ihn an. Wie hat er es in der kurzen Zeit nur geschafft, ins Haus zu hetzen, alles aufzuladen und wieder herzukommen? Und vor allem: warum?

«Wir wollten das doch wegen Ina nicht machen», zische ich ihm leise zu. «Hast du das vergessen?»

Mein Vater sieht mich gar nicht an, er hat nur Augen für die fremde Frau. «Für Sie machen wir gern eine Ausnahme», erklärt er generös. Als sei dies sein Hof, sein eingelegtes Gemüse und seine ganz private Besucherin. «Setzen Sie sich doch bitte in unseren schönen Strandkorb.» Erst drückt er mir das Tablett in die Hand, unter dessen Gewicht ich fast zusammenbreche, dann räumt er die Sachen aus unserem Verkaufsstand auf den Waschtisch und zückt zu guter Letzt sein Taschentuch, um zwei herabgefallene Eichenblätter von der Sitzfläche zu wedeln.

Ich betrachte das Spektakel mit offenem Mund. «Papa?», sage ich, nachdem ich mich halbwegs wieder gefangen habe. «Was tust du da?»

Doch mein Vater ist nicht zu bremsen. «Haben wir Sekt?», fragt er mich statt einer Antwort.

Ich starre ihn an. Sekt?

«Äh … Wir haben nur Haselnussschnaps im Kühlschrank», entgegne ich, da sticht mir etwas ins Auge. Ist das … eine Rose in Papas Brusttasche? Ich blinzele. Ja, doch. Dort, wo sonst manchmal ein Einstecktuch hervorlugt, klemmt eine pinkfarbene Knospe. Was bitte schön geht hier vor sich?

Die Besucherin lässt sich ächzend im Strandkorb nieder. Sie nimmt ihren Hut ab, wedelt sich damit kurz frische Luft zu und drapiert ihn anschließend sorgsam neben sich. Ein dünner Schweißfilm klebt auf ihrer Stirn.

Wie in Trance hieve ich das Tablett auf den Waschtisch und klappe das Tischchen vor ihr aus, während mein Vater aus seiner Hosentasche eine Flasche mit Johannisbeerschorle zutage fördert und diese vor ihr abstellt.

Ich bin irgendwie etwas neben der Spur. Wandelt mein Vater jetzt auf Freiersfüßen?

«Wohl bekomms!», flötet er und lässt sich tatsächlich zu einer Verbeugung hinreißen. Die Dame quittiert dies mit einem Augenzwinkern.

O-kay, denke ich, sie scheint sein Typ zu sein. Und er womöglich der ihre.

Interessiert mustere ich meinen Vater, wie er ganz lässig neben mir steht, eine Hand auf dem Waschtisch, die andere in der Hosentasche. Auf seinem verschwitzten Gesicht liegt ein leicht debiles Lächeln.

«Tja, da mein Vater schon alles herbeigeholt hat», erkläre ich noch immer reichlich verstört, «möchte ich Sie nun doch einladen, eine Kleinigkeit zu kosten.» Ich klappe auch noch das zweite Tischchen aus und stelle einige von Inas Gläschen darauf. Dann reiche ich ihr Brot, Besteck und Serviette und sage: «Bitte bedienen Sie sich.»

Papa drängt mich sanft zur Seite. «Im Haus haben wir noch viele andere Leckereien im Angebot», informiert er unseren Gast, «alles selbst gemacht.»

«Ach, wie nett!» Die Dame beugt sich zu ihrer Schorle vor und prostet mir anerkennend zu.

«Nicht ich bin die fleißige Köchin, sondern meine Schwester Ina.» Ich winde mich an Papa vorbei und reiche ihr die Hand. «Ich bin übrigens Ella. Und das hier …» Ich will meinen Vater vorstellen, doch er hat sich längst von allein ins Bild geschoben.

«Ich bin Rolf, der Vater der Mädchen», zwitschert er galant und blinzelt dermaßen übertrieben mit den Augen, dass es mir ein bisschen unangenehm ist.

Mal abgesehen davon, dass ich in meinem Alter nicht mehr als *Mädchen* vorgestellt werden möchte, wirken seine Flirtversuche langsam peinlich. Er ist eindeutig aus der Übung, sonst wüsste er, dass weniger manchmal mehr bedeutet und er sich besser rarmachen sollte.

«Und ich bin die Henriette», erwidert die Dame mit rheinischem Singsang und guckt dabei angestrengt an meinem Vater vorbei, um mich besser sehen zu können.

Sag ich ja: Papa geht ihr auf die Nerven.

Sie leert ihre Schorle und ruft: «Du liebe Zeit, ist das lecker! Und so erfrischend.» Mit einem wohligen Seufzer lehnt sie sich im Strandkorb zurück und erforscht mit ihrem Blick die Gläschen vor ihr. «Und das fabriziert wirklich alles Ihre Schwester?»

«Ja, Ina liebt das Kochen. Sie sagt, es entspannt sie.»

«Toll!» Die Frau wirkt ehrlich beeindruckt.

«Wir verkaufen übrigens auch Eier», vermeldet Papa, um sich wieder ins Spiel zu bringen. «Wo sind die eigentlich?»

Er blickt mich fragend an. Also, falls er glaubt, ich lasse ihn jetzt mit der Dame allein, um Eier zu suchen, hat er sich getäuscht.

«Ich bin heute noch nicht dazu gekommen, nach Eiern zu schauen», flöte ich. «Hol du sie doch schnell.»

Papa windet sich. «Na ja, wer braucht schon Eier? Die bekommt man schließlich überall.»

Zu der Fremden gewandt, erkläre ich: «Aber unsere Hühner sind extrem fleißig!»

Während sie etwas irritiert lächelt, wundere ich mich über meine Wortwahl. *Unsere Hühner*. Obwohl ich erst knapp eine Woche hier bin, fühle ich mich auf dem Karsenhof inzwischen wie zu Hause. Und ich kann mir gar nicht mehr vorstellen, wie das Leben fernab von Hühnern, Gemüse und grünem Saft aussehen könnte.

Beinahe eine Stunde lässt Henriette sich im Strandkorb von Papa und mir bespaßen. Sie nimmt sich Zeit und probiert sich durch alles, was wir heranschleppen. Am Ende entscheidet sie sich für eine Auswahl unserer Chutneys, drei kleine Sirupflaschen und eine Rosenblütenteemischung.

«Was für Köstlichkeiten, vielen Dank für die gute Bewirtung», schwärmt sie. «Da gebe ich gerne noch ein Trinkgeld für die Kaffeekasse.» Sie steckt hundert Euro in die Spardose, was ich reichlich großzügig finde.

«Ich wünsche Ihnen einen schönen Tag noch, Fräulein Ella.» Bei der Anrede kichert sie verschämt. «Ich weiß, *Fräulein* sagt man heute nicht mehr, aber es rutscht mir noch immer manchmal raus. Entschuldigen Sie. Ich bin eben vom alten Schlag.»

«Das ist überhaupt kein Problem», versichere ich, «bei Ihrem nächsten Besuch dürfen Sie mich auch gern duzen.»

Schmunzelnd schaut sie mich an. «Sehr gern. Ich komme vermutlich schneller wieder, als Ihnen lieb sein dürfte.»

Wir verabschieden uns, und sie lässt sich ihre Beute von Papa zum Wagen tragen.

Ein wenig verdattert bleibe ich zurück. Eine nette Person, sehr sympathisch. Und Papa – mir huscht ein Grinsen übers Gesicht – war ja richtig überwältigt von ihr. Und er ist es offenbar noch immer, denn die beiden stehen an Henriettes Wagen und scheinen sich nicht voneinander trennen zu können. Von Zeit zu Zeit schielen sie zu mir herüber, als würden sie von mir sprechen.

Ich winke ihnen zu, ehe ich das benutzte Geschirr auf das Tablett räume und in die Küche bringe. Dort angekommen, öffne ich das Erkerfenster, um frische Luft hineinzulassen. Ich sehe gerade noch, wie Henriette mit ihrem Strohhut winkend und laut hupend vom Hof braust, da nähert sich schon wieder ein Wagen. Es ist Tom.

Wir haben uns seit dem Abend am Katrevel, der beinahe mit einem Kuss endete, nicht mehr gesehen. Als er aussteigt, in Jeans und einem blütenweißen Hemd, sich durch die dunklen Wuschelhaare fährt und über den Hof geht, beginnt mein Herz wie ein Vogel zu flattern. Schnell widme ich mich wieder meiner Arbeit.

«Hey, Ella.» Tom steht jetzt neben meinem Vater im Türrahmen. Er ist im Begriff, die oberen zwei Knöpfe seines Hemds zu öffnen. «Ziemlich drückende Luft heute», sagt er, mehr zu sich selbst. Dann schnappt er sich etwas von den Resten auf dem Tablett und schlingt sie hungrig hinunter. «Wer war denn die nette Frau, die dich gerade so temperamentvoll verabschiedet hat, Rolf?», erkundigt er sich zwischen zwei Bissen.

Ich drehe mich zu Papa um und schaue ihn herausfordernd an. Erklär du es ihm, soll mein Blick sagen.

«Eine … äh … Kundin.» Er läuft rot an.

«Aha.» Tom sagt es mit süffisantem Unterton, sodass nun auch noch Papas Ohren rot werden. Ich beobachte das Schauspiel fasziniert.

«Das Projekt *Strandkorb* ist also ganz gut angelaufen?»

Ich kann Skepsis in seiner Stimme mitschwingen hören. Sein Blick hingegen wirkt interessiert.

«Nun, wenn du einen Gast pro Tag als *gut* bezeichnen möchtest, dann ja», gebe ich zur Antwort und versuche, dabei nicht auf seine Brust zu starren. Wie kann man in einem schlichten weißen Hemd so umwerfend aussehen? Wenn *ich* eine weiße Bluse trage, bin ich quasi unsichtbar. «Andererseits haben wir … hicks … ja auch gar keinen Ansturm erwartet oder erhofft», plappere ich nervös weiter. «So gesehen sind zwei Kunden wirklich nicht schlecht.»

Oh Gott, was rede ich denn da nur?

Tom lächelt mich entrückt an. Wieder ist er frisch rasiert. Steht ihm gut.

«Entschuldigung …», sagt Papa und schiebt sich zwischen uns durch. «Ich werde mal kurz unter die Dusche springen. Hab nachher noch was vor.»

«Hm-m», mache ich, noch immer abgelenkt von Toms glatt rasiertem Kinn. Seine Lippen kommen so noch besser zur Geltung …

«Viel Spaß», ruft Tom meinem Vater hinterher.

Als er fort ist, breitet sich ein seltsames Schweigen in der Küche aus. Ich wünschte, ich hätte eine Idee, was ich sagen könnte. Doch mein Kopf ist leider vollkommen leer und irgendwie blockiert.

«Ich … gehe morgen Abend zu einer Geburtstagsfeier.» Tom fängt sich als Erster. «Nur ein flüchtiger Bekannter. Ein Feriengast, der jedes Jahr nach Sylt kommt und dessen Hund ich behandelt habe. Aus … äh, Dankbarkeit wurde ich eingeladen.» Er steckt die Hände in die Hosentaschen, und ein verlegenes Lächeln huscht über sein Gesicht. «Ich kenne also außer Herrchen und Frauchen vermutlich niemanden, möchte sie aber nicht vor den Kopf stoßen.» Er sieht mich offen an. «Hättest du vielleicht Lust, mich zu … begleiten? Ich schätze, es wird einen kurzen Small Talk geben, danach hätten wir unsere Ruhe.»

Unsere Ruhe? Ich spiele mit einer Haarsträhne. Wie ist das denn wohl gemeint?

«Also …» Nur kurze Sätze sprechen, Ella!, ermahne ich mich. Dann hat der Schluckauf keine Chance. «Gern!»

Kürzer ging es echt nicht.

Toms Miene erhellt sich. «Super! Ich könnte dich morgen

Abend so gegen halb acht hier auf dem Hof abholen. Ist das okay für dich?»

«Ja.»

«Prima, dann lege ich jetzt mal einen Zahn zu. Ich muss noch zu einem Hausbesuch.» Er löst seinen Blick von meinem, dreht sich abrupt um und schreitet schweren Schrittes durch den Flur.

Leicht benommen bleibe ich in der Küche zurück. Mein Herz klopft wie nach einem Tausendmeterlauf. Eine Party! Voller Vorfreude gönne ich mir eine Johannisbeerschorle und stapfe anschließend beschwingt die Treppen hinauf, um mich den Fenstern zu widmen, mit denen ich heute Morgen nicht ganz fertig geworden bin.

In der folgenden Stunde versuche ich, weder an das Date zu denken noch an braune Augen mit hellen Sprenkeln und schon gar nicht an offen stehende weiße Hemden auf dunkler Männerbrust. Es gelingt mir nur mäßig.

Erst als ich vor der verschlossenen Tür zu Inas Gerümpelzimmer stehe, habe ich meine Gedanken vollends von Tom losgeeist. Stattdessen juckt es mich nun doch ein klein wenig in den Fingern, einen Blick auf den Nähmaschinentisch zu werfen. Ich bin neugierig, das Teil nach all den Jahren wiederzusehen.

Meine Hand wandert zur Türklinke. Ich drücke sie hinunter und rechne im Stillen damit, dass das Zimmer abgeschlossen ist. Doch zu meiner Überraschung lässt sich die Tür öffnen. Gerade mal einen Spalt schaffe ich es, sie aufzudrücken, dann schlägt mein schlechtes Gewissen Alarm. Dies ist Inas Privatsphäre! Ich darf mich dort nicht ungefragt umsehen. Hin- und hergerissen lehne ich mich an die gegenüberliegende Wand und überlege. Doch wie ich es auch drehe und wende – ich muss warten, bis Ina wieder da ist, und sie fragen, ob sie mir Einlass gewährt.

30. Kapitel

Als ich am nächsten Morgen gegen sechs Uhr aufwache, fühle ich mich erstaunlich fit und ausgeschlafen. Zwar tut mir von der Hausarbeit mein gesamter Körper weh, aber ich empfinde dies als eine Art Wohlschmerz. So wie einem manchmal nach einem exzessiven Sportprogramm oder einer langen Wanderung die Muskeln brennen, man aber innerlich zufrieden und glücklich ist.

Mimi neben mir schläft süß und selig, sie hatte mich am Abend auf eine Gutenachtgeschichte eingeladen, während der wir beide eingeschlafen sind. Momentan beobachte ich ihr niedliches Kindergesicht und schätze, dass sie träumt. Hinter ihren geschlossenen Lidern kann ich sehen, wie sich die Augäpfel bewegen.

Ganz vorsichtig, um die Kleine nicht zu wecken, drehe ich mich auf den Rücken und denke nach. Über Mimi und Ina, den Karsenhof und Neni. Ich weiß überhaupt nicht, wann ich mich das letzte Mal so unbeschwert gefühlt habe. Rührt meine Entspannung wirklich nur daher, dass ich zurzeit Urlaub habe? Dass ich keine fixen Termine einhalten, Kunden zufriedenstellen, Veranstaltungen und Führungen organisieren muss? Merke ich erst jetzt, da ich zur Ruhe komme, wie sehr mich der Brauereialltag stresst? Ich spüre tief in mich hinein, kann der Überlegung aber nicht so recht etwas abgewinnen. Dann gehe ich noch einmal in mich und zwinge mich, ehrlich zu mir selbst zu sein.

Es ist Bastian.

Mit ihm zusammenzuwohnen, obwohl wir kein Paar mehr sind, hat mich jeden Tag aufs Neue zermürbt. Zum einen weil ich tagtäglich an seinen Vertrauensbruch erinnert wurde, aber eben auch an die ausweglose Situation, in der ich mich befinde. Denn – und das geht mir in diesem Augenblick erst so richtig auf – wenn ich endgültig ausziehe, verliere ich gleichzeitig auch seine Familie. Schon jetzt meldet sich ja keiner mehr bei mir.

Ich wälze ich mich wieder auf die Seite. Papas Worte kommen mir in den Sinn: *Solange ich lebe, werde ich für meine Kinder da sein. Egal was ihr anstellt … ich bin an eurer Seite!*

Ein warmes Gefühl der Geborgenheit durchströmt mich. Familie ist da, wo man sich gegenseitig unterstützt, denke ich. Wo man die ehrlichste Version von sich selbst sein kann und so geliebt wird, wie man ist.

Und genau das ist der Punkt. Auch das fällt mir in diesem Moment wie Schuppen von den Augen. Liebe konnte ich bei den Cornelsens nicht spüren, weder untereinander noch mir gegenüber.

«Tante Ella?», flüstert Mimi neben mir plötzlich. «Ich habe mir etwas sehr Wichtiges überlegt.»

Ich sehe sie an, schlage die Decke ein Stück zurück und bedeute ihr, zu mir rüberzurutschen. Sie schmiegt ihren kleinen warmen Körper an mich, und ich atme tief ein, um ihren wunderbaren und unvergleichlichen Duft für immer in meinem Herzen abzuspeichern.

«Was hast du denn in deinem Köpfchen ausgetüftelt?», frage ich.

«Wir müssen den Hof aufräumen, ehe Mama kommt.» Ihre Stirn liegt in süßen feinen Kräuselfalten.

«Sehr gute Idee!»

«Ich werde am besten ein Bild malen, wie alles auszusehen hat. Das erleichtert uns die Arbeit.»

«Nein, du musst nichts malen», wehre ich ab. «Wir schaffen das auch so.» Doch dann besinne ich mich auf Mimis Sensibilität und beeile mich hinzuzufügen: «Aber wenn du es für besser hältst …»

«Absolut.»

Wir schicken uns noch eine Weile geflüsterte Botschaften hin und her, dann steht Mimi auf und setzt sich an Inas Schreibtisch. Ich verschwinde im Bad. Und als ich frisch geduscht, mit geföhnten Haaren und in ein Handtuch gewickelt wieder vor ihr stehe, präsentiert sie mir ihre fertige Skizze. Wobei es sich hierbei weniger um ein Bild als um ein kompliziert anmutendes Diagramm handelt, mit etlichen, farblich gekennzeichneten Zahlen.

«Da ich dir heute beim Aufräumen nicht helfen kann, weil ich ja in die Schule muss, habe ich dir einen chronologischen Ablauf erstellt», informiert sie mich. «Du sparst Zeit, wenn du dich nach den Nummern richtest. Ich kann dir auch ausrechnen, wie viel.»

«Äh … Danke, ich denke, das ist nicht nötig. Aber die Zeichnung ist superhilfreich.»

Mimi nickt. «Ich weiß. Darum habe ich sie ja angefertigt.» Hochzufrieden faltet sie das Blatt. «Am besten, du steckst es nachher in deine Hosentasche, dann hast du es immer bei dir.»

Lächelnd nehme ich den Zettel entgegen. «Du kannst dich auf mich verlassen.»

Während Mimi sich anzieht, mache ich mich auf den Weg in die Bibliothek, wo meine Kleidung liegt. Das Organigramm lege ich für den Nachmittag sichtbar auf den Tisch, denn bis Ina nach Hause kommt, bleibt noch massenhaft Zeit, um Ordnung zu schaffen.

Heute ist erst einmal Routine angesagt. Ich übernehme die Fütterungsrunde, Neni das Frühstück. Doch als Allererstes will ich vor dem Haus nach unserem *Gemüsekorb* schauen.

In der Haustür bleibe ich einen Moment stehen und genieße die frische, zartduftende Morgenluft. Ein paar Mal atme ich tief ein und wieder aus und lasse meinen Blick über das Gelände schweifen.

Erst spät bemerke ich, dass ein glänzender VW-Käfer im Rondell parkt. Ich stutze. Gehört der Wagen nicht dieser Henriette? Was tut sie denn hier so früh? Und wo ist Papas Auto?

Verwundert nehme ich die Treppe und schaue währenddessen in Richtung Strandkorb, doch dort ist keine Menschenseele zu erspähen. Irritiert schlendere ich über den Vorplatz und umkreise neugierig das Fahrzeug. Kurz bestaune ich den schieren, tadellosen Lack, werfe einen Blick in den Innenraum und – erstarre. Ist das nicht mein Vater, der dort drinnen sitzt? Papa und … Henriette?

Die Scheiben sind ein wenig beschlagen, darum lege ich meine Hände ans Fenster, um besser sehen zu können – und zucke wie von einem Stromschlag getroffen zurück. Ist das zu fassen? Die beiden sitzen nicht nur einfach gemeinsam im Wagen, sondern … sie knutschen!

Du liebe Güte! Ich schnappe nach Luft. Haben sie mich gesehen?

Angestrengt linse ich ein weiteres Mal zu ihnen hinein. Nein, stelle ich erleichtert fest, sie haben nur Augen füreinander.

Mein Hirn will das nicht kapieren. Ich meine: Die beiden haben sich doch gestern erst kennengelernt, und heute liegen sie sich bereits innig in den Armen und küssen sich? Bin ich spießig, wenn ich das … *etwas* rasant finde? Ich versuche, mir einen Reim auf die Sache zu machen, doch ich bin zu verwirrt. Immer neue Fragen poppen auf. Wie es wohl zu dieser Annäherung gekommen ist? Und wann? Papas Verabredung gestern Abend … Hatte die mit dieser Henriette zu tun?

Wie soll ich mich denn jetzt verhalten? Auf den Boden werfen, um unbemerkt davonzukrabbeln? Nein, das wäre zu kindisch. Einfach fortgehen halte ich jedoch für ebenso lächerlich, darum entscheide ich mich für die Flucht nach vorn.

Mit betont schweren Schritten stapfe ich zur Beifahrerseite, wo ich energisch gegen die Scheibe klopfe.

Augenblicklich kommt drinnen Bewegung in das Liebespaar. Wie von der Tarantel gestochen fahren die beiden auseinander. Dann fängt sich mein Vater und lässt die Beifahrerscheibe herunter.

«Oh.» Seine Wangen sind vor Aufregung schon wieder knallrot, und seine Stimme vibriert, als er mich begrüßt. «Moin, Ella.» Er will sich lässig gegen seine Schiebermütze tippen, doch das Stoffteil ist ihm im Eifer des Gefechts vom Kopf gerutscht. Ich erspähe es auf seinem Schoß. «Was … äh … tust du denn in aller Frühe hier?»

Nicht sein Ernst! Die Frage ist ja wohl eher, was *er* hier macht.

«Nun, ich stehe jeden Morgen um diese Zeit auf und füttere die Tiere», erkläre ich ein wenig steif. «Und du? Bist ja sonst eher ein Langschläfer …» Ich beuge mich leicht vor, um besser durch das geöffnete Fenster blicken zu können. «Guten Morgen, Henriette!» Ich grüße sie betont fröhlich. «Auch schon so zeitig auf den Beinen?»

Haben die beiden womöglich im Auto geschlafen?

«Ja, hallo … und guten Morgen», erwidert Henriette und plappert nervös drauflos. «Also, wir kennen uns ja bereits … jedenfalls ein bisschen. Ich bin … die Henriette, aber das wissen Sie … äh, du … ja schon, und ich bin …»

«Ella, wir müssen dir etwas sagen», unterbricht mein Vater das Gestammel. Er setzt seine Mütze auf. «Etwas Wichtiges.»

Und wie auf ein stummes Zeichen hin öffnen beide ihre Türen und steigen aus dem Wagen. Während Henriette den Käfer umrundet, stößt sie unentwegt kleine hysterische Lacher aus.

Ich verschränke die Arme vor der Brust und hebe fragend eine Augenbraue. Äußerlich wirke ich gelassen, aber in meinem Inneren sprudeln die Fragen wie kleine Luftbläschen. *Wir?* Die beiden kennen sich gerade mal 24 Stunden und bezeichnen sich schon als *wir?*

Mein Vater schaut verlegen auf seine Fußspitzen, dann strafft er die Schultern und sieht mich entschlossen an. «Henriette ist meine Freundin», platzt es aus ihm heraus.

Ich starre ihn an. Seine *Freundin*? Was soll das genau heißen?

Mit souveräner Geste legt er Henriette nun den Arm um die Schultern und erklärt: «Wir haben uns beim Tanzen kennengelernt.»

«Tango», ergänzt sie. «In der Volkshochschule. Nächstes Jahr wollen wir noch Foxtrott belegen und dann vielleicht Jive, wenn das mit den Knien …»

«Ach, wirklich?», grätsche ich in ihren Monolog. Ich weiß gar nicht, ob ich lachen oder weinen soll. Sie kennen sich aus Frankfurt?

Mein Blick bohrt sich in den meines Vaters. «Wann wolltest du mir denn davon erzählen?»

Papa reckt die Brust vor. «Schon seit Monaten versuche ich, dir von Henriette zu berichten. Aber ich habe während unserer Telefonate doch herausgehört, dass es dir nicht so gut ging. Wie hätte ich dir mein Glück vor Augen führen sollen, während du Kummer hast?»

Na ja», sage ich, um Zeit zu gewinnen. *Wie* lange geht das mit den beiden denn schon? Seit meiner Krise mit Bastian? «Aber ich bin erwachsen, Papa. Mich musst du nicht schonen. Und ihr müsst mir auch keine Komödie vorspielen wie gestern.» Diese Farce nehme ich ihnen wirklich übel.

«Ja, das lief gestern ein kleines bisschen aus dem Ruder. Tut mir leid.» Schuldbewusst sieht er mich an. «Aber … ich bin im Übrigen auch erwachsen, Ella. Und mir hast du ebenfalls etwas vorgespielt. Du hast verschwiegen, dass Christian dich betrogen hat.»

«Bastian», sage ich.

«Was?» Henriette macht große Augen.

Ich winke ab. «Das ist etwas vollkommen anderes», erkläre ich und wende mich wieder an meinen Vater. «Du mochtest Bastian, darum wollte ich dir in einem ruhigen Moment von der Trennung berichten. Der ergab sich nur irgendwie nie.»

«Siehst du», sagt er, «das ist sehr wohl dasselbe. Außerdem … also, *mögen* ist vielleicht ein klein wenig übertrieben. Ich würde eher sagen, ich fand ihn … äh … ganz drollig. Du hattest zwar … äh … schon Schlimmere …»

«Wie bitte?», frage ich entgeistert. «Du fandest ihn *drollig*?»

«Wie dem auch sei», unterbricht Henriette uns mit einer beschwichtigenden Geste, «ist ja alles noch mal gut gegangen.»

Obwohl ich nicht weiß, was genau sie damit sagen möchte, nicke ich. Mir geht gerade zu viel durch den Kopf. Eine Sache würde ich allerdings schon gerne noch wissen: «Was um alles in der Welt tut ihr denn eigentlich hier?» Irgendwie ist mir immer noch nicht klar, warum sich die beiden wie Teenager draußen im Wagen herumdrücken. «Weshalb kommt ihr nicht ins Haus?»

Im Grunde kann ich mir zwar denken, wie die Antwort ausfallen wird, aber so leicht lasse ich sie nicht davonkommen.

Papa zuckt mit den Schultern. «Im Grunde wollte Henri mich nur hier absetzen.»

Henri? Ich stutze. Dann geht mir plötzlich ein Licht auf. Der ominöse Freund, Papas Handysucht und die täglichen Ausflüge – alles ergibt auf einmal einen Sinn. Fast muss ich lachen, dass ich nicht gestern schon darauf gekommen bin!

«Ich habe bei ihr im Hotel übernachtet, aber mein Wagen hatte heute früh … ein paar Startschwierigkeiten.» Er spielt es herunter. «Ist vermutlich die salzige Luft, die dem Motor zu schaffen macht.» Mit einem verschwörerischen Lächeln in Henriettes Richtung fügt er hinzu: «Eigentlich hatte ich zu Hause sein wollen, ehe du etwas merkst. Und nun kam doch alles ganz anders.»

«Na, dann», sage ich nach kurzem Zögern und gebe mir einen Ruck, «kommt doch endlich rein.» Zwar fühle ich mich einerseits von den beiden verschaukelt, andererseits kann ich ihnen auch nicht wirklich böse sein. «Habt ihr schon gefrühstückt?»

Auf dem Weg ins Haus eilt uns Mimi entgegen. Sie ist spät dran. «Heute werde ich unten an der Kreuzung abgeholt, weil meine Mitfahrgelegenheit verschlafen hat», informiert sie uns im Vorbeiflitzen. «Guten Morgen, Opa», flötet sie und wirft ihm eine Kusshand zu. «Und guten Morgen, fremde Frau.» Henriette erntet ein hektisches Winken. Dann legt Mimi noch eine Schippe drauf, prescht den Kiesweg entlang und ist kurz darauf außer Sichtweite.

In der Küche mache ich Neni zunächst mit Henriette bekannt. Ich stelle sie mit Namen vor, weil es mir partout nicht über die Lippen will, sie Papas Freundin zu nennen.

Aber Neni ist eine lebenskluge Frau und versteht auch so. Sie schenkt uns ein wissendes Lächeln, zieht kommentarlos ein weiteres Gedeck aus dem Schrank und fragt: «Tee oder Kaffee?»

Wieder einmal zeigt sich, wie gern Neni Leute um sich versammelt. Für sie geht es in Ordnung, dass fremde Gäste am Tisch sitzen, egal wie viele es sind, wo sie herkommen und ob sie in wilder Ehe leben.

Aber ihr kann es ja auch egal sein, denke ich. *Sie* wurde nicht über ein halbes Jahr lang von Papa und Henriette an der Nase herumgeführt.

«Ich geh mal raus und schaue, ob der *Gemüsekorb* aufgefüllt werden muss», murmele ich. Ich schätze, dass die Stimmung in der Küche ohne mich lockerer sein wird.

Draußen wähle ich jedoch nicht den Weg zum Rondell, sondern verziehe mich stattdessen in den Ziegenstall. Ich muss mit mir allein sein und nachdenken. Mein Papa, der für mich doch immer der Fels in der Brandung war, ist kaum wiederzuerkennen. Er hat mich doppelt hintergangen. Nicht nur, dass er über Jahre Kontakt zu Ina hielt – nun gibt es plötzlich eine neue Frau an seiner Seite. Dabei war ich doch immer seine engste Vertraute. Aber mit Henriette hatte er hinter meinem Rücken ein Geheimnis.

Der Kloß in meinem Hals wird immer dicker, und ich merke erst in diesem Moment, wie sehr mich das verletzt. Steht sie ihm jetzt näher als ich?

Wenngleich ich Papas Beweggründe nachvollziehen kann, fühle ich mich vor den Kopf gestoßen. Offensichtlich war er bereit für ein neues Kapitel, für eine neue Frau auf dem Platz, der eigentlich Mama gehört. Und das, während ich die ganze Zeit über um unsere Familie getrauert habe.

Ich seufze und atme tief durch. Die Ziegelise kommt angewackelt. Sie scheint meine Stimmung zu spüren, denn sie knabbert heute nicht übermütig an meiner Kleidung, sondern lehnt ihren warmen Kopf voller Trost gegen mein Bein.

«Mimi sagt, du verteilst gute Ratschläge», flüstere ich, während ich sie sanft streichele. «Hast du auch einen für mich?»

Ich gehe in die Hocke, lasse es zu, dass sie in meinen Haaren spielt, und denke wieder an Papa. Kann schon sein, dass er es mir aus Rücksicht verschwiegen hat. Er will mir ja nichts Böses.

Doch ich glaube, dass ich noch etwas Zeit brauche, um mich an die neue Konstellation zu gewöhnen.

Gedankenverloren tätschele ich auch noch die Babyziegen. Als die Kleinen schon bald ausgelassen um mich herumspringen, bessert sich meine Laune. In ihrer Gegenwart Trübsal zu blasen, ist schlichtweg unmöglich.

31. Kapitel

Ich mag den anderen in der Küche noch keine Gesellschaft leisten, deshalb betrete ich das Haus durch den Haupteingang und verschanze mich im Bibliothekszimmer. Während ich dort auf der Couch sitze, aus dem Fenster sehe und ein entferntes Lachen höre, verspüre ich seltsamerweise ein großes Bedürfnis, mit Ina zu sprechen.

Ob sie von Henriette weiß?, schießt es mir kurz durch den Kopf. Es wäre wirklich das Letzte, wenn alle außer mir eingeweiht gewesen sind.

Doch als ich Inas Nummer wähle und mir ausmale, wie sie gerade auf ihrem Bett sitzt und sich konzentriert über ein Buch beugt, ist mir diese Frage plötzlich egal. Ich will es gar nicht wissen. Denn wenn es so wäre, müsste ich die Schuld hierfür vermutlich mir zuschreiben, und das ist mehr, als ich heute vertragen kann.

Ich folge meiner Intuition und entscheide mich für ein Videotelefonat, weil ich sie nicht nur hören, sondern auch sehen möchte. Es ist ein ganz neues, schwesterliches Gefühl, und ich schicke ein Stoßgebet zum Himmel, dass Ina mich mit ihrer manchmal etwas schroffen Art nicht abbügelt.

Nach dem dritten Klingeln ist sie am Apparat. Ein wenig irritiert blinzelt sie mit den Augen. «Hallo, Ella, gibt es ein Problem?»

Ich schüttele den Kopf. «Nein, alles gut.»

Wie ich es mir vorgestellt hatte, sitzt Ina mit einem Buch in der Hand auf dem Bett und wirkt vor der weißen Wand des Krankenzimmers deutlich weniger blass als noch bei meinem ersten Besuch. «Stimmt es, dass du am Wochenende entlassen wirst?»

Sie nickt und hebt den linken Arm. «Der Venenzugang wurde heute entfernt, und es fand eine letzte Visite statt. Morgen werde ich noch beobachtet, aber Sonntag darf ich gehen.»

«Ach, wie schön», sage ich. «Hier freuen sich schon alle auf dich. Sollen wir etwas Spezielles für dich einkaufen? Oder vorbereiten?»

«Nö.» Sie schüttelt den Kopf.

«Soll ich dich vielleicht abholen?»

«Danke, aber eine der Schwestern nimmt mich nach ihrer Schicht mit. Sie wohnt in Morsum.»

Ich nicke, auch wenn ich nicht ganz verstehe, wieso sie meine Annäherungsversuche so abblockt. Trotzdem will ich ihr zeigen, dass sie mir wichtig ist.

«Wenn du zurück bist, solltest du dich aber noch ein paar Tage entspannen und nicht gleich Vollgas geben», sage ich deshalb. «Ich würde gerne so lange bleiben, bis du wieder auf dem Damm bist.»

Ich befürchte Widerspruch oder sonst eine Reaktion, die das gerade erst gewachsene und noch sehr zarte Band zwischen uns einreißen könnte. Doch Ina bleibt stumm. Also spreche ich weiter: «Gestern habe ich schon mal das Haus geputzt, damit du nicht so viel Arbeit hast.»

Meine Schwester hebt überrascht eine Augenbraue.

«Also, in deinem Zimmer habe ich nur gesaugt und auch nur, weil Mimi dort ja gerade schläft. Sonst hätte ich es nicht betreten.» Ich räuspere mich. «Den anderen Raum … also dort, wo du die Möbel von damals untergebracht hast … die Papa dir geschickt hat, habe ich ausgelassen. Ich wollte … also … ich wusste nicht, ob es dir recht ist, wenn ich hineingehe.»

Ina verzieht keine Miene. «Was sollte ich dagegen haben?», fragt sie nüchtern.

«Na ja … ähm, weiß nicht … es sind ja deine Sachen.»

Meine Schwester runzelt die Stirn. «Es sind allenfalls ein paar Bücherkartons», sagt sie ernst.

Herrje, so kommen wir nicht weiter. «Schon, aber da diese Dinge nun mal auf dem Karsenhof sind und du …»

«Papa fängt an, sich von altem Kram zu trennen», unterbricht Ina mich. «Ich finde das gut. Darum habe ich mir die Bücher schicken lassen. Und den Nähtisch. Papa meinte, dass er höchstwahrscheinlich nicht in dein Leben in Reutlingen passt, also habe ich ihn genommen.»

Gerade als ich den Kloß im Hals wieder spüre, weil ich mich erneut ausgegrenzt fühle, fügt sie hinzu: «Er war ja mal unser Lieblingsstück.»

«Ja, das war er.» Ich seufze vor Erleichterung, weil sie diese für mich so wichtige Erinnerung ebenfalls in ihrem Herzen trägt. Da ist doch noch eine Verbindung zwischen uns, denke ich. Man muss Ina nur konkret darauf ansprechen. Außerdem hatte Papa vermutlich recht: Bastian hätte mit dem antiken Teil ganz sicher nichts anfangen können.

«Wenn du den Tisch haben möchtest, Ella, ist das kein Problem», versichert mir meine Schwester.

«Nein, nein, darum geht es mir nicht. Ich wollte … also … Ich würde ihn einfach nur gern mal sehen.»

Ina grinst. «Du meinst unsere Tankstelle?»

«Unseren Verkaufstresen.»

«Oder den Untersuchungstisch für unsere Tiere», sinniert Ina. «Weißt du noch?»

Ich nicke. «Na klar! Manchmal wurde er auch zu ihrem Krankenbett.»

«Eine Zeit lang hatten wir ihn auch zur Kochinsel umfunktioniert. Erinnerst du noch unsere winzige elektrische Kochplatte? Wir bekamen sie zu Weihnachten und haben daraufhin alle ständig bekocht.»

Herrje, das hatte ich ja ganz vergessen. «Stimmt!», pruste ich los. «Meine Pfannkuchen waren steinhart.»

«Und sie schmeckten wie Tapetenkleister.»

Das ist leider wahr. Ina konnte schon als Kind besser kochen. «Dafür habe ich die höheren Preise ausgehandelt, wenn wir Kaufmannsladen gespielt haben», verteidige ich mich.

Ina fährt sich mit der flachen Hand über die Kehle. «Du warst ein Halsabschneider!» Sie lacht. «Sogar leere Zahnpastapackungen wolltest du mir zu Wucherpreisen verkaufen.»

«Aber nur weil ich sie vorher bemalt hatte», erinnere ich meine Schwester triumphierend. «Es waren Kunstwerke. Und Kunst hat ihren Preis!»

«Du liebe Zeit, Ella!» Ina lässt sich rückwärts in die Kissen fallen. «Du hast damals so ziemlich alles bemalt. Nicht einmal vor meinem Teddy hast du haltgemacht!»

Sie macht große Kulleraugen, und ich weiß sofort, worauf sie anspielt. Es war ein niedlicher, beigefarbener Teddy, dessen Fell über die Jahre furchtbar abgenutzt wirkte. Ich habe es ihm quasi wieder angemalt. Und ihm dichte Wimpern dazugezaubert.

Wir schwelgen noch eine Weile in Erinnerungen, und ich fühle mich meiner Schwester so nah wie schon lange nicht mehr.

Als in Inas Zimmer eine Krankenschwester mit dem Mittagessen erscheint, verabschieden wir uns und legen auf.

Ich bin noch dermaßen erfüllt von unserem Gespräch, dass

ich sofort aufspringe, die Treppe ins Obergeschoss hochlaufe und den Raum mit den Erinnerungsstücken betrete.

Da steht er, der Nähmaschinentisch.

Mir klopft das Herz bis zum Hals, während ich versonnen über den glänzenden Lack streiche und Ina und mich im Geiste daran spielen sehe. Die Nähmaschine gibt es schon seit Langem nicht mehr. Als sich herauskristallisierte, dass wir Kinder das Teil täglich in Beschlag nahmen, hat Papa sicherheitshalber eine Holzplatte draufmontiert. Für uns perfekt.

Jetzt befinden sich zwei alte Weinkisten mit Scharnierdeckeln auf der Platte. Eine steht etwas offen, und ich entdecke alte Fotos von uns. Bei dem Anblick der Abzüge muss ich unwillkürlich an Toms Worte denken, die er bei unserem Ausflug nach Keitum äußerte: *Was würdest du machen, wenn man noch Filme in Fotoapparate legen müsste? Hättest du dann einen Rollkoffer mit Ersatzfilmen dabei?*

Damals entstanden so noch echte Schnappschüsse, die nach heutigem Standard allesamt Ausschussware wären. Ich schaue durch die vergilbten Fotos, die meisten über- oder unterbelichtet, manchmal fehlen Papa und Mama die Köpfe, und auf so ziemlich jedem Bild haben wir rote Augen. Aber es sind wunderschöne Erinnerungen, die für mich nicht perfekt aussehen müssen.

Ein wenig hatte ich befürchtet, dass mich die Traurigkeit übermannt, sollte ich auf Bilder von Mama stoßen. Doch ich bin erstaunlich gefasst. Wie hübsch sie war! Ich sehe uns zu viert vor dem geschmückten Tannenbaum stehen, keine Ahnung, wer das Foto geknipst hat. Vermutlich meine Großeltern. Zu ihnen hatten wir damals viel öfter Kontakt als zu Mamas Eltern.

Ich blättere noch durch den zweiten Karton. Ein paar Tränen kommen mir dann doch, als ich meine Mutter sehe, wie ich sie in Erinnerung habe. Es muss kurz vor ihrer Versetzung gewesen sein, sie steht vor einem gepackten Koffer an der Haustür, aber auf ihrem Gesicht sind keinerlei Emotionen abzulesen. Als sei sie gar nicht anwesend, schaut sie in die Kamera, und ich frage mich, ob sie sich vielleicht in diesem Moment gewünscht hat, endlich wegzukommen.

Ich lege die Fotos zurück, trete zu Inas Bücherkisten und wundere mich, wie viel sie schon in jungen Jahren gelesen hat. Ein paar Bilder, die damals bei uns im Flur hingen, stehen an die Kartons gelehnt. Ebenso wie diverse gerollte Poster. In einem Anflug von Neugierde wickele ich zwei davon auseinander und muss beinahe laut lachen. Das erste ist ein Plakat von Depeche Mode. Die Band fand ich damals supercool, und ich hätte am liebsten einen von den Typen geheiratet. In der anderen Rolle verbirgt sich ein Filmplakat von *Titanic*. Die Poster hingen in meinem Zimmer, ich glaube, Ina interessierte sich zu der Zeit schon mehr für Astrologie als für Männer oder Liebesfilme. Vermutlich hat Papa das nicht mehr auf dem Schirm gehabt, als er die Kisten gepackt hat.

Ich spüre ein pulsierendes Glücksgefühl in meinem Bauch. Dass meine Schwester Leonardo DiCaprio in ihrem Zimmer Unterschlupf gewährt und die Plakate nicht auf den Müll geworfen hat, kann nur eins bedeuten: Sie hat es für mich getan.

Erst zum Abendessen lasse ich mich wieder in der Küche blicken.

Mimi sitzt am Tisch über einen Taschenrechner gebeugt. Sie hat offensichtlich die Spardose des Gemüsekorbs geleert.

«Guck mal, Tante Ella», ruft sie. «Wir haben schon 163,29 Euro eingenommen!»

«Das ist ja wunderbar», sage ich und streiche ihr über den Kopf.

Das Geld hat sie vor sich ausgebreitet und in ordentlichen Häufchen nach Münzen und Scheinen gestapelt, und nun überlegt sie, was davon angeschafft werden könnte.

Neni, die im Begriff ist, eine Socke zu stopfen, schüttelt den Kopf. «Gar nichts wird gekauft», sagt sie. «Leg das Geld in eine leere Keksdose, und fertig. Es gehört Ina. Sie hat es mit ihrer Arbeit verdient. Und dann sieh zu, dass du dich auf den Weg machst. Ich will nicht, dass du so spät noch allein unterwegs bist.» Sie wendet sich an mich. «Mimi geht zu einer Freundin auf den Nachbarhof und schläft dort bis Sonntag. Bei deren Katzen gab es Nachwuchs, und du weißt ja, wie verrückt sie nach Tierbabys ist. Tom hat zum Glück ein Auge darauf, dass unsere Katzen keine Babys bekommen. Ginge es nach Mimi und Ina …» Sie rollt mit den Augen. «Apropos Ina …» Nenis Miene wirkt auf einmal schuldbewusst. «Ich werde am Wochenende nicht auf dem Hof sein, wenn sie aus dem Krankenhaus entlassen wird. Ich hatte völlig vergessen, dass ich auf dem runden Geburtstag einer alten Freundin eingeladen bin.» Sie hebt und senkt die Schultern. «Als mir klar wurde, dass Ina zur selben Zeit nach Hause kommt, wollte ich erst absagen, aber 80 wird man ja nicht alle Tage, und darum breche ich morgen in aller Herrgottsfrühe nach Rømø auf. Tom hat mir gut zugeredet, er bringt mich zur Fähre.» Sie druckst weiter rum. «Tja, und so wie es aussieht, kann er auch nicht hier sein. Er muss nach Berlin. Aber zum Glück seid ihr ja hier, du und Rolf und Mimi. Ihr könnt Ina willkommen heißen. Nur macht in Gottes Namen keine große Sache daraus. Das würde sie nicht wollen. Am besten, ihr verhaltet euch vollkommen normal.»

«Klaro, wird gemacht.» Mimi schlägt sich mit der Handkante gegen die Stirn, wie ein salutierender U-Boot-Kommandant.

Ich tue es ihr gleich. Dabei erhasche ich einen Blick auf meine

Armbanduhr. Es ist Viertel nach sieben. Himmel! In einer Viertelstunde wollte ich mich mit Tom treffen.

«Ich ... äh, ich muss los», erkläre ich. «Tom holt mich ab, wir wollen ... irgendwohin.» Ich lache etwas nervös. «Ich habe doch glatt vergessen, wohin wir fahren. Aber ich weiß noch, dass es eine Strandparty zugunsten eines Hundes war. Oder so ähnlich.»

Mimi und Neni sehen mich amüsiert an.

«Dann musst du dich tierfein machen, Tante Ella!» Sie hat das Geld in der Dose deponiert, sich eine Jacke übergeworfen und scheint sich nicht trennen zu können.

«Tja, was zieh ich denn da an?»

«Was Hübsches», findet Mimi. «Aber du bist eigentlich immer hübsch.»

«Etwas Warmes», rät Neni. «Wenn die Sonne weg ist, wird es frisch, und die Mücken kommen.»

«Aye, aye!», mache ich. «Dann werde ich mich jetzt wohl besser mal beeilen.» Ich drücke Neni liebevoll am Arm, Mimi bekommt einen Kuss, und dann bin ich weg.

Auf meinem Zimmer ziehe ich mir schnell eine lange Jeans über, stopfe eine Strickjacke in meine Tasche und binde mir einen Zopf, damit der Wind meine Haare nicht ins Gesicht weht. Kurz noch die Wimpern getuscht, und ich stehe keine Sekunde zu früh unten am Wagen.

Tom wartet bereits.

«Wir fahren nach Kampen», erklärt er, «warst du dort schon?»

Ich schüttele den Kopf. «Nein, hab nur davon gehört. Soll voller Nobelboutiquen und Promis sein.» Skeptisch schaue ich an mir herunter. «Gibt es einen Dresscode?»

Tom sieht mich von der Seite an und grinst. «Keine Sorge, wir gehen an den Strand.»

Wir steigen ein, und als er losfährt, schaltet Tom das Radio ein. Es läuft eine schnelle Country-Nummer, die ich kenne. «Zur Einstimmung», sagt er und zwinkert.

«Gefällt mir.» Ich wippe mit den Füßen im Takt und lasse mich in das Polster seines Wagens sinken.

Während wir durch die beginnende Dämmerung gleiten, erwische ich mich bei dem Gedanken, dass ich am liebsten einfach immer weiter fahren würde. Tom ist ein besonnener Fahrer, im Wagen riecht es nach Leder und ein wenig nach Pferd, aber nicht unangenehm. Passend zur Musik, denke ich und lächele stumm in mich hinein.

Die rosa Schäfchenwolken werden dunkler, hinter ihnen versinkt die Sonne wie ein Feuerball und taucht den gesamten Himmel in ein rotoranges Farbenmeer.

Viel zu schnell erreichen wir Wenningstedt und kurz darauf unser Ziel: Kampen. Wir biegen auf einen Parkplatz ein, Tom schnappt sich vom Rücksitz seine Tasche und eine bunt verpackte Flasche, die offenbar als Geschenk für den Jubilar gedacht ist, dann steigen wir aus. Hintereinander stapfen wir den Holzbohlenweg die Dünen hinauf und am anderen Ende wieder hinunter.

Am Strand angekommen, ziehen wir beide wortlos unsere Schuhe aus und stopfen sie in unsere Taschen.

«Dort vorn muss es sein.» Tom deutet auf eine Traube von schätzungsweise fünfzig Personen, die wild durcheinanderstehen und sich unterhalten. Es gibt ein reichhaltiges Buffet auf Klapptischen, außerdem eine provisorische Bar, bestehend aus riesigen Kühltaschen.

«Ich fühle mich in meine Jugend zurückversetzt», sage ich in einem Anflug von Wehmut, «als wir mit den Fahrrädern an den Main gefahren sind, um dort zu grillen.»

Tom seufzt. «Grillen darf man auf Sylt leider nicht so ohne

Weiteres, selbst zu Silvester gibt es kein Feuerwerk. Die Brandgefahr ist wegen der Reetdächer zu groß.»

«Das finde ich gut. Ich war noch nie Fan der Knallerei, vor allem ärgert mich der Dreck am nächsten Morgen jedes Mal.»

Als wir uns der Gruppe nähern, suchen wir zunächst den Gastgeber, um zu gratulieren. Er ist ein sympathischer, hochgewachsener Kerl namens Ben, der sich wahnsinnig über Toms Erscheinen freut. Ich werde kurz vorgestellt, dann erzählt Ben allen umstehenden Freunden die Geschichte vom allergischen Schock seines Hundes. Wie zum Beweis kommt Manni, so heißt das genesene Tier, angelaufen und schleckt uns fröhlich die Füße ab. Eine Weile unterhalten wir uns noch mit Ben, dann treffen neue Gäste ein und ziehen die Aufmerksamkeit auf sich.

Wir bedienen uns an der Kühltaschenbar, nehmen jeder ein Bier und setzen uns ein wenig abseits vom Trubel in den Sand. Schweigend schauen wir aufs Meer, wo das Farbspiel des Himmels wie auf einer riesigen Leinwand gespiegelt wird.

«Das ist ja wie Kino», sage ich beeindruckt.

Mein Blick gleitet nach links, wo in einiger Entfernung ein Felsen wie ein überdimensionaler, zerklüfteter Goldbarren aus dem Sand emporragt.

«Das ist das Rote Kliff», erklärt mir Tom, der meinen Augen gefolgt ist. «Obendrauf befindet sich die Uwe-Düne, unsere höchste Erhebung auf der Insel.»

«Lustiger Name», erwidere ich und sehe ihn fragend an.

«Stimmt. Der stammt von einem Sylter Landvogt und Freiheitskämpfer.»

Wir stoßen mit den Flaschen an und genießen den Ausblick.

Eine unglaubliche Ruhe hat sich auf mein Gemüt gelegt. Der warme Sand und das wogende Wasser – wieso habe ich es eigentlich stets belächelt, wenn Leute mir von ihrer Faszination fürs Meer erzählt haben? Vermutlich weil ich es bisher nicht wirklich nachvollziehen konnte, doch heute möchte ich mich bei jedem Einzelnen von ihnen entschuldigen. Ich vermag mir in diesem Moment kaum etwas Faszinierenderes als die offene See vorzustellen. Und ich wünschte, ich würde irgendwo leben, wo ich das Wasser täglich aus meinem Fenster aus betrachten könnte.

32. Kapitel

«Geht es dir gut?», fragt Tom besorgt. «Du bist so schweigsam.»

Ich mag den Blick nicht vom Wasser nehmen, darum antworte ich, ohne ihn anzusehen: «Ich kann mich nur an drei Situationen in meinem Leben erinnern, in denen ich mich glücklicher gefühlt hab», sage ich und korrigiere mich sogleich. «Wahrscheinlich gab es mehr als drei, aber diese haben sich fest in meinem Gedächtnis verankert. Meine Top 3 sozusagen.»

Auch Tom schaut starr aufs Wasser, aber ich höre an seiner Stimme, dass er lächelt: «Erzähl mir davon.»

Ich zögere, aber nur kurz. «Als ich in meine erste eigene Wohnung gezogen bin. Es war Sommer, und ich besaß nicht viel mehr als eine Matratze. Aber die habe ich auf den Balkon gelegt und dort geschlafen.»

«Ziemlich cool», findet Tom und nimmt einen Schluck aus seiner Flasche. «Und zweitens?»

«Mein erster Job beziehungsweise mein erstes verdientes Geld. Ich war 14, trug Wochenblätter aus und kaufte mir und meiner Freundin am Ende des Monats das erste eigene Make-up und einen Lippenstift, damit wir in einen Kinofilm gehen konnten, der erst ab 16 zugelassen war. Wir waren zwar mächtig aufgeregt, aber man hat uns reingelassen.»

«Auch nicht schlecht. Welcher Film war es?»

Ich muss grinsen. «Irgendwas mit Johnny Depp. Ich war damals schwer verliebt in ihn.»

«Tja …» Tom klopft sich spielerisch an die Brust. «Da bin ich aber froh, dass dieser Sonnenuntergang mithalten kann.»

Ich schaue ihn an und sehe, dass auch er jetzt grinst.

«Und drittens?», will er wissen. «Ich hoffe, dass es nichts mit weiteren männlichen Filmstars zu tun hat.»

«Nun», sage ich gespielt gekünstelt, «da gab es in der Tat noch einige. Aber keine Sorge, von denen rede ich nicht.» Wir lachen, und ich fahre fort: «Nein, ich meine den Geruch von Limetten damals in Südspanien. Es war die erste Reise, die mein Vater und ich alleine unternommen haben. Ich wünschte, ich hätte ein Parfüm, das so duftet.»

Tom atmet geräuschvoll aus. «Gute Wahl», sagt er und fügt wenig später an: «Ich finde, das Meer vor Sylt hat in deinem Ranking ebenbürtige Nachbarn gefunden.»

Ich wende mich ihm zu und sehe, wie in seinen Augen der Schalk blitzt. «Machst du dich etwa über mich lustig?», frage ich mit inszenierter Empörung. «Das erzähle ich deiner Großmutter, und dann wird sie dir hoffentlich einen extra bitteren, giftgrünen Kräutershake mixen, an den du dich bis an dein Lebensende erinnerst!» Ich fuchtele drohend mit dem Zeigefinger vor seiner Nase herum.

«Mach's doch!», kontert er. «Dann stecke ich deinem Vater, dass du ihn beschatten wolltest. Weil du es nicht verkraften kannst, dass er dir nichts von seinem guten Kumpel Henri erzählt hat.»

Ich lasse meine Hand sinken und schaue ihn überrascht an. «Hast du es noch nicht gehört? Das Geheimnis um Henri wurde gelüftet.»

«Echt jetzt?» Toms Augen weiten sich.

Ich nicke. «Gestern kam eine Frau namens Henriette auf den

Hof gefahren. Sie wirkte sympathisch, hatte Interesse an dem Gemüseangebot im Strandkorb, und es schien mir, als würde Papa mit ihr flirten.»

Ich ernte einen irritierten Blick. «Und weiter?»

«Henri und Henriette – klingelt da nichts bei dir?»

«Du meinst, diese Frau ist Rolfs guter Kumpel Henri?»

«Wenn das mal nur alles wäre», sage ich mit einem gequälten Lächeln. «Es hat sich herausgestellt, dass die beiden sich aus Frankfurt kennen und seit etwa einem halben Jahr ein Paar sind.»

Tom pfeift durch die Zähne. «Rolf, der alte Schwerenöter …», sagt er, und auf seinem Gesicht macht sich ein Schmunzeln breit.

«Ich finde das überhaupt nicht witzig», antworte ich beleidigt und nehme einen tiefen Schluck Bier. «Ein halbes Jahr!» Ich suche Toms Blick. «Überleg doch mal. Seit sechs Monaten werde ich von meinem Vater angeschwindelt. Ich meine, da … Also, ich fühle mich … ich … also …» Mir fallen noch immer nicht die richtigen Worte ein.

Tom mustert mich eine Weile kritisch. «Du bist eifersüchtig», stellt er schließlich nüchtern fest.

Ich starre ihn an. «Natürlich nicht. Ich finde es einfach nur befremdlich, dass mein Vater mir so etwas Wichtiges vorenthält.» Meine Stimme wird rau, plötzlich habe ich einen Kloß im Hals. «Er behauptet, er wollte mich schonen, wegen meiner Trennung von Bastian. Er habe nicht den richtigen Moment gefunden. Aber ich bin doch seine engste Vertraute! Ich hätte mich ganz sicher trotz meiner schwierigen Umstände mit ihm darüber gefreut.»

Toms Tonfall ist sanft, als er sagt: «Aber eben *weil* ihr euch so nahesteht, wollte er dich nicht verletzen. Außerdem …» Er zögert. «Hättest du es wirklich getan? Dich mit ihm gefreut?»

Ich will etwas sagen, doch er lässt mich nicht zu Wort kommen.

«Oder musste dein Vater befürchten, dass du dich von ihm abwenden könntest? Ich meine, du hast mir nie genau erzählt, was zwischen Ina und dir passiert ist – aber musste Rolf nicht Sorge haben, dass auch euer Verhältnis abbricht?»

Ich bin entsetzt. «Nein! Ganz sicher nicht. So weit würde ich es nie kommen lassen. Das weiß er.»

Tom sieht mich prüfend an. Dann lächelt er. Mir scheint, er will das Thema lieber nicht weiter vertiefen, denn er sagt mit einem Augenzwinkern: «Vielleicht hatte dein Vater ja auch nur Sorge, dass du dich einsam fühlen und zu Bastian zurückkehren könntest. Es hörte sich für mich so an, als wäre das nicht unbedingt in seinem Sinne gewesen.» Er sieht wieder aufs Meer. «Und wenn du mich fragst, finde ich das absolut nachvollziehbar.»

Mir bleibt kurz die Luft weg. Was meint er damit? Will er damit andeuten, dass … Ich schaffe es nicht, die Überlegung weiterzuverfolgen, denn Tom springt unvermittelt auf. «Komm!», ruft er. «Gib mir und dem Abend eine Chance, dich auf andere Gedanken zu bringen.» Er wartet, dass ich ihn ansehe. Der weiche Blick seiner Augen signalisiert tiefes Verständnis, gleichzeitig spiegelt er seinen Wunsch, mir Abstand zu verschaffen.

«Okay», sage ich. «Du hast recht.» Ich sollte definitiv mal ausgiebig über die Sache schlafen.

Und dann geht plötzlich alles ganz schnell. Tom beugt sich zu mir, zieht mich hoch, und ehe ich weiß, wie mir geschieht, hebt er mich über seine Schulter und marschiert mit mir wie mit einem Mehlsack auf dem Rücken Richtung Wasser. Meine Schreie ignoriert er einfach.

«Neiiiin!», kreische ich wie ein Teenager. «Bitte wirf mich nicht hinein!» Noch ist es warm, aber wenn ich klitschnass bin, werde ich ganz sicher frieren wie ein Schneider.

Manni kommt bellend angerannt. Offenbar findet er das Spiel genauso lustig wie Tom.

«Was tust du dafür?», fragt Tom mit einem erpresserischen Unterton in der Stimme.

«Alles!»

«Ach, wirklich? Alles?» Er dreht mich einige Male im Kreis, lässt mich andeutungsweise fallen, sodass ich erneut aufschreie, und sagt schließlich: «Dann wünsche ich mir einen Tanz.»

«Ich kann nicht tanzen», jammere ich. «Ehrlich nicht.»

«Ich führe dich», erklärt er großherzig. «Also: Ergibst du dich in dein Schicksal?»

Ich nicke eifrig. «Absolut. Ich tanze mit dir. Sooft du willst. Aber bitte, wirf mich nicht ins Wasser!»

«Haben das alle gehört?», ruft Tom in Richtung der Menschentraube, «Ella tanzt mit mir! Sooft ich möchte.»

Die Gäste applaudieren, und mir schießt augenblicklich die Röte ins Gesicht. Vor Publikum tanze ich nun wirklich noch schlechter als schlecht.

Tom setzt mich ab. «Nun ist es offiziell», sagt er ernst, «ich habe Zeugen.»

«Ob die vor Gericht zugelassen werden?», frage ich spöttisch. Als er jedoch erneut nach mir schnappen will, halte ich schnell meinen Mund.

Außer Atem lassen wir uns wieder in den Sand fallen und warten, dass unser Puls sich beruhigt. Ich will Tom gerade süffisant darauf hinweisen, dass es ja gar keine Musik hier am Strand gibt, zu der wir tanzen könnten, da sehe ich ein Pärchen mit Gitarren auf die Geburtstagsgesellschaft zu marschieren. Sie begrüßen den Gastgeber und ein paar seiner Freunde, stimmen kurz ihre Saiten und schlagen gleich darauf die ersten Akkorde eines 50er-Jahre-Songs an. Die Gäste erkennen die Musik sofort und klatschen begeistert. Einige springen auf, um sich dem Rhythmus hinzugeben.

Tom und ich lauschen den Klängen, bleiben aber verlegen sitzen und betrachten das Spiegelbild des Wassers. Die Farben des Himmels scheinen jetzt ineinanderzufließen. Wie auf ein Seidentuch gemalt, verläuft der Farbton der untergehenden Sonne von Gelb über Orange bis hin zu einem warmen Purpurrot. Ich habe etwas ähnlich Schönes nie zuvor gesehen.

«Willst du nicht fotografieren?», fragt Tom in Anspielung an meinen Fotomarathon in Keitum.

Ich schüttele den Kopf. «Nein, dieses Licht könnte mein Handy niemals originalgetreu wiedergeben», erwidere ich andächtig und atme tief, um den salzigen Duft des Meeres und damit den gesamten Augenblick für immer in mich aufzunehmen. «Und die besondere Stimmung schon gar nicht.»

Die Worte sind mir so rausgerutscht, weil ich den Moment gar nicht anders beschreiben könnte, aber als ich Toms Blick begegne, sehe ich in seinen Augen, dass er ebenso empfindet.

Das Gitarrenduo hat sich als nächsten Song für eine Coverversion von einem ruhigen Dean-Martin-Song entschieden.

Tom erhebt sich. «Darf ich bitten?», sagt er und reicht mir die Hand. «Du hast es versprochen. Vor fünfzig Gästen.»

Dann zieht er mich in seine Arme.

33. Kapitel

Wir sind nicht das einzige Paar, das sich im Sand zur Musik bewegt, und es kümmert sich auch niemand um uns. Meine Behauptung, ich könne nicht tanzen, war vielleicht etwas übertrieben, trotzdem stelle ich mich angesichts des feinkörnigen Sandbodens unter meinen Füßen reichlich unbeholfen an. Die Wärme von Toms Körper und der Duft seiner Haut tun ihr Übriges, sie bringen mein Herz durcheinander, sodass ich unmöglich den Takt halten kann.

Irgendwann beginnt zum Glück das Bier zu wirken. Ich fange an, mich zu entspannen, erst recht als der nächste Song erklingt. Eine eher ruhige Nummer von Bob Dylan, die ich ewig nicht gehört habe, aber früher sehr mochte. Dennoch irritiert mich die Nähe zu Tom, und ich versteife mich. Ihm entgeht meine Reaktion nicht. Er fasst nach meinen Händen, legt sie sich auf die Schultern und zieht mich ein Stück dichter. Mit den Armen umschlingt er meine Taille. Es fühlt sich gut an. Und als ich über seine Schulter hinweg die ersten Sterne am Himmel funkeln sehe, schaffe ich es, mich auf den Augenblick einzulassen.

Wir tanzen zu drei weiteren langsamen Songs, eng umschlungen, als seien wir ein Liebespaar. Unsere Gesichter sind sich so nah, dass ich von Zeit zu Zeit die feinen Stoppeln seines nachwachsenden Barts an meiner Wange spüre. Jedes Mal kribbelt meine Haut an dieser Stelle noch ein wenig nach.

Mich mit Tom vor der malerischen Kulisse des Roten Kliffs zur Musik zu bewegen, erscheint mir surreal, gleichzeitig fühlt es sich vertraut, fast selbstverständlich an. Inzwischen haben wir einen gemeinsamen Rhythmus gefunden, der unebene Sand macht mir nichts mehr aus, und ich wünschte, der Abend würde ewig andauern. Tom bewegt sich vollkommen sicher, und ich fühle mich in seinen Armen beschützt und geborgen.

Als das Lied wechselt und der Takt schneller wird, lösen wir uns voneinander. Einen Moment stehen wir unschlüssig herum, dann greift Tom nach meiner Hand und zieht mich mit sich. Ein kurzer Blick gilt unseren Taschen, doch niemand scheint sich dafür zu interessieren, sodass wir sie an Ort und Stelle liegen lassen, während wir Hand in Hand die Wasserlinie entlangspazieren. Ich glaube, dies sind die Tage, an denen das Licht niemals komplett erlischt. Am Horizont steht ein lang gezogener blauer Streifen, wie ein Wegweiser durch die Nacht.

Auch dass meine Hand in seiner liegt, fühlt sich inzwischen fast vertraut an, obwohl doch seit Jahren nur Bastian meine Hand gehalten hat. Nichtsdestotrotz klopft mein Herz wie verrückt, noch mehr als zuvor beim Tanzen.

Auf dem Strand vor uns ist keine Menschenseele zu sehen. Das Meer trägt sanfte Wellen heran, ihr Plätschern ist neben der immer leiser klingenden Musik das einzige Geräusch weit und breit, als seien wir zwei allein auf diesem Planeten.

Tom verlangsamt seinen Schritt, und wir bleiben stehen. Langsam dreht er sich zu mir, und ich habe den Eindruck, dass er etwas sagen möchte. Seine Lippen bewegen sich, aber es kommt kein Ton heraus. Ich bin vor Aufregung wie gelähmt und kann nichts tun, außer auf seinen Mund zu starren, der immer wieder aufs Neue versucht, Worte zu formen. Tom ist ein Stück größer als ich, daher muss ich den Kopf ganz leicht in den Nacken legen, um ihm in die Augen sehen zu können. Als er meinen Blick auffängt, ist es, als sei plötzlich ein Blitz vom Himmel niedergegangen und einmal durch meinen gesamten Körper gefahren. Meine Arme und Beine beginnen zu kribbeln, als habe ich zu viel prickelnde Kohlensäure getrunken. Tom scheint auf einmal nicht mehr vorzuhaben, etwas zu sagen. Mit seinem rechten Arm umschlingt er meine Taille, verharrt kurz in dieser Position, vielleicht um abzuwarten, ob ich etwas dagegen einzuwenden habe. Doch wie könnte ich? Mein Körper ist starr vor Erwartung, und als er seine freie Hand an mein Gesicht legt, um mit dem Daumen die Konturen meiner Lippen nachzuzeichnen, fängt auch noch mein Kopf an zu kribbeln. Die ganze Zeit sehen wir uns an, in Toms Augen spiegelt sich der sternenklare Himmel.

Nach einem Moment, der mir schier endlos vorkommt, gleitet seine Hand in mein Haar. Mit sanftem Druck zieht er mich zu sich heran und … küsst mich. Seine warmen Lippen schmecken nach Sommernacht und dem salzigen Meer, und ich glaube für einen Moment, mich darin zu verlieren. Toms Kuss wird fordernder, seine Arme halten mich fester. Mein gesamter Körper spielt verrückt, in meinem Inneren entfacht eine nie gekannte Sehnsucht. Ich bin froh über das leise Plätschern des Wassers, das meinen hämmernden Puls hoffentlich ein wenig übertönt.

Irgendwann lösen sich unsere Lippen voneinander, und Tom drückt mich ein Stück von sich weg, behält mein Gesicht jedoch in den Händen. Atemlos schauen wir uns in die Augen.

«Verdammt, Ella, was tun wir hier?», fragt er mit rauer Stimme. Sein Atem geht schwer.

«Ich weiß auch nicht», flüstere ich mit belegter Stimme. Es ist wie im Film. Ich starre auf seine Lippen und warte, dass er weiterspricht.

Oder mich noch einmal küsst.

Meine Knie scheinen aus Wackelpudding zu sein, und ich bin

heilfroh, dass wir uns weiter an den Händen halten, damit ich nicht das Gleichgewicht verliere.

«Es ist wirklich überhaupt nicht schlau, dass wir …»

Der Rest meines Satzes geht unter in einem weiteren, stürmischen Kuss. Toms Arme wandern meinen Rücken hinauf und halten mich so fest, als wolle er mich nie wieder loslassen. Ich gebe mich dem Moment hin und genieße ihn mit allen Sinnen. Ich könnte die ganze Nacht so dastehen.

Tom nimmt mich bei der Hand. «Komm», sagt er mit fester Stimme. «Lass uns von hier verschwinden.»

Seite an Seite sammeln wir zunächst unsere Taschen ein, dann verabschieden wir uns von dem Gastgeber. Anschließend klettern wir den Dünenweg hinauf, bleiben oben aber noch einmal kurz stehen, um zurück aufs Meer zu schauen. Ich lehne mich sanft an Tom. Er umschlingt mich von hinten, hält mich fest in seinen Armen und flüstert: «Ich kann nicht glauben, dass ich hier stehe.» Er küsst meinen Scheitel, und mir läuft ein Schauer über den Nacken. «Mit dir.»

«Ich auch nicht», flüstere ich zurück. «Ganz und gar nicht.»

Das Wasser ist kaum mehr vom Horizont zu unterscheiden, wäre da nicht der Sternenhimmel mit seinen Abertausenden Lichtlein, die uns unermüdlich zuzwinkern.

Tom räuspert sich leise. «Du musst mir bitte glauben, ich hatte das hier …», sein Arm beschreibt eine allumfassende Geste, «… nicht geplant.» Sein Brustkorb hebt und senkt sich, er atmet schwer.

«Hm-m», sage ich, um den Moment noch länger auszukosten. Geht mir ganz genauso.

Ich weiß nicht, wie lange wir auf dem höchsten Punkt des Dünenwegs stehen, irgendwann lösen wir uns voneinander und schlendern Arm in Arm zurück zu Toms Wagen.

Die Rückfahrt verläuft schweigend. Keiner von uns beiden spricht ein Wort, nicht einmal das Radio läuft.

Als wir den Karsenhof erreicht und im Rondell geparkt haben, dreht Tom sich zu mir um.

«Ella?» Seine Augen wirken müde, auch die bernsteinfarbenen Sprenkel suche ich vergeblich. Liebevoll streicht er mir eine Strähne aus dem Gesicht. «Ich … fand den Abend auch sehr schön. Aber ich … also, ich bringe Neni morgen ja schon sehr früh zur Fähre, und danach habe ich noch einen wichtigen Termin hier auf dem Hof und fahre anschließend bis Sonntagabend nach Berlin zu einem Seminar, auf das ich mich …» Er schaut auf seine Armbanduhr. «Auf das ich mich tatsächlich noch etwas vorbereiten muss.» Seine Stirn liegt sorgenvoll in Falten.

«Ist schon okay.» Ich verstehe, was er mir sagen möchte, und lächele zaghaft. Wir sollten nichts überstürzen und uns Hals über Kopf in ein Abenteuer stürzen. Ich weiß ja leider nur zu gut, was passiert, wenn mein Herz einmal aus dem Takt geraten ist.

Dann greife ich nach meiner Tasche. «Ich bin ehrlich gesagt auch ziemlich geschafft.» Es ist nicht gelogen, der Tag steckt mir in den Knochen.

Ich drücke ihm einen schnellen Kuss auf die Wange, öffne die Beifahrertür und steige aus. Tom bleibt sitzen, was ich bewundernswert beherrscht finde, aber auch überaus vernünftig. Wer weiß, ob er es wirklich schaffen würde, seine Unterlagen zu sichten, wenn wir noch einmal wilde Küsse austauschen.

In dieser Nacht komme ich kaum zur Ruhe. Der Abend am Strand will mich nicht loslassen. Noch immer brennen meine Lippen von unseren Küssen, ich spüre Toms Hände meinen Körper erforschen, und sein Duft hat sich wie eine zweite Haut auf meine gelegt, sodass an Schlaf nicht zu denken ist.

Immer wieder male ich mir aus, wie es mit uns weitergehen könnte.

Eine Fernbeziehung? Erst einmal sollte ich wohl mein Leben in Reutlingen in Ordnung bringen.

Denn wenn ich ehrlich bin, weiß ich inzwischen sicher, dass ich nicht mehr mit Bastian unter einem Dach wohnen kann. Geschweige denn, dass ich ihm jeden Tag bei der Arbeit begegnen möchte. Ich seufze. Es wäre also nur konsequent, meine Stelle in der Brauerei zu kündigen und meine Zelte dort abzubrechen.

Aber dann?

Eine leise Stimme in mir flüstert, dass ich mir doch etwas im Norden suchen könnte, damit ich es nicht so weit zum Karsenhof habe. Zu Neni, Mimi und auch zu Ina. Und vor allem zu Tom. In meiner momentanen Gefühlswallung male ich mir aus, wie wir hier alle gemeinsam leben und Hand in Hand arbeiten könnten. Genug Zimmer gäbe es ja. Und Papa und Henriette könnten zu Besuch kommen und …

Hach, die Vorstellung gefällt mir außerordentlich gut.

Am nächsten Morgen fühle ich mich von der schlaflosen Nacht gerädert, gleichzeitig könnte ich Bäume ausreißen.

Ich springe ins Bad, dusche mich schnell und wähle ein geblümtes Trägerkleidchen. Es ist zwar nicht die praktischste Wahl, um Tiere zu versorgen, aber ich habe heute Lust, hübsch auszusehen.

Neni und Tom scheinen schon aufgebrochen zu sein. In der Küche stehen zwei benutzte Kaffeetassen. Ein Blick aus dem Fenster verrät mir allerdings, dass Toms Wagen wieder im Rondell parkt. Ich erinnere mich, dass er einen Termin wahrnehmen wollte. Vielleicht besteht ja noch die Chance, dass wir uns kurz sehen, bevor er nach Berlin reist.

Voller Elan erledige ich die Morgenrunde und laufe im Anschluss einen Umweg, um beim Strandkorb nach dem Rechten zu sehen. Ich bin gespannt, ob etwas nachgefüllt oder die Kasse geleert werden muss. Tatsächlich liegt ein 20-Euro-Schein in der Dose, der, wie mir scheint, für drei Gläschen fermentiertes Gemüse gedacht ist. Wir haben drinnen eine Liste, mit deren Hilfe wir den Bestand und die Einnahmen kontrollieren. Ich sollte sie nachher auf den neuesten Stand bringen.

Plötzlich ertönt lautstarkes Motorengeknatter.

Ich blicke hoch und sehe ein Wohnmobil die Auffahrt hochfahren. Erst glaube ich, dass es sich um Kunden für den *Gemüsekorb* handelt, doch als sich das Fahrzeug nähert, fallen mir fast die Augen aus dem Kopf. Hinter dem Lenkrad sitzt mein Vater!

Als er mich sieht, zieht er fröhlich winkend an einer Schnur, die im Innenraum von der Decke baumelt. Ich rechne mit lautem Gehupe, doch stattdessen quäkt eine wirklich schlimme Version von *Stayin' Alive* von den Bee Gees durch einen blechernen Außenlautsprecher. Kaum hält der Wagen, springt Henriette heraus, legt eine Tanzeinlage auf das Kies-Parkett hin, und als wäre das nicht schon verrückt genug, singt sie auch noch dazu. Mir steht der Mund offen.

Papa scheint dies als gutes Zeichen zu werten, denn er startet die Fanfare ein zweites und sogar ein drittes Mal, bis ich wild gestikulierend ein Ende einfordere.

«Ellimaus, wollen wir tanzen?» Er schält sich aus dem Wagen und breitet die Arme aus, um mich aufzufordern. «Komm schon, Ella. Das ist ein Discofox, den kann jeder!»

«Äh … also … mir steht der Sinn gerade nicht nach tanzen», erkläre ich, obwohl ich bis eben noch vor lauter Schmetterlingen im Bauch hätte fliegen können. Aber das hier … ich weiß nicht.

Ich fühle mich wie ein Spielverderber, als die beiden mit langen Gesichtern vor mir stehen.

«Versteh einer die Jugend», sagt Henriette spöttisch, «kaum verhält man sich mal ein bisschen verrückt, passt es euch jungen Hüpfern auch wieder nicht. Wir haben es nicht leicht, oder, Rolf?»

Mein Vater springt ihr sofort zur Seite. «Allerdings! Ellimaus, ich hätte dich für ein wenig aufgeschlossener gehalten. Oder gefällt dir der Song nicht? Ich kann auch was von ABBA auswählen. Oder wie wär's mit *I'm Still Standing* von Elton ...»

«Danke, nein.» Dafür bin ich nun wirklich zu spießig. «Was tut ihr überhaupt so früh hier? Und was hat es mit dem Wagen auf sich?», erkundige ich mich noch immer reichlich verdattert, bin mir aber gar nicht sicher, ob ich es wirklich wissen will.

«Das hier ...» Mein Vater breitet die Arme aus wie ein Zirkusdirektor. «... ist unser neues Zuhause! Wir haben es gestern Abend auf dem Festland erstanden, in Neukirchen, um genau zu sein. Und weil wir die Nacht vor Aufregung nicht schlafen konnten, haben wir uns gleich in der Frühe aufgemacht.» Er strahlt mich an. «Und?», fragt er erwartungsvoll. «Was sagst du?»

«Ich ... äh ... wie meinst du das? Es ist euer *neues Zuhause*? Das klingt irgendwie ...» Ich weiß gar nicht, wie der Satz weitergehen soll. Es klingt irgendwie ... *verrückt*?

«Das war Henris Idee», erklärt Papa und legt stolz einen Arm um Henriette. «Wir wollen gemeinsam die Welt bereisen.»

«Europa», wirft Henriette ein.

«Fürs Erste bleiben wir vielleicht sogar in Deutschland», ergänzt Papa.

Henriette nickt. «Auf Sylt!» Sie schiebt die seitliche Wagentür auf, verschwindet im Innern und erscheint gleich darauf mit einer Flasche Sekt. Danach befördert sie drei Gläser zutage.

«Die Flasche wollte ich eigentlich erst später mit euch köpfen, aber: Et kütt wie et kütt», singt sie im rheinländischen Dialekt. Dann öffnet sie mit geübter Bewegung den Korken und lässt den herausspritzenden Sektschwall gekonnt in die Gläser fließen.

Als jeder ein Prickelwasser in der Hand hat, wirbelt sie herum und ruft: «Prost, ihr Lieben! Oder wie wir in meiner Familie sagen: Höpp, höpp in dä Köpp!» Sie lässt ihr Glas gegen unsere klingen und nimmt einen großen Schluck.

Papa stößt schnell mit uns an, umrundet danach jedoch flink den Wagen, und Sekunden später ertönt erneut die quäkende Stimme von Robin Gibb.

«Ha, ha, ha, ha, stayin' alive», singt mein Vater und wackelt mit der Hüfte.

Puh! Sekt vor dem Frühstück bekommt mir eigentlich gar nicht, aber ich glaube, jetzt kann ich einen Schluck vertragen. Und auch einen zweiten. Nach dem dritten ist mein Glas geleert, und Henriette schenkt uns nach.

Gerade als wir uns erneut zuprosten, braust ein Wagen die Auffahrt hoch. Ein dunkler Mercedes mit verbeulter Heckschürze.

Irgendwie kommt mir das Auto bekannt vor. Neben dem Wohnmobil vollführt es eine Vollbremsung. Kies springt zu allen Seiten auf, und kaum dass das Motorengeräusch erstirbt, steigt ein Typ mit dünnen Beinen und Sonnenbrille aus.

Mich trifft der Schlag. Es ist der schlaksige Kerl, dem Papa zu Beginn dieser Reise hinten reingebrettert ist.

34. Kapitel

Du liebe Zeit, denke ich, was will der denn hier? Es wird wohl kaum um Papas Versicherung gehen.

«Na, das war ja klar», sagt er statt einer Begrüßung und wirft einen tadelnden Blick auf das Glas in meiner Hand. «Haben Sie mal über eine Rehab nachgedacht? Hier auf Sylt gibt es sicher eine Entzugsklinik. Da wären Sie vermutlich in prominenter Gesellschaft.»

Ich fühle, wie ich rot werde. Vor Scham, aber auch weil mich der Kerl aufregt. Am liebsten würde ich ihn anblaffen, doch das schlechte Gewissen wegen Papas Gasfuß hält mich im Zaum.

«Ist das dort der Eingang?», fragt er und deutet mit knöchrigen Fingern auf die Treppe. Ich nicke stumm. Und schon marschiert der Kerl über den Kies, wobei er seinen neugierigen Blick über die Hausfassade schweifen lässt.

«Ist er meinetwegen hier?», flüstert Papa.

Ich zucke mit den Schultern. «Keine Ahnung, aber ich finde es heraus.»

«Okay», sagt Papa und klingt ziemlich kleinlaut, «es ist vielleicht besser, wir beide …», er drückt Henriette leicht an sich, «verdünnisieren uns jetzt mal. Wir wollten zu Gosch, frühstücken», erklärt er. «Magst du mitkommen?»

Ich schüttele den Kopf. Mich beschleicht ein ungutes Gefühl. «Besser, ich sehe mal drinnen nach dem Rechten.»

Die beiden blicken ein wenig enttäuscht drein, haben aber Verständnis. Sie steigen in ihr neues, mobiles Zuhause. «Melde dich, wenn du Näheres weißt», meint Papa mit vielsagender Kopfbewegung in die Richtung, in die der Kerl verschwunden ist.

Nachdem die beiden vom Hof gefahren sind, nicht ohne vorher noch einmal ausgiebig die Musikhupe zu betätigen, marschiere ich über die Veranda ins Haus. Ich möchte zwar zu gern wissen, was der Kerl hier will, gleichzeitig bin ich aber nicht besonders scharf auf eine weitere Konfrontation. Also schnappe ich mir ein rundes Tablett und stapfe zunächst die Treppe hinunter in den Keller, um Nachschub für den Strandkorb zu holen. Ich suche ein paar neue Chutney-Gläser zusammen und bin gerade im Begriff, die Stufen wieder hochzusteigen, da vernehme ich im Flur Toms Stimme. Mein Herz jubelt. Er ist also noch nicht unterwegs! Vielleicht bleiben uns ja zehn Minuten für einen gemeinsamen Kaffee?

Beschwingt will ich die letzte Treppenstufe nehmen, da bremse ich ab, weil Tom gerade etwas sagt. Zwar ist sein Tonfall gedämpft, dennoch kann ich die Worte, die er spricht, sehr gut verstehen.

«Das Haus bewohnten bereits meine Urgroßeltern, die Kaufunterlagen von damals existieren sogar noch. Auch ein Grundriss und der Plan für die Statik.»

Als der Mercedesfahrer etwas erwidert, fällt es mir plötzlich wie Schuppen von den Augen: Ich erinnere mich an die Visitenkarte, die er mir mit stolzgeschwellter Brust in die Hand gedrückt hat. «Thies Bentheim» stand dort, vom Immobilienbüro Marquart & Steen. Namen zu erinnern fiel mir schon immer leicht.

Aber was bitte schön hat Tom mit einem Makler zu schaffen?

«Ich nehme die Unterlagen nachher im Büro in Ruhe unter

die Lupe», sagt der Kerl in diesem Moment, «aber ich kann Ihnen schon jetzt versichern: Mit dem Erlös dieses Hauses kann Ihre Großmutter sich in dem exklusivsten Seniorendomizil einmieten, das in der Gegend zu finden ist.» Er lacht.

Mir wird ganz anders. *Mit dem Erlös dieses Hauses? Seniorendomizil?* Heißt das etwa … Tom will den Karsenhof verkaufen? Und Neni in ein Altenheim abschieben?

Nein, das kann nicht sein. Ein eiskalter Schauer läuft mir über den Rücken.

«Und sollte der Hof dem Denkmalschutz obliegen, ergibt sich auch eine Lösung.» Der Makler senkt seine Stimme. «Ein winziger Funkenflug oder eine unsachgemäß ausgetretene Zigarette – und puff!» Er pfeift durch die Zähne. «Schon wird das hier zu bestem Bauland.»

Toms Tonfall bleibt sachlich, als er verbindlich erklärt: «Mir wäre sehr daran gelegen, dass dieser Hof an einen Liebhaber geht. Nicht nur weil ich hier aufgewachsen bin, sondern weil mir als Sylter Naturschutz und eine harmonische Architektur wichtig sind. Ein Neubau kommt an dieser Stelle nicht infrage.»

«Ja, ja», erwidert der Makler lapidar, «ich versteh Ihre Bedenken. Aber warten Sie, bis ich Ihnen mit Zahlen komme. Dann werden Sie sich am Ende höchstwahrscheinlich doch noch umentscheiden.»

Ich spüre, wie ein Gefühl der Verzweiflung aus meinem Inneren emporkriecht. Tom will den Hof also tatsächlich verkaufen, ist das zu fassen? Offenbar gehört er ihm, zumindest auf dem Papier. Ob Neni von seinen Plänen weiß? Wohl kaum. Ich kenne Neni zwar noch nicht lange, aber dass sie freiwillig in ein Altenheim umsiedelt, kann ich beim besten Willen nicht glauben. Dann hätte Tom den Maklertermin außerdem nicht so feige auf einen Tag gelegt, an dem sie nicht zu Hause ist. Mir schnürt sich die Kehle zu bei dem, was hier vor sich geht. Wie kommt es überhaupt zu einem derartigen Sinneswandel? Wir hatten doch gerade erst gemeinsam die Schilder für den *Gemüsekorb* gemalt. Und Tom war Feuer und Flamme, jedenfalls wirkte er so. Oder soll das alles nur Show gewesen sein?

Und noch ein Gedanke schießt mir plötzlich durch den Kopf. Abgesehen von Neni, die ich mir nirgendwo anders vorstellen kann, ist der Karsenhof auch das Zuhause meiner Schwester. Und das von Mimi!

Ist Tom wirklich dermaßen abgebrüht, dass er alle vor die Tür setzt? Bei dieser Überlegung wird mir ganz kalt. Wie konnte ich ihn so falsch einschätzen? Meine Hände fangen an zu zittern, und fast hätte ich die Gläser mit dem eingelegten Gemüse fallen gelassen.

Schnell schleppe ich mich die letzten Stufen hinauf in den Flur und bleibe einen Moment erschöpft stehen. Ich bebe inzwischen am ganzen Leib. Vor Scham. Und vor Wut. Wie naiv bin ich eigentlich, dass ich mich derart von Tom habe täuschen lassen?

Und dann, als ich ihn und den Makler freundlich plaudernd im Eingang stehen sehe, brennt mir plötzlich eine Sicherung durch. Ohne dass ich es verhindern könnte, presche ich vor, stoße dem verdutzten Thies Bentheim das Tablett vor den Bauch und baue mich wütend vor Tom auf. Am liebsten hätte ich ihm eine Ohrfeige verpasst, aber das traue ich mich dann doch nicht.

«Das ist also dein Plan?», fauche ich. «Du verscherbelst ohne ihr Wissen das Zuhause deiner Großmutter? Willst du sie umbringen?» Fuchsteufelswild funkele ich ihn an. «Du gaukelst uns vor, die Idee mit dem *Gemüsekorb* gutzuheißen und machst zu allem gute Miene, aber insgeheim hegst du ganz andere Pläne?» Meine Stimme überschlägt sich fast, so aufgebracht bin ich.

Mir ist natürlich klar, dass mich die ganze Sache nur bedingt etwas angeht. Dies ist nicht mein Hof, und Neni ist nicht meine

Großmutter. Es handelt sich um eine Familienangelegenheit, aus der ich mich raushalten sollte. Aber so bin ich nun mal. Ich kann nicht wegsehen, wenn Unrecht geschieht. Und das hier … das ist doch jetzt auch meine Familie!

Meine Wangen sind knallrot, weil mir plötzlich etwas ganz anderes in den Sinn kommt.

«Ich schätze, unser romantischer Abend gestern war auch nur Theater», schleudere ich ihm entgegen.

Mit keiner Silbe hat er seinen Plan mir gegenüber erwähnt! Waren seine Küsse und die zärtlichen Blicke womöglich auch nur Teile einer bühnenreifen Vorstellung?

Es ist, als habe mir jemand ein Messer ins Herz gerammt.

«Ist das deine Masche?», rufe ich wütend. «Tummelst du dich regelmäßig mit weiblichen Touristen im Sonnenuntergang?» Mir wird schlecht, wenn ich mir ausmale, ihm in die Falle getappt zu sein.

Der Makler schiebt sich ins Bild. «Äh … Es ist vielleicht besser, ich lasse Sie beide allein», piepst er. Angesichts meines Wutausbruchs fürchtet er höchstwahrscheinlich um seine Provision – oder sogar um sein Leben. Mit seinen dünnen Ärmchen presst er Tom das Tablett vor die Brust. «Hier», murmelt er, «meine Nummer haben Sie ja.» Und als wäre der Teufel hinter ihm her, hechtet er durch die Tür.

«Ella, beruhige dich bitte», sagt Tom, als wir allein sind. «Ich bin nicht der skrupellose Typ, für den du mich offenbar hältst.» Er sucht meinen Blick, doch ich weiche aus. «Dies war nur ein Vorgespräch. Nicht mehr. Ich wollte eine Markteinschätzung, um mit Neni über konkrete Zahlen sprechen zu können. Es ist überhaupt noch nichts entschieden, geschweige denn unterzeichnet. Verstehst du?»

Ich sehe ihn an und lese in seinen Augen Besorgnis, aber auch so etwas wie … den Mut der Verzweiflung? «Aber …»

«So wie es momentan auf dem Hof läuft, kann es nicht weitergehen», setzt er nach. «Das hatte ich dir ja bereits gesagt. Neni wird alleine nicht mehr lange klarkommen.» Er sucht nach Worten. «Letzten Endes wird nur immer deutlicher, wie abhängig wir von Ina sind. Und diese Vorstellung lässt mich nachts nicht mehr ruhig schlafen.» Er sieht mich offensiv an. «Versteh mich nicht falsch, ich bin deiner Schwester zutiefst dankbar. Ohne sie wäre es hier schon viel eher zum Zusammenbruch gekommen. Dass sie sich so sehr auf dem Hof engagiert, kann ich ihr gar nicht hoch genug anrechnen. Sie bekommt ja nicht mal einen richtigen Lohn dafür. Aber was mache ich, wenn Ina noch mal von heute auf morgen abhaut? Dann haben wir alle ein Riesenproblem.»

Ich höre ihm aufmerksam zu. Und ich begreife durchaus die Problematik. Doch der Hofverkauf kann unmöglich die Lösung sein.

«Ich würde ja eine Hilfe einstellen», fährt er fort, «jemand, der putzt oder den Garten bewirtschaftet oder einfach nur für Nenis Gesellschaft sorgt. Aber erstens würde Neni sich querstellen, wenn ich eine Fremde dafür bezahle, und zweitens», er seufzt, «wie du an den teils maroden Gebäuden erkennen kannst, sitzt das Geld bei uns nicht gerade locker. Nur weil wir auf einer Luxusinsel auf kostbarem Grund leben, haben wir nicht automatisch Ersparnisse auf der hohen Kante.» Er sieht jetzt richtiggehend verzweifelt aus. «Ich buttere hier Monat für Monat alles Geld rein, das ich übrighabe, aber die Mittel aus der Vertretungsstelle reichen nicht. Seit zwei Jahren besuche ich regelmäßig Seminare zum Thema Physiotherapie und Chiropraktik bei Tieren, damit ich mich selbstständig machen und hoffentlich hier oben im Norden arbeiten kann.»

Er vergräbt seine Hände in den Hosentaschen und starrt auf den Boden. Mit seiner ruhigen Art und seinen Worten schafft er es fast, mir den Wind aus den Segeln zu nehmen. Aber nur fast.

«Und warum hast du mich dermaßen auflaufen lassen?», platzt es aus mir heraus. «Weshalb unterstützt du das *Gemüsekorb*-Projekt, obwohl es in deinen Augen von Anfang an blanker Unsinn gewesen sein muss?»

Tom lässt die Schultern hängen. Offenbar habe ich einen wunden Punkt getroffen. «Ich habe ja versucht, dir meine Lage zu erklären, doch beim ersten Mal hast du mich gründlich missverstanden, und bei unserem Abend am Strand habe ich es irgendwie nicht geschafft, die Sache geradezurücken.» Sein Tonfall wird leiser. «Ich bin ja selbst nicht überzeugt von der Idee mit dem Verkauf. Nur fehlt es mir an echten Alternativen.»

Ich lasse den Streit von ihm und Neni noch einmal Revue passieren, doch ich erinnere mich leider nur noch an Bruchstücke.

«Du hättest mich bremsen müssen», werfe ich ihm vor.

«Ich war so fasziniert von deinem Elan und den guten Ideen, die nur so aus dir herausgesprudelt sind – es ging einfach nicht. Ich *wollte* an diese Idee glauben. Ich weiß, das war ein Fehler oder, sagen wir lieber, eine Schwäche. Es tut mir jedenfalls aufrichtig leid, dass du dich hintergangen fühlst.»

«Aber wenn du vorhattest, den Hof zu verkaufen, und du sogar schon mit Neni darüber gestritten hast, hätte ich ihr mit dem Strandkorb-Verkauf gar nicht erst falsche Hoffnungen machen dürfen. Sie hat sich so gefreut und musste annehmen, dass du es dir anders überlegt hast. Und nun ruderst du zurück? Das ist wohl kaum besonders fürsorglich.»

Auf einmal wandelt sich Toms Miene. Der schuldbewusste Ausdruck in seinem Gesicht verhärtet sich. Mit gerunzelter Stirn sieht er mich an.

«Weißt du was, Ella?» Seine Augen sprühen bernsteinfarbene Funken. Scheint, als habe ich den Bogen überspannt.

«Ich versuche wirklich, es allen recht zu machen. Und ich verstehe durchaus deine Kritik. Aber lehn dich hier nicht zu weit aus dem Fenster.» Er macht eine Pause, wie um zu überlegen, ob er den folgenden Satz wirklich aussprechen soll. Dann gibt er sich einen Ruck. «Zum Thema Fürsorge hätte ich durchaus ebenfalls etwas anzumerken: Mal abgesehen davon, dass dein Vater in seiner Not Hilfe bei mir, einem wildfremden Menschen, gesucht hat, nur um seine verstockte Tochter dazu zu bringen, sich mit ihrer Schwester auseinanderzusetzen ...» Er holt kurz Luft. «Abgesehen davon frage ich mich, wie es denn um *deine* Fürsorge bestellt ist?» Er beugt sich vor. «Dein Vater benötigt eine Brille. Er knispelt dermaßen mit den Augen, dass ich mich wundere, wie ihr überhaupt den Weg nach Sylt gefunden habt. Du weißt nicht, ob er versichert ist, geschweige denn dass er seit einem halben Jahr eine Freundin hat. Er hat sich nicht getraut, dir davon zu erzählen, weil er – im Gegensatz zu dir – ein Gespür dafür hatte, dass du mit deinem Brauerei-Fuzzi nicht glücklich bist. Er wollte dir nicht sein Glück vorleben. Soll ich weitermachen?» Tom wartet nicht auf eine Antwort, sondern fährt sogleich fort: «Weißt du wenigstens, ob dein Vater seine Vorsorgetermine einhält? Hat er eine Patientenverfügung? Ein Testament? Benötigt er vielleicht blutverdünnende Medikamente, damit er im Alter keinen Schlaganfall bekommt? Und wann war sein letztes EKG?» Er schüttelt verzweifelt den Kopf. «Und zu guter Letzt kann ich dir noch sagen, dass bei seinem Wagen der TÜV abgelaufen ist.»

Ich starre ihn an, während seine Sätze Wort für Wort in mein Bewusstsein sickern. Ich öffne den Mund, will etwas entgegnen, aber mir kommt kein Wort über die Lippen. Seine Anschuldigungen lasten schwer auf mir, nicht zuletzt weil er mit vielem recht hat. Ich war so sehr mit mir selbst beschäftigt, dass ich nicht realisiert habe, dass Papa älter wird. Dass einiges an Fürsorge jetzt in meine Zuständigkeit fällt. Wenn er nicht mehr ausreichend sieht, gefährdet er sich und andere. Das darf ich nicht zulassen. Ich schäme mich außerdem, dass Papa sich nicht getraut hat, mir von seinem Glück mit Henriette zu erzählen.

«Ella, das mit uns …» Toms Blick wird wieder weich. «… das war keine …»

«Ach, vergiss es einfach», falle ich ihm ins Wort. Die vielen Informationen, seine Vorwürfe – ich versuche alles gleichzeitig zu verarbeiten und weiß überhaupt nicht, was ich zuerst denken oder fühlen soll. Klar, ich bin verletzt, aber um mich geht es ja gerade gar nicht. Und um «uns» erst recht nicht.

«Ich schätze, ich muss erst einmal allein über alles nachdenken», sage ich geistesabwesend.

Tom nickt. Er wirkt abgespannt. Aber er hält an seinem Standpunkt fest, das sehe ich an seinem Blick.

«Und ich muss los, nach Berlin», erklärt er. «Würdest du dich um die Tiere kümmern? Wenn du was anderes vorhast, kann ich zur Not auch den Bauern vom Nachbarhof bitten. Allerdings …»

«Klar mache ich das», willige ich sofort ein. Die Tiere sollen nicht darunter leiden, dass hier gerade einiges schiefläuft.

Alles, was ich mir gestern Abend noch ausgemalt habe, alle meine Träume sind von einer auf die andere Minute zerplatzt. Den Karsenhof als einen Ort, an dem ein Teil meiner Familie lebt, wird es vielleicht schon bald nicht mehr geben. Ina wird fortgehen, wenn es so weit kommt, zusammen mit Mimi. Und was aus Neni wird, daran mag ich gar nicht denken.

«Tja, dann», sage ich und wende meinen Blick ab, damit er die Tränen nicht sehen kann, die mir in den Augen stehen. Der Holzfußboden verschwimmt zu einem gräulichen Muster.

Tom scheint noch einen Moment zu zögern, dann dreht er sich langsam um und geht.

Ich höre, wie seine Schritte sich entfernen und er die Haustür hinter sich schließt. Wie der Motor seines Wagens anspringt und der Kies unter den Reifen wegspringt und wie er nach der Hofeinfahrt auf die Straße abbiegt und beschleunigt.

Dann ist es still.

35. Kapitel

Den restlichen Tag verbringe ich wie in Trance. Der Streit mit Tom, seine Vorwürfe in Bezug auf Papa, der Plan, den Karsenhof zu verkaufen – und das alles nach unserem Kuss, es hat mich vollkommen aus der Bahn geworfen.

Immer wieder versuche ich, mich auf andere Gedanken zu bringen, wandere über den Hof oder stöbere in Nenis Bildbänden. Doch ich kann mich nur sehr schlecht konzentrieren.

Rocky ist mein ständiger Begleiter. Als wolle er sichergehen, dass er nicht gänzlich allein gelassen wird, nachdem alle seine Bezugspersonen den Hof heute bereits verlassen haben. Er verfolgt mich auf Schritt und Tritt. In einem sentimentalen Moment lege ich dem Hund sanft meinen Arm um den Hals und vergrabe mein Gesicht in seinem weichen Fell.

«Keine Sorge, du bist nicht auf dich allein gestellt», sage ich und weiß nicht genau, wen ich eigentlich damit trösten möchte, Rocky oder mich.

Am frühen Abend ruft Papa an, um zu fragen, ob ich Lust habe, gemeinsam mit ihm und Henriette ein Glas Wein zu trinken, doch ich lehne ab.

«Stell dir vor, wir haben direkt beim Karsenhof um die Ecke, in Morsum, einen Campingplatz aufgetan. Henriette hat in ihrer Pension bereits die Sachen gepackt, und wir werden ab heute im

Wohnmobil schlafen. Ist das nicht fantastisch? Mimi kann also zurück in ihr Zimmer ziehen.»

«Okay», sage ich, wenig enthusiastisch. «Ich werde es ihr ausrichten, wenn sie am Sonntag wiederkommt.»

Papa wird hellhörig. «Stimmt etwas nicht mit dir, Ella? Du klingst betrübt. Falls du wegen unseres Urlaubs besorgt bist, kann ich dich beruhigen: Selbstverständlich setzen wir beide ihn fort, sobald Ina wieder zurück auf dem Karsenhof ist. Nur wir zwei. Henriette hat dafür vollstes Verständnis.»

«Das … freut mich», sage ich, auch wenn mich im Augenblick nichts so recht aufheitern kann.

«Hört sich an, als läge dir noch mehr auf der Seele», forscht mein Vater weiter.

Ich will eigentlich nicht mit der Sprache herausrücken, kann es dann aber doch nicht verhindern, dass es aus mir herausbricht. Papa lauscht geduldig.

«Ich meine, wir haben doch gerade erst den *Gemüsekorb* ins Leben gerufen», mache ich zum Ende meiner Erzählung noch einmal meinem Herzen Luft. «Tom hätte es niemals zulassen dürfen, dass wir das Projekt vorantreiben. Neni glaubt jetzt, dass er sich das mit dem Verkauf anders überlegt hat. Sie wird ihren Enkel vom Hof jagen, wenn er ihr noch einmal mit dem Thema kommt.»

«Weißt du, Schätzchen», sagt Papa nach längerem Nachdenken, «ich habe zwar keine spontane Lösung parat, aber ich kann es Tom nicht verdenken, dass er deine Pläne nicht torpediert hat.» Er lacht kurz. «Du kannst ziemlich … überwältigend sein, wenn du eine Idee verfolgst.»

Ich stoße einen gequälten Seufzer aus.

«Das ist ja keine schlechte Eigenschaft», fährt Papa fort, «im Gegenteil. Man möchte dir folgen, weil du gute Einfälle hast und deine flammende Begeisterung auf jeden überspringt. Ich kann verstehen, dass Tom fasziniert war. Nicht zuletzt, weil du es gut gemeint hast.»

«Trotzdem habe ich mit dieser Idee offensichtlich mehr Schaden angerichtet, als dass sie von Nutzen gewesen wäre. Und genug Geld bringt sie leider auch nicht ein. Auch wenn wir das von Anfang an wussten», sage ich mehr zu mir selbst.

«*Wir*», sagt Papa versonnen. «Du hast *wir* gesagt.»

«Ja, weißt du …» Mit den Fingern male ich Kreise auf mein Bein, während ich nach den richtigen Worten suche. «Ich denke mir ja nicht einfach nur irgendetwas aus, ich *fühle* es. Ich möchte mit meiner Idee Gutes bewirken, weil mir der Karsenhof ans Herz gewachsen ist. Ebenso wie Neni und die Tiere. Sogar zu Ina habe ich wieder einen Draht. Von Mimi ganz zu schweigen.» Meine Kehle ist vor Kummer wie zugeschnürt. Zumal mich nun auch wieder das schlechte Gewissen plagt.

Papa ist wie immer ein aufmerksamer und verständnisvoller Zuhörer, wohingegen ich es laut Tom ja offenbar in der letzten Zeit an Fürsorge habe mangeln lassen.

«Ellimaus, willst du dich uns nicht doch anschließen?», fragt Papa irgendwann. «Wir haben einen Tisch im Restaurant reserviert. Ich kann auch allein kommen, wenn dir noch mehr auf der Seele liegt.»

Das möchte ich auf keinen Fall. Es würde außerdem zu nichts führen.

«Steck den Kopf nicht in den Sand, Schätzchen», rät Papa zum Abschied. «Dir wird eine Idee kommen, dessen bin ich mir ganz sicher. Meist kommt sie, wenn man es am wenigsten erwartet.»

Auch in dieser Nacht schaffe ich es nicht, durchzuschlafen. Wie ich die Sache auch drehe und wende, mir fällt keine Lösung ein. Ich weiß weder, wie es mit dem Karsenhof weitergehen soll, noch, was aus mir und Tom werden könnte.

Als am Morgen der Wecker klingelt, bin ich vollkommen erschossen. Die Morgenrunde erledige ich eher mechanisch und wie im Schneckentempo, und ich habe die ganze Zeit das Gefühl, Abschied nehmen zu müssen. Ich spreche mit den Lamas, streichele die Esel, spiele extra lang mit den Ziegen und lobe die fleißigen Hühner. Sogar mit den Tomaten spreche ich, schüttele danach aber verschämt den Kopf.

Niedergeschlagen kehre ich in die Küche zurück und setze mich an den Tisch, an Nenis neuen Lieblingsplatz. Gerade will ich den Kopf auf die Tischplatte legen und hemmungslos weinen, da kommt Mimi wie ein Wirbelwind über die Veranda ins Haus gefegt. Erschreckt fahre ich zusammen.

«Was tust du denn schon so früh hier?», rufe ich erstaunt, schlucke meine Tränen schnell hinunter und stehe auf.

Während sich die Kleine von mir durch die Luft wirbeln lässt, erklärt sie: «Mama kommt doch heute nach Hause, das wollte ich nicht verpassen. Ich habe die Abkürzung über die Felder genommen.»

«Super!» Ich setze sie ab, und sie läuft sofort zum Erkerfenster, um nach Ina Ausschau zu halten. «Opa steht übrigens schon eine Weile draußen auf dem Parkplatz und unterhält sich mit der Frau von neulich», informiert sie mich. Sie formt eine Flüstertüte und spricht direkt in mein Ohr. «Mit der wohnt er jetzt in einem Auto auf dem Campingplatz.» Sie kichert.

Ich schaue ebenfalls kurz hinaus. Mein Vater und Henriette lehnen an Papas Wagen und unterhalten sich. Offensichtlich schnurrt der Motor wieder wie ein Kätzchen, jedenfalls habe ich die beiden gar nicht kommen hören.

«Die Frau heißt Henriette», setze ich Mimi ins Bild. «Opa hat sie beim Tanzen kennengelernt.» Inzwischen wirkt es vollkommen normal auf mich, dass mein Vater strickt, tanzt und die Bee Gees hört.

Mimi macht riesige Kulleraugen. «Dann gehen wir am besten auch mal tanzen, Tante Ella», schlägt sie vor. «Damit du einen Mann findest und ich noch einen Cousin bekomme.»

«Ach, weißt du …» Ich winke ab.

«Oder wir könnten ein Fest veranstalten, wenn Mama zurück ist.» Sie lässt nicht locker. «Mit einer Musikband. In der Scheune! Das habe ich mal im Fernsehen gesehen.»

Keine Ahnung, warum, aber ihre Worte lösen in meinem Inneren etwas aus. Es ist eine Idee oder eine ferne Erinnerung, irgendetwas, das sich noch nicht greifen lässt.

Ich gebe Mimi einen spielerischen Stups auf die Nase. «Komm, wir machen Frühstück. Bestimmt sind die beiden Turteltäubchen hungrig, dann wäre es doch nett, wenn der Kaffee fertig und der Tisch gedeckt ist. Kräuter habe ich schon gepflückt.»

Es wird ein gemütliches Beisammensein. Wir essen aufgebackenes Brot, kochen Eier und trinken grüne Smoothies. Das Thema Hofverkauf lassen wir in Mimis Gegenwart in stummem Einvernehmen aus. Stattdessen erzählen Papa und Henriette Details über ihr erstes Zusammentreffen, und so erfahre ich, dass sie es war, die mich endlich kennenlernen wollte und ihm darum spontan nach Sylt gefolgt ist.

«Ich möchte euch aber nicht in den gemeinsamen Urlaub funken», ergänzt sie ein wenig kleinlaut, «nur hätte Rolf sich ohne meinen kleinen Schubs womöglich niemals getraut, dir die Wahrheit zu sagen.» Mit ihren Händen tätschelt sie gleichzeitig meinen und Papas Arm. «Und ich dachte, hier, in entspannter Atmosphäre, ergäbe sich bestimmt eine gute Gelegenheit.»

Tja, das war an sich eine gute Idee – wenn man von der entspannten Atmosphäre einmal absieht. Denn davon kann nun leider nicht mehr die Rede sein. Ich fühle mich so überreizt wie schon lange nicht mehr. Aber das konnte sie natürlich nicht ahnen.

«Danke», sage ich daher nur und schenke Henriette ein Lächeln, das von Herzen kommt. «Ich bin auch wirklich sehr froh, dass ihr mir nun nicht länger etwas vorspielen müsst. Und wenn ihr gemeinsam glücklich seid, bin ich es ebenfalls.»

«Da kommt ein Auto!», platzt es aus Mimi heraus, die vor dem Erkerfenster auf die Ankunft ihrer Mutter lauert. «Es ist Mama! Endlich!», ruft sie und ist auch schon über die Veranda in den Garten gesaust.

Ich schaue kurz selbst hinaus. Tatsächlich ist es meine Schwester, die ich auf dem Beifahrersitz eines Wagens erspähe.

Papa und Henriette springen beinahe gleichzeitig auf. Wir lassen alles stehen und liegen, um gemeinsam durch den Garten zum Rondell zu eilen. Ina ist bereits aus dem Wagen gestiegen, die Krankenschwester, die sie abgesetzt hat, winkt kurz und braust dann los.

Ich betrachte meine Schwester. Wie ein dürres Klappergestell steht sie da, der Rucksack auf ihrer Schulter wirkt beinahe monströs.

«Endlich bist du wieder da, Mama!» Mimi hat sich in Inas Arme geworfen und schmiegt sich an sie, dann plappert sie drauflos: «Ich habe dich so vermisst! Aber Tante Ella war ja da, die ist supernett. Und sie hat alle Arbeit übernommen. Na ja, fast alle, also ich habe ihr geholfen», erklärt sie stolz. «Du kannst dich weiter ausruhen, denn Tante Ella macht das schon richtig gut.» Sie strahlt ihre Mutter an, und ich muss vor Rührung schlucken.

Der Reihe nach sieht Ina uns an. Bei Henriettes Anblick stutzt sie, dann gleitet ihr Blick für einen winzigen Moment zu dem befüllten Strandkorb, ehe er wieder bei uns landet.

Ein ungutes Gefühl braut sich in meiner Magengegend zusammen. Ein fremdes Gesicht, der *Gemüsekorb* und überhaupt – unser kleines, konspiratives Grüppchen, das ist nichts für Ina. Zumal sie ja gesundheitlich noch angeschlagen ist.

Doch wider Erwarten schenkt sie allen ein Lächeln, wenngleich es ein erschöpftes, müdes Lächeln ist, aber das finde ich absolut verständlich. Zumal ich in ihren Augen einen dankbaren Schimmer erkenne, und das ist mehr, als ich von ihr erwartet hatte. Innerlich atme ich auf. Aber richtig perplex bin ich erst, als Ina sich sanft von Mimi löst, ihren Rucksack absetzt und auf mich zukommt. Etwas unbeholfen nimmt sie mich in den Arm.

Ehe ich weiß, wie mir geschieht, hat Ina sich schon wieder von mir gelöst und sich Papa zugewandt. Auch er wird kurz gedrückt. Ich kann sehen, wie mein Vater mit Freudentränen kämpft. Auch diese Umarmung währt nicht lange, aber das muss sie auch nicht. Mein Vater ist überglücklich und versucht nach Kräften, sich seine überwältigenden Gefühle nicht anmerken zu lassen.

Ina nickt auch Henriette zu, mehr ist nicht drin, dann legt sie Mimi eine Hand auf den Kopf und sagt: «Komm, zeig mir mal, wie groß das Baby der Ziegelise inzwischen geworden ist. Hat es schon einen Namen?» In trauter Eintracht schlendern die beiden zum Stall.

«Mach dir nichts draus», tröste ich Henriette, die ein wenig bedröppelt dasteht und Ina irritiert hinterhersieht. «Das darfst du nicht persönlich nehmen. Sie hat dich quasi nicht gesehen. Es ist, als würde sich ihr Inneres dagegen sperren», erkläre ich. «Morgen kann das ganz anders aussehen.»

Papa springt mir zur Seite. «Ella hat recht», erklärt er seiner Freundin. «Ina meint es nicht böse. Unser gemeinsames Auftauchen hat sie überfordert.»

Henriette nickt tapfer. «Schon gut», wiegelt sie ab. «Ich nehme ihr das ja gar nicht krumm. Im Gegenteil. Ich verstehe es sogar. Wenn ich nach längerer Zeit nach Hause zurückkehre, habe ich auch gern erst mal meine Ruhe.» Sie hakt sich bei Papa unter. «Komm, Rolf, wir lassen deiner Tochter ein bisschen Raum zum Ankommen und drehen eine Runde.» Die beiden schlendern einvernehmlich an den Linden vorbei.

Auch ich will meiner Schwester und Mimi Zeit zu zweit gönnen, darum räume ich das Frühstück weg und mache in der Küche klar Schiff. Anschließend kümmere ich mich ein Weilchen um den Garten, spiele mit einer der herumstromernden Katzen, für die ich regelmäßig Futter vor die Veranda stelle, und zupfe hier und da ein wenig Unkraut aus dem Kies. Ich fühle mich keinen Deut besser als heute Morgen, wenngleich mich die Arbeit auf andere Gedanken bringt, solange bis ich mehrfach meinen Namen vernehme.

Inas Stimme dringt aus dem Erkerfenster der Küche, schneidend und ein wenig schrill. Sofort packt mich ein ungutes Gefühl. Eilig durchquere ich den Garten und hechte die Stufen zur Veranda herauf.

Zunächst entdecke ich Mimi. Sie sitzt an einem der Tische und sieht mit großen Augen dabei zu, wie meine Schwester in einer Art Trancezustand im Raum auf und ab tigert. Ina hat ihre Finger ineinander verschränkt und wirkt hochkonzentriert. Ihr Gesicht ist gerötet, die Stirn liegt in ziehharmonikaartigen Falten. Schließlich bleibt sie vor dem Buffetschrank stehen.

«Wer war das?», fragt sie ihre Tochter. Mich scheint sie gar nicht wahrzunehmen.

Mimi rutscht unentschlossen auf ihrem Stuhl hin und her. Ich schätze, sie überlegt, ob sie etwas sagen oder die Flucht ergreifen soll.

«Seit wann steht der Schrank hier? Hat Ella die Gläser sortiert?» Flink wie ein Hütchenspieler beginnt Ina, alles umzustellen, wobei sich mir die neue Ordnung nicht erschließt. Ina selbst wirkt auch nicht zufrieden, und als ihre Bewegungen immer hektischer werden, greife ich ein.

«Ina, bitte beruhige dich», sage ich sanft und trete zu ihr. «Das Prinzip, nach dem du alles sortierst, begreifen andere nicht unbedingt. Wenn wir die Vorräte sinnvoll aufbrauchen wollen, müssen wir die Haltbarkeit im Auge behalten.»

«Wieso steht das Buffet überhaupt hier auf der Veranda?»

«Nun, also ... Neni hat sich einen Esstisch in der Küche gewünscht, darum haben wir das monströse Teil hierhinein geschoben», stottere ich.

Einen kurzen Moment geschieht nichts, und ich nehme schon an, dass sie mich nicht gehört hat, doch dann wirbelt Ina zu mir herum und sagt: «Wo ist mein Fahrrad?»

Ich bin dermaßen perplex, dass ich zunächst nicht weiß, wovon sie redet. Dann stammele ich: «Im Ziegenstall.»

«Nein, dort ist es nicht.»

Verdammt! Mir fällt ein, dass ich es ja hinter das Haus geschoben hatte, um es zu säubern, und dann vergessen habe, es an seinen Platz zurückzuschieben. «Wenn du mir verrätst, wo es hingehört, stelle ich es wieder dort ab», versichere ich ihr.

«Ella ...» Meine Schwester bewältigt das Kunststück, mich mit ihrem Blick zu fixieren und gleichzeitig durch mich hindurchzugucken. «Hier herrscht totales Chaos. Im Ziegenstall steht der Futtertrog nicht mehr an Ort und Stelle. Stattdessen liegen dort Strohballen, und das Heu ist auch nicht korrekt gelagert. Das ist nicht praktisch. Wenn ich die Morgenrunde gehe, spart es Zeit, wenn ich einer Routine folge, und du kannst mir glauben, dass ich mir diese exakt überlegt habe.»

Ich will etwas erwidern, will ihr den Grund nennen, weshalb ich ein paar Sachen umherschieben musste und dass ich keinesfalls vorhatte, neue Strategien einzuführen, doch Ina ist nicht zu bremsen.

«Ich hatte dir im Krankenhaus den genauen Ablauf geschildert», sagt sie und klingt fast verwundert. «Man muss sich daran halten!»

So langsam fühle ich, wie mein Stresspegel steigt. Ihre Kritik verletzt mich, zumal ich ja nicht aus böser Absicht gehandelt habe. Aber ich habe gerade das Gefühl, dass ich es niemandem recht machen kann und überall anecke.

Ina ist noch nicht fertig. «Wohin ich auch blicke, liegen Schwämme auf dem Stallboden oder sonstiger Firlefanz – was soll das?»

Mir wird eiskalt. Mist! Meine Gedankenstützen. Ich habe heute Morgen vergessen, die kleinen Helferlein wieder zurück ins Regal zu legen. Überhaupt habe ich es vermasselt, vor Inas Rückkehr noch einmal für Ordnung zu sorgen. Vielleicht hätte ich einfach Mimis Plan befolgen sollen, sie hatte ihn mir doch extra aufgemalt. Ich könnte mich ohrfeigen, ihn nicht noch einmal angesehen zu haben.

«Und was soll das mit dem Strandkorb werden?», will Ina wissen. «Du kannst doch nicht in meiner Abwesenheit hier alles umstellen.»

Es ist seltsam, aber weder ihr Ton noch ihr Blick lassen erkennen, ob sie wütend oder gestresst ist oder ob sie mir einfach nur ihre Gedanken mitteilt.

«Wir haben aus dem alten Strandkorb einen Verkaufsstand gemacht, den *Gemüsekorb*, um ein paar von den Vorräten zu verkaufen.» Aus dem Augenwinkel sehe ich, wie Mimi aufsteht, geräuschlos ihren Stuhl unter den Tisch schiebt und den Raum verlässt. Ich kann es ihr nicht verdenken, dass sie unseren Streit nicht mehr mitanhören mag.

«Es soll ja nichts schlecht werden», nehme ich meinen Faden

wieder auf. «Und du sollst dich beim Kochen weiterhin austoben können», antworte ich so freundlich, wie es mir angesichts ihres Kreuzverhörs möglich ist. «Wenn du ihn lieber woanders hinstellen möchtest, helfe ich dir gern dabei.»

Meine Schwester nickt geistesabwesend. «Ich habe sehr wohl die Haltbarkeit im Auge behalten», sagt sie. «Hier oben und auch im Keller.»

Mir wird eiskalt. Auch dort hatte ich ein klein wenig Ordnung geschaffen …

Unsicher sehe ich Ina an. Ich will mich entschuldigen, doch als sich unsere Blicke treffen und mir eine geballte Ladung Empörung entgegenschlägt, überkommt mich eine große Welle Frust.

Für heute ist mir das alles zu viel. Ich habe zwei Nächte kaum ein Auge zugetan. Der Kummer um den Hof, der immerhin Inas Zuhause darstellt, und auch die Sorge um Tom liegen mir schwer im Magen. Ich habe nach Kräften versucht, es allen recht zu machen! Eine Woche habe ich mich, so gut es ging, allein um alles gekümmert, war hochmotiviert und mit dem Herzen bei der Sache, damit es den Tieren und auch Mimi und Neni an nichts mangelt. Und zum Dank dafür macht meine Schwester mich jetzt zur Schnecke? Ich verlange ja nicht, dass sie mir vor Anerkennung um den Hals fällt, aber sie könnte ihre Launen ein wenig besser im Zaum halten.

Ich werde immer wütender und merke erst zu spät, dass sich meine Anspannung entlädt wie ein plötzliches Sommergewitter. «Herrgott noch mal, Ina!», platzt es aus mir heraus. «Es wird dich nicht umbringen, wenn dein Fahrrad mal zwei Tage woanders steht. Und die neue Ordnung in den Ställen hat keinem der Tiere geschadet. Schau dich doch um, sie sind alle wohlauf und freuen sich ihres Lebens. Und wenn es dir wichtig ist, dass deine Gläser nach dem Periodensystem der Elemente oder der Fibonacci-Folge oder sonst einem verschrobenen System sortiert sind», schnaube ich, «dann bitte! Mach, was du willst, ich wollte nur helfen. Aber jetzt», ich wirbele herum, «bin ich raus.»

36. Kapitel

Mit diesen Worten rausche ich von der Veranda in den Garten, wo ich für einen Moment mit pochendem Herzen stehen bleibe.

Ich muss hier fort – das ist der einzige Gedanke, den ich imstande bin, zu fassen. Aber wohin? Am liebsten an den Strand, wo ich meine Ruhe habe und wo der Blick aufs Wasser und in den Himmel mich hoffentlich wieder durchatmen lässt. Nur wie soll ich dorthin gelangen? Der Karsenhof ist in alle Richtungen vom Watt umgeben, was bestimmt auch wahnsinnig meditativ ist, aber es ist nicht das, was mir vorschwebt. Ich will plätschernde Wellen, vielleicht sogar Brandung und Dünen!

In meiner Wut laufe ich zunächst gedankenverloren über das Hofgelände, bis mir einfällt, dass ja Papas Wagen im Rondell parkt.

Kurzerhand laufe ich zurück und spähe durchs Fahrerfenster. Und tatsächlich, mal wieder hat er den Schlüssel im Zündschloss stecken gelassen! Sein Spleen kommt mir heute wie gerufen. Ich reiße die Tür auf und springe hinein. Papa wird es sicher verstehen, dass ich mir den Mitsubishi kurz borge.

Als befände ich mich auf der Flucht, starte ich den Motor – abgelaufener TÜV hin oder her – und brause vom Hof, dass die Kiessteinchen nur so wegspritzen.

An der ersten Kreuzung biege ich unwillkürlich nach links ab, ohne ein klares Ziel vor Augen. Als irgendwann Hinweisschilder auftauchen, folge ich der Straße Richtung Hörnum, aber einen Strandparkplatz suche ich vergeblich.

Verdammt! Das kann doch nicht so schwer sein, schließlich ist dies eine Insel!

Frustriert beschließe ich, am Straßenrand zu halten, um Google zu befragen, und fahre bei der nächsten Möglichkeit rechts ran. Ich stelle den Motor aus – und fange an zu weinen. Sämtlicher Stress der letzten Woche, nein, der letzten Monate, die Probleme mit Bastian, all die Wut und der ganze Frust, alles bricht in diesem Moment über mir zusammen. Ich schluchze hemmungslos.

Als ich mich wieder ein bisschen beruhigt habe, schnäuze ich mir die Nase und trockne meine Tränen. Da glaube ich plötzlich, ein Wimmern zu vernehmen. Ich halte inne. Doch da ist nichts. Vielleicht nur das Echo meiner eigenen Trauer.

Ein bisschen schäme ich mich vor mir selbst, dass ich mich so habe gehen lassen. Ich richte mich auf und atme einmal tief durch. Und da ist es wieder! Das Geräusch kommt von der Rückbank, genau genommen von irgendwo hinter dem Beifahrersitz.

Ich habe in meinem Leben eindeutig zu viele Krimis gesehen, darum läuft mir eine eisige Gänsehaut über den Rücken, als ich mich, den Kopf voller schlechter Vorahnungen, nach hinten umdrehe. Doch dann entdecke ich, was dieses Geräusch verursacht hat, und mir entfährt ein erleichterter Seufzer.

«Ach, du liebe Zeit», rufe ich. «Was tust du denn hier?»

Hinter dem Beifahrersitz, tief im Fußraum, kauert Mimi und versucht nun, sich aus der dunklen Wolldecke, unter der sie sich versteckt hat, zu befreien.

Die Kleine wischt sich mit dem Handrücken über das tränenverschmierte Gesicht, zieht die Nase hoch und sagt mit todernster Miene: «Auf dich aufpassen!»

Ich erinnere mich, wie sensibel sie ist und dass sie sich für alles verantwortlich fühlt, darum nicke ich nur verständnisvoll, als sei klar, dass ich einen Aufpasser an meiner Seite gut gebrauchen kann.

«Ich habe gewusst, dass du nach dem Streit wegfährst, Tante Ella. Das habe ich mal im Film gesehen. Die Leute kommen dann nicht wieder zurück», sagt sie, und erneut kullern Tränen über ihr Gesicht. «Das hat mir schreckliche Angst gemacht.»

Bei all der Dramatik muss ich nun doch ein wenig schmunzeln. «Komm erst mal da raus und setz dich neben mich», fordere ich sie auf. «Dann überlegen wir uns gemeinsam einen Plan.»

Das scheint Mimi plausibel zu finden. Sie krabbelt hervor, öffnet die Tür und lässt sich auf den Sitz neben mir plumpsen.

«Deine Aktion hätte ziemlich schiefgehen können», überlege ich laut, «stell dir vor, ich wäre auf den Autoreisezug gefahren. Dann hättest du ein Problem bekommen.»

Mimi schnallt sich an und macht dabei ein Gesicht, als sei ich nun wirklich von vorgestern. «Wieso? Ich wäre einfach wieder mit dem Zug zurückgefahren. Außerdem wusste ich, dass du nicht nach Westerland willst, weil du in die andere Richtung gebraust bist.» Sie holt kurz Luft. «Falls du an den Strand möchtest, müssen wir übrigens noch ein Stück weiterfahren und dann nach rechts», erklärt sie. «Dort gibt es einen Geheimparkplatz, und wir können direkt über den Holzbohlenweg ans Wasser.» Es folgt ein herzzerreißender Seufzer. «Ich glaube, dort müssen wir uns mal ungestört unterhalten.»

Um nicht laut loszulachen, beiße ich mir auf die Lippen. «Ja, das sollten wir dringend tun.»

Also fahre ich noch ein Stück. Der von Mimi avisierte Parkplatz entpuppt sich als eine schnöde Ausbuchtung am Straßenrand, aber mir ist alles egal. Als könne das Meer das Chaos in meinem Kopf und auch in meinem Herzen bereinigen, drängt es mich ans Wasser.

Es dauert nicht lange, dann sind wir am Strand. Der Himmel ist wolkenverhangen, und ein ordentlicher Wind streicht über die Dünen. Doch als Mimi und ich uns in den Sand fallen lassen, ist dieser angenehm warm. Vollkommen menschenleer ist es an dieser Stelle leider nicht, ein Stück weiter rechts stürzen sich vereinzelte Badegäste in die Brandung, doch es ist mir egal. Die Aussicht aufs Meer entschädigt mich. Bei jedem meiner Besuche ist der Anblick ein anderer. Heut wirkt das Wasser aufgewühlt, weiße Gischt wird mit den Wellen angespült und bleibt als fluffiger Schaum am Strand liegen.

«Ich werde später Meeresbiologin», erklärt Mimi. Auch auf sie scheint die Brandung eine beruhigende Wirkung zu haben. Die Tränen sind getrocknet, und sie hat neuen Mut geschöpft. «Wusstest du, dass unser Sauerstoff zu siebzig Prozent durch das pflanzliche Plankton der Ozeane erzeugt wird? Die meisten Leute denken, dass unsere Luft zum Atmen aus dem Wald kommt, aber dort entsteht nur ein kleiner Teil.» Sie sieht mich aus wachen Augen an.

«Äh … das wusste ich tatsächlich nicht», gestehe ich.

«Es gibt Phytoplankton und Zooplankton, wozu beispielsweise der Krill gehört, eine Minigarnele, das am häufigsten vorkommende Tier auf unserem ganzen Planeten. Das habe ich gerade in meiner Forschungsgruppe gelernt.»

Oh Mann, denke ich. Wie kann man mit einem derart schlauen Geschöpf verwandt sein und selbst so ahnungslos durch die Welt stapfen? Vielleicht sollte ich mal langsam nachziehen und meine Zeitschriften-Abos von Happinez und GUIDO in GEO und MARE umändern.

«Du musst dich nicht schämen, wenn du nichts über das Leben der Einzeller und die Photosynthese weißt», verkündet

Mimi gönnerhaft. «Mama sagt immer, dass man sich aber auch nicht schämen muss, schlau zu sein. Weil schämen krank macht. Psychisch nämlich.»

Ich seufze.

Mimi richtet sich auf. «Warum bist du heute so traurig, Tante Ella? Ist es, weil Mama manchmal komisch ist?»

Komisch ist gar kein Ausdruck, denke ich.

«Ja, sie … also ich … Ich verstehe sie manchmal einfach nicht.»

«Wieso?»

«Na ja, ich hatte mir solche Mühe gegeben, in ihrer Abwesenheit alle Aufgaben zu übernehmen. Und da war diese Idee mit dem Umräumen, und nun …» Ich stocke. «Du hast ja selbst gehört, dass deine Mutter stinksauer ist und etwas dagegen hat.»

Mimi rückt ein Stück von mir ab und sieht mich erstaunt an. «Hat sie nicht», sagt sie vehement. «Sie kann es nur nicht so gut ab, wenn man um sie herum etwas verändert. Sie findet sich dann nicht zurecht, sagt sie. Weil sie in ihrem Kopf alles abspeichert und so Ordnung hält. Selbst wenn es krass unordentlich aussieht, findet sie sich zurecht.»

«Ja, das war schon früher so», sage ich nachdenklich. «Aber für andere ist ihre spezielle Ordnung nur schwer nachvollziehbar.»

«Stimmt. Deshalb kündigt Neni größere Pläne immer mindestens zwei Tage vorher an, damit Mama Zeit hat, sich darauf einzustellen.»

Tja, das hat Neni wohl dieses Mal vergessen.

«Aber Mama weiß trotzdem immer alles besser.»

Und genau da liegt das Problem, denke ich. Wie soll man mit dieser Eigenschaft auf Dauer zurechtkommen?

«Weißt du, Mimi, manchmal ist es gar nicht so wichtig, alles richtig oder sogar als Bester zu machen.» Ich sehe ihr fest in die

Augen. «Stattdessen kann es auch schön sein, ein Ziel gemeinsam zu verfolgen. Dann kommt es nicht ausschließlich drauf an, dass man das tollste Ergebnis abliefert, sondern man möchte, dass einem der Weg dorthin Freude bereitet. Denk mal an unsere Aktion mit den Schildern. Sicher gibt es schönere Rahmen oder bessere Farben, aber wie viel Spaß hatten wir beim Malen?»

Auf Mimis Gesicht macht sich ein Lächeln breit. «Krass viel.»

«Siehst du. Der Weg ist manches Mal das Ziel.»

Eine Weile sehen wir nachdenklich aufs Meer. Die Brandung wird stärker, und mit ihr nehmen die Schaumkronen zu, und von Zeit zu Zeit schlagen uns jetzt stürmische Böen ins Gesicht.

Irgendwann sagt Mimi: «Mama wird trotzdem immer ein Ziel-Mensch sein.» Sie blickt mich abschätzend an. «Du dagegen bist ein Weg-Mensch.»

Mit ihrer Sensibilität hat die Kleine es erfasst und auf den Punkt gebracht.

«Tja», seufze ich, «darum ist es wohl so kompliziert mit Ina und mir.»

Mimi schüttelt wie wild den Kopf. «Nein», sagt sie mit einer Leidenschaft, die mir zu Herzen geht. «Ihr könntet das beste Team der Welt sein!»

Mimis Worte klingen mir noch die gesamte Rückfahrt im Ohr. Glaubt sie wirklich, dass Ina und ich uns zusammenraufen könnten? Ein Team bilden?

Als wir auf den Kiesweg zum Hof einbiegen, sehe ich Toms Auto im Rondell parken. Sosehr ich mich dagegen wehre, ich kann nicht verhindern, dass mein Herz vor Freude einen Sprung macht.

Ich versuche, es zu ignorieren. Stattdessen frage ich mich, wie es sein kann, dass er schon zurück ist. Ein Blick auf die Uhr sagt mir, dass wir frühen Nachmittag haben, wenngleich man angesichts der dichten Wolkendecke, die den Hof und die umliegenden Felder in ein diffuses Grau hüllt, meinen möchte, der Abend stünde kurz bevor. Sturmböen zerren an den Baumkronen, und ein Vogelschwarm kämpft sich taumelnd durch die Lüfte.

Kaum habe ich eingeparkt, steigt Mimi aus und wetzt, so schnell sie kann, ins Haus. Ich will es ihr gleichtun, werde aber von Tom abgefangen. Er muss im Eingang zum Stall gestanden und gewartet haben, seine Haare sind vom Wind zerzaust, und er zittert. Vor Zorn.

«Verdammt, Ella!», fährt er mich an. In seinen Augen lese ich Wut und Verzweiflung. «Wo bist du gewesen?»

Hatte ich gerade bei seinem Anblick noch ganz kurz ein zaghaftes Flügelschlagen meines Herzens verspürt, vergeht mir nun die Laune.

«Ich wüsste nicht, was dich das angeht», blaffe ich zurück.

Tom atmet schwer. Sein Blick geht an mir vorbei zum Haus. «Keiner auf dem Hof wusste, wo du steckst», sagt er und scheint sich langsam zu beruhigen. «Dein Vater hat vermutet, dass du mit seinem Wagen … Aber Ina … Wir … also, ich …» Er stockt und sieht mich an. «Ich habe mir Sorgen gemacht.»

«Musst du nicht, ich bin erwachsen.» Ich will fortgehen, weil mir kalt wird, doch Tom fasst nach meinem Arm und hält mich zurück. Sein Griff ist fest, sodass ich stehen bleibe und ihn böse anfunkele. «Was soll das?»

Augenblicklich lässt er mich los. Er fährt sich kurz durchs Haar, schließt die Augen, wie um sich zu sammeln, und sagt anschließend so leise, dass die Worte fast vom Sturm fortgetragen werden: «Ich bin eher zurückgekommen, weil mir unser Streit nicht aus dem Kopf ging …» Er sucht meinen Blick. «Ich hatte plötzlich Sorge, du könntest abreisen. Nach Frankfurt oder

Reutlingen oder Gott weiß wohin.» Vorbeiziehende Wolken spiegeln sich in seinen Augen, als er fortfährt: «Ich hatte Angst, dass wir uns nie wiedersehen würden. Es war ein unerträglicher Gedanke. Also bin ich umgekehrt.»

Ein warmes Gefühl durchströmt mich. «Ich … war am Meer, zusammen mit Mimi», stottere ich, weil mich seine Worte, aber auch die Kraft seines Blickes aus der Fassung bringen. «Ina und ich … wir hatten einen schlimmen Streit. Ich musste hier weg.»

Wieder greift Tom nach meiner Hand und umschließt sie mit seiner. Dieses Mal ist sein Griff sanft und vorsichtig. Er räuspert sich. «Ich hatte gehofft, der Abend am Roten Kliff würde es in deine Top 3 der schönsten Momente schaffen. Wenigstens in die Top 10.» Er macht eine kurze Pause, dann fügt er hinzu: «Was mich betrifft, belegt unser Kuss nämlich einen unstrittigen ersten Platz.»

Meine Knie werden weich, und ich gerate ins Wanken. Tom schlingt seinen Arm um meine Taille und hält mich. «Ich hätte nicht einen Tag länger warten wollen, dir das zu sagen», raunt er in mein Ohr.

Ich spüre seinen heißen Atem auf meiner Haut. Seine Worte berühren mein Herz, und ich strecke mich ihm entgegen. Lieber Himmel, denke ich. Er hat ja so recht. Ich habe es auch kaum ohne ihn ausgehalten.

«Ella, ich will dich nicht verlieren. Ich weiß zwar nicht, wie es weitergehen könnte, aber ich weiß, dass …»

Er stockt, weil ein Auto auf den Hof fährt. Vielleicht war das mit dem *Gemüsekorb* doch keine so gute Idee, schießt es mir durch den Kopf. Dass die Leute sogar sonntags hier vorbeikommen, könnte auf Dauer nerven.

Tom löst unsere Umarmung und sieht mich fest an. «Aber ich weiß, dass ich dich gerne in meiner Nähe hätte.»

«Das wünsche ich mir auch», antworte ich und bin froh,

vor Aufregung überhaupt etwas herausbekommen zu haben. «Ich …»

In dem Moment ertönt eine bekannte Stimme hinter uns. Sie gehört keinem Interessenten am Gemüsesortiment, sondern Thies Bentheim.

«Dürfte ich mal kurz stören?», ruft er von Weitem.

Wir drehen uns um und sehen ihn zusammen mit einem untersetzten Mann mit Halbglatze und Bügelfaltenhose auf uns zukommen.

Ich werfe Tom einen fragenden Blick zu, der heißen soll: Was hat das nun wieder zu bedeuten? Doch zu meiner Erleichterung wirkt er ebenso überrascht wie ich.

Bentheim baut sich vor uns auf. «Wir können Nägel mit Köpfen machen», sagt er stolz. «Denn stellen Sie sich vor: Ich habe schon einen Kaufinteressenten mitgebracht.» Er schlägt seinem Begleiter jovial auf die Schulter.

Tom öffnet den Mund, um etwas zu sagen, doch Bentheim ist schneller: «Ich weiß ja, Sie wollten erst einmal nur ein Gespräch führen, aber manchmal hilft es, wenn man gleich konkret wird.»

Tom sieht aus, als habe ihn jemand geohrfeigt. Er starrt den Makler an, bekommt aber weiterhin keinen Ton raus. Er wirkt dermaßen überrumpelt, dass ich Mitleid bekomme. Nur habe ich leider auch gerade keine Idee, wie ich ihm helfen könnte.

Der Makler fasst unser Schweigen offenbar als Einladung auf, seinem Kaufinteressenten den Hof zu präsentieren.

«Na, habe ich Ihnen zu viel versprochen?», fragt er seinen korpulenten Begleiter und vollführt eine allumfassende Geste, die den gesamten Hof miteinschließt. «Wunderbare Ruhe und unverbaubarer Blick. Natur pur. Atmen Sie mal tief ein und aus, und Sie werden merken, dass man sofort entspannt.»

Der Mann tut wie ihm geheißen. Sein Leib bläht sich kurz

auf, dann stößt er mit einem Schwall die Luft wieder aus. «Riecht ein bisschen streng», meint er. «Kommt das aus dem Schuppen da?»

Bentheim wedelt die Bedenken mit einer knappen Handbewegung fort. «Die alte Scheune wird man sicher abreißen dürfen», sagt er mit einem vorsichtigen Blick in Toms Richtung. «Es sei denn, Sie möchten darin vorher Ihren Einstand feiern und die Nachbarschaft auf eine Abbruchparty einladen. Das ist hier auf dem Land ja nicht unüblich.»

Und da ist es wieder. Dieses Gefühl … Der Anflug einer Idee, so wie sie mich heute Morgen auch schon beschlichen hatte, als Mimi vom Feiern anfing.

«Nee, die Scheune interessiert mich aus anderen Gründen.» Zu uns gewandt, erklärt der Interessent: «Ich sammle Autos, wissen Sie? Und die benötigen ein Dach über dem Kopf.»

Ich sehe zu Tom und lese in seinen Augen, wie sehr ihn das Gerede der Männer schmerzt. Gleichzeitig fühle ich beinahe körperlich den Zwiespalt, in dem er steckt. Er möchte die Männer vom Hof jagen, sieht sich aber gezwungen, das Angebot abzuwarten.

Bentheim nickt. «Die Scheune wäre ganz sicher perfekt dafür. Ein wahres Raumwunder. Eine ganze Hochzeitsgesellschaft bekommen Sie da rein! Ich würde allerdings das Dach aufstocken lassen und vielleicht eine Wand verglasen», schlägt er vor. «Dann haben Sie vom hinteren Teil des Hauses einen schönen Blick auf Ihren Fuhrpark.»

Und plötzlich, als habe jemand über meinem Kopf ein Licht angeknipst, formt sich die diffuse Idee in meinem Hirn zu einem Plan. Zwar habe ich keine Ahnung, was Tom dazu sagen wird oder Neni, aber ich könnte mir vorstellen, dass ich die beiden schnell überzeuge. Bei Ina bin ich nicht ganz so optimistisch, aber wenn sie vorhat, auf dem Karsenhof wohnen zu bleiben, wird sie wohl oder übel mit der einen oder anderen Veränderung klarkommen müssen. Ich gebe mir einen Ruck.

«Schade», sage ich mit Bedauern in der Stimme, denn ich will Bentheim nicht verärgern und ihn auch nicht vor seinem Kunden bloßstellen. Das hat er nicht verdient. «Aber soweit ich weiß, dürfen Sie die Scheune baulich nicht verändern.»

Aus dem Augenwinkel sehe ich Toms fragenden Blick zu mir herüberfliegen.

Auch Bentheim runzelt die Stirn. «Äh ...» Er blättert kurz in seinen Unterlagen. «Und warum nicht?»

Mit einem Mal kommt es mir vor, als würde im Garten Totenstille herrschen. Der Wind hat sich gelegt, die dunklen Wolken sind zu einem ausgewaschenen Hellgrau verblasst, und die Vögel scheinen sich irgendwo versteckt zu haben. Wie in der Schlüsselszene von einem Western ist nichts zu hören – außer dem Quietschen der Hollywoodschaukel, als diese plötzlich in Bewegung gerät.

Erst jetzt bemerke ich meinen Vater und Henriette, die es sich dort unter einer großen Decke offensichtlich gemütlich gemacht hatten. Papa muss unseren Worten gelauscht haben, er sieht zu mir, und wir tauschen einen verschwörerischen Blick aus. Er begreift die Lage ohne Worte.

«Na, wegen der Salzwassermeisen», sagt er, steht von der Schaukel auf und schlendert zu uns. «Die nisten unterm Giebel und sind vom Aussterben bedroht. Man könnte der Scheune auch gar keine neue Bestimmung geben, wegen der Ausscheidungen.» Mit verschränkten Armen und einem komplizenhaften Ausdruck auf dem Gesicht stellt er sich neben mich und gerät nun richtig in Fahrt. «Verdammt gefährlich für die Atemwege», merkt er an. «Außerdem zersetzt der Kot jegliche Karosserielacke. Da hätten Sie nicht mehr lange was von Ihren Autos.»

Während ich meinen Vater anstarre und überlege, wann er

vom schlechten Laiendarsteller zum oscarreifen Schauspieler wurde, bete ich insgeheim, dass er den Bogen nicht überspannt.

«Aber ...», macht der Kaufinteressent und schaut sich suchend um. «Ich sehe überhaupt keine Vögel. Und Exkremente auch nicht.»

«Geht erst im August los», wirft Henriette ein, die sich ebenfalls zu uns gesellt hat. Mit ihren Händen formt sie ein Ei. «Zur Brutzeit.»

Bentheim kratzt sich am Kopf. «Also, ich habe noch nie etwas von Salzwassermeisen gehört, die in Scheunen nisten», versichert er seinem Kunden. Dann wendet er sich an Tom: «Warum haben Sie davon gestern nichts erwähnt?»

Toms irritierter Blick fliegt zwischen dem Makler, Papa und mir hin und her, und er versucht offensichtlich, sich einen Reim auf die Geschichte zu machen.

Aber bevor er etwas erwidern kann, ergreift Papa wieder das Wort. «Ein neues Verhalten der Tiere», erklärt er. «Deshalb ist die juristische Lage auch noch nicht allen bekannt. Aber wie gesagt: ganz neuer Beschluss.»

Bentheims Augen werden zu schmalen Schlitzen. «Soso. Das prüfen wir selbstverständlich noch mal.» Dann nimmt er seinen Kunden kopfschüttelnd beiseite. «Ich muss mich entschuldigen», flüstert er, «aber diese Familie hat ein Alkoholproblem.» Im Gehen beschleunigt er den Schritt. «Ich hätte es gleich wissen müssen, dass man mit denen keine Geschäfte tätigen sollte. Wie dem auch sei ...» Er bugsiert den Mann zurück zum Rondell. «Ich hätte da noch ein anderes schönes Objekt für Sie in ähnlicher Größenordnung.»

Mehr ist nicht zu verstehen. Es interessiert auch niemanden.

Papa und Henriette klatschen sich ab. Wohingegen Tom noch immer dasteht wie vom Donner gerührt und keinen Ton rausbringt. Als er seine Sprache wiederfindet, stottert er: «Also, mal ehrlich … Ich mag den Kerl ja auch nicht. Aber nun … ist er fort, und die Probleme …» Er deutet auf den Hof und die Scheune. «Die Probleme bleiben. Ich fürchte, diese Geschichte hat kein Happy End.»

Ich strahle ihn an, nehme ihn bei den Händen und sage: «Oh doch, das hat sie!»

Epilog

Sechs Monate später

«Ach du liebe Zeit, Tante Ella, das Brautkleid wird ja ganz nass!»

Dicht an mich gekuschelt und in einen dicken, gefütterten Parka gehüllt, steht Mimi neben mir. Sie ist im Begriff, loszurennen, um der Braut zu helfen, doch gerade noch rechtzeitig erwische ich sie am Zipfel ihrer Kapuze.

«Hiergeblieben, Mäuschen, alles ist okay. Sie weiß, was sie tut. Außerdem – schau mal runter auf ihre Füße.»

Mimi neigt den Kopf und staunt. «Gummistiefel unter dem Brautkleid? Das habe ich ja noch nie gesehen!»

Ich ehrlich gesagt auch nicht, aber wenn man sich im Dezember auf Sylt das Jawort gibt, darf man wohl keine Stilikone sein.

«Das schöne Kleid ist trotzdem nass geworden», jammert die Kleine, und ich ziehe ihr im Spaß ihre Mütze über die Augen, um ihr die Sicht zu nehmen. Sie quiekt vor Vergnügen.

«Still», flüstere ich, «sonst irritierst du den Fotografen.»

Es ist einer dieser herrlichen, klaren Wintertage – sonnig, aber bitterkalt. Wir haben uns ein wenig abseits, am Rande der Dünen, platziert und beobachten das Fotoshooting, das vor der malerischen Kulisse des aufgewühlten Meers stattfindet. Vom Wind zusammengetragene Schneenester liegen am Strand, und es geht eine eisige Brise.

Das Hochzeitspaar ist heute auf den Tag genau seit 25 Jahren rechtskräftig vermählt. Beide sind etwa Mitte fünfzig und Sylter Stammgäste, die sich auf der Insel kennengelernt haben. Anlässlich ihres runden Jubeltags möchten sie heute ihr Ehegelöbnis erneuern – und vorher den Tag mit stilvollen Erinnerungsfotos festhalten.

Dass sie zum Ausrichten ihrer Feier meine frisch aus der Taufe gehobene Eventagentur gewählt haben, fühlt sich für mich wie ein Ritterschlag an.

Gerade mal ein halbes Jahr ist vergangen, seit ich die Idee hatte, mich hier auf der Insel selbstständig zu machen.

Ich glaube, dass der Gedanke schon eine ganze Weile in mir schlummerte, aber ich hätte nie gedacht, dass er ausgerechnet von Thies Bentheim wachgeküsst werden würde. Der arme Makler wusste ja kaum, wie ihm geschah, als Papa ihm mit der erfundenen Salzwassermeise kam und seinen Kaufinteressenten in die Flucht schlug. Mein Vater hatte damals sofort begriffen, dass ich den Verkauf des Karsenhofs nicht hinnehmen wollte, zu der Zeit war ich allerdings noch unsicher, wie die anderen zu meinem Vorschlag stehen würden. Denn welch gravierende Veränderungen mein Projekt für den Alltag von uns allen mit sich bringen würde, konnte ich damals noch nicht abschätzen.

Doch jeder auf dem Hof, inklusive meiner Schwester, vertraute mir.

Ob mein Konzept auch wirklich aufgeht, wird sich wohl erst mit der Zeit zeigen, aber ich bin zuversichtlich. Nicht zuletzt, weil ich mit dem Karsenhof – also genau genommen mit der schönen alten Scheune, die wir mit vereinten Kräften und einem finanziellen Zuschuss von Papa und Henriette auf Vordermann gebracht haben – den perfekten Ort zum Feiern anbieten kann.

Tag und Nacht habe ich geschuftet, mir ein Konzept überlegt, Angebotspakete für die unterschiedlichsten Anlässe geschnürt und sogar selbst eine Website gestaltet. Als schwierigste Aufgabe empfand ich es, Preise für alles zu kalkulieren, doch dabei hat mir glücklicherweise Ina zur Seite gestanden, die ihre Erfahrung aus dem *Seeigel* einfließen lassen hat. Mithilfe ihres glasklaren Verstands und ihrer unschlagbaren Logik haben wir gemeinsam eine kleine Firma gegründet. *Unsere Firma*, auch wenn Ina nur so etwas wie ein stiller Teilhaber ist und nach außen nicht in Erscheinung treten möchte. Wir haben die Aufgaben strikt voneinander getrennt: Ina kocht, kauft ein und kalkuliert, ich plane, organisiere und kommuniziere mit den Kunden. Auch die Werbung fällt in mein Ressort, bislang reichte unser Budget allerdings nur für ein paar Verlinkungen im Internet. Aber offenbar habe ich dabei die richtigen Seiten ausgewählt, denn schon jetzt liegen uns diverse Anfragen und ein paar feste Buchungen für das kommende Jahr vor. Hauptsächlich Hochzeiten, aber auch ein Führungskräfteseminar sowie das Jahrestreffen Norddeutscher Ring-Makler, denen unter anderem Thies Bentheim angehört. Bei ihm habe ich mich offiziell entschuldigt – und zwar mit einem kleinen selbst angesetzten Rumtopf als Präsent. Wie es anzunehmen war, trinkt er zwar keinen Alkohol, garniert damit im Winter aber gern mal seinen Nachtisch.

«Soll ich vielleicht hier auch ein paar von den Rosenblättern verteilen?», unterbricht Mimi meine Gedanken. Sie greift in die Tasche ihres Mantels und befördert eine Handvoll getrockneter Blütenblätter zutage. «Die sind vorhin übrig geblieben.»

Ich schüttele den Kopf. «Nein, das macht am Strand keinen Sinn, sie würden sofort wegwehen. Es reicht, wenn zu Hause alles gut vorbereitet ist.»

Mimi nickt geflissentlich. «Ja, das sieht richtig wundersuperschön aus.»

Sie hatte die Aufgabe, auf dem Karsenhof den Weg vom

Parkplatz bis zur Scheune mit Blütenblättern zu markieren. Weil es schön aussieht, aber auch damit sich nicht aus Versehen jemand ins Haus verläuft. Denn unser Privatbereich ist für die Gäste tabu.

«Komm, wir düsen los», sage ich zu Mimi, als sich abzeichnet, dass das Brautpaar arg friert und der Fotograf zu einem Ende gelangt. «Scheint, als liefe hier alles nach Plan. Jetzt müssen wir zusehen, dass die Zeremonie auf dem Hof losgehen kann, sobald die beiden eintreffen. Und dass der Sekt bereitsteht.»

Gemeinsam stapfen wir über den Dünenweg zum Wagen.

Meine Anwesenheit beim Shooting wäre nicht unbedingt vonnöten gewesen, aber ich mag nun mal nichts dem Zufall überlassen, darum wollte ich kurz nach dem Rechten sehen. Außerdem vergeht kein Tag, an dem es mich nicht ans Meer zieht.

Der Sand unter unseren Stiefeln gibt schwerfällig nach, feucht kleben die Körnchen aneinander und hinterlassen Details unserer Abdrücke. Im Auto drehe ich die Heizung auf. Für das Hochzeitspaar habe ich auf ihren Wunsch hin einen alten VW-Käfer mit Chauffeur gemietet. Er parkt neben uns, startklar für die Fahrt zum Karsenhof.

«Ich liiiebe Hochzeiten!», posaunt Mimi während der gesamten Rückfahrt.

Als wir zu Hause ankommen, halte ich halb schräg an der Straße, da bereits beinahe alle Parkplätze von den Gästen eingenommen wurden und der Wagen des Brautpaars ja noch Platz finden muss. Während ich erleichtert registriere, dass die verstreuten Blüten nicht von einer Windbö durcheinandergewirbelt wurden, springt Mimi aus dem Wagen und hopst zur Scheune, um durch den Türspalt einen Blick auf die versammelte Gästeschar zu erhaschen.

«Schau doch bitte mal kurz nach der Ziegelise», sage ich im Vorbeieilen. «Nicht dass sie wieder ausgebüchst ist.»

Da wir die Scheune in Zukunft ausschließlich für Events nutzen wollen – zum Glück gab es dort drinnen schon immer eine Toilette, die wir nur ein wenig aufhübschen mussten –, sind alle Tiere umgezogen. Die Ziegenfamilie wohnt jetzt im Iglu der Lamas, die wir an einen Hof in der Nähe von Hamburg vermitteln konnten. Dort leben sie artgerecht in einer Herde und scheinen sich wohlzufühlen.

Weniger zufrieden mit ihrer neuen Behausung sind die Ziegen. Sie nutzen jede erdenkliche Gelegenheit, um auszubüchsen. Schon mehrfach mussten wir sie vom Nachbarhof abholen, und ich hoffe nicht, dass die Ziegelise sich dort heute erneut ein Schäferstündchen gegönnt hat.

Auch die Esel wurden umgesiedelt. Sie haben einen eigenen, gemütlichen Stall, den Tom gebaut hat, im hinteren Teil des Gartens gefunden. Dort werden sie vom Partytreiben nicht gestört.

«Ihr hättet euch nicht so beeilen müssen, ich habe alles im Griff», empfängt mich Henriette, die ein vollbepacktes Tablett auf Schulterhöhe über den Hof balanciert. Sie hat sich in ein eng anliegendes schwarzes Kleid gezwängt, ein weißes Schürzchen um die Hüften geknotet und könnte glatt bei Downtown Abbey mitwirken, wenn sie sich noch ein Häubchen ins Haar stecken würde. «Dies ist die letzte Ladung Gläser», verkündet sie. «Ina hat die alte Wanne mit Eiswürfeln befüllt, darin liegen schon die Sektflaschen und warten darauf, geköpft zu werden, sobald die Zeremonie endet.» Sie tippelt an mir vorbei.

«Du bist ein Schatz, danke!», rufe ich ihr hinterher, und sie wackelt kurz als Erwiderung mit dem Hintern.

In der Tat ist Henriette mir heute eine riesige Hilfe. Da diese Jubiläumshochzeit sich sehr kurzfristig angekündigt hat, war es gar nicht so einfach, ein paar helfende Hände zu finden. Doch Papas Freundin, die schon vor ein paar Tagen mit ihm zum Wintercamping angereist war, zeigte sich sofort einsatzbereit. «Mer muss de Feste fiere, wie se falle», befand sie.

«Ellimaus, hast du dir inzwischen die CD angehört, die ich dir mitgebracht hatte?» Mein Vater rauscht heran. Seit sich alles um die Hochzeitsfeier in der Scheune dreht, will er seinen Beitrag leisten und das Musikprogramm gestalten, am liebsten als DJ. Den Zahn habe ich ihm zwar gleich gezogen, denn das Brautpaar hat bereits jemanden für diese Rolle engagiert, aber er will einfach nicht aufgeben.

«Papa, so was macht man heutzutage ohne CD-Player, außerdem wurde ausdrücklich Rockmusik gewünscht.» Ich weiß nicht, wie direkt ich noch werden muss, damit er versteht, dass «The Very Best of Dschinghis Khan» bei den Gästen höchstwahrscheinlich durchfallen wird. Tröstend füge ich hinzu: «Du hilfst mir außerdem schon sehr, indem du einen Tag auf Henriette verzichtest.»

Die beiden sind nämlich so gut wie unzertrennlich. Und darum weiß Papa heute vermutlich nichts mit seiner Zeit anzufangen.

«Wo ist eigentlich Tom?», will er wissen. Scheint, als suche er männlichen Beistand.

«In Berlin», sage ich knapp. «Er hat seine Wohnung dort aufgelöst und wollte dieses Wochenende noch ein paar Dinge erledigen. Um ehrlich zu sein, habe ich aber manchmal keinen Schimmer, was er gerade macht.»

Wir beide haben dermaßen viel um die Ohren, dass wir uns meist nur am Abend auf dem Hof sehen. Oder gar nicht, weil einer von uns früh schlafen gegangen ist. Seine Selbstständigkeit als Chiropraktiker läuft ganz gut an. Die Vertretungszeit auf Sylt ist beendet, jetzt teilt er sich die Woche zwischen dem Festland und der Insel auf, und ich glaube, was er macht, findet Zuspruch.

«Und wie … ähm, geht es euch beiden so?», fragt Papa. Sein Blick ist besorgt. Ich kann ihm nur schlecht etwas vormachen.

«Nun … manchmal habe ich Sorge, dass ich Tom mit meiner Idee, auf dem Karsenhof zu bleiben, überfahren habe», antworte ich wahrheitsgemäß. Und es ist noch schlimmer: Tom vermittelt mir den Eindruck, als würde er mir aus dem Weg gehen, aber damit will ich Papa nicht beunruhigen. Darum füge ich nur noch an: «Wenn wir uns sehen, wirkt er außerdem oft abwesend.»

Papa sieht mich mit hochgezogenen Brauen an. «Papperlapapp, Ellimaus.» Er vollführt eine Geste, die so ziemlich alles bedeuten kann, und sagt dann beschlagen, nämlich so als könne nur ein Mann nachvollziehen, was in einem anderen Mann vor sich geht: «Ganz sicher ist er nur mit seinen eigenen Plänen beschäftigt.»

«Hm-m», erwidere ich, denke aber, dass wir über die Planungsphase doch längst hinaus sind. Als ich merke, wie mir das Herz schwer wird, schiebe ich den Gedanken an Tom schnell zur Seite. «Komm, wir sehen mal, wie weit das Essen ist.» Ich hake mich bei meinem Vater unter und schleife ihn zum Haus.

Aus der Küche duftet es verführerisch nach gedünsteten Zwiebeln und Salbei, und ich halte kurz inne, weil ich an meine erste Woche auf dem Karsenhof erinnert werde. Damals, als ich im Flur stand und aufgeregt meiner ersten Begegnung mit Neni entgegensah. Kaum zu glauben, was sich in der Zwischenzeit alles ereignet hat.

Heute steht Ina hinter dem Herd. Sie rührt in einem Topf, der so riesig ist, dass sie sich auf Zehenspitzen stellen muss, um hineinzusehen. Mir war anfangs gar nicht bewusst, *wie* leidenschaftlich, präzise und mit welcher Sorgfalt sie beim Kochen vorgeht. Und wie flexibel sie dann doch sein kann, wenn es darum geht, Extrawünsche zu erfüllen. Überhaupt hatte ich Ina falsch eingeschätzt. Nach unserem schlimmen Streit im Sommer sind wir nie wieder aneinandergeraten. Vielleicht weil ich immer besser mit ihrer Art umzugehen lerne. Sie verhält sich zum Glück aber auch nicht mehr aggressiv wie früher, sondern ihre Anmerkungen sind stets konstruktiv und sehr gut durchdacht. Hin und wieder muss ich sie zwar bremsen, weil sie sonst meiner Arbeit im Weg steht, aber wir wissen miteinander umzugehen, und darauf kommt es ja schließlich an.

Als würde sie meinen Blick in ihrem Rücken spüren, dreht Ina sich jetzt um. Sie fängt meinen Blick auf und formt mit ihren Händen wirre Zeichen, die nur ich verstehe. Es ist unsere Kindergeheimsprache, die wir wiederentdeckt haben und mit der sie mir nun mitteilt, dass sie konzentriert arbeitet und ihre Ruhe möchte. Lächelnd nicke ich ihr zu und schiebe Papa auf die Veranda, wo Neni gerade herumwirbelt. Auch sie lehnt seine Hilfe ab.

Schmollend vertieft sich mein Vater in eine Zeitung. Aber da muss er jetzt einfach mal durch. Heute dreht sich alles um die Hochzeit.

In Absprache mit dem Jubelpaar haben Neni, Ina und ich gemeinsam ein spezielles Menü zusammengestellt. Denn unsere Möglichkeiten, was die Essenszubereitung anbelangt, sind aufgrund der Enge der Küche etwas eingeschränkt.

Heute servieren wir als wärmende Vorspeise heiße Kürbissuppe mit Salbei. Zum Hauptgang folgt, was unsere Spezialität werden soll: eine Art nordische Brettljause mit selbst gebackenem Brot, Deichkäse, Krabbensalat und Fisch, zünftig angerichtet auf großen, runden Schneidebrettern aus Holz. Dazu servieren wir eine Auswahl von Inas eingelegten Köstlichkeiten und als süße Nachspeise Sylter Rote Grütze mit Vanillesahne. Es ist eine bodenständige Mahlzeit ohne viel Chichi, aber auch das mag man auf Sylt.

«Wow, Neni!», staune ich, als ich meinen Blick über die zahlreichen, fertig dekorierten Brettchen schweifen lasse. Die gesamten Tische der Veranda stehen voll mit diesen Jausentellern, die nur noch darauf warten, in die Scheune gebracht zu werden. Ich baue mich neben ihr auf und drücke sie kurz dankbar an mich. «Dass alles köstlich schmeckt, davon bin ich überzeugt, aber jetzt sieht es zudem auch noch himmlisch aus», lobe ich ihren Einsatz. «Du bist eine Wucht!»

Als ich sie nach ihrer Rückkehr von Rømø gefragt habe, ob sie erlaubt, dass ich auf dem Karsenhof bleibe, um für seinen Erhalt zu kämpfen, hat sie spontan ein paar Freudentränen vergossen und gesagt: «Ach, Ella! Jemand wie du hat in diesem Haus gefehlt. Du schließt eine Lücke. Endlich sind wir komplett.» Und dann hat sie mich so fest an sich gedrückt, dass ich befürchtet habe, mir bricht eine Rippe.

In meinem Magen beginnt es zu kribbeln, wenn ich an diesen warmen Moment zurückdenke.

Heute hat Neni sich ihr Kopftuch wie eine Ninja-Kämpferin um die Stirn gebunden und sieht damit reichlich verwegen aus. Aus ihren kleinen grauen Äuglein blitzt sie mich übermütig an. Sie will etwas sagen, schielt aber nebenbei zum Erkerfenster und gerät nun vor Aufregung aus dem Häuschen. «Oh, sieh mal, da kommt das Brautpaar!», ruft sie. «Dann startet die Zeremonie ja gleich.»

Sofort werde ich hektisch. «Du liebe Zeit, ich sollte schleunigst rüber zur Scheune und Henriette beistehen!»

Ich greife nach Papas Hand. «Komm! Du bist herzlich eingeladen, uns zu helfen!» Mit ihm im Schlepptau eile ich nach draußen. Zwar habe ich zur Unterstützung ein paar Jugendliche aus der Nachbarschaft engagiert, die das Servieren übernehmen sollen, aber Papas helfende Hand kann ja nicht schaden.

Das Jubelpaar ist bereits im Begriff, der bunten Spur der Blütenblätter zu folgen, wobei jeder Schritt vom Fotografen mit der Kamera festgehalten wird.

Ich warte einen Moment ab, bis alle in der Scheune verschwunden sind, schiebe Papa ebenfalls hinein und schlüpfe als Letzte hinterher.

Henriette ist bereits in ihrem Element. Sie öffnet die Sektflaschen mit einer Routine, als könne sie es notfalls auch im Schlaf erledigen. Mir wird ganz warm ums Herz, während ich sie beobachte. Ich hätte mir wirklich niemand Besseren an Papas Seite wünschen können. Im Alltag teilen wir uns inzwischen die Aufgabe, meinen Vater ein klein wenig in die richtige Richtung zu dirigieren. Mit sanften Worten – ganz dick mit Zucker bestreut – hat Henriette es sogar schon bewerkstelligt, dass er ein paar Arzttermine wahrnimmt. Um Papas Papierkram inklusive der Versicherungen kümmere ich mich.

Auch jetzt arbeiten Henriette und ich wie ein eingespieltes Team Seite an Seite, Mimi hilft uns beim Einschenken, und Papa erteilt gute Ratschläge. Fehlt nur noch, dass er uns wie früher bei Sportwettkämpfen mit Bananen versorgt, schießt es mir durch den Kopf.

«Du hast noch gar nicht erzählt, wie es in Reutlingen war», flüstert Henriette, als alle Gäste ein Glas in der Hand halten und wir kurz hinter unserem provisorischen Tresen, den Tom aus ein paar alten Fässern gebaut hat, verschnaufen.

«Ganz okay», erkläre ich wahrheitsgemäß. «Es gab schöne Momente und weniger schöne.»

Die Cornelsens verhielten sich bei meinem letzten Besuch vor ein paar Wochen tatsächlich sehr reserviert. Sie schienen nicht glauben zu können, dass ich meine Tage lieber auf einem etwas baufälligen Holsteiner Bauernhof verbringe als in ihrer Hochglanzvilla. Einzig Bastian wirkte gefasst und vernünftig. Er wünschte mir viel Glück, drückte mir für Papa einen Sechserträger Cornbräu in den Arm, und wir verabschiedeten uns wie Freunde, was wir vielleicht auch bleiben. Ich habe ihn eingeladen, mich auf Sylt zu besuchen, ob er kommen wird, liegt bei ihm.

Während die Gästeschar Platz nimmt, hüpft mein Herz noch immer vor Freude über die tollen antiken Tische und Stühle, die ich bei einer Tour durch den Norden in den Kellern alter Höfe aufgetan und für schmales Geld erstanden habe. Wir haben sie wieder aufgemöbelt und in lockerer Hufeisenform aufgestellt. Für den heutigen Anlass sind sie mit getrockneten Hagebutten und Beerenzweigen dekoriert, was laut Mimi *wundersuperschön* aussieht. Außerdem stehen überall flackernde, täuschend echt wirkende LED-Kerzen in unterschiedlichen Größen herum. Sie verbreiten ein heimeliges Licht und sind, was den Brandschutz angeht, absolut sicher.

Der restliche Abend verläuft wie am Schnürchen. Ein paar Reden werden gehalten, es wird angestoßen, und der Startschuss zum Essen fällt. Ab hier übernehmen die Aushilfen.

Irgendwann beugt sich Henriette zu mir und sagt: «Ich glaube, die Feuertaufe hast du bestanden, Ella.»

«Dank dir und euch allen!» Ich drücke sie stellvertretend für die gesamte Mannschaft. «Ohne deine und eure Hilfe wäre es nicht möglich gewesen.»

Sie streckt ihre müden Glieder und nickt. «Jetzt, wo hier alles so gut läuft, begleitest du mich ein Stückchen?», fragt sie. «Dein Vater ist bereits zum Wagen gegangen, ich will ihn nicht noch länger warten lassen.» Erst jetzt fällt mir auf, dass ich Papa seit einer Weile nicht gesehen habe.

Obwohl ich das Fest nur ungern verlasse, willige ich ein, das kurze Stück bis zum Rondell mit ihr zu gehen. Ein paar Lämpchen weisen uns den Weg, außerdem tausend Sterne, die funkelnd über uns am Himmel stehen.

Ich verabschiede mich von Henriette und Papa und winke den beiden hinterher. Auf Höhe des *Gemüsekorbs* hupt mein Vater noch einmal.

Als mein Blick auf unseren Verkaufsstand fällt, stutze ich, weil der Strandkorb mit Windlichtern dekoriert wurde, obwohl wir das Angebot jetzt im Winter doch gar nicht aufrechterhalten. Aber es sieht einladend und heimelig aus und dient natürlich auch der Orientierung.

In der Scheune hat jetzt offenbar der DJ das Feld übernommen, leise dringt Musik an mein Ohr. Ich ziehe meine Jacke fester um den Körper und will gerade zurück zur Veranstaltung eilen, da höre ich jemanden meinen Namen flüstern.

«Ella!»

Es ist Toms Stimme, was eigentlich nicht sein kann, denn er ist ja in Berlin. Ich fahre herum.

«Ella!»

Unsicher nähere ich mich dem Strandkorb. Und tatsächlich! Tom sitzt in einer Ecke, eingehüllt in eine dicke Decke, und winkt mich zu sich heran.

«Ähm … Was tust du denn hier?», frage ich verwirrt.

«Setz dich.» Er klopft auf den Platz neben sich.

Der Tonfall seiner Stimme ist dermaßen ernst, dass es mir augenblicklich die Kehle zuschnürt. Kommt er mit schlechten Nachrichten? Mir wird ganz anders. Dass er gedanklich oft so abwesend war … bedeutet das vielleicht, er hat es sich anders überlegt? Ist es ihm mit uns zu schnell gegangen? Bereut er es, dass er mich auf den Karsenhof eingeladen hat?

«Aber …» Ich beginne zu zittern. Will ich hören, was er zu sagen hat? «Ich muss wieder rein …», erkläre ich ausweichend.

«Die kommen dort drinnen ganz sicher mal kurz ohne dich zurecht.»

Ich schweige, weil Tom mich so komisch ansieht, und nehme

mit wackeligen Knien neben ihm Platz. Prompt bekomme ich eine Decke gereicht.

Tom wartet, bis ich mich darin eingekuschelt habe und ihn ansehe. Dann sagt er: «Es tut mir sehr leid ... Ich wollte dich überraschen und dir bei deinem ersten Event hier auf dem Hof zur Seite stehen, aber ich habe es leider nicht eher geschafft zurückzukommen.» Er verzieht bedauernd den Mund.

Ich will etwas erwidern und sagen, dass ich ja erst morgen mit ihm gerechnet habe, doch er unterbricht meine Gedanken.

«Ich wünschte, ich hätte mehr für dich da sein können in der letzten Zeit. Aber es gab so vieles zu regeln. Ich musste mit den Banken sprechen, denn ganz ohne einen Kredit kann ich nicht in die Selbstständigkeit starten, dazu die Tage, die fürs Renovieren draufgegangen sind, mein letztes Seminar und die Möbel aus Berlin abholen ...»

Er atmet schwer, und in diesem Moment schäme ich mich fast, nur an mich gedacht zu haben. Tom hatte mindestens genauso viel um die Ohren.

«Dein Vater hat mir gesagt, dass ...» Er schüttelt kaum merklich den Kopf. «Ella, ich ... Also, dass du auf dem Karsenhof bist, das ist ... Jeden Morgen freue ich mich, dass du neben mir liegst, und wenn ich manchmal abwesend wirke, dann nur weil ...» Er macht eine hilflose Geste. «Aber ich wünsche mir, dass ich dir mit diesem kleinen Geschenk beweisen kann, wie ernst es mir mit dir ist.»

Er greift hinter sich und zieht ein Päckchen hervor. Es hat etwa A4-Format, vielleicht etwas kleiner.

«Was ... ist das?», stammele ich überrascht. Seine Worte haben mir die Angst genommen, trotzdem bin ich nervös.

«Vielleicht öffnest du es einfach?», schlägt Tom grinsend vor. «Ich hoffe, es gefällt dir.»

In Zeitlupe ziehe ich das Geschenkband auseinander, löse

die Klebestreifen, entferne das Papier – und bin vollkommen baff. In meinen Händen halte ich die halbe Holzdiele, die ich vor Ewigkeiten mal beschriften wollte, um den Eierverkauf auf dem Hof anzuregen. Ich hatte das Projekt irgendwie aus den Augen verloren und wusste auch gar nicht mehr, wo das Holz abgeblieben ist.

Allerdings begreife ich nicht, was er mir damit sagen will.

«Also …», stottere ich und werfe Tom einen verunsicherten Blick zu.

Er lacht sich fast kaputt. «Dreh das Ding doch mal um.»

Beschämt beiße ich mir auf die Lippen und wende das Holz. Auf der anderen Seite wurde die Diele aufgearbeitet und restauriert. Außerdem wurde eine Art Bild hineingebrannt. Zu sehen ist eine dunkle Umrandung, durchbrochen von zwei stilisierten Lindenzweigen, sodass es nun aussieht wie ein sehr persönliches Türschild. Mit klopfendem Herzen lese ich, was darauf geschrieben steht:

Hier wohnt Mimi mit ihrer Familie:

Neni & Ina

Ella & Tom

Rocky, die Ziegelise & weitere tierische Freunde

und manchmal Opa Rolf & Henriette

Mit Tränen in den Augen fahre ich mit meinen Fingern sanft über die eingebrannten Buchstaben und stammele: «Das ist wunderschön. Nein, wundersuperschön!» Gerührt sehe ich Tom an.

«Wir haben alle daran mitgebastelt», erklärt er. «Aber Mimi hat den Entwurf gestaltet, darum wird sie auch als Erste erwähnt.» Er grinst, wird aber gleich darauf ernst. «Es ist für die Eingangstür gedacht. Damit du weißt, wo dein Zuhause ist.» Er nimmt meine Hand. «Und ich auch.»

Sprachlos vor Glück strahle ich ihn an.

Doch Tom liegt noch etwas auf dem Herzen. Er räuspert sich. «Und, ähm, falls du dich wunderst, warum unten noch so viel Platz gelassen wurde: Mimi wollte das so. Damit der Name ihrer Cousine da noch hinpasst.»

Mit dem Schild im Arm lasse ich mich in Toms Arme sinken. Ich bin dermaßen gerührt, dass seine Worte nur sehr langsam zu mir durchsickern. Als ich begriffen habe, was er mir damit sagen will, blicke ich keck zu ihm hoch und frage augenzwinkernd: «Und wenn es ein Cousin wird?»

Tom kratzt sich am Bart und tut so, als müsse er nachdenken. «Ich schätze, Mimi ist das einerlei.» Er umschlingt mich mit seinen Armen. «Und mir auch.»

Wir halten uns ganz fest, während über uns die Sterne funkeln. Irgendwann löse ich mich ein wenig von Tom und sage: «Ich denke, dass dieser Moment sich gerade ganz nach vorn in meine Top 3 geschoben hat.»

Tom schaut mich an, nimmt mein Gesicht in seine Hände – und küsst mich.

Ich habe das Gefühl, vor Glück zu schweben, und kann überhaupt nicht fassen, wie sich alles in meinem Leben zum Guten gewendet hat. Nur ganz entfernt nehme ich die Geräusche des Hochzeitsfestes wahr, auch das passt perfekt zu der romantischen Stimmung. Doch dann geht kurz die Scheunentür auf, weil eine Aushilfe eine Kiste mit leeren Flaschen heraustrágt. Die Musik wird entsprechend lauter, und mir bleibt für einen Moment fast die Luft weg, als ich höre, was gerade drinnen gespielt wird: ein Song von Dschinghis Khan.